써니사이드 업

닐라 장편소설

vol.1

동아

써니사이드 업 1

초판 1쇄 인쇄일 | 2021년 6월 11일
초판 1쇄 발행일 | 2021년 6월 18일

지은이 | 닐라
펴낸이 | 박성면
펴낸곳 | (주)동아

출판등록 | 제406 - 3960100251002007000071호
주소 | 경기도 파주시 문발로 115, 세종대학교출판부 206호
전화 | (031)8071 - 5201
팩스 | (031)8071 - 5204
E - mail | bear6370@hanmail.net

정가 | 9,000원

ISBN 979 - 11 - 6302 - 494 - 1 (04810)
      979 - 11 - 6302 - 493 - 4 (set)

닐라 장편소설

쩌니사이드 업

vol.1

동아

목 차

이. 홈 익스체인지

태희가 기약도 없는 세계 여행을 떠난 지도 반년이 넘었다.

다니던 회사를 말도 없이 그만두고, 행선지도 밝히지 않은 채 홀연 출국해 버린 태희는 가뭄에 콩 나듯 드문드문 생존 신고를 했다. 길면 한 달, 짧으면 2주에 한 번씩 알 수 없는 해외 번호로 전화가 왔고, 가끔은 적힌 날짜에서 몇 주가 지난 엽서가 우편함에 꽂혀 있기도 했다.

어디서 뭘 하는지, 언제 돌아올지도 모를 동생을 걱정하는 것도 그쯤 되니 익숙해졌다. 갈 때 그랬던 것처럼 때가 되면 또 훌쩍 돌아오겠거니 했다. 태희는 원래 그랬다. 원체 독립적인 성격이라 제

속내나 계획을 남과 나누는 법이 없었다.

때문에 옆에서 볼 땐 다분히 충동적인 것 같은 행동들도 알고 보면 면밀하게 계획된 경우가 많았다. 아마 이 드라마틱해 보이는 여행도 그럴 터였다. 그만큼 똑똑하고 빈틈이 없어 제 앞가림 정도는 잘할 것도 알았다.

그래도 해인은 동생과 통화를 할 때마다 제발 휴대폰 좀 어떻게 해 보라고 애원을 하곤 했다.

반년 사이, 해인은 휴대폰을 손에서 떼 놓지 않는 습관이 생겼다. 잘 때는 물론, 화장실을 갈 때도 언제 울릴지 모르는 휴대폰을 분신처럼 지니고 다녔다. 심지어 꿈도 한동안 동생의 전화가 걸려오는 꿈만 꾸었다.

태희는 휴대폰을 가져가긴 했지만 로밍도 하지 않고 현지 유심도 쓰지 않았다. 때문에 이쪽에선 연락을 하려야 할 방법이 없었다. 가끔 상황에 따라 WIFI에 접속할 때도 있는 것 같았지만 거의 카메라와 알람용으로만 쓰는 듯했다.

"홈 익스…… 그게 뭔데?"

그런 태희가 일주일 새 두 번이나 전화를 건 건 무척이나 예외적인 일이었다. 새벽 4시에 자다 깬 해인은 가뜩이나 맑지도 않은 정신에 친하지도 않은 영어 단어를 듣게 되자 머리가 텅 비는 것 같았다.

─홈 익스체인지. 하우스 스와프라고도 하지.

"……그게 뭔데?"

―몰라?

"몰라."

'홈' 하고 '익스체인지' 뜻만 알아도 대충 짐작이 가지 않냐며 태희가 비웃었지만 해인은 손톱만큼의 타격도 받지 않았다. 사람은 자기가 필요한 만큼만 알면 된다는 게 평소 해인의 지론이었다. 모르면 찾아보거나 잘 아는 사람에게 물으면 그만이다.

"홈은 아는데."

―그거참 다행이네.

"익스로 시작하는 단어가 너무 많잖아. 헷갈려."

―웃기시네.

길게 통화할 상황이 아닌지 태희는 그쯤 해인을 비웃는 걸 그만두고 홈 익스체인지에 대해 짧게 설명했다. 글자 그대로 조건이 맞는 여행자들끼리 집을 바꿔 생활하는 거라고 했다. 듣고 보니 해인도 어디선가 들어 본 것 같았다. 비슷한 소재의 로맨스 영화를 본 것도 같고.

―내가 여기서 한국계 독일인을 한 명 만났는데 걔가 한국에 가고 싶어 해. 한국인 입양아인데 한동안 느긋하게 여행도 하면서 부모도 찾아보고 싶다고.

"여기가 어딘데."

―카라카스.

마침 태희도 남미를 떠나 유럽으로 넘어갈 참이라고 했다.

―걔가 자기 집에 묵으라고 했어. 마침 나도 유럽에 베이스캠프

같은 곳이 필요하기도 했고. 그래서 그렇게 하기로 했지.

"걔는 우리 집으로 오고?"

—바로 그거야.

"그렇구나."

해인이 알겠다는 듯 고개를 끄덕끄덕했다. 어차피 둘이 살 때도 큰 집이었다. 방이야 남아도니 하나쯤 못 내줄 것도 없다.

"언제 오는데? 걱정 마. 내가 완전 잘해 줄게. 한국의 정이 뭔지 제대로 느낄 수 있도록……."

—그런 거 필요 없고 그냥 방 하나만 내주면 돼. 너한테 하숙집을 운영하라는 게 아니니까.

"그래도 한국 처음이라면서? 모르는 것도 많을 텐데, 밥도 챙겨 먹어야 되고……."

—필요 없어. 밥도 청소도 모르는 것도 본인이 다 알아서 할 거야. 나도 그렇게 할 거니까.

"걔네 집은 독일 어딘데? 너도 걔네 가족이랑 같이 생활하는 거야?"

그렇다고 했다. 심지어 그쪽은 삼대가 함께 생활하는 대가족이라고 했다. 해인은 그게 더 놀라웠다. 태희는 사교성도 없고 붙임성도 없어 남과 어울리는 걸 극도로 불편해하는 성격이었다.

"태희야, 너 돈 다 떨어졌어? 많이 힘들면 언니가 돈 좀 부쳐 줄까?"

—무슨 소리야? 아직 충분해.

"여행이 진짜 사람을 많이 바꿔 놓긴 하는구나……."

해인이 중얼거리는데 수화기 너머 누군가 태희에게 말을 거는 게 들렸다. 태희가 알 수 없는 언어로 짧게 답하는 것도 들렸다.

─끊어야겠어. 나중에 다시 전화할게.

"응, 응. 걱정 마. 그 독일분께도 내가 잘해 드릴 테니까 걱정 말고 편히 오시라고 하고."

─그게 걱정이다, 그게.

"태희야, 우리 동생, 언니가 많이 보고 싶다. 몸조심하고 밥 잘 챙겨 먹고……."

─아 참, 내가 이 말 했나?

태희가 구구절절한 해인의 말을 끊었다.

─걔 남자야.

* * *

아무리 그래도 연약한 여자 혼자 사는 집에 외간 남자는 좀 그렇지 않냐는 해인의 말에 태희는 네가 그렇게 호락호락하게 당할 애는 아니지 않냐고 응수했다. 그에 또 기분이 좋아지기도 해서 쉽게 납득해 버린 해인이 무슨 말을 더 하기도 전에 전화가 뚝 끊어졌다. 통화 내내 감도가 좋지 않더니 연결 상태에 문제가 생긴 모양이었다.

종종 있는 일이라 해인은 당황하지 않고 통화를 종료한 뒤 휴대폰으로 카라카스를 검색했다. 매번 태희가 말하는 지명을 반도 못 알아듣는 해인이 통화 후 늘 하는 짓이었다.

그래도 다음 행선지는 독일인 모양이다. 독일은 안다. 그만큼 마음이 좀 놓였다. 적어도 카라카스나 수리남 파라마리보 같은 지명보단 심적으로 거리감이 적었다.

"그래서, 그 손님은 언제 온다고요?"

소민의 물음에 막 출근해 앞치마를 매고 있던 해인이 내일, 하고 짧게 대답했다. 매장 한가운데 서서 에어컨 온도를 맞추고 있던 소민이 천장을 향해 리모컨을 누르던 손을 멈추고 벌써 그렇게 됐냐고 했다.

"그러게, 시간 빠르지."

카라카스에서 걸려온 전화를 받은 지도 한 달이 지났다. 그사이 해인은 두 통의 국제 전화와 한 통의 이메일을 더 받았다.

슈투트가르트에서 전화를 건 태희는 해인에게 한국에서 생활하게 될 독일인의 간단한 신상 명세와 출국 날짜를 비롯한 대략의 일정을 알려 주었고, 꽤 장문이었던 한 통의 메일은 그 당사자인 독일인이 보낸 것이었다.

해인의 독일인 손님은 안타깝게도 한국어를 못하는 모양이었다. 메일은 영어로 작성되어 있었지만 해인의 입장에선 영어나 독일어나 어차피 번역기로 돌려 읽어야 한다는 점에선 별반 차이가 없었다.

그렇게 자동 번역 된 문장을 읽어 내리며 해인이 유의미하게 확인한 것은 그의 나이가 저와 동갑이라는 것과 성격이 꽤 유쾌하다는 것뿐이었다. 이상하게 정중한 자동 번역 문장에서도 유머러스함이 느껴졌다. 아니면 그 자동 번역이라는 것 자체가 메일을 재미있게 만들어 준 건지도 모르지만.

어쨌든 해인도 그처럼 위트 있고 명랑한 답장을 보내고 싶었지만 마음처럼 잘되지 않았다. 온갖 번역기와 사전을 총동원해 봐도 기본 실력이 바닥이다 보니 한계가 있었다.

메일 잘 읽었다, 나와 우리 조국은 너를 환영한다, 약속된 시간에 뵙길 바란다는 딱딱한 문장을 늘어놓자니 자신이 무슨 19세기 영미 소설에 나오는 지루하고 무뚝뚝한 하숙집 부인이 된 것 같은 기분이 들었다.

"그럼 언니 내일 출근 안 하겠네요."

"응."

메일에 적힌 입국 예정 날짜가 내일이었다. 손님맞이를 위해 해인은 휴무일을 조정했다. 태희는 그럴 필요 없다고 했지만 해인은 어쨌든 제대로 손님 대접을 할 작정이었다. 제가 잘해야 태희도 그쪽에서 같은 대우를 받을 테니까.

"근데 너 왜 이렇게 싱글벙글이야?"

"아뇨? 아닌데요."

"뭐가 아냐, 만면에 미소가 가득한데."

내가 출근 안 하는 게 그렇게 좋으냐는 해인의 말에 소민이 실실 웃으며 '언니'가 아니라 '사장님'이 출근 안 하는 게 좋은 거라고 했다.

"나 사랑받는 사장인 줄 알았는데."

"그것도 모든 사장들의 착각이죠."

"그럼 이왕 미움받는 김에 진짜 악덕 사장 노릇 좀 해 봐?"

"에이, 우리 사장님은 예외죠. 말을 끝까지 안 듣고 또 그런다."

소민이 제 어깨로 해인의 어깨를 툭 치며 장난스럽게 말했다. 그래 봐야 워낙 웃는 상이라 별 효과는 없었지만 나름 근엄한 척 딱딱한 표정을 짓고 있던 해인이 또 금세 웃어 버렸다.

"도착 시간이 언제랬죠?"

"어, 대충 오전 10시쯤? 그쯤 될 거래."

"집 청소는 다 했어요? 영원이 오빠가 기겁을 하던데. 청소 도우러 갔다가 철거하고 왔다고."

"암튼 차영원 그 매사 과장하는 것도 직업병이야. 기겁을 하긴 왜 해? 자기가 뭘 얼마나 했다고……."

"야, 고해인."

뒤에서 까칠한 음성이 날아들었다. 해인과 소민이 동시에 고개를 돌렸다. 양반은 못 되는지 잔뜩 인상을 찌푸린 영원이 큼직한 노트북 가방을 멘 채 터덜터덜 가게 안으로 들어오고 있었다. 오픈 시간이라 문을 죄다 열어 두고 환기를 시키던 탓에 사람이 들어오는 줄도 몰랐다.

"이래서 머리 검은 짐승은 거두는 게 아니라는 거야. 은혜도 모르고 뒤에서 험담이나 하고."

"어, 차영원 왔어? 일찍 왔네."

눈 하나 깜짝 않고 태연하게 인사를 건네는 해인을 못마땅하다는 듯 흘겨보는 영원 앞에 소민이 얼른 나서 알은체를 했다.

"영원 오빠 왔어요?"

"어, 소민이 안녕."

"오빠 또 밤새웠어요? 얼굴이 안 좋은데."

"아, 티 나? 마감이 얼마 안 남아서……."

영원이 쑥스러운 듯 뒷머리를 긁적이며 소민의 시선을 피해 해인을 힐끔 쳐다보았다. 그렇게 안 좋아 보이냐고 눈으로 묻는 것에 해인은 어깨만 으쓱했다.

"난 잘 모르겠는데."

"……."

"만날 똑같은데. 네 얼굴."

"……왜 원하는 대답을 들었는데도 기분이 나쁘지?"

영원이 투덜거리며 주문을 하고 자리에 앉았다. 막 매장 문을 연 참이라 그 외엔 다른 손님이 없었다. 밖이 훤히 내다보이는 창가 쪽 자리에 앉아 노트북을 꺼내 놓고 해바라기를 하듯 잠시 눈을 감은 그 앞에, 해인이 카페라떼와 머핀이 담긴 트레이를 내려놓았다.

"마감은 잘돼 가?"

"몰라, 묻지 마……."

영원이 멍한 눈을 뜨고 기운 없이 중얼거렸다.

"나도 그냥 어디 아르바이트나 할까……."

"왜, 또 망한 것 같아?"

영원은 대답하지 않았다. 붉게 충혈된 채 해인을 쏘아보던 눈동자가 그 뒤편 천장에 달린 모니터로 이동했다. 평소엔 소리 없이 메뉴 영상과 홍보 이미지만 나오는 모니터에 지금은 해인이 틀어 둔 뉴스가 나오고 있었다. 잠시 그를 보고 있던 영원이 턱짓으로 그쪽을 가리키며 저런 걸 해야 돈을 버는데, 했다.

해인이 고개를 돌렸다. 20대에 백만장자가 된 청년의 뉴스였다. 대충 그가 대학생 신분으로 개발한 SNS 프로그램을 G사가 4천만 달러에 사들였다는 내용이었는데, 영상의 하단에는 한국의 마크 저커버그란 자막이 띠지처럼 걸려 있었다.

"쟤는 저 나이에 백만장자가 됐잖아."

"4천만 달러가 얼만데?"

"대충 450억 정도."

"오, 대단하네."

해인이 건성으로 대꾸했다. 영원이 한숨을 내쉬며 제 손과 노트북을 내려다보았다.

"나도 아버지 시키는 대로 이공계나 갈걸. 괜히 글 같은 걸 쓴다고 해서……"

"……"

"돈도 안 되고 스트레스받아서 늙기만 하고 그렇다고 탁월하게 재능이 있는 것도 아니고……"

"왜, 나는 네 글 좋은데."

멈칫한 영원이 눈을 들어 해인을 보았다.

"그리고 설령 네가 이공계를 갔다고 한들, 한국의 무슨 버그 같은 게 됐겠냐?"

"야……."

"너 같은 사람은 글을 써야지."

한국의 섹스피어 같은 건 될 수 있을지도 모르잖아, 하고 해인이 몸을 돌려 카운터로 걸어갔다. 영원이 글이 막혀 자기 비하를 할 땐 어떤 말로도 위로가 되지 않는다는 걸 알기에 판에 박힌 응원과 구구절절한 격려 따윈 생략했다.

등 뒤에서 꼭 셰익스피어……라고 중얼거리는 듯한 한숨 소리가 들리는 것 같았지만 창작이란 원래 자뻑과 자학 사이를 끊임없이 오가는 것이다.

"어, 오빠 얼굴이 왜 그렇게 빨개요?"

매장 문 앞에 여름 시즌 한정 메뉴 개시를 알리는 안내문을 붙이고 돌아오던 소민이 영원을 보고 눈을 동그랗게 떴다. 행주로 카운터 위를 닦고 있던 해인도 고개를 들었다.

"너 더워? 에어컨 온도 좀 낮춰 줄까?"

"아, 아니. 괜찮아."

퍼뜩 노트북을 연 영원이 그 뒤로 숨기듯 얼굴을 감췄다.

* * *

해인이 집에서 얼마 떨어지지 않은 상가에 작은 카페를 연 지도

3년째였다. 크고 작은 부침 끝에 지금은 제법 단골도 있는 어엿한 동네 카페로 자리 잡았다.

해인보다 세 살 어린 소민은 개업부터 함께 손발을 맞춰 온 유능한 매니저였다. 원래 해인이 일을 배우던 카페에서부터 같이 아르바이트를 하던 사이였으니 알고 지낸 지는 5년이 넘었다. 그때부터 언니, 언니 하던 습관이 끝내 사장님으로 고쳐지지 않았지만 듣는 쪽이든 부르는 쪽이든 신경 쓰지 않았다.

특별한 사정이 없는 한 해인의 근무 시간은 오전 9시부터 오후 5시까지였다. 퇴근 후 체육관에 들러 한바탕 땀을 흘리고 돌아오는데 오는 길에 비가 떨어졌다.

오늘부터 장마라고, 우산 잘 챙겨 다니라며 소민이 몇 번이나 일렀지만 해인은 언제나 문을 나서는 그 순간 비가 내리고 있지 않으면 우산을 챙기는 법이 없었다.

덕분에 물에 빠진 생쥐 꼴이 된 해인은 체육관에서 씻은 보람도 없이 집에 도착하자마자 다시 욕실로 직행해야 했다. 샤워를 하고 간단히 저녁을 차려 먹고 평소처럼 텔레비전 앞에 드러눕는 대신 집 안 점검에 나섰다.

이제 약 열서너 시간 후면 손님이 온다. 유난을 떨 마음은 없었지만 해인은 태희의 언니이자 집주인으로서 손님에게 좋은 첫인상을 주고 싶었다.

"좋아, 완벽해."

물론 완벽하진 않겠지만 그럼에도 해인은 뿌듯한 눈으로 사방을 둘러보았다. 꼬박 일주일이 넘게 열과 성을 다해 온 집 안의 묵은 먼지를 싹 털어 내고 쓸고 닦고 광을 냈다. 1등급 호텔에 비할 건 못 돼도 최소한 손님 보기에 부끄러울 정도는 아니었다.

스스로도 일찌감치 인정한 바 있지만 해인은 정리 정돈이나 가사에는 영 소질이 없었다. 손재주도 없고 눈썰미도 없는데 사다 모으는 건 좋아하면서 버릴 줄은 도통 몰랐다.

그런 해인이 혼자 반년이 넘게 누구의 눈치도 보지 않고 분방하게 생활한 결과, 요 며칠간 배출한 쓰레기만 75리터짜리 쓰레기봉투로 몇 개나 됐다. 태희가 집 떠난 지 얼마나 됐다고 벌써 이 꼴이냐고, 청소를 도와주러 들렀던 영원이 학을 뗐지만 해인은 오히려 이 정도면 양호한 게 아닌가 생각했다.

아버지가 돌아가시고 어머니가 재혼해 집을 나가신 후 해인과 태희가 단둘이 살던 이 집은 기역자 모양의 네 칸짜리 한옥이었다. 작긴 해도 나름 구색을 갖춘 정원까지 딸려 있어서 곰손인 해인 혼자 꼼꼼히 청소하기엔 너무 넓었다.

게다가 아무리 내부를 현대식으로 수리했어도 한옥은 한옥이었다. 한옥이란 키우기 까다로운 꽃과 같아서 보기엔 예뻐도 관리하기 여간 번거로운 게 아니었다. 수면 위를 떠다니는 백조처럼 물속에서 바쁘게 발을 동동거려야 그 우아함을 유지할 수 있는 것이다.

그럼에도 해인은 이 집을 떠날 생각은 추호도 없었다. 아버지가 돌아가시고, 어머니가 집을 팔자는 제안도 했지만 해인과 태희 모두 반대했다. 아버지나 저에게 이 집이 어떤 의미인지를 생각하면 해인은 아무리 힘이 들어도 절대 이 집을 떠날 생각이 없었다. 사실, 본인은 크게 힘들다는 생각도 없었다. 그만큼 섬세한 성격이 아닌 것이다.

"그래도 좋은 점도 많지……."

마룻바닥에 드러누워 뜰 안으로 떨어지는 빗방울을 바라보며 해인이 중얼거렸다. 여름은 한옥 생활자에게 가장 힘든 계절이었다. 특히 장마철은 처음부터 끝까지 습기와의 전쟁으로 점철된다고 해도 과언이 아니었다.

하지만 또한 서늘한 원목 마루에 머리를 대고 누워 기와를 두드리는 빗소리를 자장가 삼아 잠이 들 수 있는 때이기도 했다.

"……."

그렇게 저도 모르게 깜빡 잠이 든 모양이었다. 불현듯 느껴지는 기척에 해인이 눈을 떴다. 머리카락이 덜 마른 상태로 맨바닥에 누워 잠든 탓에 슬쩍 한기가 느껴졌다. 부르르 몸을 떨며 시계를 보자 어느새 자정이 지났다.

부스스 몸을 일으킨 해인이 켜져 있는 전등을 다 끄고 비틀비틀 제 방으로 들어갔다. 폭신하게 깔린 요 위에 발랑 몸을 굴리는데 문득 제가 왜 깼는지에 생각이 미쳤다.

'무슨 소리가 들린 것 같았는데.'

무언가, 누군가가 저를 부른 것 같았다. 그 소리에 깬 것 같은데.

해인이 눈을 떴다. 습관처럼 휴대폰부터 확인했지만 새로운 알림은 없었다. 당연하게도 저를 부른 사람 같은 건 어디에도 없었다.

귀를 기울여도 발소리 같은 빗소리만 철벅철벅 들릴 뿐이었다.

'꿈을 꿨나.'

아니면 빗소리나 바람 소리를 잘못 들은 건지도 모른다. 그렇게 결론을 내린 해인이 베개를 바투 베고 자세를 편히 했다. 그렇게 몇 초 지나지도 않아 금세 다시 잠들었다.

밤새도록 내린 비는 아침까지 이어졌다. 푹 자고 일어난 해인은 일찍부터 마트엘 다녀왔다.

우산을 들 손이 모자라 입고 간 비옷을 탁탁 털어 다용도실에 걸어 놓고, 자루걸레로 마루 위에 떨어진 물방울을 닦아 낸 다음, 장본 것들을 정리했다. 독일인이 좋아한다는 소시지와 치즈, 맥주 따위로 냉장고가 꽉꽉 찼다.

식탁 앞에 앉아 마트에서 사 온 빵과 커피로 아침을 때우며 소민에게 오픈 수고하라는 메시지를 보내고 있는데 영원에게서 전화가 왔다. 해인이 여보세요, 라고 하기도 전에 영원이 퉁명스러운 목소리로 대뜸 오늘이지? 했다.

"어?"

―그 독일인.

아침이라 그런지 영원은 별로 기분이 좋지 않은 것 같았다. 밤에 주로 글을 쓰는 직업 특성상 영원은 대체로 이른 아침엔 저기압이었다. 해인이 그렇다고 대답하자 영원이 약간 망설이는 투로 혼자서도 괜찮겠냐고 물었다.

"안 괜찮을 게 뭐가 있어."

―그래도…… 너 혼자 그렇게 덩그러니 있으면 그 외국인이 얕볼지도 모르잖아.

"얕본다고?"

―아니, 내 얘기가 아니고, 어제 길에서 여사님 만났거든.

여사님 소리에 해인이 입을 다물었다.

―걱정하시더라고. 외국인은 집에서 신발도 안 벗는다는데, 자기 같은 노인네라도 가서 버티고 있어야 되지 않겠냐고. 그래야 그 외국인이 사람 어려운 것도 알고 집도 함부로 안 쓰고 조심할 거 아니냐고.

"에이, 걱정 마시라고 그래. 좋은 사람 같던데."

―그 말씀도 하시더라. 넌 다 좋은 사람이라고 한다고.

기다렸다는 듯 대꾸하는 영원에게 해인이 재차 여사님에겐 비밀이라고 단단히 다짐을 받았다. 안 그래도 걱정이 많으신 분인데 손님이 남자인 것까지 알면 더 야단일 게 뻔했다. 아주 몰랐으면 좋았으련만 카페에서 소민과 영원이 나누는 대화를 듣는 바람에 숨길 수도 없었다.

―그게 언제까지 안 걸릴 것 같냐? 한 동네에서, 그 남자가 하루 이틀 머물 것도 아닌데.

"왜 걸려? 너만 말 안 하면 되지."

―……암튼 너도 참 머리가 꽃밭이다.

빈정거리던 영원이 툭 뱉듯이 물었다.

─너는 걱정도 안 되냐?

"뭐가."

─어쨌든 남자잖아. 앞으로 두 달을 한 집에서 살아야 되는데.

"너 나 모르냐?"

해인이 코웃음을 쳤다.

"그리고 우리 태희가 어련히 알아서 했겠어. 걔가 나한테 해 될 사람을 보내려고."

그 말에 영원이 더 크게 코웃음을 쳤다. 처음 서로를 알게 된 순간부터 영원과 태희는 앙숙이었다. 태희는 영원을 입만 산 얼간이 취급했고, 영원은 태희를 자기만 아는 못된 애 취급했다. 그런 평가를 피차 감출 생각도 없으니 둘 사이가 좋지 않은 건 당연한 일이었다.

─너 진짜 머리가 꽃밭이구나.

"그렇게 걱정되면 너도 우리 집 와서 살래?"

화도 안 내고 태연하게 하는 소리에 영원은 빈정거릴 기력마저 잃은 듯 됐다고 전화를 끊었다.

아침을 마저 먹은 해인은 식탁을 치우고 마지막으로 집 안 점검을 한 다음, 차분히 거실에 앉아 손님을 기다렸다.

"왜 안 오지."

약속한 시간이 훌쩍 지났는데도 온다던 사람은 소식이 없었다. 해인이 연신 시계를 흘깃거렸다.

"왜 이렇게 안 와."

비가 많이 와서, 혹은 연착이나 기타 사정으로 좀 늦어지는 거겠거니 하던 마음은 저녁 무렵이 되자 슬슬 불안해지기 시작했다. 몇 번이나 정원을 왔다 갔다 하며 대문 밖을 내다보던 해인이 아예 툇마루에 주저앉았다. 날씨 탓에 밤이 이르게 온 것 같았다. 하지가 코앞이라 원래대로라면 아직 훤했을 하늘이 컴컴했다.

"무슨 일이라도 생겼나."

아니면 뭔가 착오가 있었나. 온다던 날짜가 오늘이 아니었나. 해인이 휴대폰을 꺼내 새로 온 연락이 없는지 확인했다. 해인은 손님의 연락처를 모르지만 그쪽은 알고 있었다.

문자함도 메신저 앱도 관련 없는 이들의 것으로만 가득 쌓여 있었다. 해인이 이메일을 열어 내용을 다시 살폈다. June 19th. 6월 19일 맞는데. 이게 혹시 한국이 아니라 독일 기준인가. 날짜 변경선이 어디 있었지.

해인이 심각한 표정이 되어 별별 생각을 다 하고 있을 때였다. 덜컹 대문이 흔들리는 기척이 났다. 평소라면 신경도 안 쓸 작은 소리였지만 온 정신을 거기 쏟고 있던 해인은 대번에 번쩍 고개를 들었다.

"누구세요?"

대답이 없었다. 그럼에도 혹시나 하는 마음에 벌떡 몸을 일으킨 해인이 허겁지겁 슬리퍼를 꿰어 신고 컴컴한 마당으로 내려갔다. 우산도 쓰지 않고 비를 맞으며 디딤돌을 밟고 대문으로 뛰었다.

그대로 흠뻑 젖어 색이 짙어진 나무 문을 활짝 열어젖히자 비보라가

확 들이쳤다. 동시에 대문 안쪽에 달린 센서 등이 반짝 켜졌다.

"어⋯⋯."

해인의 시선이 위로, 더 위로 올라가 예상했던 것보다 더 높은 곳에서 멈췄다. 눈앞에 나타난 길쭉한 인영을 보자 갑자기 화하게 눈이 환해지는 느낌이 들었다.

하루 종일 해인을 초조하게 기다리게 만들었던 손님은 정원에 하나뿐인 목련만큼이나 키가 컸다. 달빛을 받은 목련꽃처럼 창백하게 빛나는 얼굴이 시야 가득 들어왔다.

"⋯⋯저, 다, 다니엘 씨?"

해인의 부름에 남자가 천천히 눈을 깜빡였다. 긴 속눈썹에 맺혀 있던 빗방울이 흰 볼을 타고 또르르 흐르는 게 보였다. 똑바로 해인을 응시하는 검은 눈동자는 그대로 비를 뿌리는 밤하늘처럼 깊고 축축했다.

그 우물 같은 눈과 마주치자 해인은 맨몸으로 찬 물속에 던져진 듯 와르르 소름이 돋았다. 머리가 맑아지고 침전물처럼 남아 있던 꺼림칙함이 싹 달아났다.

'아, 정태희.'

해인이 속으로 탄식했다.

이렇게 잘생겼으면 그렇다고 진작 말을 해 줘야 될 거 아냐.

"드, 들어오세요."

넋 놓고 멍하니 남자의 얼굴을 구경하던 해인은 남자가 한 손을 들어 세수하듯 천천히 제 얼굴의 물기를 훑어 냈을 때에야 퍼뜩

정신을 차렸다. 우산도 없이 빗속을 얼마나 헤맸는지 남자는 그야
말로 폭우에 휩쓸렸다 막 구조된 사람 같은 꼴을 하고 있었다. 그
조차도 드라마 한 편은 뚝딱 만들어 낼 수 있을 것 같은 미남이었
다. 이런 얼굴은 근 10년 만에 처음 보았다.

해인이 얼른 들어오시라고 했지만 남자는 못 알아들은 듯 가만히
서 있기만 했다. 그제야 해인은 또 아차 싶었다. 그가 한국어를 못
한다는 걸 잠깐 잊고 있었다.

"들어오시라고요. 컴, 컴 인?"

마음이 급하니 할 줄도 모르는 영어가 다 튀어나왔다. 그보다 더
빠른 건 역시 보디랭귀지였다. 손짓을 해도 반응이 없자 해인이 슬
쩍 그의 옷깃을 잡고 안쪽으로 당겼다. 남자는 해인의 손만 물끄러
미 내려다볼 뿐 움직이지 않았다. 당연히 따라올 줄 알고 먼저 걸음
을 떼던 해인이 의아한 듯 돌아봤을 때에야 마지못한 듯 발을 뗐다.

"많이 젖으셨는데 우선 이걸로 좀 닦으세요"

거실 한가운데 장승처럼 우뚝 선 남자에게 해인이 욕실에서 가지
고 온 수건을 건네며 말했다. 못 알아듣는다는 건 알고 있으나 영어
를 못하는 건 이쪽도 마찬가지니 어쩔 도리가 없었다. 대신 표정으
로라도 뜻이 전해지길 바라며 해인이 그 어느 때보다 진심을 담아
환하게 웃어 보였다.

"춥진 않으세요? 하필 어제부터 장마라서 계속 비가 오네요"

아마 한동안 그럴 거라며 해인이 벽에 걸린 달력을 가리켰다. 말
을 못 알아듣는다 생각하니 이런저런 동작이 늘었다. 달력의 오늘

날짜엔 빨간 동그라미가 쳐져 있고, Daniel이라는 글자가 갈겨쓴 필체로 적혀 있었다.

"이맘때가 한국은 장마거든요. 레이니 데이. 아, 그렇다고 진짜 내내 비만 오는 건 아니니까 너무 걱정하지 마시고요. 암튼 저는 오전에 오실 줄 알았는데 너무 늦어져서 걱정했어요. 메일엔 10시 정도에 도착한다고 그러셨잖아요."

말을 하다 보니 왠지 그를 비난하는 것처럼 느껴져 해인이 얼른 덧붙였다.

"암튼 무사히 오셔서 다행이에요."

해인이 또 웃었다. 남자는 입을 다문 채 해인을 가만 내려다보기만 했다. 아까는 어두워서 그런 건가 했는데 환한 데서 보니 더 잘생겼다. 해인이 속으로 감탄했다. 분명 저와 동갑이라고 했는데, 그렇다면 한국 나이로 서른이란 말인데.

'어떻게 피부가 저렇지.'

독일은 햇빛이 부족한가. 도자기처럼 뽀얀 피부는 자라면서 직사광선이라곤 쐬어 본 적도 없었던 것 같았다. 모공 하나, 흠집 하나 없다. 이목구비는 또 어떻고. 갸름한 얼굴에 길고 섬세하게 뻗은 눈썹과 엷게 쌍꺼풀이 진 눈매, 날렵하면서도 우뚝 솟은 콧대 아래 매끈한 입술은 마치 동양화 속 미인을 보는 듯했다.

'진짜 예쁘다.'

당장 화폭에 담아 한옥 한가운데 걸어 두어도 위화감이 없을 얼굴을 넋 놓고 바라보던 해인은 곧 남자가 저를 따라 웃지도, 건네는

수건을 받지도 않고 있다는 걸 깨달았다. 앉거나 집을 둘러보기는
커녕 남자는 미동도 없이 한눈 한번 팔지 않고 오로지 해인만 보고
있었다. 한국어는 물론 기대도 하지 않았지만 독일어도, 영어도, 그
입에선 어떤 언어도 흘러나오지 않았다.

"저, 음, 다, 다니엘 씨? 다니엘이라고 불러도 되죠?"

"……."

"저는 해인이라고 해요. 고해인."

"……."

"그냥 편하게 해인이라고 부르시면 돼요."

우리말을 못하는 게 아니라 아예 말을 못한다고 했었나.

여전히 꾹 다문 채 벌어질 줄 모르는 남자의 입술에 당황스러워진
해인이 제 기억을 더듬었다. 태희가 그런 말은 안 했던 것 같은데.
혹시 메일에 적혀 있었는데 번역기가 제대로 일을 못 했나, 아니면.

"저기, 혹시 화나신 건 아니죠?"

해인이 힐끔 남자의 눈치를 살폈다.

"음, 유, 유 앵그리?"

영문은 모르겠지만 왠지 그런 분위기였다. 난감해진 해인이 어쩔
까 생각하며 눈을 굴렸다. 화가 났다면 풀어 줘야 할 텐데 영어로는
자신이 없었다. 휴대폰을 꺼내 번역기라도 동원해 볼까 하고 있는
데 문득 머리 위로 감사합니다, 하는 낮은 음성이 떨어졌다.

"어? 한국말 할 줄 아세요?"

누가 낚아챈 것처럼 빠르게 고개를 쳐든 해인이 눈을 반짝였다.

반가워서 얼굴이 다 달아올랐다.

"한국말 할 줄 아시는구나. 근데 왜 아무 말도 안 하셨어요? 저는 메일도 영어로 쓰시고 그래서 당연히 못하는 줄 알았어요."

"……"

"어쨌든 잘됐네요."

발음도 너무 좋다며 해인이 엄지를 치켜들고 칭찬을 했다.

"다시 인사할게요. 제 이름은 해인, 고해인이에요. 그냥 해인이라 부르시면 돼요."

해인이 악수를 청하며 쭉 손을 뻗자 눈을 내리깔고 가만 쳐다보던 남자가 이내 손을 마주 잡았다. 차가울 줄 알았는데 의외로 남자의 손은 아주 따뜻했다. 밖에 서서 비를 맞은 게 해인이고 남자가 안에서 나온 사람 같았다.

"만나서 반가워요, 다니엘."

"……"

"저도 다니엘이라고 불러도 되죠?"

남자의 표정이 오묘해 해인이 급히 덧붙였다. 역시 성으로 불러야 하나. 성은 길고 어렵던데, 생각하던 참이었다.

"……서진……"

"네?"

"윤서진입니다."

해인이 눈을 깜빡였다.

"아, 한국 이름이에요?"

"……."

"좋은 이름이네요."

해인이 눈이 보이지 않을 정도로 활짝 웃었다.

"근데 서진 씨, 짐은 어디 있어요?"

해인이 서진의 뒤를 살피는 시늉을 하며 물었다. 서진은 맨몸이나 다를 바 없었다. 이민 가방도, 캐리어도 무엇 하나 보이지 않았다. 푸른색 셔츠에 바지를 깔끔하게 차려입은 모습은 당장 소개팅 자리에 나가도 무방할 것 같았지만 결코 두 달 이상 머물 작정으로 해외여행을 온 사람으로 보이지는 않았다.

"그거 말고 다른 짐은 없어요?"

서진은 대답이 없었다. 못 알아들었나? 발음은 원어민 못지않게 좋은데 저렇게 말을 안 하는 걸 보면 썩 한국어를 잘하는 것 같진 않았다. 어쩌면 아까 한 인사말과 자기소개 정도가 다인지도 모른다. 해인이 무슨 말을 할 때마다 저렇게 잔뜩 집중한 눈으로 뚫어지게 쳐다보는 걸 보면 듣기를 아주 잘하는 것 같지도 않았다.

"짐이요, 짐. 가방. 캐리어."

다니엘, 아니, 서진이 고개를 저었다. 왠지 낙담한 듯한 기색에 해인이 혼자 나름대로 해석을 했다.

"어, 혹시 그 뭐냐, 딜레이? 뭐 그런 거예요?"

"……."

"그래서 늦은 거구나. 짐 기다리다가. 맞죠?"

해인이 손뼉을 짝 치며 고개를 주억거렸다. 태희도 예전에 이동할 때 수하물이 하루나 늦게 도착해서 곤란했다는 말을 한 적이 있었다. 서진은 아무 말도 하지 않았지만 혼자 그렇게 결론을 내린 해인이 재빨리 머리를 굴렸다. 저렇게 젖었는데, 짐이야 나중에 받는다 쳐도 당장 어떡하나. 갈아입을 옷도 없는데.

"어떻게 내 옷이라도……."

말을 잇던 해인이 서진의 위아래를 훑고 이내 단념하듯 고개를 저었다. 한국계 독일인이라 인종으로 치면 해인과 같은 동양인이었지만 신체 사이즈는 국적과 같았다. 얼핏 눈대중으로 봐도 키가 185는 훌쩍 넘을 것 같은데 머리가 작고 팔다리가 시원스레 길어 더 훤칠해 보였다.

동양화 같은 얼굴에 그리스 신상 같은 황금 비율의 몸이라니. 그야말로 세계화 시대에 걸맞은 이상적인 외모가 아닐 수 없다.

"……빌려드릴까 했는데 그건 안 되겠고."

서진은 해인이 눈을 찡긋하며 웃는 걸 빤히 보고만 있었다.

"일단 뭐라도 좀 드셔야죠. 배 안 고프세요?"

긴 비행과 공항에서의 장시간 대기에 지칠 대로 지쳤을 서진의 얼굴이 창백했다. 마침 저녁때라 같이 식사를 하자고 권해 봤지만 다른 일정이 있는지 서진은 대답을 하지 않았다.

"그럼 뭐 따뜻한 거라도 드릴게요. 좀 앉으세요. 차? 커피? 뭘로 드실래요?"

본격적으로 집 안내를 하기 전에 간단히 허기는 채워야 할 것 같았다. 따뜻한 커피나 차에 빵이라도 내와야겠다 싶어 해인이 잠깐 기다리라고 말하고 등을 돌리는 참이었다.

"어?"

불쑥 튀어나온 손이 덥석 해인의 팔을 잡았다. 방심하던 차라 피하지 못했지만 그것도 잠깐이었다. 해인이 침착하게 서진의 손목을 잡고 비틀며 몸을 반 바퀴 돌렸다. 전광석화 같은 동작에 윽, 하는 신음성이 들리고 금세 해인의 팔을 죄고 있던 힘이 풀렸다.

"죄송해요. 괜찮으세요?"

해인이 전혀 미안하지 않다는 표정으로 서진의 눈을 지그시 들여다보며 물었다. 말투나 표정은 여유로웠지만 자세나 눈빛엔 빈틈이 없었다.

"그렇게 갑자기 잡으시면 안 되죠."

해인은 유단자였다. 태권도와 호신술을 꾸준히 수련해 여차하면 이런 일반인 정도는 혼자서도 충분히 상대할 수 있었다. 네가 호락호락하게 당할 사람이냐는 태희의 말은 이런 의미였다.

"어? 저기 다니엘, 아니, 서진 씨!"

그렇다고 이렇게 쓰러질 정도로 힘을 주진 않았는데.

"서진 씨!"

서진의 몸이 물에 젖은 종이 인형처럼 흐물거리며 바닥으로 쓰러졌다. 검은 눈동자가 빙글 돌아 눈꺼풀 뒤로 사라졌다. 당황한 해인이 얼른 팔을 뻗어 부축했지만 서진은 정신을 차리지 못했다. 그대로 기절한 채 해인이 몇 번을 흔들고 불러도 눈도 뜨지 않았다.

* * *

다행히 서진은 몇 분 뒤 아무 일도 없다는 듯 깨어났다.

그때 해인은 119와 통화를 하는 중이었다. 전화를 받은 구조대원에게 쓰러지기 직전의 상황을 설명하며 제가 그를 업어 치거나 메친 게 아니라 손목만 살짝 잡았다고 주장하고 있는데, 바로 옆에 반듯하게 눕혀 놓은 서진이 눈을 뜨는 게 보였다.

"다, 다니엘! 아니, 윤서진 씨! 정신 들어요? 나 알아보겠어요?"

서진의 얼굴은 핏기 하나 없이 창백했지만 해인의 말도 알아듣고 누군지도 아는 것 같았다. 덕분에 한밤중에 구급차가 한옥까지 출동하게 되는 상황은 면했다. 황급히 주방으로 달려간 해인이 냉장고 문을 잡아채듯 열었다가 도로 쾅 닫고 상온에 있던 500밀리리터 생수를 하나 뜯어 거실로 되돌아갔다.

"여기, 물 좀 마셔요."

해인이 조심조심 그의 머리를 끌어다 제 무릎 위에 얹었다. 그대로 입가에 물병을 대자 서진의 몸이 다시금 돌처럼 딱딱하게 경직되는 것 같았지만 다행히 물을 몇 모금 받아 마셨다. 물병을 입에서 뗀 뒤에도 정신이 없는지 서진은 한동안 가만 누워 해인을 올려다보기만 했다. 천장의 불빛이 까맣게 젖은 눈동자에 어려 묘한 빛을 냈다.

"좀 괜찮아요?"

해인이 초조하게 물었다. 대답 대신 서진이 천천히 몸을 일으켜 앉았다. 어쩌나 천천히 움직이는지 모르는 사람이 봤다면 필시 해인에게서 떨어지기 싫어하는 거라 오해할 정도였다.

"정말 미안해요. 미안해요."

거듭 사과를 되풀이하며 해인은 서진을 그가 쓸 방으로 데려갔다. 일단 좀 누워야 할 것 같았다. 기다란 몸을 부축해 어두운 복도를 지나 침대가 있는 유일한 방으로 가는 동안, 해인은 불안함에 가슴이 쿵쿵 뛰었다. 혹시 또 쓰러지면 어쩌나 겁이 났다.

"잠깐만요."

얌전히 누운 몸 위에 폭신한 이불을 덮어 주고 해인은 곧장 주방으로 갔다. 뭐라도 좀 먹여야 할 것 같아 허둥지둥하다 급한 대로 인스턴트 콘수프를 한 봉지 끓였다. 완성된 수프를 한 입 크기로 자른 빵과 물병과 함께 트레이에 올려 서진의 방으로 돌아갔다.

"이거라도 좀 드세요."

식욕이 없는지 서진은 한국말로 중얼거리듯 나중에 먹겠다고만 했다. 해인은 몇 번 더 권해 보다가 어쩔 수 없다는 듯 식기 전에 드시라며 트레이를 침대 옆 협탁에 내려놓았다.

"정말 괜찮으세요? 병원 안 가도 되겠어요?"

서진은 해인에게 시선을 둔 채로 고개만 저었다. 온몸에 힘이라곤 없는 듯 축 늘어진 채 눈만 겨우 깜박이는 모습이 빈사의 백조처럼 애처로웠다.

몇 번이나 다른 불편한 곳이나 아픈 곳은 없는지 확인하고 해인은 방을 나왔다. 나중에라도, 한밤중이라도 이상이 있는 것 같으면 언제든지 소리쳐 저를 부르라고 신신당부를 하는 것도 잊지 않았다.

'아, 진짜 깜짝 놀랐네.'

정신이 하나도 없었다. 반쯤 넋이 나간 채 콘수프를 만드느라 어질러진 주방을 정리하며 해인이 한숨을 푹 쉬었다.

해인이 그렸던 다니엘과의 한국에서의 첫날은 이런 게 아니었다.

서로 반갑게 악수를 나누며 통성명을 하고, 점심엔 근처에 미리 봐 둔 식당에서 맛있는 걸 먹고, 돌아오는 김에 동네도 한 바퀴 돌아보고, 밤엔 맥주도 마시며 태희 얘기도 들으면서 앞으로 잘 부탁한다, 사이좋게 잘 지내 보자 하고 의기투합하는 그런 시간이 될 줄 알았는데.

'내일 하면 되지 뭐.'

그러려면 서진의 상태가 좀 나아져야 할 텐데.

해인은 한동안 손님방으로 통하는 복도 앞을 서성이다 일찌감치 잠자리에 들었다. 종일 한 거라고는 가만히 앉아 기다린 것밖에 없는데 어째 출근을 한 날보다 더 피곤했다.

혹시나 하는 마음에 해인은 거실에 요를 깔고 누웠다. 서진이 쓰는 방과 해인의 방은 기역자의 양 끝단에 위치했다. 중간에 거실과 방 두 개가 더 있어서 혹시 밤에 그가 저를 불러도 못 들을 수도 있었다.

염려와 달리 서진은 한 번도 깨지 않고 내리 잤다. 반면 신경 쓰이는 일이 있어서인지 해인은 평소 같지 않게 밤새 옅은 잠을 잤다. 그칠 줄 모르고 내리는 비가 누군가의 발소리처럼 들려 자꾸 눈이 떠졌다.

한번은 정말로 잠결에 누군가가 제 머리맡에 앉아 있는 걸 본 것도 같았지만, 아침에 깼을 땐 싹 잊어버린 후였다.

"어? 서진 씨."

해가 오르며 빗줄기도 잦아들었다. 평소보다 좀 이른 시간에 일어나 아침을 준비하던 해인은 삐걱 대문 열리는 소리에 고개를 돌렸다. 당연히 방에서 자고 있겠거니 했던 서진이 앞마당으로 들어오고 있었다. 놀란 해인이 손에 뒤집개를 든 채로 그를 맞이하듯 문앞으로 달려갔다.

"어디 갔다 왔어요? 아직 자는 줄 알았는데."

가벼운 걸음으로 성큼성큼 몇 번 만에 정원을 가로지른 서진이 예의 바르게 눈인사를 건넸다. 어제와 다르게 짙은 색 청바지에 보송보송한 흰색 피케셔츠 차림이었다. 흰색이 잘 받는 외모라 사람 전체가 반사판을 댄 것처럼 빛이 났다. 서진이 섬돌 위에 흰 운동화를 가지런히 벗어 두고 안으로 들어왔다.

"어디 나갔다 왔어요?"

"네, 잠깐 볼일이 있어서요."

물 흐르듯 유창한 한국어로 서진이 말했다. 처음 들었을 때부터 생각했지만 낮게 울리는 음색이 노래를 불러도 듣기 좋을 것 같았다. 해인은 그의 손에 들린 커다란 캐리어 두 개를 보고 금세 납득한 듯 아아 소리를 냈다.

"짐 찾으러 갔었나 봐요."

"네, 대문 키가 현관 옆에 걸려 있어서 허락도 없이 썼어요."

푹 쉰 덕분인지 서진은 딴사람 같았다. 어제 그 위태롭고 다소 불안정해 보이던 분위기는 간 곳 없고, 눈빛도 차분했고 말투나 표정도 자연스러웠다. 메일에서 짐작했던 것과 달리 유머러스하고 발랄한 성격은 아닌 것 같았지만 좋은 교육을 받고 잘 자란 반듯한 도련님 같은 느낌을 풍겼다.

"잘했어요. 쓰라고 거기 둔 건데요. 그거 서진 씨 거예요."

어쨌든 다행이다 싶어 해인은 절로 얼굴이 환해졌다. 그의 한국어가 예상보다 훌륭해서 더 안심이 됐다. 이 정도면 의사소통하는데 아무런 문제도 없을 것 같았다.

"그보다 몸은 좀 괜찮아요?"

그 질문에 서진이 약간 쑥스러운 듯 눈길을 돌리며 한 손을 목덜미로 가져갔다. 짧은 소매 아래 드러난 팔뚝이 의외로 탄탄했다. 워낙 얼굴이 임팩트 있어 그렇지 몸도 운동한 사람처럼 좋았다.

"네, 괜찮아요. 제가 괜한 걱정을 끼쳐 드린 건 아닌가 모르겠네요. 피곤하면 가끔 그런 일이 있어서……."

"가끔이요?"

"네, 가끔……."

해인이 어리둥절한 표정을 짓자 유리로 만든 것처럼 섬세한 얼굴이 창피한 듯 볼만 살짝 붉어졌다. 민망한지 말끝을 얼버무리며 슬쩍 눈길을 피하는 그를 보고 해인은 더 말할 필요 없다는 듯 열심히 고개를 끄덕이며 맞장구를 쳤다.

"그렇죠, 사람이 피곤하면 가끔 그럴 수 있죠."

물론 해인은 한 번도 기절이라는 걸 해 본 적이 없었다. 지금보다 10년 전, 몸무게가 7, 8킬로 이상 적게 나가던 시절에도, 하루에 서너 시간 자고 활동하며 닭 가슴살에 샐러드만 먹던 그 시절에도 간혹 어지럼증은 느꼈을지언정 진짜로 쓰러진 적은 없었다.

'원래 몸이 약하구나.'

그러자 순간순간 그에게서 느껴지던 날카롭고 예민한 기운이 이해가 갔다. 역시 사람은 겉만 보곤 모른다. 저렇게 떡 벌어진 어깨에, 팔뚝에, 어디 내놔도 남부럽지 않은 몸을 하고서 어디서 저런 개화기의 병약한 천재 문인 같은 분위기가 느껴지나 했더니.

해인은 다시금 어제 일을 후회했다. 저 정도 약골인 줄 알았다면 팔을 비틀 것도 없이 그냥 좋은 말로 놓으라고 했을 거다. 동시에 역시 태희가 사람 보는 눈이 있다고도 생각했다. 이런 사람이니까 맘 놓고 보낸 거다. 이 정도면 유단자인 해인은커녕 고양이 하나도 못 이길 걸 알고.

"그렇게 오래 비행기 타는 게 보통 일이 아니잖아요."

사실 해인은 한 번도 해외에 나간 적이 없었다. 그렇다고 그 다닥다닥 붙은 좁은 좌석에 열몇 시간을 꼼짝도 않고 묶여 있어야 하는 고충을 이해 못 할 정도로 상상력이 빈곤하지도 않았다.

"첫날부터 정말 고생 많았어요."

해인이 격려하듯 뒤집개를 들지 않은 손으로 그의 어깨를 토닥이는 시늉을 했다. 분명 저랑 동갑이라는 걸 아는데 아기 같은 피부나 연약한 체질 때문인지 자꾸 동생처럼 느껴졌다.

"액땜했다 쳐요. 아, 액땜이란 말 아시려나?"

서진은 보일 듯 말 듯 고개를 저었다. 그러면서도 해인에게서 한시도 눈을 떼지 않았다.

"암튼 대충 좋다는 뜻이에요."

해인이 웃자 서진도 희미하게 따라 웃었다. 저렇게 잘생겼으니 좀 더 당당하게 웃으면 더 보기 좋으련만. 역시 좀 수줍음을 타는 성격인 것 같았다.

"손 씻고 와서 앉아요. 배고프죠? 아침 준비 다 했어요."

"저……."

"아, 알아요, 알아. 홈 익스체인지. 식사도 빨래도 청소도 각자 알아서. 태희랑 그렇게 얘기했다고요. 근데 오늘은 첫날, 아니, 둘째 날이지만 아무튼 첫 아침이잖아요. 첫 아침은 같이 먹어야죠. 한국에선 원래 그래요."

벌써 2인분 준비 다 했다며 해인이 머뭇거리는 서진을 막무가내로 끌어다 식탁 앞에 앉혔다. 자신 있게 한 말과는 달리 그 뒤로도 한참을 더 허둥대며 조리대와 렌지 앞을 오가는 뒷모습을, 서진은 눈도 깜박이지 않고 뚫어지게 쳐다보고 있었다.

"어, 점심은 밖에서 먹을까요?"

나름 유럽식 아침 식사를 한다고 했다. 인터넷으로 찾아봤을 땐 한식 아침에 비하면 껌이다 싶었는데 사진처럼 그렇게 예쁘게 되지 않았다. 너무 잘하려고 해서 그런지 오히려 평소 혼자 대충 차려 먹을 때보다 더 망했다.

식탁 위에 놓인, 검게 그을린 자국이 역력한 토스트와 기름이 줄
줄 흘러 보기만 해도 속이 느끼해지는 소시지와 풀 죽은 샐러드 따
위를 물끄러미 내려다보는 서진을 향해 해인이 얼른 양심 고백을
했다.

"사실 제가 그렇게 요리를 잘하는 편은 아니라서요……."

매너 좋은 청년답게 서진은 잘 먹겠다고 인사를 했지만 그 목소
리가 조금 떨리는 것까진 막지 못했다. 차분한 동작으로 포크를 드
는 그를 해인이 잠깐만 기다리라며 제지했다.

렌지 위에서 프라이팬을 들고 식탁 앞으로 돌아온 해인이 막 완
성되어 아직도 탁탁 기름 튀는 소리를 내고 있는 계란프라이 두 개
중 좀 더 잘된 것 하나를 서진의 토스트 위에 조심스레 올렸다.

"이제 됐어요. 드세요."

서진은 말없이 제 접시를 가만히 내려다보았다. 정확히는 완벽하
게 익은 하얀 흰자 속 선명한 노른자가 막 떠오른 해처럼 동그랗게
얹혀 있는 계란프라이를 보고 있었다. 그 표정이 어쩐지 이상해서
해인이 고개를 갸웃했다.

"왜 그래요?"

다른 건 몰라도 계란프라이는 괜찮은데. 혹시 반숙은 안 먹는 걸
까. 해인이 완전히 익혀서 다시 해 줄까 물으려는데 서진이 고개를
저으며 저를 올려다봤다.

"아뇨, 그냥……."

"그냥?"

"그냥, 계란이 너무 예뻐서요."

살짝 커졌던 해인의 눈이 이내 가늘어졌다. 이것 봐라. 수줍음 타는 주제에 은근 아부도 할 줄 안다. 계란프라이가 다 같은 계란이지, 예쁘고 말고 할 게 뭐 있다고.

'귀엽네.'

하지만 해인은 그런 내색 없이 능청맞게 너스레를 떨며 웃었다.

"그죠? 제가 어릴 때부터 딴 건 몰라도 계란프라이 하나는 잘한다는 소리 많이 들었거든요."

"……그러셨을 것 같아요."

왠지 그 눈가가 붉어진 것 같은 건 기분 탓인가. 중얼거리는 서진의 음성이 또 살짝 떨렸다. 해인은 뿌듯하게 웃으며 정갈하게 포크를 움직이는 하얀 손을 바라보았다.

서진은 해인이 준비한 어설픈 브랙퍼스트를 호텔 정찬이라도 되는 듯 맛있게 먹었다. 검게 탄 토스트까지 부스러기 하나 남김없이 싹싹 다 긁어 먹었다.

* * *

그 모양이 보기 흐뭇해 해인은 출근을 해야 한다는 것마저 잊고 그 앞에서 노닥거리며 시간을 보냈다. 뒤늦게 허둥지둥 집을 나서며 해인은 서진에게 빠르게 몇 가지 당부를 했다.

"대문은 그냥 닫으면 자동으로 잠기고요. 현관문은 잠금 해제 해 놨는데 나갈 때는 잠그셔야 돼요. 키는 아까 그거 쓰시면 되고요. 보일러 컨트롤러는 저기, 에어컨 리모컨은 텔레비전 리모컨이랑 같이 테이블 위에 있어요. 세탁기랑 건조기 사용법 적어 놓은 것도 같이 있고요."

"네."

서진은 신발을 신는 해인의 뒤를 따르며 모범생처럼 대답했다.

"욕실은 거실에 딸린 건 제가 쓰니까 서진 씨는 방 옆에 있는 걸로 쓰세요. 혹시 욕조 쓰실 거면 미리 말하고 쓰셔도 돼요. 냉장고랑 주방에 있는 것도 아무거나 꺼내 드세요. 어차피 다 서진 씨 먹으라고 사 놓은 거니까."

"네?"

"원래는 텅텅 비어 있거든요. 제가 평소에 집에서 밥을 잘 안 먹어서."

"아……."

서진은 대문 앞까지 해인을 쫓아왔다. 문을 밀어 열다 말고 해인이 뒤를 돌아보았다. 늘 비어 있던 안뜰에 누가 서 있는 걸 보는 게 퍽 오랜만이었다. 꼭 배웅을 받는 기분이었다.

"오늘은 뭐 해요?"

"네? 어, 특별히……."

"점심때 별일 없으면 밥 같이 먹을래요? 사실 어제 사 주려고 했는데 서진 씨가, 아니, 비행기가 늦게 와서."

"네, 좋아요."

"뭐 먹고 싶은 거 있어요? 혹시 한식도 잘 먹어요?"

기다렸다는 듯 서진이 한식 아주 좋아한다고 했다. 어찌나 좋아하는지 해인이 잘됐다고 웃는 걸 벌써부터 기대 가득한 표정으로 바라보았다. 해인이 1시쯤 집으로 데리러 오겠다 하자 서진이 고개를 빠르게 여러 번 끄덕였다. 그 바람에 눈썹 위로 살짝 흘러내린 앞머리가 살랑살랑 흔들렸다.

"조심해서 잘 다녀오세요."

서진이 눈을 맞추며 아침마다 늘 그랬던 것처럼 자연스럽게 인사를 했다. 해인은 늦은 것도 잊고 물끄러미 그 얼굴을 쳐다봤다.

참 이상한 얼굴이다. 분명 뜯어보면 차가운 생김새의 남자인데, 나이도 저와 동갑인데 어째서 이렇게 귀여워 보이지.

"그럼 저 갔다 올게요."

저도 모르게 그 머리 위로 손이 나가려는 걸 참고 해인이 손을 흔들고 뒤돌아 걸었다. 몇 미터쯤 가다 뒤를 돌아보니 서진은 아직도 대문 앞에 그대로 서 있었다. 해인이 후다닥 뛰어 그 앞으로 되돌아갔다.

"서진 씨."

"네."

"아까 내 말 너무 빠르지 않았어요? 다 알아들었어요?"

무슨 말을 하려나 눈을 둥그렇게 뜨고 쳐다보고 있던 서진이 살풋 웃으며 고개를 끄덕였다.

"네, 다 잘 알아들으니까 그냥 편하게 말씀하시면 돼요."

"와, 다행이다. 서진 씨 진짜 똑똑하네요. 그럼 나 갔다 올게요. 이따 봐요!"

해인이 손을 흔들고 뒤돌아 뛰었다. 이번엔 다시 돌아보지 않았다. 걸어서 10분, 달리면 5분 거리에 있는 가게지만 이젠 날아간다 해도 늦었다. 늦어도 혼낼 사람이 없다는 게 사장의 특권이 아닐까마는 해인은 숨이 턱에 닿도록 전력 질주를 했다.

"언니, 늦었네요."

"어, 미안 미안."

혼낼 사람은 없지만 빌어야 할 사람은 있다. 먼저 문을 열고 청소를 하고 있던 소민을 보자마자 해인이 늦어서 미안하다고 연신 사과를 했다.

"유리창 청소는 내가 할게."

"됐어요. 어차피 또 비 올 것 같은데."

그보다 날씨도 더운데 뭘 그렇게 뛰어오냐고 소민이 핀잔을 주었다. 해인이 허리에 손을 짚은 채 가쁜 숨을 골랐다. 그 이마에 송골송골 맺힌 땀을 보고 소민이 혀를 끌끌 차며 티슈를 몇 장 뽑아 닦으라고 내밀었다.

"그래 봐야 몇 분 더 일찍 온다고."

"진정성을 보여야 할 거 아니야, 우리 귀한 매니저님한테."

소민이 피식 웃었다. 그런 진정성은 남친한테나 보이고 저한테는 월급으로 보이라며 땀을 닦고 물을 마시는 해인 주변을 얼쩡거렸다.

"그 외국인 때문에 늦은 거죠?"

"아니, 나 때문에."

해인은 원래 아침을 먹지 않았다. 가게에 나와 라떼 한 잔 마시는 게 다였다. 안 하던 아침 준비를 하느라 늦은 건 맞지만 제가 더 서둘렀어야 할 일이었다.

"어때요, 그 사람? 이름이 뭐랬더라. 다니엘이랬나?"

소민은 해인의 손님에게 관심이 많았다. 예전부터 그 큰 한옥을 그냥 놀리는 게 아까웠다며, 이 기회에 아주 게스트 하우스라도 차려 보는 건 어떻겠냐는 제안을 한 걸 보면 손님 자체보단 그로 인해 파생될 경제적 이득에 대한 가능성에 더 관심이 큰 것 같긴 했지만, 아마 서진의 얼굴을 보면 단번에 태세가 전환될 거라는 데 해인은 제 손목도 걸 수 있었다.

"어, 근데 한국 이름도 있어."

"뭔데요?"

"윤서진."

"오, 윤서진. 입양 가기 전 이름인가? 아니면 자기가 지었대요?"

모르겠다는 뜻으로 해인이 고개만 저었다. 그런 건 물어볼 생각도 하지 않았다.

"잘생겼어요?"

"그 질문을 기다렸어."

해인이 그 어느 때보다 진심을 담은 눈으로 소민을 보며 한 마디, 한 마디 힘주어 대답했다.

"진짜 잘생겼어. 일반인 얼굴이 아니더라고."

"어머, 정말요?"

"정말. 얼굴 보자마자 깜짝 놀랐다니까. 내가 연예 기획사 캐스팅 담당자면 삼고초려라도 했을 상."

"언니가 그렇게까지 말할 정도면 진짜 잘생겼나 봐요."

소민이 눈을 둥그렇게 뜨고 궁금하다고 호들갑을 떨었다.

"다음에 같이 한번 보자. 한국말도 되게 잘해."

"그래요? 저번에 못한다고 하지 않았어요?"

"그런 줄 알았는데 아니었나 봐."

수다를 떠는 사이, 디저트를 납품받는 공방에서 배달이 왔다. 냉장 쇼케이스에 브라우니와 조각 케이크, 파이들을 진열하고 청소를 마무리하고 나니 손님이 한둘 들어왔다. 주택가에 위치한 가게라 10시는 넘어야 슬슬 손님이 들기 시작했다.

오전 장사를 마치고 점심시간이 되자 해인이 입고 있던 앞치마를 벗었다. 보통은 같이 배달 음식을 시켜 먹거나 소민이 먼저 밥을 먹으러 가는데, 서진과 점심을 먹기로 했다는 말에 소민이 선선히 차례를 양보했다.

"뭐 먹으러 갈 건데요?"

"동헌정식 가려고."

"어, 거기……."

"한식 되게 좋아하고 잘 먹는대."

동헌정식은 카페가 있는 상가 근처 쌈밥집이었다. 기본 반찬들도 깔끔하고 채소도 싱싱하고 특히 바지락과 미더덕을 넣은 된장찌개가 맛있어 자주 이용하는 곳이긴 했지만 사실 외국에서 온 손님을 대접하는 첫 끼로 성의가 있다고 보긴 어려웠다.

한식 사 준다니까 좋아서 얼굴도 빨개졌었는데. 해인은 좀 아쉬웠지만 어쩔 수 없었다. 오늘은 이렇게 먹고 나중에 서진의 스케줄에 맞춰 어디 좀 멀리 데리고 나가 제대로 된 한정식을 먹는 것도 좋을 것 같았다.

해인이 씩씩하게 집을 향해 걸었다. 다행히 구름만 짙을 뿐 비는 오지 않았다. 시간은 넉넉한데 왠지 자꾸 걸음이 서둘러졌다.

"어."

대문을 열고 들어가자마자 곧바로 서진과 눈이 마주쳤다. 미리 주인의 발소리를 들은 강아지처럼 정면을 보고 툇마루에 그림처럼 앉아 있는 그를 보고 해인이 멈칫했다. 한참이나 그렇게 있었던 것 같은 고요한 모습에 저도 모르게 늦었나 싶어 시간을 확인했다. 1시가 되려면 아직 15분이나 더 남았다.

"왜 나와 있어요? 더운데."

그 말엔 대답하지 않고 서진이 해인을 올려다보며 웃었다.

"일찍 올 것 같아서요."

갑자기 하늘을 덮고 있던 먹구름이 걷힌 것 같아 해인이 무심결에 기와지붕 위를 올려다보았다. 제 착각이었다. 여전히 두툼한 구름이 금방이라도 빗방울을 떨어트릴 태세로 무겁게 내려앉아 있었다.

"아, 그, 그럼 갈까요? 여기서 안 멀어서 조금만 걸으면 되는데……."

네, 하고 대답하며 서진이 자리에서 일어나 해인에게로 성큼성큼 다가왔다. 나란히 대문을 나서 왔던 길을 되짚어 내려가는데 왠지 나들이라도 가는 것처럼 가슴이 부풀었다.

해인의 팔이 평소보다 더 큰 각도를 그리며 앞뒤로 활기차게 움직였다. 눈동자가 자꾸 서진이 서 있는 오른쪽으로 굴러갔다. 무슨 얘기든 좀 나누고 싶었는데 점심시간이라 그런지 몇 걸음에 한 번씩 아는 얼굴을 만났다.

"어, 데이지 사장. 점심시간인가 봐요?"

"네, 식사하셨어요?"

"나야 벌써 먹었지."

나중에 커피 마시러 가겠다며 인사를 하는 손님도 있었고, 이것 좀 먹으라며 뛰어나와 산딸기 한 줌을 담은 종이컵을 해인의 손에 쥐여 주는 청과점 사장도 있었다. 한 골목에서 함께 장사를 하다 보니 서로가 서로의 손님이고 거래처고 이웃이었다. 그 덕에 정작 서진과는 몇 마디 나눌 수가 없었다.

"데이지가, 일하시는 곳 이름인가 봐요."

서진이 해인이 들고 있는 산딸기 컵을 힐끗대며 물었다. 해인이 고개를 끄덕이며 그렇다고 했다.

"네, 데이지 커피라고 작은 카페인데, 여기서 멀지 않아요."

"아."

"자주 놀러 와요. 서비스 팍팍 줄게요. 이래 봬도 사장이거든요, 내가."

서진이 눈을 깜박이며 해인을 보았다. 그 시선을 느낀 해인이 눈을 찡긋하며 웃었다.

"왜, 사장이라니까 막 다시 보이고 그래요? 더 멋있어 보이고 능력 있어 보이고 막?"

"아니, 그런 건 아니고……."

"아니라고요?"

"아니, 진짜 예쁘신, 아니, 멋있으시죠……. 근데 그게 사장이라서는 아니고……."

서진이 얼굴이 빨개진 채 중언부언하자 해인이 까르르 웃었다. 장난이라고 서진의 팔을 툭툭 치며 웃자 입을 다물고 눈을 내리깔고 있던 서진이 잠시 후 물었다.

"데이지면, 꽃 이름 맞죠?"

"네."

"왜 그 이름을 가게명으로 했는지 물어봐도 돼요?"

별것도 아닌데 비밀을 캐는 것처럼 조심스럽게 묻는 서진을 향해 해인이 입을 열려는 찰나, 뒤에서 해인을 외쳐 부르는 소리가 들렸다. 막 지나친 세탁소 사장이었다.

지난번 맡긴 세탁물 다 됐다고 연락한 지가 언젠데 아직도 안 찾아가냐는 호통에 해인이 웃으며 죄송하다고 연신 사과를 했다. 오늘은 꼭 찾아가라고, 올 때까지 문 안 닫고 기다린다는 사장의 얼굴을 서진이 빤히 쳐다봤다.

"근데 저 남자는 왜 저렇게 화를 내요?"

얼마 떨어진 곳에서 서진이 낮게 물었다. 반사적으로 올려다본 얼굴엔 의아한 기색과 함께 어렴풋이 불쾌한 기색이 서려 있었다.

"아닌데, 화낸 거 아니에요."

"소리 질렀잖아요. 해인 씨한테."

"아."

해인이 풀썩 웃었다. 생김새도 그렇고, 말도 너무 잘해서 서진이 외국인이라는 걸 잠시 잊고 있었다.

"세탁소 사장님이 말투가 좀 무뚝뚝해서 그래요. 화내신 거 아니에요."

그럼에도 서진은 납득하지 못하겠다는 얼굴이었다. 해인이 정말 화내신 게 아니고 오랜 단골이라 스스럼이 없어 그렇다고, 원래는 배달도 안 하는데 가끔 제가 오래 세탁물을 깜빡하면 일부러 집까지 가져다주기도 하는 좋은 분이라고 설명하자 오히려 표정이 더 안 좋아졌다.

사장님껜 안된 일이지만 어쩔 수 없는 일이었다. 외국에서 자란 서진이 김 첨지나 점순이, 욕쟁이 할머니 같은 우리네 정서를 하루아침에 이해할 수는 없을 터였다.

동헌정식으로 들어서며 해인이 이모, 저 왔어요, 하고 인사를 했다. 점심때라 제법 붐비는 홀을 바쁘게 누비고 있던 중년의 직원이 반갑게 알은체를 하며 그들을 방으로 안내했다.

미리 예약을 했기에 방 안엔 벌써 밑반찬이 깔려 있었다. 해인과 서진이 자리를 잡고 앉은 지 얼마 되지 않아 들어온 직원이 미리 비워 놓은 자리에 메인 요리인 수육과 보글보글 끓는 된장찌개 뚝배기를 내려놓으며 서진을 힐끔거렸다.

"여긴 누구야? 못 보던 얼굴인데."

남자 친구냐는 말에 해인이 바람 빠지는 소리를 내며 웃었다. 어디로 보나 그런 분위기가 아닐 텐데, 암튼 이 동네 사람들은 어떻게든 해인에게 남자 친구를 만들어 주지 못해 안달이었다.

"안타깝게도 아니네요."

"아, 그래? 에이그."

해인을 향해 알 수 없는 추임새를 넣은 직원이 서진을 보고 칭찬을 했다. 너무 잘생겨서 연예인이 들어오는 줄 알았다며 너스레를 떨었다. 서진은 그저 눈을 살짝 내리깔며 미소 비슷한 것을 만들듯 입꼬리를 늘이기만 했다. 수백 번도 더 이런 상황에 처했을 권태가 느껴졌다.

"남자 친구 아니면 무슨 사이인데?"

"태희 손님이에요."

"태희? 태희 왔어? 1년이 넘게 외국에서 들어올 생각을 안 한다더니."

"1년은 아니고요. 이제 8개월쯤 됐어요."

"그게 1년이지."

암튼 태희 걔도 참 대단하다며, 자기 하고 싶은 건 다 하고 산다는 말을 던지고 직원이 밖으로 나갔다. 잠시 어색한 침묵이 흘렀다. 해인이 흠흠, 헛기침을 하고 밝은 목소리를 내어 먹자고 했다.

"보쌈 먹어 봤어요? 된장찌개는요?"

서진은 다 먹어 봤다고 했다. 독일에도 한국 식당이 있냐는 질문에 당연하지 않냐는 대답이 돌아왔다. 서진이 보란 듯이 먼저 상추하나를 집어 들었다. 그 위에 깻잎을 올리고 쌈장에 찍은 고기를 새우젓과 보쌈김치를 곁들여 한 입에 넣더니 야무지게 씹었다.

"오."

좋아한다는 말대로 서진은 보쌈을 제대로 먹을 줄 알았다. 외국인에겐 생소할 명이나물이나 풋고추, 마늘도 잘 먹었다. 된장찌개에 든 바지락 조갯살을 하나하나 다 건져 먹고 국물에 밥까지 말아먹는 것까지 보고 해인이 감탄하며 엄지를 치켜들었다.

"인정. 진짜 잘 먹네요, 서진 씨."

은근 조마조마하고 있었는데 정말로 저렇게 잘 먹으니 절로 신이났다. 해인의 말에 서진이 멈칫하더니 조심스럽게 제가 너무 게걸스럽게 먹느냐고 물었다. 해인이 하하 웃으며 아니라고 손을 저었다.

"게걸스럽다는 말도 알아요? 그럼 복스럽다는 말도 알겠네."

"네?"

"보기 좋다고요. 서진 씨 잘 먹는 게."

예쁘다는 말은 생략했다.

"다음에 내가 진짜 제대로 된 한정식집 데려가 줄게요. 그리 비싸지 않으면서 맛있는 데 알거든요."

인사동 쪽에 태희가 좋아해서 자주 가던 곳이 있었다. 그러고 보니 태희가 떠난 뒤로는 한 번도 간 적이 없다. 사실 해인은 먹는 것에 크게 관심이 없었다. 맛집과 아닌 집의 차이도 잘 모르겠고, 그냥 그때그때 편하게 먹을 수 있는 걸로 배만 채우면 그걸로 족했다. 식탐도 없어 입도 짧은 편이고 맛에 둔감하다고 해야 맞았다.

"서진 씨는 한식 중에 제일 좋아하는 게 뭐예요? 아, 아니다. 말하지 마세요! 내가 맞혀 볼게요."

해인이 눈을 반짝반짝 빛내며 열의를 불태우는 걸 보고 서진이 희미하게 미소를 띠었다. 갈비찜부터 시작해서 해인이 삼계탕? 삼겹살? 불고기? 하고 차례차례 외쳤지만 서진은 그때마다 고개를 저었다.

제육볶음에 닭볶음탕, 떡갈비까지 외국인들이 좋아한다는 음식 이름은 어지간히 다 댄 것 같은데 서진은 좀체 고개를 끄덕이지 않았다. 급기야 홍어, 곱창, 닭발까지 나왔는데도 서진이 고개를 젓자 해인이 결국 두 손을 들었다.

"계란프라이를 얹은 김치볶음밥이요."

뜻밖의 허무한 대답이었다.

"그리고 라면."

해인이 알 듯 말 듯 한 표정을 지었다. 납득이 갈 것 같으면서도 잘 모르겠다. 잠시 이리저리 눈을 굴리던 해인아 그냥 웃고 말았다.

"서진 씨 입맛이 나랑 비슷하네요. 나도 김치볶음밥이랑 라면 좋아하는데."

"……."

"소박하네요. 그렇게 안 보이는데."

역시 자신과 죽이 잘 맞겠다며 해인이 고개를 끄덕끄덕했다.

"술은 어때요? 그래도 맥주는 독일 맥주 좋아하죠?"

"소주 좋아합니다."

기다렸다는 듯 떨어지는 대답에 해인이 큰 소리로 웃음을 터트렸다.

* * *

동헌정식을 나와 집까지 데려다주겠다고 했더니 서진은 가 볼 데가 있다고 사양하고 도망치듯 가 버렸다. 계산을 서진이 해 버린 바람에 실랑이를 벌이느라 해인은 그에게 언제쯤 돌아올 거냐고, 저녁은 어떻게 할 거냐고 묻는 걸 깜빡했다는 사실을 깨달았다.

"여행 온 사람이 무슨 돈이 있어서."

꼭 돈이 전부는 아니라 해도 홈 익스체인지를 하는 이유에 경제적인 부분이 없다고는 할 수 없을 터였다. 모으기는 어려워도 쓰는건 순식간인 게 돈이다. 앞으로 두 달은 버는 것도 없이 쓰기만 할사람이 서울 물가 무서운 줄도 모르고 말이야.

"나 사장이라니까……."

괜히 어린애 삥 뜯은 기분이 되어 해인은 입맛이 썼다. 서진이언제 계산을 마쳤는지도 몰랐는데 또 어찌나 날래게 달아나는지

미처 잡을 새도 없었다. 해인이 떨떠름한 표정으로 카페로 걸음을 옮겼다.

가게에 도착하니 소민은 밥을 먹으러 갔고 오후 아르바이트생인 준서가 있었다. 그와 인사를 나누고 테이블을 차지하고 있는 단골들에게도 인사를 하고 카운터 뒤로 갔다. 손을 씻고 앞치마를 매는데 뭔가 좀 허전하다 싶었다.

'아, 산딸기.'

그러고 보니 산딸기가 든 종이컵이 없었다. 다른 덴 들른 데가 없으니 아마 동헌정식에 흘리고 온 것 같았다. 청과점 사장님이 기껏 생각해서 맛보라고 주신 건데.

'어쩔 수 없지.'

되찾으러 가기도 늦었다. 개수대에 있던 컵을 설거지하고 행주를 빨며 해인은 시즌 한정 메뉴에 산딸기 주스를 추가해 볼까 생각했다. 점점 사위가 어두워진다 싶더니 잠시 소강상태이던 빗줄기가 다시 거세졌다.

5시가 되어 해인이 퇴근 준비를 하고 있는데 소민이 슬그머니 옆으로 다가왔다.

"오늘도 집에 바로 가요?"

"응."

"체육관 안 가요?"

"도복을 안 챙겨왔어. 집에 들렀다 가려고."

"비 많이 오는데, 우산 또 안 챙겨 왔죠?"

소민이 창밖을 내다보았다. 옆에 있던 준서가 끼어들어 제 우산이라도 빌려드릴까요? 했다.

"나중에 체육관 가는 길에 가져다주시면 되잖아요."

"아니, 됐어. 괜찮아. 이 정도야 대충 맞고 가지 뭐."

"뭘 또 대충 맞는대. 요즘 비 몸에 안 좋아요, 언니. 그냥 쓰고 가요."

"뛰어가면 5분인데 뭐."

한사코 사양하고 먼저 간다고 가게를 나섰다. 에어컨이 윙윙 돌아가는 곳에 있다 장마철 후텁지근한 공기 속으로 들어가니 순간 따뜻한 기분마저 들었다. 해인이 머리 위로 양손을 펼쳐 차양을 만들고 막 뛸 준비를 하는 참이었다.

"어."

몇 걸음 떨어진 곳에 서진이 서 있었다. 몇 시간 전 점심을 먹고 헤어졌을 때 차림 그대로, 커다란 우산 하나만 든 채였다.

해인은 멍하니 선 채 검푸른색 우산이 둥실둥실 다가와 제 머리 위에서 멈추는 것을 쳐다보았다. 어쩐 일이냐고 묻자 마중을 나왔다고 서진이 아주 당연한 것처럼 담담하게 대답했다. 갑자기 우산을 때리는 빗소리가 커진 것 같았다. 아니면 해인의 귀가 잠깐 고장 났거나.

"나 데리러 왔다고요?"

"네, 비가 오는데 아까 보니까 우산이 없는 것 같아서."

"우산 안 갖고 나가길 잘했네. 서진 씨한테 마중도 다 받고."

해인이 고개를 기울이며 웃었다.

"볼일은 다 봤어요?"

"네."

"뭐 했어요? 관광?"

"네, 그냥 여기저기 다니다가 비가 와서 일찍 들어왔어요."

두 사람은 우산 하나를 쓴 채 나란히 집을 향해 걸음을 옮겼다. 어디어디 갔었냐, 어디가 좋더냐 묻다가 해인이 돌아오는 휴무일에 가이드를 해 주겠다 말을 꺼냈다. 반색한 서진이 정말이냐고 되묻는 것에 해인이 그럼요, 하고 자신 있게 고개를 끄덕였다.

서진은 좀 과도할 정도로 고맙다고 거듭 인사를 했다. 그 정도 한국어 실력이면 굳이 가이드 같은 건 필요 없지 않나 싶었지만 그 태도를 보니 꼭 그렇지도 않은 모양이었다.

'말 잘해도 아무렴 혼자 다니는 것보다 둘이 낫지.'

문득 과일 가게 옆을 지나는 것도 아닌데 과일 냄새 비슷한 게 났다. 저도 모르게 코를 킁킁거리며 해인이 향기가 나는 쪽으로 고개를 돌렸다. 우산 손잡이를 쥐고 있는 커다란 손이 보였다. 그에 비해 유난히 연약해 보이는, 제 쪽으로 확연히 기울어 사선을 그리고 있는 우산대도 보였다.

해인이 무심코 손을 들어 우산대를 서진 쪽으로 밀었다. 넘어가지 않으려 버티는 힘이 느껴짐과 동시에 두 사람의 눈이 마주쳤다.

"아, 미안해요, 내가 너무 붙었죠."

그러면서 서진이 팔만 길게 뻗은 채 거리를 벌렸다. 아주 우산 밖으로 저 멀리 나갈 기세에 해인이 푸하 웃음을 터트리며 서진이 벌린 거리를 좁혔다.

"아니, 내가 너무 붙었죠."

한번 인식을 하자 달콤하고 시원한 시트러스 향이 더 짙게 느껴졌다. 빗속을 걷는데도 마음이 레몬빛으로 보송보송했다. 해인이 서진을 올려다보며 일부러 목소리를 낮춰 넌지시 물었다.

"서진 씨 그거 알아요?"

서진도 덩달아 상체를 숙이며 해인 쪽으로 귀를 기울였다. 네? 하고 되묻는 그의 천진한 눈동자를 보며 해인이 의미심장한 미소를 지었다.

"비 오는 날엔 삼겹살에 소주인 거."

해인은 그대로 서진을 끌고 마트로 갔다. 오늘이야말로 어제 못 했던 환영 파티를 할 날이었다. 짐꾼이 있다는 핑계로 해인은 신나게 장을 봤다. 삼겹살에 소주, 각종 쌈 야채와 버섯, 음료수도 몇 병 샀다. 입가심으로 먹을 간식거리도 잊지 않았다. 뒷일은 생각 않고 들떠서 마구 담다 보니 커다란 장바구니 두 개도 모자라 억지로 짐을 욱여넣어야 했다.

해인이 각자 하나씩 들자고 했지만 서진은 자기가 둘 다 들 테니 해인더러 우산을 들라고 했다. 해인이 뭐라 반박할 새도 없이 장바구니 두 개를 한 손에 낚아채듯 든 그가 내리는 비도 아랑곳 않고 성큼성큼 밖으로 나갔다.

서둘러 우산을 펼쳐 든 해인이 부리나케 그 뒤로 따라붙었다. 몇 번 장바구니 하나를 빼앗아 오려고 시도했지만 실패했다. 아까 밥집에서도 그랬지만 서진은 순순한 것 같으면서도 은근 고집이 있었다.

우산 때문인지 서진은 굳이 바깥쪽 손에 장바구니 두 개를 다 몰아 쥐고 해인과 저 사이에 공간을 만들지 않았다. 무거울 텐데, 가뜩이나 몸도 약한 사람에게 무리를 시키는 것 같아 해인은 마음이 초조해졌다.

덩달아 걸음도 빨라졌다. 시선이 자꾸 쫓기는 사람처럼 비가 툭툭 떨어지는 장바구니 두 개와 그걸 들고 있는 하얀 팔로 쏠렸다. 힘이 들어가 핏줄이 솟은 팔뚝 위로 빗물이 흐르는 게 보였다.

집에 들어오자마자 해인은 수건부터 찾아 서진에게 건넸다. 에어컨을 켜자 차가운 냉기가 하루 종일 집 안에 고여 있던 습기와 열기를 순식간에 훑어갔다.

거실을 가로지르던 해인의 눈에 세탁소 비닐이 씌워진 세탁물들이 테이블 위에 가지런히 놓여 있는 게 보였다. 서진의 것인가 했는데 아니었다.

"아, 그거 오는 길에 내가 찾아왔어요."

"서진 씨가요?"

서진이 고개를 끄덕였다. 해인이 반사적으로 고맙다고 하면서도 의아한 표정을 지었다.

"사장님이 이걸 서진 씨한테 그냥 내주시던가요?"

본인 확인도 안 했는데.

"네, 그냥 주시던데요."

가볍게 대꾸하고 서진이 옷을 좀 갈아입겠다며 제 방으로 들어갔다. 아까 같이 있는 걸 봤으니 아는 사람인 줄 알고 내준 모양이라고 생각하며 해인도 후다닥 추리닝으로 갈아입고 주방으로 갔다.

"이게 잘될지 모르겠네."

싱크대 선반 안쪽을 더듬어 넓적한 전기 그릴을 꺼낸 해인이 시험 삼아 전원부터 넣어 보았다. 태희와 둘이 살면서는 쓸 일이 없어 내내 묵혀 놓기만 했는데, 다행히 고장은 안 났는지 정상적으로 작동이 됐다.

그사이 가벼운 차림을 한 서진이 주방으로 왔다. 오자마자 시키지도 않았는데 개수대에서 쌈 채소부터 씻기 시작했다. 제가 한다고 할까 하다 가만 보니 저보다 더 잘하는 것 같아 해인은 다른 일을 했다.

고기를 꺼내 놓고 김치를 잘라 접시에 담는 사이, 채소를 다 씻은 서진이 채반에 받쳐 물을 빼 놓고 해인 곁으로 왔다.

"여기서 구우려고요?"

"네?"

"식탁 말고 저기 바닥에 앉아서 먹으면 안 될까요?"

서진이 거실 쪽을 가리키며 물었다. 당연히 된다. 좌식 문화에 익숙하지 않은 독일인이 불편해할까 그런 거지, 삼겹살은 자고로 바닥에서 판을 벌여야 더 맛도 좋고 기분도 나는 게 아닌가.

해인이 소파 앞 나지막한 나무 테이블에 신문지를 깔았다. 서진이 그 위로 그릴을 옮겼다. 둘이서 주방과 거실을 몇 번 왔다 갔다 하며 상을 차렸다. 집주인답게 해인이 집게를 들었지만 서진이 곧 빼앗아 갔다. 제가 할 수 있다며, 저더러 하게 해 달라는 의욕에 찬 얼굴을 보자 더 말릴 수 없었다.

"기름 튈 텐데."

서진은 해인의 염려 섞인 말을 들은 체도 하지 않고 삼겹살을 달군 그릴 위에 한 점 한 점 올려놓기 시작했다. 잔뜩 집중한 얼굴이 중대한 실험을 앞둔 연구원처럼 진지했다. 고기가 채 다 구워지기도 전에 해인이 소주를 먼저 깠다. 간만의 술자리에 고기 냄새까지 맡으니 술이 마구 당겼다.

"고기부터 먹고 마셔요."

서진은 제법 능숙하게 고기를 구웠다. 의외로 손놀림이 야무지고 주방 일에 익숙해 보였다. 유럽인들은 보통 성인이 되면 독립을 한다니까 살림을 해 본 경험이 있을지도 모른다. 그렇지 않더라도 최소한 부모님과 살 때에도 가만히 앉아 주는 밥만 얻어먹지는 않았을 것 같았다.

서진이 잘 익은 고기를 해인의 접시 위에 놓아 주었다. 해인이 소주병을 들어 제 술잔과 서진의 술잔을 채웠다.

"짠 할까요?"

서진이 물끄러미 해인을 쳐다보았다. 짠이 무슨 말인지 모르는가 싶어 해인이 얼른 설명을 덧붙였다.

"아, 건배요, 건배. 치얼스."

"……."

"이렇게."

해인이 제 잔을 들어 그의 잔에 살짝 부딪쳤다.

"짠, 소리가 나니까 짠."

해인이 씩 웃고는 먼저 술을 들이켰다.

"크으, 달다."

이런 날은 잘 취하지 않는다. 대신 과음을 하게 되지만. 해인의 말에 서진이 웃는 게 보였다. 뒤따라 서진도 잔을 들었다. 무표정한 얼굴로 소주를 들이켜는 서진을 해인이 기대에 찬 눈을 반짝이며 보았다. 미간이라도 조금 구기지 않을까 했는데 서진은 눈썹 하나 까딱하지 않고 소주를 물처럼 마셨다.

"잘 마시네요, 진짜."

"처음 배울 때 잘 배웠거든요."

"아, 정말? 누가 가르쳐 줬는데요?"

대체 독일인에게 소주를 물처럼 마시도록 가르친 이가 누군가. 해인이 캐물었지만 서진은 그냥 웃기만 하며 고기를 해인의 접시에 놓아 준 뒤 먹으라고 했다. 볶은 김치에 고기를 싸 우물우물 씹으며 저 혼자 술잔을 기울이는 해인에게 천천히 마시라는 염려 섞인 충고도 했다.

"걱정 마요. 서진 씨한테 험한 꼴은 안 보일 테니까."

"……"

"이래 봬도 술 세거든요, 나."

믿는다는 건지, 아니란 건지 알 수 없는 표정으로 서진은 그저 말없이 긴 유리컵에 음료수를 따라 해인 앞에 놓아 주었다. 눈과 손이 천 개나 되는 천수관음처럼 서진은 고기도 타지 않게 꼼꼼히 구우면서 해인의 컵이든 앞접시든 빌 때마다 채워 주었다. 그게 너무 자연스러워서 해인은 알아채지도 못했다.

해인이 잔을 또 한 차례 비우고 화장실에 갔다 오겠다며 자리에서 일어났다. 습관처럼 분신 같은 휴대폰을 찾았는데 언제부터 그렇게 되어 있었는지 소파 위에 던져두었던 휴대폰이 무음 상태였다.

"어, 이게 왜 이렇게 돼 있지?"

해인이 고개를 갸웃하며 무음을 풀고 메시지 알림을 확인했다. 급할 것 없는 단체 메시지가 몇 개 있었고 영원이 보낸 메시지도 있었다. 해인이 그걸 읽으려는데 불쑥 코앞에 술잔이 들이밀어졌다.

"저 짠 해 주세요."

고개를 들자 서진이 저를 똑바로 보고 있었다. 그릴의 열기 탓인지, 아니면 소주 탓인지 하얀 얼굴이 약간 불그레했다. 어른과 처음 술을 마셔 긴장한 어린애 같은 그 표정이 어쩐지 귀여워 해인은 웃음이 났다.

휴대폰을 내려놓은 해인이 제 잔을 들었다. 어차피 별로 중요한 내용도 아닐 테니 나중에 확인하면 될 것 같았다. 그사이 전화가 왔다. 영원이었다.

"어, 차영원."

받자마자 대뜸 메시지 못 봤냐는 불만스러운 음성이 날아들었다. 해인이 무음으로 되어 있어서 몰랐다고 하자 허, 소리를 내더니 왜 아직도 안 오냐고 물었다. 체육관인 듯했다.

"아, 나 오늘 운동 못 가."

—왜, 어제도 안 왔잖아, 너.

뭐가 그리 바빠서 이틀이나 빠지냐고 묻는 영원의 목소리가 뾰족했다. 어디가 아프거나 특별한 사정이 없는 한, 주 5일 꼬박꼬박 체육관 출근 도장을 찍는 해인이기에 제 딴엔 걱정을 한 모양이었다. 해인이 일부러 아무렇지 않은 투로 퉁명스럽게 대꾸했다.

"삼겹살 먹느라 바쁘다, 왜."

서진은 그때까지만 해도 담담한 표정으로 눈을 내리깐 채 고기를 굽는 데만 신경 쓰고 있는 것처럼 보였다. 하지만 해인의 입에서 너도 올래? 라는 말이 떨어진 순간 싸늘하게 굳어졌다.

"저녁 안 먹었으면 와. 방금 자리 펴서 아직 고기 많아. 어? 서진 씨랑 먹는데. 어, 둘이. 응? 서진 씨가 누구냐고?"

그 순간 해인과 서진의 눈이 마주쳤다. 해인이 히죽 장난스러운 미소를 지었다.

"궁금하면 직접 와서 보든가."

하고 해인이 전화를 끊었다. 서진이 누구냐고 물었다. 조심스러운 음성과는 달리 서진의 눈빛은 유리 조각처럼 예리했다.

"차영원이라고 동네 친구인데, 아, 혹시 태희가 영원이 얘기한 적 없어요?"

"……."

"하긴 태희가 걔 얘길 할 리가 없지."

자문자답한 해인이 말을 이었다.

"벌써 만난 지 6년쯤 됐나. 이 집이랑 카페 중간쯤에 사는 동갑내기 친구예요."

6년 전 해인이 운동하던 도장에 영원이 등록을 한 게 계기였다. 영원은 대학 때 벌써 이름 있는 문학 공모전에 당선돼 출판을 한 작가였고, 해인을 만났을 때는 전업으로 활동하고 있었다.

밤도 낮도 없이 집에만 박혀 사람도 만나지 않고 모니터만 쳐다보는 게 일상이다 보니 영원은 허리도, 목도, 눈도 성한 데가 없었다. 병든 고사리처럼 비실거리는 걸 보다 못한 그의 아버지가 운동이라도 좀 하라며 반강제로 집 근처 체육관으로 보냈고, 그렇게 등록한 첫날 해인에게 업어 치기를 당했다.

"착하고 재미있는 애예요. 말은 많지 않은데 글은 되게 잘 써요."

만성적 수면 부족에 스트레스가 많아서 그렇지, 영원은 기본적으로 선량하고 다정했다. 그건 그의 글만 봐도 알 수 있었다.

"사실 나도 책이랑 친한 편은 아니라서 잘 모르는데, 걔 글에는 온기 같은 게 있어요. 누가 누굴 배신하고 사람이 막 죽어 나가고 그래도 세상을 보는 시선이 따뜻하달까."

서진은 잠자코 듣고만 있었다. 내친김에 해인이 혹시 관심 있으면 한 권 줄까요? 하고 묻자 정중하면서도 단호한 태도로 고개를 저었다. 말하기만큼 읽기는 잘 못한다는 거였다.

그게 쑥스러워 그런지 왠지 서진의 표정이 안 좋아진 것 같아 해인이 얼른 화제를 돌렸다. 저 정도로 말을 잘하면 까막눈이어도 자랑스럽기만 할 것 같은데 그렇지는 않은 모양이었다.

"서진 씨는 독일에서 뭐 했어요? 직장인?"

서진이 직장은 아니고 작게 사업을 했다고 했다.

"어, 나랑 같은 사업자였네. 그런데 카라카스는 왜 갔어요? 사업은 어쩌고?"

"팔았어요. 사겠다는 사람이 있어서."

아아, 대답한 해인이 그럼 왜 하필 카라카스였냐고 물었다. 질문의 의도를 모르겠다는 듯 서진이 지그시 해인의 눈을 바라보았다.

"아니, 가면 안 된다는 게 아니라 그냥 궁금해서요. 카라카스는 어떤 곳인지, 태희는 왜 거기까지 갔는지."

원래 그렇게 나다니는 걸 좋아하는 애가 아니었다. 지구 반대편에 있는 남아메리카는 고사하고, 제주도 가족 여행도 귀찮다고 빠지겠다던 애였다.

"차라리 내가 돌아다니면 돌아다녔지, 태희는 진짜 집순이였거든요."

"……"

"태희 어땠어요? 건강해 보였어요? 나한테는 도통 말을 안 해 줘서. 그냥 다 괜찮다고만 하고."

"……"

"혹시 내 얘기 뭐 한 건 없어요? 아니, 말 안 해도 돼요. 안 했겠지."

해인이 미지근한 웃음을 띠며 휴대폰을 만지작거렸다. 술이 들어

가서인지 태희가 보고 싶었다. 어머니가 새 가족을 만들었으니 해인에게 이제 남은 가족이라곤 태희밖에 없었다. 비록 태희는 그렇게 생각하지 않을지라도 이제 세상에 이 한옥과 아버지에 대한 추억을 가지고 있는 사람도 해인을 제외하면 태희밖에 없다.

"그, 친구분한테 연락하려고요?"

갑작스러운 서진의 말에 해인이 어리둥절한 표정을 지었다. 서진이 해인이 쥐고 있는 휴대폰을 조심스럽게 가리켰다.

"아까 오라고 한……."

"영원이? 아뇨. 안 해요. 그냥 본 거예요."

"……."

"그리고 걔 안 올 거예요. 우리가 원래 그래요."

설명이 이해가 안 가는지 서진이 미간을 찌푸렸지만 해인은 그냥 풀썩 웃기만 했다.

"그냥, 태희가 보고 싶어서요. 태희도 삼겹살 좋아하는데. 혹시 독일에서도 삼겹살 많이 먹어요?"

서진이 해인을 가만히 보다 물었다.

"동생하고 많이 친하신가 봐요."

"친하죠, 그럼. 동생인데."

정태희와 고해인. 이름만 들어도 일반적인 자매는 아니라는 걸 서진도 알았을 것이다. 하지만 서진은 아무것도 묻지 않고 구운 버섯과 고기를 해인의 접시에 놓아 주었다. 분위기를 바꿔 보려는 듯 해인이 밝은 음성으로 삼겹살이 독일어로 뭐냐고 물었다.

"삼겹살이요."

"네?"

"삼겹살."

그러면서 서진이 김치를 가리키며 김치, 쌈장을 가리키며 쌈장이라고 했다. 해인이 하하 소리 내 웃었다. 다른 사람이 했으면 그것도 웃으라고 하는 소리냐며 면박을 주었을 텐데 서진이 하니 웃겼다.

대체로 대화는 해인이 떠들고 서진은 고기를 구우며 중간중간 대답만 하는 식으로 흘러갔다. 서진은 해인이 하는 실없는 소리나 농담도 성실히 귀담아듣고 간간이 질문을 하기도 했다. 꼬박꼬박 짠을 해 주는 것도 잊지 않았다.

사 온 삼겹살이 동나고 냉장고 가득하던 소시지들도 바닥을 보였다. 빈 소주병들이 마루에 굴러다녔다. 배도 부르고 술도 기분 좋을 정도로 마셨지만 해인은 이 자리를 파하고 싶지 않았다. 텔레비전 소리만 들리던 집에 오랜만에 타인의 웃음소리와 말소리가 들리는 게 좋았다.

"어, 술 다 떨어졌네."

"가서 좀 더 사 올까요?"

더 마시고 싶은 해인의 마음을 알았는지 서진이 물었다. 해인은 고개를 저었다. 어느새 10시가 넘었다. 아쉽긴 했지만 몸도 약한 사람을 너무 오래 붙잡고 있는 것 같아 이쯤 해서 마무리를 하기로 했다.

상을 차릴 때처럼 뒷정리도 같이 했다. 치우고 보니 빈 소주병이

다섯 개나 되었다. 그렇게 마시고도 둘 다 자세 하나 흐트러지지 않았다. 해인은 그래도 얼굴이 좀 붉어졌는데 서진은 홍조 하나 없었다. 오히려 처음보다 낯빛이 더 하얘진 것 같아 신기했다.

환기를 위해 창을 열자 여전히 비가 추적추적 내리고 있었다. 서진이 기름기가 밴 바닥을 싹싹 닦는 사이 설거지를 끝낸 해인이 툇마루에 앉았다. 에어컨 바람과 섞인 바깥 공기가 열 오른 얼굴에 닿자 적당히 선선하니 기분이 좋아졌다.

나뭇잎을 툭툭 때리는 빗소리에 맞춰 해인이 작게 콧노래를 흥얼거렸다. 청소를 마쳤는지 서진이 조용히 옆으로 와 앉았다. 차가운 것이 팔에 닿는 느낌에 내려다보니 멜론 맛 아이스크림이었다.

"오, 이거 내가 제일 좋아하는 건데."

해인이 반색하며 아이스크림을 받아 들었다. 이걸 언제 샀냐고 물으니 아까 마트에서 고기 살 때 같이 샀다고 했다. 해인은 본 기억도 없었다.

"서진 씨 진짜 어떡해요. 잘생겼는데 매너도 좋고. 큰일이다, 정말."

"제가, 큰일이라고요?"

"아니, 내가 큰일이라고요. 벌써 정든 것 같아서."

서진이 당황한 표정을 지었다. 어떻게 받아칠 줄 모르겠다는 듯 순진하게 흔들리는 눈을 내리깔고 입을 다무는 모습에 해인이 웃으며 농담이라고 했다.

"내가 술 마시면 아이스크림 먹는 습관이 있거든요. 그래서 고마워서 그랬어요."

"……그냥, 술 마시고 나면 단 걸 먹는 게 좋다고 해서요."

"그것도 소주 가르쳐 준 사람이 가르쳐 줬어요? 그 사람 진짜 누구예요? 매우 바람직한 습관을 가졌네."

서진은 얼른 대답하지 않았다. 굳게 다물린 입술과 내리깐 눈에 얼핏 조소가 스치는 것도 같았지만 해인은 눈치채지 못했다.

"나 버린 사람이요."

* * *

다음 날 아침, 해인은 눈을 뜨고도 평소처럼 자리를 털고 일어나지 않고 천장을 바라보며 누워 있었다.

가끔 그런 일들이 있다. 일이 일어난 그 순간엔 이상한 줄 모르다가 나중에 돌이켜 생각하면 왜 그렇게 됐는지 영문을 알 수 없는.

어제도 그랬다. 대체로 해인은 살면서 술에 취해 후회할 일을 저질러 본 적이 별로 없었다. 술이 세기도 했고, 취해도 술버릇이랄 게 딱히 없어 평소보다 말이 좀 많아지거나 들뜨는 정도였다. 기분이 좋지 않아 실수를 할 것 같은 날엔 취할 때까지 마시지 않았다.

게다가 어제 해인은 그다지 취한 상태도 아니었다. 때문에 서진 앞에서 어깨를 들썩이며 노래를 부른 일도 실수는 아니었다.

"나 버린 사람이요."

그 말을 듣자마자 머릿속이 하얘졌다. 한국인 입양아라는 걸 몰랐던 것도 아니었다. 굳이 한국을 선택한 이유에 부모님을 찾는 것도 있다고 태희가 말한 바도 있었다. 그런데 어째서 그 말에 그렇게 가슴이 철렁 내려앉았을까.

'입양이면 어때서.'

반사적으로 튀어나오려는 말을 황급히 주워 담았다. 그렇게 아무렇지 않게 말하는 것은 쉬웠다. 하지만 자신이 아무렇지 않은 만큼 그도 그런지는 모르는 일이기 때문에 함부로 아무 말이나 할 수 없었다.

저도 모르게 물고 있던 아이스크림을 강박적으로 빨아 대며 해인은 이 분위기를 어떻게 타개할 것인가 짧은 순간 필사적으로 머리를 굴렸다. 아니, 머리를 굴렸다기보단 이번엔 반사적으로 튀어나온 말을 주워 담지 않았을 뿐이다.

"있잖아요, 서진 씨. 내가 노래 한 곡 불러 줄까요?"

누군가, 아주 오래전에 제게 한 말대로 해인에겐 광대 본능이 있는 게 틀림없었다. 그때도, 지금도 칭찬이라고 생각하지만 서진은 분명 뜬금없다 여겼을 거다.

그래도 매너를 갖춘 교양인답게 서진은 놀라거나 당황하는 티를 내지 않았다. 다 먹은 아이스크림 막대기를 흔들며 본인은 알지도 못할 한국 가요를 부르는 해인에게서 눈을 떼지 않은 채 끝까지 담담히 바라보기만 했다. 거기까진 좋았다.

"어?"

처음엔 그가 키스를 하는 줄 알았다. 멍하니 굳어 있는 사이 볼에 와 닿은 피부의 감촉이 지나치게 뜨거웠다. 방금 해인이 아이스크림 하나를 먹어 치웠다는 걸 감안해도 그랬다. 서진이 곧 방향을 바꿔 반대편 볼도 갖다 댔을 때에야 해인은 이게 텔레비전에서나 보던 유럽식 인사란 걸 알았다.

"……."

첫 비쥬에 대한 해인의 감상은 일상적 인사로 나누기엔 지나치게 친밀하고 긴밀한 행위라는 것이었다. 제 어깨를 붙들고 있는 서진의 손아귀 힘과 쿵쿵 빠르게 뛰는 심장 박동, 숨소리조차 죽인 긴장이 고스란히 느껴졌다. 맞닿은 피부를 통해 직접적으로, 그의 몸속 어딘가에서 갓 퍼 올린 듯한 애달픔과 절실함이 생생하게 느껴졌다.

해인은 그것이 친부모에 대한 그리움이라고 생각했다. 그래서 한참이나 그렇게 저를 끌어안고 놓아주지 않는 서진을 밀어내지 않았다. 그의 떨림과 서러움이 멈출 때까지, 숨소리가 진정될 때까지 해인은 곰 인형이 된 것 같은 기분으로 가만히 안겨 있었다.

"고마워요."

몸을 뗀 서진은 정중히 인사를 하고 자리에서 일어났다. 지우개로 지운 듯 감정을 갈무리한 얼굴은 여느 때와 다르지 않았다. 해인도 제 방으로 돌아와 곧장 잠자리에 들었다. 술기운 탓인지 누가 한 대 쳐 기절이라도 한 것처럼 금세 잠이 들었다.

그 모든 게 어젯밤엔 조금도 어색하게 느껴지지 않았다. 그런데 해가 훤히 뜬 아침이 되니 약간 어리둥절한 기분이 들었다.

돌이켜 보자니 노래를 부른 것부터 터무니없는 짓을 한 것 같았다. 볼이지만 그렇게 쉽게 접촉을 허용했다는 것도. 비록 처음 본 사람과도 잘 어울리고 누구와도 허물없이 잘 지내는 해인이지만 이 정도로 빠르게 벽이 낮아진 사람은 드물었다. 따지고 보면 잘 알지도 못하는 사람인데.

"이게 다 윤서진 씨가 너무 잘생겨서 그래. 잘생겨서……."

나이가 들어도 잘생긴 사람에게 약해지는 건 어쩔 수 없는 모양이다. 내가 이렇게 속물이다, 간사하다, 중얼중얼거리며 해인이 몸을 일으켰다. 이불을 착착 개 정리하고 곧장 욕실로 들어가려는데 주방에서 뭔가 달그락거리는 소리가 났다. 설마 하고 빼꼼 고개를 내밀어 보니 역시나 서진이었다.

"잘 잤어요?"

서진 씨? 하고 부르자 고개를 돌린 서진이 해인을 보고 웃었다. 그 웃음에 홀렸는지 아니면 그가 레인지 앞에서 젓고 있는 냄비 속에서 흘러나오는 냄새에 이끌렸는지 해인은 아직 제가 세수조차 하지 않았다는 것도 잊고 흔들흔들 서진의 곁으로 갔다.

"뭐 하는 거예요?"

물을 필요도 없었다. 냄비 가득 북엇국이 끓고 있었다. 해인이 눈을 동그랗게 뜨고 서진을 보자 서진이 담담하게 해장해야죠, 했다.

"아니, 북어를 이렇게……. 서진 씨 이런 것도 할 줄 알아요? 독일에서도 북엇국으로 해장을 해요?"

해인의 두서없는 물음에 그럴 리가, 하면서 서진이 한쪽 입꼬리만 슬쩍 올려 웃었다.

"새벽에 산책 나갔다가, 시장 해장국집에서 사 왔어요."

"아."

직접 끓인 게 아니었구나. 해인은 어쩐지 조금 안도가 됐다. 북어는 만져 본 적도 없고 북어와 황태의 차이점도 제대로 구별할 줄 모르는 해인인지라 이렇게 본격적으로 북엇국을 뚝딱 끓여 내는 독일인에게 하마터면 열등감을 느낄 뻔했다.

"내가 해 줘야 되는데."

"왜요."

"집주인이잖아요."

"저는 얹혀사는데요."

"그냥 얹혀사는 거 아니잖아요. 태희가 그쪽 집에서 살고……."

"정태희 씨한텐 빚이 없어도 해인 씨한텐 있죠."

서진이 특유의 단정적인 어조로 말했다. 이런 식으로 말할 때 그는 눈꼬리가 조금 올라가고 미간이 단단해진다. 쉽사리 반박할 수 없는 울림이 담긴 음성이 한겨울 새벽 공기처럼 싸늘해져서 이럴 땐 확실히 해인과 동갑 같다.

"가서 씻고 와요. 밥 먹고 출근해야죠."

서진이 태연하게 말했다. 아무 일도 없다는 듯, 마치 수년을 이렇게 살아왔다는 듯 여상한 어조였다. 샤워를 하고 옷을 갈아입은 해인이 식탁으로 오자 서진이 그 앞에 김이 모락모락 올라오는 북엇국과 밥을 놓아 주었다. 김치를 비롯해 푸르고 흰 나물 반찬 몇 가지도 뒤따라 정갈하게 놓였다.

"이건 너무 과분한데."

출근하는 저와 서진이 같은 시간에 일어날 필요가 없기에 그가 자는 사이 커피라도 내려놓고 가려고 했는데 오히려 아침상을 받고 말았다. 미안하면서도 좋아서 해인은 표정 관리가 되지 않았다.

"잘 먹을게요."

술 마셨다고 누가 해장국 챙겨 준 게 얼마 만이던가. 북엇국을 한 술 뜰 때마다 해인이 너무너무 맛있다며 칭찬을 쏟아 냈다. 서진은 제가 한 것도 아니라면서도 해인이 잘 먹으니 흐뭇한지 수줍게 웃었다.

"오늘은 그래도 해가 날 것 같아요. 아, 서진 씨. 그거 알아요?"

"네?"

"오늘 하지예요."

"……."

"1년 중 낮이 제일 긴 날 말이에요."

하지를 크리스마스나 되듯 들뜬 얼굴로 말하는 것에 서진이 살짝 아랫입술을 물고 고개를 숙였다. 그 말대로 오늘은 비도 쉬어 가려는지 구름이 슬쩍 드리우긴 했지만 곧 해가 날 것 같았다.

"오늘은 뭐 할 거예요?"

"아, 안 그래도 물어볼 게 있었는데……."

서진이 허리를 곧게 펴고 해인을 보았다. 이전부터 가고 싶었던 식당이 있었는데 두 명부터 예약을 받는다는 것이다. 거기까지 듣자마자 해인이 나랑 같이 가면 되겠네, 했다.

"정말요? 정말 같이 가 주실 거예요?"

"그럼요."

서진이 활짝 웃었다. 그게 뭐라고 저렇게 안심한 얼굴로 웃는지. 어지간히 가고 싶은 식당인 모양이라고 해인은 속으로 생각했다.

* * *

서진이 예약한 식당에서 밥을 먹은 다음 날, 둘은 경복궁엘 갔다. 서진이 경복궁 야간 관람을 해 보고 싶다고 흘리듯 한 말을 듣고 해인이 몰래 예매를 한 것이다.

그 사실을 알려 주자 서진은 거의 5초가 넘게 얼빠진 표정으로 멍하니 서 있었다. 그게 뭐라고, 한참이나 빨갛게 물든 볼이 가라앉지 않았다.

퇴근 후 같이 경복궁 관람을 하고 잠시 서진이 커피를 사러 자리를 비운 사이, 해인은 기념품 숍에서 한복을 입은 소년 소녀가 곱게 그려진 마그넷과 누비로 된 작은 손지갑 안에 든 수제 공기놀이 세트를 사서 그에게 선물했다.

예쁘긴 하지만 쓸모도 없고 값비싸지도 않은 그것을 서진은 불면 날아갈까 쥐면 꺼질까 애지중지하며 몇 번이고 어루만지곤 고맙다는 말을 중얼거렸다. 그 내리깐 속눈썹과 붉게 상기된 뺨을 보며 해인은 가슴 한구석이 간질간질해지는 감각을 오랜만에 느꼈다.

서진은 해인이 실제 한 것에 비해 뭔가 대단히 큰 걸 해 준 것처럼 느끼게 만드는 면이 있었다. 표정 변화가 많거나 극적인 건 아닌데 그래서 더 좋고 싫음이 또렷이 와닿는 게 있었다.

그렇게 반응이 확실하니 해인도 신이 나 더 잘해 주고 싶었다. 해인은 외국인이 좋아할 만한 식당, 관광지, 체험관 등을 열심히 검색해 부지런히 그를 데리고 다녔다.

그러느라 일주일 만에 체육관엘 갔다. 도복을 입고 나오는 해인과 눈이 마주치자마자 영원의 눈이 살짝 커지더니 곧 못마땅한 투로 입술을 삐죽였다.

"나 윤서진 씨 맘에 들어. 좋은 사람인 것 같아."

한바탕 운동을 마친 후, 해인이 말했다.

"너 그 사람 만난 지 며칠 되지도 않았어."

"그게 뭐 중요해."

대수롭지 않게 답하는 해인을 향해 영원이 눈썹을 치켜세웠다.

"그게 왜 안 중요해."

"오래 본다고 사람 다 아는 거 아니야."

"오래 봐도 모르는데 짧게 보면 더 모르겠지."

"너 오늘 뭐 기분 나쁜 일 있어?"

해인이 영원을 보며 아까 대련하다 맞은 어깨가 많이 아팠냐고 물었다. 어디 보자며 해인이 다짜고짜 그의 도복 깃을 내리려 들자 영원이 기겁을 하고 해인의 손을 밀쳤다.

"안 아파! 네가 나 두들겨 팬 게 한두 번이냐?"

"근데 왜 내내 저기압이야? 그리고 내가 널 언제 팼다고 그래. 엄연히 대련 중에 일어난 일이었는데."

영원이 해인을 노려보다 말을 말자는 듯 쯧 혀를 차고 시선을 아래로 떨어트렸다. 하얀 도복 밑으로 삐죽 튀어나온 맨발 두 개가 나란히 시야에 들어왔다. 희고 마른 해인의 발은 얼핏 보기엔 연약해 보이지만 마음만 먹으면 제 갈비뼈 정도는 송판 깨듯 박살 낼 수 있다는 걸 영원도 알고 있었다.

영원이 이 도장에 처음 발을 들일 때부터 해인의 무도는 이미 상당한 수준이었다. 첫날부터 해인에게 업어 치기를 당하는 수모를 겪은 이후, 영원도 나름 수련을 한다고 했지만 애초에 반강제로 끌려오다시피 한 도장이니 그 열정은 오래 가지 못했다. 그런 이유로 해인과의 격차는 지금도 별반 줄어들지 않았다.

"너 그 사람 너무 귀찮게 하지 마."

불쑥 하는 소리에 해인이 응? 하고 영원을 돌아보았다. 영원이 슬쩍 찌푸린 얼굴로 해인을 쳐다보며 다니엘인지, 윤서진인지 하는 사람 말이야, 했다.

"너무 귀찮게 하지 말라고. 가만 보니까 네가 그 사람 여기저기 질질 끌고 다니는 거 같은데, 싫은데 거절 못 해서 따라다니는 건지도 몰라."

"좋아하는 거 같던데."

해인이 고개를 갸웃했다. 영원이 비웃는 소리를 냈다.

"진짜라니까. 너도 만나 보면 알걸."

"내가 그 사람을 왜 봐."

"이따가 도장에 올 건데."

"뭐라고?"

"서진 씨도 몸이 좀 약하거든. 같이 운동하자고 오라고 했는데."

"어이구, 그 사람이 퍽도 오겠다."

"왜 안 와. 온다고 했는데."

"온다고 자기 입으로 그랬다고?"

"응, 생각해 보겠다고 했어."

영원이 답답하다는 듯 한숨을 쉬었다. 저에게 치댔듯 그 외국인에게도 그랬나 보다. 처음 보는 사람도 몇 년 지기 친구처럼 대하는 게 고해인이었다. 자신도 처음부터 해인과 이렇게 가까워질 생각은 없었다.

"너 진짜 사람 좀 그만 귀찮게 해. 오지랖 좀 그만 부리라고."

그때 주미가 둘에게로 다가왔다.

"해인 언니, 영원 오빠, 오늘 저녁에 뭐 해요? 우리 운동 끝나고 한잔할 건데 같이 갈래요?"

"그래. 누구누구 가는데."

"맨날 똑같은 멤버죠."

"아, 근데 이따가 내 친구 하나도 올 건데 같이 가도 될까."

친구라는 말에 영원이 어이없다는 듯 눈을 부릅뜨고 해인을 보았다.

"뭐, 그쪽만 괜찮다면요."

"고마워."

해인이 웃자 주미가 친구 누구냐고 물었다. 해인이 대답을 하기도 전, 영원이 옆에서 답답하다는 듯 가슴을 쳤다.

"친구는 무슨, 안 온다니까. 그냥 거절하기 뭐해서 한 소리라고. 봐, 벌써 7시가 넘었는데 안 오잖아."

영원의 그 말이 떨어지는 순간 도장의 문이 열렸다. 얼핏 차가워 보일 정도로 무심하게 주위를 돌아보던 수려한 얼굴이 해인을 발견하자마자 꽃이 피듯 활짝 폈다.

"……언니 친구라는 사람이 저 사람이에요?"

주미가 휘둥그레진 눈으로 중얼거리듯 물었다. 해인은 다가오는 서진을 향해 손을 흔듦과 동시에 자랑스럽게 가슴을 펴고 고개를 끄덕였다.

*   *   *

맨날 똑같은 멤버라 하기엔 배 이상 불어난 인원이 고깃집 테이블 세 개를 붙여 길게 늘어앉았다. 기껏해야 해인과 영원, 주미와 그 또래 두셋 정도가 조촐하게 어울리던 자리에 지금은 서진을 포함, 저녁반 성인 회원 대부분과 일찍 퇴근한 사범까지 있어서 졸지에 체육관 회식 같은 분위기가 되었다.

정작 단합회 한번 하자고 해도 도망치기 바쁜 회원들을 개미처럼 한데 모은 설탕물의 정체라면 뻔했다. 제 쪽으로, 정확히는 제 앞자리에 앉은 사람에게로 쏟아지는 따가운 시선을 느끼며 해인은 진지하게 서진을 데이지 커피로 스카우트할까 하는 생각을 했다.

"자자, 우리 뉴 페이스를 환영하며 건배!"

정작 서진은 도장에 등록을 하지도 않았다. 우선은 좀 둘러보겠다며 해인이 운동하는 걸 지켜보기만 했다. 도복을 입은 게 신기한지 제게서 시선을 떼지 못하는 것에, 해인이 장난스럽게 으스대며 그 앞에서 한 바퀴 빙 돌아 주었다. 단증을 따지 않은 영원과 비교하며 제 검은 띠를 자랑하는 것도 잊지 않았다.

영원과 서진은 해인의 소개로 서로 악수를 나누었다. 그래도 제일 친한 친구라고 영원을 제일 먼저 소개해 주고 고깃집에서 자리도 붙여 앉혔는데, 둘은 그 뒤로 내내 한마디도 나누지 않았다. 아예 옆자리가 벽인 것처럼 시선조차 돌리지 않았다. 대신 같이 앉은 주미와 해인이 둘의 몫 이상으로 떠들어 분위기 자체는 화기애애했다.

"대박, 서진 씨 진짜 고기도 잘 구우시네요."

옆자리에 앉은 주미가 서진에게 하는 소리를 들으며 해인이 소리 없이 웃었다. 체육관에서부터 서진을 보자마자 눈이 휘둥그레진 주미는 해인의 옆구리를 쿡쿡 찌르며 '대박'을 연발해 댔다. 진짜 언니 친구냐고, 뭐 하는 사람이고 어떻게 알게 된 사이인지를 꼬치꼬치 캐묻는 그들 주위로 몇 안 되는 성인반 다른 여자 회원들도 모여들었다.

"진짜 친구 맞고, 열심히 자기 일 하고 사는 사람이야."

며칠 전까지만 해도 태희의 손님으로 소개했는데 이젠 그냥 친구라고 했다. 얌전히 두 손을 모은 채 해인의 말을 듣고 있던 서진의 얼굴에 약간 묘한 기색이 스쳐 간 것도 같았지만 해인은 제가 잘못

봤다고 여겼다. 어떻게 알게 됐냐는 질문엔 그냥 운명적 만남이라는 말로 눙쳤다. 그게 무슨 소리냐고 주미가 야유를 했지만 거짓말을 한 것도 아니었다.

하물며 남아메리카 카라카스에서부터 흘러 흘러 이어진 연이다. 이게 운명이 아니면 뭐가 운명일까.

"많이 먹어요."

빨리 안 먹으면 탄다고 서진이 일정한 크기로 싹둑싹둑 자른 고기를 해인의 접시 위로 놓아 주었다. 날도 덥고, 삼겹살을 먹은 지 오래지 않아 또 먹자니 크게 입맛이 없어 해인은 먹는 것보다 떠드는 데 더 입을 많이 쓰고 있던 참이었다.

"아, 안 되겠다. 서진 씨, 그거 줘요."

해인이 역시 손님에게 고기를 굽게 하는 건 좀 아닌 것 같다고 서진이 쥐고 있던 집게와 가위를 빼앗으려 했다. 주미도, 영원도 고기 굽는 게 서툴러 해인이 구우려고 했더니 서진이 자기가 하겠다고 우겼던 것이다. 짧게 실랑이를 벌이는 둘을 가만히 보고 있던 주미가 해인에게 핀잔을 줬다.

"언니, 이럴 땐 대신 구워 준다고 할 게 아니라 먹여 줘야죠."

하여튼 이 언니가 뭘 잘 모른다며 정성스레 쌈을 하나 싼 주미가 서진 씨 드세요, 하며 그 앞으로 팔을 쭉 뻗었다. 순간 정적이 흘렀다. 서진은 아무 행동도 취하지 않고 멀뚱히 코앞에 내밀어진 쌈을 쳐다보기만 했다. 주미가 대체 무엇을 하는지 도통 이해하지 못하겠다는 얼굴이었다.

주미의 얼굴에 무안한 기색이 스쳤다. 얼른 끼어든 해인이 주미의 팔을 당겨 와 제 입으로 덥석 쌈을 받아 물었다.

"야, 너는 쌈을 이렇게 싸면 어떡하니? 상추 하나에 고기 둘이 기본 아냐? 이 봐, 이렇게."

해인이 입 속에 든 것을 우물우물 씹으면서 상추 하나를 펴고 그 위에 고기 두 개를 보란 듯 올렸다. 파채와 마늘을 층층이 쌓고 꼼꼼히 접어 주미의 입으로 쏙 넣어 주었다.

"맛있지?"

주미가 한 손으로 입을 가리며 고개만 끄덕였다. 해인이 뿌듯하게 헤헤 웃는데 주머니에 있던 휴대폰이 울렸다.

"여보세요. 어, 준서야. 웬일이야?"

주위가 시끄러워 잘 들리지 않았다. 몇 번 응? 응? 되묻던 해인이 한쪽 눈을 찡그리며 전화 좀 받고 오겠다고 이른 뒤, 사람들을 헤치고 밖으로 나갔다.

"……."

해인이 자리를 뜨자 모래 폭풍 같은 침묵이 덮쳐 왔다. 주미도 조용한 성격은 아닌데 아까 쌈 때문에 조금 위축된 모양이었다. 무슨 말이라도 좀 하라는 듯 주미가 영원에게 눈짓을 했지만 영원은 모른 척 슬그머니 시선을 돌렸다. 하는 수 없이 주미가 먼저 입을 뗐다.

"저기, 서진 씨. 계속 굽느라 잘 못 드셨죠? 제가 좀 구울까요?"

"그러세요."

말이 떨어지기 무섭게 무감하게 대꾸한 서진이 주미에게로 집게와 가위를 밀었다. 딱히 기분 나쁘거나 짜증 난 태도는 아니었다. 그보다 그저 완벽한 무관심에 가까웠다.

불판에서 손을 뗀 서진은 고개를 입구 쪽으로 돌리고 붙박아 둔 것처럼 거기서 눈을 떼지 않았다. 같이 앉은 두 사람은 안중에도 없는 것 같았다. 주미와 영원의 시선이 마주쳤다. 영원이 눈치를 보며 내가 할까? 하고 어설프게 손을 내미는 걸 주미가 됐다고 거절했다.

다행히 주미가 숨 막혀 죽기 전에 해인이 돌아왔다.

"어떡하지? 나 먼저 가 봐야 될 것 같은데."

"왜?"

"왜요?"

영원과 주미가 동시에 외쳤다. 서진은 아무 말 없이 해인을 올려다보고만 있었다.

"가게에 일이 좀 생겨서. 마감하는 알바생이 갑자기 급한 일이 생겼대."

"같이 가 줄까?"

영원이 물었지만 됐다고 손을 저었다. 해인이 사범이 있는 테이블과 다른 곳에도 먼저 가 보겠다고 인사를 했다.

"해인 씨가 가면 어떡해."

"그래요. 해인 씨 가면 재미없는데."

죄송하다고, 다음엔 꼭 끝까지 남아 있겠다고 인사를 하는데 서진이 일어나는 게 보였다. 서진 씨는 두고 가라는 외침이 산발적으로 터져 나왔다. 해인이 서진을 불렀지만 서진은 누구에게랄 것도 없이 꾸벅 인사를 하고 먼저 밖으로 나갔다. 해인도 얼른 그 뒤를 따랐다.

"서진 씨."

가르쳐 준 적도 없는데 서진은 알아서 데이지 커피 쪽으로 방향을 잡고 있었다. 해인이 후다닥 뛰어 그를 따라잡았다.

"어디 가요?"

"가게 간다면서요."

"데려다주려고요?"

서진은 대답하지 않았다. 해인이 실실 웃으며 그 하얀 얼굴을 바라보았다. 상가와 원룸이 빽빽이 들어찬 좁은 골목은 한낮과 다름없는 열기로 후덥지근했다. 옆에 선 사람의 몸에서 풍기는 시트러스 향 때문인지 해인은 그 속을 헤치듯 걷고 있어도 기분이 좋았다.

"이렇게 나오면 사람들이 오해하는데."

실없는 소리를 했다. 서진은 아무 말도 하지 않았다.

"와서 보니까 어땠어요? 재밌어 보이지 않았어요? 우리 체육관 사람들도 다 괜찮아 보이죠?"

"네, 뭐."

"서진 씨 먼저 나와서 다들 아쉬워했을 거예요."

괜히 내가 미안하네, 하는 해인의 말에 서진이 해인 씨를 더 아쉬워하는 것 같던데요, 하고 조용히 대꾸했다.

"하하, 나한테는 그냥 장난치는 거고."

"……."

"서진 씨는 진짜 더 있다 와도 되는데."

"뭐 하려요."

말투가 덤덤해서 뒤늦게 깨달았지만 꽤 냉담한 말이었다. 해인이 와, 소리를 내며 고개를 기울여 서진을 빤히 쳐다보았다.

"서진 씨 은근 선 긋네요."

"……."

"이 기회에 한국인 친구 사귀면 좋잖아요."

"해인 씨 있잖아요."

다른 사람은 필요 없다는 말투였다. 해인이 웃었다.

"은근 아부도 잘하고."

"……."

"친구는 많을수록 좋죠."

서진은 아무 말도 하지 않았지만 동의하지 못하겠다는 표정이 역력했다. 그게 귀여울 정도로 익숙하게 느껴져서 해인이 또 웃고 말았다. 서진이 왜 그러냐는 눈으로 해인을 쳐다봤다.

"아니, 우리 태희랑 비슷해서요."

"……."

"태희도 내가 그런 말 할 때마다 딱 그런 표정 지었는데."

"내가 정태희 씨 같아요?"

서진과 해인의 눈이 마주쳤다.

"잘됐네요. 해인 씨 동생 좋아하잖아요."

어딘가 핀트가 어긋난 것 같은 대화였지만 어쨌든 '좋다'로 매듭이

지어졌으니 해인은 대충 잘된 걸로 퉁쳤다.

"해인 씨는 왜 운동을 시작했어요?"

서진이 언제부터가 아니라 왜냐고 물은 것에 해인은 큰 의미를 두지 않았다. 음, 하는 소리를 내며 해인이 허공을 향해 눈을 굴렸다.

"그냥, 재미있을 것 같아서요. 어릴 때부터 몸 쓰는 걸 좋아해서 이것저것 많이 배웠거든요. 합기도도 초등학교 때부터 했었고."

"……."

"중간에 그만뒀지만 춤도 조금 췄었고."

등에 땀이 축축이 배어날 때쯤 데이지 커피 앞에 도착했다. 해인이 여기까지 왔는데 들어가서 시원한 거라도 좀 마시고 가라고 했다. 서진은 사양하지 않고 순순히 따라 들어왔다.

"사장님!"

급한 일이 생긴 알바생을 먼저 보내고 혼자 남아 있던 준서가 해인을 보고 반갑게 외쳤다. 해인은 고생했다는 투로 그의 어깨를 툭툭 치며 매장 안을 둘러보았다. 두 테이블에 손님이 차 있었다. 해인은 서진에게 편한 데 앉으라고 권하고 뭘 마시겠냐고 물었다.

"아이스 아메리카노 마실래요? 아니다, 그냥 차 마셔요. 밤인데. 아니면 아이스크림 줄까요? 우리 집 아이스크림 맛있는데."

그러겠다고 고개를 끄덕이는 그를 뒤로하고 카운터 안쪽으로 들어왔다. 해인의 등 뒤에 바짝 따라붙은 준서가 낮은 음성으로 저분은 누구시냐고 했다.

"혹시 사장님 그 하우스 셰어 하신다는."

"응, 맞아."

"와."

그 한마디에 모든 감상이 다 들어 있었다. 준서뿐만 아니라 손님들마저도 흘깃흘깃 서진을 돌아보고 있었다. 해인이 손을 씻으며 준서에게 머리를 맞대고 소리 죽여 속삭였다.

"네가 봐도 훌륭하지?"

"네."

"우리 가게로 스카우트할까?"

"하실 거면 저랑 다른 시간대로 해 주세요."

둘이 킥킥거리며 웃고 있는데 드륵 의자 밀리는 소리가 크게 났다. 고개를 돌려 보니 서진이 자리에서 일어나 따로 마련된 셀프 코너로 가고 있었다. 물병을 들어 컵에 가득 물을 따른 그가 단숨에 한 잔을 다 비우고 어딘가 모르게 초조한 표정으로 해인과 준서 쪽을 보며 말했다.

"여기 물 다 떨어졌어요."

* * *

급한 일이 생겼다던 저녁 타임 아르바이트생은 그날로 일을 그만두고 말았다. 하는 수 없이 사람이 구해질 때까진 해인이 저녁 시간을 메워야 했다. 해인은 오전에 소민과 함께 오픈을 하고 점심 무렵

퇴근을 했다가 저녁에 다시 출근을 했다.

하루에 두 번이나 출근을 하니 24시간이 눈 깜짝할 새 지나갔다. 눈 뜨면 일어나 출근을 하고 11시쯤 퇴근을 하고 돌아오면 씻고 자기 바빴다.

이렇다 보니 누가 집주인이고 누가 얹혀사는 사람인지 분간을 할 수가 없었다. 아침에 눈을 뜬 해인은 어느새 귀에 익은 주방의 달그락거리는 소리를 들으며 저도 모르게 피식 웃고 말았다. 집 안에 인기척이 없던 게 얼마인데, 그 며칠도 안 되는 새 익숙해진 자신이 우스웠다.

"서진 씨, 우렁 각시 알아요?"

끓는 냄비 앞에 서 있다가 해인이 들어오는 것을 보고 물컵을 건네는 서진에게 해인이 물었다. 서진이 고개를 갸웃하며 우렁 각시? 하고 되물었다.

"역시 그것까진 모르는구나."

"……."

"꼭 우렁 각시 같아서요. 서진 씨가."

해인이 꿀꺽꿀꺽 물을 마시고 손등으로 입가를 닦으며 웃었다. 서진은 왠지 살짝 무거워진 눈빛으로 해인을 보고 있었다.

"……나쁜 의미는 아니죠?"

"그럴 리가."

"……."

"고마워서 그러죠, 내가."

아침마다 서진은 일찍 일어나 해인에게 밥을 차려 주었다. 집이 너무 깨끗해서 청소하는 것도 까먹고 있었는데 알고 보니 서진이 청소도 매일 하고 있었다. 해인이 그러지 말라고 했지만 서진은 자신이 좋아서 하는 거니 신경 쓰지 말라고 했다.

취미가 요리라던 서진은 청소는 스트레스 해소용이며 정리 정돈은 심심풀이라고 했다. 그러면서 해인의 한옥집이 자신에겐 파라다이스라는 칭찬인지 뭔지 알 수 없는 소리를 했다.

하는 걸 보면 아주 해인 마음 편하라고 하는 거짓말 같진 않았다. 방구석에 뭉친 먼지들이 굴러다니는 걸 못 본 척하고, 배가 고프면 가장 편하고 빠르게 먹을 수 있는 아무거나로 대충 때우는 해인 같은 사람이 있으면 또 서진 같은 사람도 있는 법인가 보았다. 세상은 그런 식으로 균형을 유지하는가 보았다.

정말이지 바람직한 청년이고 준비된 신랑감이다. 저렇게 미남인데 부지런하고 깔끔하게 살림도 잘하니, 누군지 몰라도 서진을 데려가는 여자는 정말 전생에 공을 쌓아도 크게 쌓았을 것이다.

'전생의 나야, 뭘 했니…….'

지금까지 인생을 돌이켜 보면 아무래도 전생에 크게 쌓은 공 따윈 없지 싶었다. 후회라고 하기도 부질없는 생각을 해인이 하고 있는데 서진이 말을 걸었다.

"아르바이트는 아직도 못 구했어요?"

"네, 이상하죠? 요즘 방학 시즌이라 학생들도 많은데 어째 면접 한번 보러 오는 사람이 없어요."

"……."

"시급을 낮게 책정한 것도 아닌데, 어디 이 가게 사장 악덕이라고 소문이라도 났나."

"설마요."

서진이 눈썹을 찡그리며 희미하게 웃었다.

"직원분들 만족도가 높아 보이던데요. 되게 친해 보이기도 하고."

"소민이랑 준서는 워낙 오래 같이 일을 했으니까 서로 눈만 봐도 뭐가 필요한지, 불만인지 알죠. 근데 그걸 못 견디는 알바생들도 있더라고요."

사람이 오고 가는 건 제 뜻대로 되는 게 아니었다. 마음을 쏟아도 상대가 받아 주지 않으면 어쩔 수 없는 것이다.

짧다면 짧고 길다면 긴 3년 동안 가게를 꾸려 가며 해인이 알게 된 것 중 하나는 사람도 계절과 같다는 것이었다. 좋다고 마냥 잡을 수도 없고, 고되어도 견뎌야 한다. 그러다 보면 또 좋은 때를 만난다.

이번에 제대로 된 말도 없이 갑작스럽게 일을 그만둔 알바생을 두고도 해인은 그저 나쁜 일만 아니면 됐다고 했다. 로또라도 당첨된 거였음 좋겠다며 웃기만 했다.

"아, 늦겠다!"

소리친 해인이 얼른 식탁 위를 정리하고 양치질을 했다. 운동화를 발에 꿰며 점심땐 뭐 하냐고 묻자 서진이 오전엔 그냥 집에 있을 계획이라고 했다.

"그럼 올 때 내가 점심 사 올게요. 뭐 먹고 싶어요?"

"어……."

"지금 생각나는 거 없으면 이따 메시지 보내요."

서진이 고개를 끄덕이며 대문 밖까지 해인을 배웅했다. 몇 번 뒤를 돌아보며 크게 손을 흔들다 이내 내리막길을 달려 내려가는 모습을 서진은 눈 한번 깜빡이지 않고 바라보았다.

매일 아침 저렇게 뛰는데 덥지 않을까. 땀도 흐를 텐데. 매장에 도착하면 에어컨 때문에 금세 마른다 해도 그 축축이 젖은 등이나 목덜미나 이마를 다른 사람들도 보겠지.

"……."

서진은 해인이 보이지 않게 된 뒤에도 한참을 대문 앞에 가만 서 있었다. 그때 지나가던 사람 하나가 용건이 있는 듯 걸음을 늦추고 얼쩡거렸다. 서진이 힐끔 시선을 주니 웬 남자가 의아하다는 투로 거기 카페 사장 집인데, 했다. 서진이 아무 말도 하지 않자 남자가 재차 물었다.

"혹시 이 집 사장 아시는 분이쇼?"

"신경 꺼요."

단조로운 어투로 서진이 툭 뱉었다. 길쭉한 눈매에 힘이 들어가자 그 잘생긴 얼굴이 놀랍도록 차갑고 냉혹한 분위기를 풍겼다. 졸지에 찬물을 뒤집어쓴 듯 얼어붙은 남자를 싸늘하게 일별한 서진이 아무 일도 없었다는 듯 안으로 들어가 버렸다.

* * *

"어, 밀면이다. 나도 밀면 먹고 싶었는데."

휴대폰을 들고 방금 온 메시지 확인을 하던 해인이 반색했다. 옆에서 카운터를 닦고 있던 소민이 그런 해인을 힐끔 바라보았다. 답장을 보내는 대신 전화를 건 해인이 이내 들뜬 목소리로 통화를 하기 시작했다. 누구냐고 물을 필요도 없었다. 해인의 집에 있는 윤서진이란 사람이다.

며칠 전 준서가 자기가 먼저 그 사람을 봤다며 소감을 말해 주었다. 해인과 별다를 바 없는 감상이었다. 그 뒤, 점심때 퇴근하는 해인을 데리러 온 서진과 마주쳐 소민도 잠깐 인사를 했다.

과연 듣던 대로의 얼굴이긴 했다. 이목구비가 하나하나 다 완벽한데 과도하게 튀는 것도 없이 조화로웠다. 마주치는 순간 쨍하다 느낄 만큼 맑은 눈빛이나 매끄러운 피부는 확실히 앳되어 보였지만 무심한 듯 차가운 표정이나 여유가 밴 몸짓이 세상만사에 능숙한 어른스러움을 풍겼다.

그래서인지 동안이라고 확고히 주장하는 해인과 다르게 소민은 그의 나이를 짐작하기 어려웠다. 열여덟이라고 하면 그럴 것도 같았고 30대 중반이라고 해도 납득이 갈 것 같은 그런 얼굴이었다.

"서진 씨가 밀면 사 오래요?"

해인이 전화를 끊자 소민이 물었다.

"응. 미리 전화해서 시켜 놔야 빨리 되겠지?"

윤서진의 그 얼굴도 납득이 안 가지만 소민은 이 상황도 납득이 가지 않았다. 근데 정작 해인은 이상한 줄도 모르는 모양이었다.

한집에 살면서 매일 아침 밥을 해 주고 청소를 해 주고 멀지도 않은 출퇴근길을 굳이 데려다주고 데리러 오는 남자와, 함께 먹을 점심 메뉴를 뭘 사 갈지 묻고 쉬는 날엔 데리고 멀리 나들이도 가는 여자.

소민이 보기엔 윤서진이란 사람은 전혀 해외여행을 온 외국인 같지 않았다. 홈 익스체인지를 할 정도로까지 관광이나 타 문화를 체험하는 것에 유달리 열정이 있어 보이지도 않았다.

"서진 씨는 비빔 먹는대. 그럼 난 물 먹어야겠다. 근데 이 집 비빔 양념이 좀 매운데 괜찮으려나? 소민이 넌 오늘 점심 뭐 먹을 거야? 밀면 먹고 싶으면 내가 사다 주고 가고."

해인이 여전히 흐뭇한 얼굴로 휴대폰 액정을 두드리며 소민을 보지도 않고 물었다.

"물, 비빔? 뭐 먹을래?"

이 상황을 단번에 이해할 키워드라면 하나가 있긴 한데.

"그 사람, 혹시 언니 좋아하는 거 아니에요?"

해인은 감정 표현이 또렷한 사람이었다. 남의 호의를 부담스러워 하거나 어려워하지 않고 감사히 받을 줄 알고 돌려줄 줄도 알지만 그게 꼭 빚을 갚으려는 건 아니다. 구김살 없이 건강한 교제를 할 줄 아는데 자신에게 두 마음이 없으니 남도 그런 줄 안다.

그런 해인의 단점은 그래서 대놓고 말을 안 하면 잘 모른다는 것이다. 한마디로 눈치가 부족하달까.

"나 방금 밀면 묻지 않았어?"

해인이 어리둥절한 눈으로 소민을 쳐다보다 한숨을 푹 쉬었다.

"모든 인간관계를 다 연애와 연결시키지 마라."

"아니, 그게 좀 그렇잖아요."

"뭐가 그런데."

"매일 아침밥 해 준다면서요. 엄마도 아니고 누가 그렇게 아침마다 밥을 해 줘요."

엄마도 다 큰 자식한텐 그러지 않는다고 소민이 말했다. 해인이 그 점은 인정한다는 듯 고개를 끄덕이며 진중한 표정을 지었다.

"그게 서진 씨가 너무 착해서 그래."

"뭐라고요?"

"아무리 홈 익스체인지라도 남의 집에 그냥 신세 질 수 없다는 거지. 저번에도 그러더라고. 정태희 씨한텐 빚이 없어도 나한테는 있다고."

그럴 필요 없는데 사람이 너무 곧고 착해서 그런다며 해인이 혀를 찼다.

"나도 좀 부담스럽긴 한데, 그래서 자기 마음이 편하다면 뭐."

"아니, 그게 그렇게 생각할 게 아니잖아요……."

말하던 소민이 잠시 입을 다물었다. 아까부터 어디선가 과일 향 같은 게 난다 싶었는데 이제 보니 근원이 해인인 것 같았다. 소민이 해인을 안 5년 동안 향수 비스무레한 것도 뿌리는 걸 본 적이 없어 알아채는 게 늦었다.

소민이 코를 킁킁대며 이게 뭔 냄새냐 하니 해인이 보디 제품을 바꿨다고 했다.

"언니가요? 언니 그냥 마트에서 아무거나 세일하는 거 사다 쓰잖아요."

"아니, 내가 바꾼 게 아니고 서진 씨가."

"네?"

서진이 욕조 좀 쓰고 싶다고 해서 거실 쪽 욕실을 쓰라고 했더니 어느새 보디와 헤어 제품 일체가 다 그가 쓰는 걸로 바뀌어 있었다.

"자기는 그거밖에 못 써서 갖다 놨다고 나한테도 쓰라고 하더라고."

냄새 좋지? 하고 자랑스레 말하는 해인을 소민이 어딘가 힘 빠진 눈으로 보았다.

"자기 맘대로 언니가 쓰던 걸 다 바꿔 놨다고요?"

"어, 마침 다 떨어져 가던 참이기도 했고, 내가 예전에 서진 씨한테 좋은 냄새 난다고 했거든."

함께 저녁을 먹고 툇마루에 앉아 밤하늘을 올려다보며 포도를 먹던 참이었다. 해인이 무심코 서진에게 좋은 냄새가 난다고 했다. 늘 하던 생각이 자연스럽게 흘러나온 것뿐이었는데 서진은 매우 당황한 눈치였다.

"귤 냄새 같기도 하고, 천혜향이나 한라봉 비슷한 냄새가 난다고. 근데 서진 씨는 천혜향도 한라봉도 모르는 거야. 그래서 다음 날 과일 가게에 가서……."

"좋은 냄새가 난다고 했다고요?"

"어? 응."

"언니가 그 사람한테 그렇게 말했다고요?"

해인이 고개를 끄덕였다. 그게 무슨 문제라도 되냐는 표정이었다. 소민이 고개를 저으며 작게 탄식하듯 중얼거렸다. 언니가 먼저 흘린 거네요.

"뭐?"

"아니, 아무것도 아니에요."

소민이 휘휘 손을 저어 대화를 일단락했다. 1시가 되자 해인은 미리 전화로 주문해 놓은 밀면을 찾아 집으로 갔다. 밀면집은 시장 안쪽에 있어 가게에선 갈 만한데 집까지는 거리가 좀 있었다. 버스를 타기도 애매한 위치고.

그래도 못 걸을 정도는 아닌데 푹푹 찌는 날씨 탓인지 해인은 걸음을 뗄 때마다 기운이 쭉쭉 빠지는 것 같았다. 하필 기온이 제일 높은 시간대라 집까지 가기도 전에 잘 익힌 수육이 될 것 같았다.

"와, 나이 드니 진짜 한 해 한 해가 다르네."

예전엔 이 정도 걷는 건 문제도 아니었는데. 일부러 씩씩하게 중얼거리며 해인이 저도 모르게 앞뒤로 크게 흔들던 팔을 멈췄다. 소중한 밀면 육수가 넘칠지도 몰랐다. 서진이 비빔을 주문했지만 혹시 몰라 물 두 개, 비빔 한 개로 사 가는 중이었다. 혹시 비빔이 매우면 물을 먹으면 되니까.

서진과 마주 앉아 시원한 에어컨 바람을 맞으며 밀면을 먹을 생각을 하니 금세 기분이 좋아졌다. 해인이 다시 힘을 내 남은 걸음 수를 줄이던 참이었다. 뒤에서 차가 오는 게 느껴져 옆으로 비켜섰다. 그대로 지나치지 않고 속도를 줄여 계속 따라붙는 것에 이상하다 싶어 돌아보니 조수석 차창이 내려가고 저를 부르는 소리가 들렸다.

"해인 씨."

"서진 씨?"

해인이 놀라 눈이 휘둥그레졌다. 서진이 조수석으로 고개를 내민 채 운전대를 잡고 있었다.

"타요."

해인이 저도 모르게 뒷자리를 보았다. 서진이 앉아 있는 운전석 외에 다른 자리는 다 비어 있었다.

"이거 웬 차예요?"

"일단 타요. 더운데."

재촉에 해인이 차 문을 열고 조수석에 앉았다. 인공 바람이 만든 쾌적함에 숨통이 트이는 것 같았다. 서진은 안전벨트를 맨 해인이 들고 있던 밀면 봉지를 안정된 자세로 안을 때까지 기다렸다가 차를 출발시켰다.

"이 차 뭐예요?"

해인이 차 내부를 두리번거리며 물었다. 새 차처럼 깨끗했는데 새 차 특유의 냄새는 나지 않았다. 송풍구에 꽂혀 있는 동그란 방향제에서 늘 그의 몸에서 나는 것과 비슷한 시트러스 향이 풍겼다.

"렌트했어요."

"렌트요?"

"네, 두 달 정도 단기 렌트 했어요."

"이걸 그냥 빌려줘요? 서진 씨한테?"

"그냥 빌려준 건 아니고."

자꾸 놀란 토끼 눈을 하고 질문을 해 대는 게 우스웠는지 서진이 시선을 앞에 둔 채로 살풋 웃었다.

"돈 내고 국제 면허증 보여 줬죠."

"아, 어, 근데 갑자기 렌트는 왜요?"

"그냥, 있으면 편할 것 같아서요."

가고 싶은 데도 있고, 덧붙이며 서진이 한옥으로 향하는 오르막으로 방향을 돌렸다. 그 능숙한 핸들링을 보자 해인은 놀람이 좀 가시는 것 같았다. 그러고 보면 왜 그렇게 놀랐는지도 모르겠다. 저랑 동갑인 사업가 출신 남자인데 꼭 미성년자가 운전하는 걸 본 것처럼.

"서진 씨 운전 잘하네요."

"못할 줄 알았다는 말투인데요."

서진이 눈을 가늘게 뜨고 해인을 보고 웃자 해인은 갑자기 심장이 덜컹거리는 것 같았다. 과속 방지 턱을 지났나? 빠르게 눈을 깜빡이며 해인이 가슴에 품은 밀면 봉지를 꽉 끌어안았다.

"해인 씨도 운전해요?"

"아, 예전에 했는데 안 한 지 좀 됐어요. 아빠가 쓰던 차 물려받아서 타고 다녔는데 워낙 오래돼서 작년에 폐차시켰거든요. 그 뒤로 안 했으니까."

"……."

"안 그래도 좀 불편해서, 가게 물건 살 때나 거래처 갈 때나 직원들 늦게 퇴근하거나 그럴 때요. 경차라도 한 대 사야지 생각은 하는데 계속 미루게 되네요."

미루지 말고 살 걸 그랬다며 해인이 중얼거렸다. 그랬으면 서진이 렌트할 필요도 없이 처음부터 많이 태워 줬을 텐데.

"해인 씨가 뭘 미루기도 해요?"

"네?"

"청소 말고는 아무것도 안 미루는 줄 알았는데."

"네? 아아, 서진 씨 이제 나랑 좀 편해졌다 이거죠?"

"……."

"아닌가, 청소 좀 하라는 말인가."

해인의 말에 서진이 즉시 아니라고 부인했다. 편해졌다는 말 맞고, 다른 뜻은 정말 없다는 다급한 대답에 해인이 웃었다. 그러는 사이 집에 도착했다. 대문 앞에 주차를 하고 안으로 들어갔다.

손을 씻고 식탁 위에 사 온 밀면을 풀었다. 물밀면을 하나씩 먹고 가운데 비빔밀면을 놓고 둘이서 나눠 먹었다. 적당히 얼음이 녹은 육수를 들이마시자 손끝 발끝까지 시원해지는 기분이었다.

"아, 배부르다."

해인은 밀면을 다 먹고 툇마루에 앉았다. 뒤따라 수박을 잘라 온 서진도 옆자리에 앉았다.

"서진 씨 때문에 살찔 것 같아요."

하루 세끼 살뜰히 챙기는 것도 모자라 간식까지 꼬박꼬박 먹이니 해인은 〈헨젤과 그레텔〉에 나오는 헨젤이 된 것 같았다. 그러고 보니 그 동화가 독일이 원전이던가.

"독일 맞죠. 그림 형제 동화."

서진이 대답했다.

"그리고 해인 씨는 헨젤이 아니고 그레텔이죠. 여자니까."

"아, 그러네. 그럼 서진 씨가 헨젤인가."

"해인 씨 말대로라면 나는 마귀할멈 같은데."

"아."

먹이는 쪽이니까 그쪽이 맞는 것도 같다. 해인이 고개를 갸웃했다.

"그거, 마지막에 할멈이 헨젤과 그레텔 잡아먹는 거 아니에요?"

서진은 말없이 웃기만 했다. 마지막 남은 수박 조각을 집은 서진이 씨를 하나하나 빼 해인에게 건넸다. 해인이 손을 부들부들 떠는 척하며 수박을 받아 들자 서진이 하하 소리 내 웃었다. 유쾌하게 울리는 웃음소리가 처마 끝에 매달린 풍경 소리처럼 청량했다.

배가 부르니 슬슬 졸음이 몰려왔다. 해인이 연거푸 하품을 하자 서진이 들어가서 좀 쉬라고 했다.

"시간 되면 깨워 줄게요."

"그럼 저 한 시간만 잘게요."

그러고 방에 들어와 한숨 자고 눈떠 보니 햇빛이 들어오는 각도가 심상치 않았다. 황급히 휴대폰을 들어 시간을 확인하니 곧바로 뛰쳐나가야 할 시간이었다. 깨워 준다고 했잖아요, 괜히 서진의 탓을 하고는 해인이 동동거리며 나갈 준비를 했다.

"불렀는데 안 일어나서……."

"불렀다고요? 근데 왜 못 들었지?"

알고 보니 차마 방에 들어오지 못하고 문밖에서 작게 부른 모양이다. 그 광경을 상상하니 귀여워서 해인은 말문이 막혔다. 다행히 서진도 나가는 길이라 그의 차를 얻어 탈 수 있었다.

"저도 이따가 비슷한 시간에 들어갈 것 같으니까 집에 갈 때 같이 가요. 데리러 올게요."

그 말대로 마감 30분을 앞두고 서진이 들어왔다. 일요일 밤이라 손님도 빨리 끊겨 해인 혼자 있던 참이었다.

"아, 서진 씨."

검은 티셔츠 위에 여름용 재킷을 걸친 서진은 어디 전시회나 공연 같은 데를 다녀왔는지 손에 돌돌 만 팸플릿을 들고 있었다.

"뭐 마실래요? 밤이니까 커피는 좀 그렇고 아이스크림 줄까요?"

서진이 고개를 끄덕였다. 해인이 아무 데나 편한 데 앉아 있으라고, 이제 곧 마감한다고 하는데 그 말이 끝나기 무섭게 한 무리의 손님이 들어왔다.

"어서 오세요."

해인과 비슷하거나 조금 많아 보이는 연령대의 남자 네 명이었다. 어디서 한잔 거하게 걸치고 온 듯 넷 모두 불콰하게 달아오른 얼굴을 하고, 발이 꼬여 멀지도 않은 테이블까지 가는데도 한참이나 걸렸다.

요란하게 의자를 밀고 테이블을 당기며 자리에 앉은 그들은 한참을 그대로 떠들기만 했다. 해인이 말없이 기다려도 주문을 할 생각은커녕 메뉴를 보는 시늉조차 않기에 하는 수 없이 해인이 그쪽으로 다가갔다.

"주문하시겠어요?"

"어, 뭐라고?"

"아, 우리가 주문을 안 했네."

"야야, 주문해. 주문."

개중 눈매가 살짝 처진 남자 하나가 해인에게 미안하다 사과를 하며 아이스 아메리카노 네 잔을 시켰다. 와중에 다른 걸 먹겠다며 주장하는 이도 있었지만 눈 처진 남자가 그냥 통일하라며 밀어붙였다.

"아이스 아메리카노 네 잔, 드시고 가시겠어요?"

"네에."

"죄송한데, 저희 30분 뒤에 마감이거든요."

안다고, 밖에 적힌 거 보고 들어왔다는 손님에게서 술 냄새가 물씬 풍겼다. 해인은 금방 가져다드릴 테니 잠시만 기다려 달라고 하고 카운터 안쪽으로 돌아가 평소보다 훨씬 빠른 손놀림으로 커피를 만들기 시작했다. 그나마 눈 처진 남자가 메뉴를 통일해 주어 다행이었다.

"제가 갖다줄게요."

음료가 다 준비되자 카운터 바로 앞에 앉아 있던 서진이 벌떡 일어나 트레이를 들고 서빙을 했다. 그가 다가가자 둘러앉아 있던 남자 중 하나가 멀뚱멀뚱 서진을 보며 혹시 연예인이쇼? 하고 물었다.

"아닌데요."

"에이, 텔레비전에서 본 것 같은데, 진짜 아니야?"

서진은 길게 대꾸하지 않고 맛있게 드시라고 한 뒤 돌아섰다. 그 옷자락을 남자가 잡았다.

"왜 아니래, 맞는데. 지금 나 술 취했다고 무시하는 거야? 내가 연예인 얼굴도 못 알아볼까 봐?"

그때는 해인이 튀어 나간 뒤였다. 해인이 남자와 서진 사이를 파고들며 정중한 태도로 웃어 보였다.

"죄송하지만 손님, 이분 정말 연예인 아니시고요, 여기 직원도 아니고 제 친구예요."

"뭐? 정말?"

"네, 손님이 오해하셨어요."

"그래? 아닌데, 어디 드라마에 나온 것 같은데."

"이 친구가 워낙 일반인 얼굴이 아니긴 한데, 연예인은 아니에요."

해인의 싹싹한 태도에 남자가 누그러지려는 참이었다. 옆에서 그런 해인을 유심히 보고 있던 눈 처진 남자가 불쑥 입을 열었다.

"연예인은 이쪽 같은데."

해인의 얼굴이 살짝 굳어졌다.

"맞죠? 맞는데. 옛날에 아이돌 했던."

눈 처진 남자의 목소리에 확신이 깃들기 시작했다. 삽시간에 주변이 웅성거리는 소리로 가득 찼다.

"뭐? 아이돌? 누가?"

"남자 아니고 여자?"

"맞아, 맞는다니까. 그 왜 있잖아. 예전에 5인조로 데뷔했던 걸그룹. 예능에도 몇 번 나왔는데. 아, 그 이름이 뭐였더라?"

잠깐만 기다리라며 휴대폰을 꺼낸 남자가 본격적으로 검색을 할 태세였다. 굳어 있던 얼굴을 풀고 해인이 빙그레 웃었다.

"어떻게 알아보셨지."

아주 드물게 있는 일이지만 영 없는 일도 아니었다. 벌써 10년도 전의 일이고, 해인이 아이돌로 활동한 건 반년도 채 되지 않았지만 가끔 이렇게 알아보는 사람들이 있었다.

"손님 되게 눈썰미 좋으시네요."

그리고 그때마다 해인이 할 수 있는 대응도 하나뿐이었다.

"검색 안 하셔도 돼요. 저 맞아요, 그 아이돌."

"어, 뭐야. 진짜 아이돌이었어?"

"진짜로?"

"맞네, 아이돌. 이제 보니 알겠네. 야, 이렇게 보니 바로 생각난다."

하나도 생각 안 난다는 건 한 눈을 감고 봐도 알 수 있었다. 하나가

물꼬를 트자 너도나도 덩달아 신이 나서 장단을 맞추기 시작했다. 유명인을 몰라봤다며 사인을 해 달라고 아우성을 치고, 사진 좀 찍자며 휴대폰 카메라를 켜 해인의 얼굴에 들이대는 등 호들갑을 떨었다.

장사를 하다 보면 정말 별별 일이 다 있다. 일주일 중 3일은 세상은 넓고 사람은 많다는 말을 되새기고, 4일은 뛰는 놈 위에 나는 놈 있다는 속담을 곱씹는다. 정도의 차이는 있을지언정 이 주택가 한가운데 위치한 조그만 카페도 예외는 아니라서 이 정도로 해인이 당황할 것도 없었다.

"이거, 이거, 전직 아이돌이 만드신 귀한 커피를 내가 마셨네."

"어쩐지 커피 맛이 남다르더라니."

문제는, 그 와중에 꼭 선을 넘는 이가 나온다는 것이다. 낄낄대는 친구들의 웃음소리에 질세라 검은 티셔츠를 입은 남자가 과장된 투로 고개를 갸웃거리며 언성을 높였다. 덩치가 크고 목에 두꺼운 체인 금목걸이를 한 그는 제일 처음 서진에게 연예인 아니냐고 물었던 사람이었다.

"근데 나는 영 잘 모르겠는데? 연예인?"

"엉?"

"얼굴 봐도 그 정도 급은 아닌 것 같고."

대충 비슷한 걸로 사기 쳐서 손님 끌려는 상술 아니냐며 비아냥대는 남자의 눈이 백태가 낀 것처럼 희번덕거렸다.

"진짜 아이돌이면 노래 한번 해 봐."

남자가 손끝으로 테이블을 톡톡 치며 거만하게 말했다. 상황이 이렇게 흘러가자 처음 해인을 알아본 눈 처진 남자가 되레 당황한 듯 제 일행을 말리기 시작했다. 하지만 오히려 그에 더 자극을 받은 듯 검정 티셔츠 남자는 가뿐히 선을 넘었다.

"춤도 좀 춰 보고. 아이돌들, 허리 잘 흔들잖아."

낄낄대는 남자의 눈이 해인을 보았다. 아무 생각도 없는, 무감정한 벌레 같은 까만 눈이었다. 특별히 해인에게 악의가 있는 것도 아니고 관심이 있는 것도 아니고 그저 할 수 있으니까 하는 것일 뿐인, 그래서 더 잔인한 줄도 모르는 천진한 익명의 눈동자였다.

"죄송한데 제가 춤 담당은 아니어서요."

해인이 그 눈을 똑바로 바라보며 웃었다.

"그리고 10년 전이잖아요. 손님은 10년 전에 뭘 하셨어요? 대학생? 대학생이면 전공은 뭐였는데요? 경영? 외국어? 컴퓨터? 아니면 예술 쪽?"

아, 웬만하면 서진 앞이라 참으려 했는데.

"혹시 영어 배우셨으면 지금 영어로 자기소개 한번 해 보실래요?"

예전엔 그냥 웃었다. 좋은 말로 사양하고 농담으로 자신을 낮추며 그 순간을 모면했다. 노래 좀 해 달라면 그냥 대충 한 소절 불러 준 적도 있다.

실랑이를 하는 것보다 그쪽이 더 빨랐으니까. 상대도 큰 악의는 없다는 걸 알고 있으니까. 그저 신기해서일 뿐, 이 가게를 나가면 아침 이슬처럼 사라질 관심인 걸 알아서, 그런 일로 서로 기분 상할 필요는 없다고 생각했으니까.

"아니면 지금은 무슨 일 하는데요? 서비스? 사무? 기술직?"

하지만 언젠가부터 그런 자신이 남에게, 동업자나 전 동업자들에게 피해를 주고 있는지도 모른다는 생각이 들었다.

제가 이런 식으로 대응했기에 이 무례한 사람은 자신이 그런 줄도 모르고 다른 데서도 똑같이 행동할지도 모른다고. 저처럼 얼렁뚱땅, 좋은 게 좋다고 넘기지 않고 제대로 대처하는 사람들을 오히려 싸가지 없거나 예민하다고 몰아갈지도 모른다고.

"혹시 영업직이면 지금 저를 고객이라 생각하고 본인 한번 팔아 보실래요?"

"아니, 이게 지금 뭐라는 거야?"

남자가 테이블을 쾅 내리치며 자리에서 일어났다. 덩치가 커 보였지만 막상 서고 보니 해인과 별반 키 차이도 나지 않았다. 뒤에서 서진이 움찔하는 기척이 느껴져 해인이 슬쩍 손을 뻗어 저지했다. 나서지 말라고 눈짓을 하는데 남자가 욕설을 뱉으며 금방이라도 해인의 멱살을 잡을 듯 을러댔다.

"야, 너 손님한테 말하는 싸가지가 그게 뭐야? 무슨 장사를 이따위로 해?"

"너는 나한테 말하는 게 왜 그따윈데? 어떻게 그렇게 무례할 수 있어? 누가 너한테 그럴 권리를 줬는데? 이 커피값 4천 원에 사람 인격 뭉개는 것도 포함이라고 법에 있어?"

"아니 씨발, 그건 네가 아이돌이라며!"

"내가 씨발 아이돌이었으면 뭐!"

해인도 맞받아 언성을 높이며 눈을 치떴다. 아, 웬만하면 서진 앞이라 욕은 안 하려고 했는데.

　"그게 뭐? 왜? 네가 알아봐 준 게 무슨 대수라고. 뭐 어쩌라고."

　"하, 씨발. 야, 너 몇 살이야? 좆만 한 게 어디다 대고 반말이야? 이거 여자라서 펠 수도 없고. 너 알바지? 사장 어디 있어? 사장 번호 대."

　"나이 먹을 만큼 먹었거든?"

　해인이 보란 듯이 그의 몸을 위아래로 훑었다.

　"그리고 암만 봐도 네 좆이 나만 할 것 같진 않은데."

　쏘아붙이며 해인이 속으로 탄식했다. 아, 이걸로 서진 마음속의 내 이미지도 선을 넘었겠구나.

　"네 머릿속엔 나 같은 사장이 있을 거라는 상상력도 없지?"

　당장이라도 서진을 잡고 귀를 씻겨 주고 싶었다. 뭘 들었든 네가 잘못 들은 거라고 하고 싶었다. 못 알아들었다면 제일 **좋겠지만** 서진의 한국어 실력을 생각해 볼 때 그럴 확률은 현저히 낮았다.

　"아아, 네가 사장이야? 씨발, 가게 꼴 잘 돌아간다. 사장이 손님한테 이래도 돼?"

　"사장이니까 이런다. 이러려고 내가 사장 됐거든. 너 같은 손님 안 받으려고."

　짜증이 날 대로 났다. 저 새끼 때문에 다 망했다. 뭐가 망했는지는 모르겠지만 그냥 그런 생각이 들었다. 더 상대할 의욕도 없었다. 나가. 해인이 남자를 보지도 않고 파리 쫓듯 손을 휘저으며 **짧게**

말했다. 됐고, 그냥 나가 버려.

남자는 이미 술이 깬 것 같았다. 흐리멍덩하던 눈동자의 초점이 또렷해졌다. 하지만 알량한 자존심에 그냥 나갈 순 없는지 욕설을 퍼부으며 발로 의자를 걷어찼다.

"야, 너 내가 이거 인터넷에 올린다. 너 진짜 내가 가만둘 줄 알아?"

"마음대로 해."

"너 밤길 조심해라. 오늘은 내가 참는데……."

"너도 성인병 조심해. 아직 한창나이 같은데 배가 그래서야 원."

"뭐? 야, 이 씨……!"

남자가 테이블 위에 있던 커피 잔을 낚아채 내던진 건 그때였다. 뒤에 있던 서진이 해인의 팔을 붙들어 뒤로 돌리고 가로막듯 그 앞으로 나섰다. 남자는 해인의 얼굴께를 노린 것 같았는데 다행히 서진의 키가 훨씬 컸기에 잔은 서진의 가슴에 부딪치고 그대로 바닥에 떨어져 산산조각 났다.

잠시 침묵이 흘렀다. 그것도 잠깐.

"이 미친 새끼가 어디다 대고!"

해인의 돌려차기가 남자의 턱에 작렬했다.

* * *

집으로 돌아가는 차 안이 조용했다. 해인은 안절부절못하며 자꾸 옆을 힐끔거렸다. 서진은 평상시처럼 무표정한 얼굴로 앞을 보고 운전만 하고 있을 뿐인데, 어째서인지 해인은 자꾸 그의 눈치를 보게 됐다.

머리가 식으니 창피함이 몰려왔다. 그렇게까지 할 일이 아니었는데 너무 오버해 일을 키운 게 아닌가. 그래도 나는 사장이고 그쪽은 손님이었는데 아무리 그쪽이 먼저 잘못했다지만 좋게, 어른스럽게 해결할 수도 있었는데 너무 똑같이 감정적으로 대응해 버린 게 아닌가.

'아니, 그 정도면 정말 잘 참은 것 같은데.'

남자의 턱에 발차기를 날리고도 분에 겨워 씩씩거리는 해인을 말린 건 서진이었다. 서진이 뒤에서 해인을 끌어안다시피 하고 진정시키는 사이, 검은 티 남자는 그 친구들이 맡았다. 가만두지 않겠다고, 너를 와작와작 두들겨 패 부모도 네 얼굴을 못 알아보게 만들어 주겠다는 뜻의 말을 온갖 비속어를 섞어 악악대는 남자의 양팔과 목을 하나씩 분배하듯 붙잡은 친구들이 그대로 황급히 가게 밖으로 사라졌다.

그제야 서진도 해인을 놔주었다. 뒤늦게 정신을 차린 해인이 미안하다고 몇 번씩 사과를 하고 어디 다친 덴 없냐고 물었지만 서진은 괜찮다고만 할 뿐 다른 말은 하지 않았다. 무슨 생각을 하는지 알 수 없는 얼굴로 빗자루를 가져와 유리 조각을 쓸고 넘어진 의자를 세우고 테이블을 정리했다.

해인이 자기가 하겠다고 했지만 다친다고 다가오지 말란 말만 했다. 별로 무섭게 얘기한 것도 아닌데 왠지 그 단호한 음성에 해인은 선생님에게 혼난 아이라도 된 듯 꼼짝도 할 수 없었다.

손끝을 꼼지락거리며 들썩이던 해인이 다시 한번 티 나게 서진을 힐끔거렸다. 평소라면 왜 그래요? 무슨 할 말 있어요? 하고 다정히 물어봤을 그는 조용하기만 했다. 역시 기분이 나쁜 건가. 아니면 놀랐나. 몸도 약한데. 저번처럼 기절을 안 한 것도 다행이지.

'화났겠지.'

불쾌한 건 당연했다. 아직도 서진의 가슴팍엔 커피 얼룩이 선연했으니까. 검은색 옷이라 크게 티가 나지 않았지만 그런 놈이 먹다 남긴 커피를 뒤집어썼으니 저 깔끔한 사람이 얼마나 기분이 더러울까.

'좋은 이미지는 못 심어 줄망정……'

다신 이런 가게 오고 싶지 않다고 생각하는지도 몰랐다. 제게 실망했을 수도 있다. 무턱대고 폭력에 폭력으로 응수한 저 역시 야만인처럼 보였을지도 모른다. 서진의 눈엔 그 남자나 저나 다를 바 없을지도.

그렇게 생각하니 해인은 가슴이 철렁 내려앉았다.

'한동안 좀 조용히 살았는데……'

이놈의 성질머리가 또 화를 부르는구나. 단 두 달을 못 참고, 더도 덜도 말고 딱 두 달 뒤면 일생에 더는 만날 일 없는 저 먼 대륙의 사람에게까지 못 볼 꼴을 보이고 말았구나.

"저기, 서진 씨……."

결국 해인이 먼저 입을 열었다. 사실 긴 침묵도 아니었다. 걸어가도 얼마 안 걸리는 거리니 차로 가면 금방이다. 그래도 서진이 저러고 입을 다물고 있으니 1초가 한 세월 같았다. 왠지 모르게 초조해져서 해인은 자꾸 입술이 말랐다.

"혹시 배 안 고파요?"

해인이 조심스럽게 말을 꺼내자 서진이 흘깃 시선을 돌렸다. 웃는 얼굴엔 침 못 뱉는다고 해인이 그에 대고 뻔뻔스럽게 슬그머니 웃어 보였다.

"우리 저기 편의점에 들러서 컵라면이라도……."

"집으로 가죠."

무뚝뚝한 대답이 돌아왔다. 그 거절에 해인은 이상할 정도로 당혹스러워졌다. 서진이 자신이 제안한 뭔가를 거절한 적이 없어 이번에도 당연히 그럴 거라 기대를 했나 보다. 아, 그러고 보니 저렇게 젖은 옷으로 어딜 돌아다닌단 말인가.

해인이 바보 같은 자신을 질책하며 속으로 한숨을 푹푹 내쉴 때였다. 뒤이어 들려온 말에 반짝 화색이 돌았다.

"집에 가서 끓여 줄게요, 라면."

집에 도착해 라면 물부터 올리려는 서진을 등 떠밀어 씻기부터 하라고 했다. 해인 자신도 대충 샤워를 하고 나오자 서진이 벌써 주방에서 라면을 끓이고 있었다. 평소 샤워 시간이 자신보다 더 긴 서진이라 해인은 이번에도 자신이 먼저 나올 줄 알았다.

"아, 서진 씨, 그거 내가 끓이려고 했는데……."

해인이 후다닥 서진 곁으로 가자 서진이 다 됐다고 가서 앉으라고 했다. 씻긴 씻었는지 서진도 머리카락이 젖어 있었고 해인과 똑같은

샴푸 냄새가 났다. 해인이 수저 두 벌을 챙겨 식탁 앞에 앉았다. 라면이 적당히 익는 사이 서진이 김치를 꺼내 작은 접시에 담아 먼저 놓았다.

"먹어요."

넓적한 면기 두 개에 라면이 반씩 나눠졌다. 서진은 라면 먹는 입맛도 해인과 비슷해서 물의 양이나 면이 익는 정도는 물론, 계란이나 여타 다른 걸 첨가하지 않고 파와 고춧가루 조금만 넣는 것까지 똑같았다.

익숙한 라면 냄새를 맡자 해인은 파블로프의 개처럼 급속도로 허기가 끓어올랐다. 첫술을 뜨자마자 허겁지겁 먹기 시작하는 해인을 보다 서진이 물었다.

"저녁 안 먹었어요?"

"먹었죠."

"뭐 먹었는데요?"

"돈가스 시켜서, 스태프 룸에서 먹었는데……."

먹으면서 말을 하느라 자꾸 말이 끊겼다. 서진이 돈가스? 그 골목 뒤편에 있는? 하고 물어 해인이 고개를 끄덕였다.

"그 집 돈가스 별로라고 하지 않았어요? 가끔 냄새도 나고 안 익을 때도 있다고……."

"아, 그렇긴 한데 마땅히 먹을 게 생각이 안 나서요. 저녁에 바빠서 나가서 먹고 올 수도 없고."

"……."

"서진 씨는 뭐 먹었어요?"

서진은 대충 얼버무렸다. 해인이 열심히 젓가락을 놀리며 그를 올려다보았다.

"보니까 무슨 전시회 같은 데 갔다 오는 것 같던데."

"어떻게 알았어요?"

"팸플릿 같은 거 들고 있었잖아요. 옷차림도 그렇고……."

말을 하다 해인이 눈가를 찡그리며 미안한 표정을 지어 보였다.

"오늘 입은 옷, 제가 세탁소에 맡길게요. 이따 거실에 내놔요."

"……괜찮아요."

"다친 데는 없어요? 가슴에 멍은 안 들었어요?"

"멀쩡해요."

"미안해요, 정말."

"아까도 많이 했잖아요, 사과."

"아니, 근데 서진 씨가 화가 안 풀린 것 같아서."

의외의 말을 들었다는 듯 서진이 시선을 똑바로 들고 해인을 보았다.

"저 화 안 났는데."

"아닌 것 같은데……."

"정말이에요. 내가 해인 씨한테 화를 왜 내요……."

그러면서 서진이 손등을 자신의 얼굴에 가져다 댔다. 제 얼굴에 화났다는 쪽지라도 붙었는지 의심하는 태도였다.

"나 데리러 왔다가 그런 봉변을 당했잖아요."

"괜찮아요."

"그래도…… 내가 못 볼 꼴을 보이고……."

"……."

"못, 못 들을 소리도……."

"못 들을 소리 뭐요? 욕한 거?"

해인이 인상을 찡그렸다. 아, 역시 욕인 걸 아는구나. 미안하다고, 오늘 자기 전에 좋은 클래식이나 자연의 소리 같은 거라도 들으라는 말에 서진이 피식 웃었다.

"제가 어린앤가요. 그 정도 욕으로 놀라게."

"그래도……."

"저도 욕 많이 하는데요."

"서진 씨도 욕해요?"

그 말에 서진이 당연하지 않냐는 듯 어이없어했다. 하긴 해인 자신이 생각해도 어이없긴 했다. 서진이 무슨 혼자 격리돼 산골에서 자란 청정인도 아니고, 저와 같은 나이의 성인 남자인데.

해인이 피식 웃었다. 환상을 가진 건 이쪽이 아닌가 생각하며 서진이 욕을 하는 걸 상상해 봤다. 왠지 등줄기가 찌르르해지는 것 같아 열없이 몸을 비트는데 서진이 물었다.

"그런 사람들 많아요?"

어떤 사람? 하고 되물으려다 말고 해인이 아, 소리를 냈다.

"진상이 없다고는 못 하지만 그렇게까지 하는 사람들은 잘 없어요. 그 손님들이 유난했고 아마 술에 취해서 그랬겠죠."

"위험하진 않아요?"

"불특정 다수를 상대로 하는 직업이니까 어쩔 수 없죠."

그래도 진짜 위험한 일은 별로 없다고 했다. 거기까지 생각하다 보면 장사 못 한다. 그 말에 서진이 고개를 끄덕이면서 뭔가 생각하는 표정이 됐다.

"이제 그럴 일도 없겠지만 서진 씨도 그러지 마세요."

해인의 말에 서진이 네? 하고 시선을 맞췄다.

"아까 저 대신 커피 맞은 거요."

멀쩡하다고 했지만 멀쩡하진 않을 거다. 가벼운 유리컵이라 해도 가슴에 멍은 들었겠지.

"잘못해서 크게 다치기라도 하면 어떡해요. 먼 데 계시는 부모님이 얼마나 걱정하시겠어요."

"……그건 해인 씨도 마찬가지 아닌가요."

"저는 튼튼해서 괜찮아요. 어지간한 건 다 피할 수도 있고."

그러니 앞으론 그러지 말라는 말에 서진은 대답을 하지 않았다. 고개를 숙인 채 젓가락으로 라면을 돌돌 말기만 하는 모습이 좀 불만스러운 것도 같았다.

"그보다, 나한테 궁금한 거 없어요?"

해인이 분위기를 환기시키듯 밝은 음성으로 물었다. 시무룩하게 고개를 든 서진이 무엇을 묻는지 모르겠다는 표정을 지었다.

"나 진짜 아이돌이었는데."

해인이 비밀을 털어놓듯 한껏 낮춘 음성으로 속삭이며 한쪽 눈을 찡긋하고 웃었다.

"요즘은 유럽에도 한국 아이돌들 인기 많다면서요."

서진은 해인을 똑바로 본 채 아무 말도 없었다. 젓가락을 움직이던 손이 꼼짝도 않고 있는 걸로 보아 해인의 얘기에 관심이 없지는 않은 것 같았다.

"서진 씨는 우리나라 기획사 시스템 같은 거 잘 모를 테니까. 저 원래 아역 모델이었어요. 그렇게 유명한 건 아니었고 광고나 잡지 같은 거 조금씩이요. 아주 어릴 때부터 해서 저는 언제부터 했는지 기억도 안 나요. 아빠 아시는 분 중에 방송 관계자분이 계셨는데 그분 눈에 띄어서 시작했다나 봐요."

그러다 보니 카메라 앞에 서는 게 어색하지 않았다. 공부보단 더 소질이 있는 거 같아 중학교 때 본격적으로 그쪽으로 뛰어들었다. 원래는 배우를 하려고 했는데 들어간 소속사에서 아이돌을 해 보면 어떻겠냐는 제안에 진로를 바꾼 게 열여덟 살 때였다.

"처음엔 진짜 힘들더라고요. 노래는 그렇다 치고 춤이. 춤을 춰 본 적이 있어야 말이죠. 고등학교 땐 진짜 죽어라 춤 연습만 했어요."

"……."

"그렇게 한 2년 정도? 연습생 생활하고 스무 살에 데뷔했어요."

해인의 얘기는 거기서 끝났다. 데뷔가 시작이 아니라 끝인 것처럼.

"안 믿기죠?"

서진이 고개를 저었다.

"나보다 서진 씨가 더 아이돌 같긴 한데. 뭐, 난 비주얼 멤버는 아니었으니까."

서진이 가만히 해인의 눈을 쳐다보았다. 해인이 멈칫했다.

"아, 내가 자꾸 이런, 외모 얘기 해서 싫어요?"

"아니, 안 싫어요."

"……."

"아무 얘기나 다 해도 돼요, 해인 씨는."

해인의 입술이 살짝 벌어졌다.

"그리고 해인 씨 아이돌 같아요."

"……."

"지금도."

그 눈빛에 주책맞게 가슴이 쿵쿵 뛰었다. 왜 이러지? 부정맥인가? 해인이 어색하게 시선을 돌리며 딴청을 부리듯 젓가락을 들어 그릇 바닥을 긁었다. 면이 거의 남아 있지 않자 그릇째로 들고 국물을 들이마셨다.

"역시 라면은 밤에 먹는 게 제일 맛있어요."

깨끗이 비운 그릇을 내려놓으며 해인이 말했다.

"연습생 할 땐 이거, 이 라면 하나가 어찌나 먹고 싶던지……."

그 말을 들은 서진이 작게 소리 내 웃었다. 어쩐지 오래전 즐거 웠던 기억을 떠올린 듯 따뜻하고 그리운 웃음이었다.

그리운.

"어?"

해인이 고개를 갸웃했다.

라면, 밤, 하얗게 웃는 얼굴.

"서진…… 서진, 최서진?"

서진이 움찔하며 고개를 들었다. 그러고 보니 해인이 아는 서진이 하나 더 있었다.

"나 서진이란 이름, 한 명 더 알고 있었는데."

02. 사고

연습실을 나오자마자 울음이 터졌다.

체중계 위에 5분이 넘게 해인을 올려 두고 손가락을 세워 옆구리와 배를 꾹꾹 찔러 대며 다음 주까지 3킬로그램을 빼 오지 않으면 클래스에 참석할 필요 없다는 실장의 말에, 꼭 빼 올 테니 걱정하지 말라고 씩씩하게 대답하고 난 다음이었다.

해인은 평생 마른 체격이었다. BMI 지수로 봐도 저체중이었고, 그냥 눈으로 봐도 군살이라곤 없었다. 타고난 체질도 그렇고 입도 짧은 탓에 지금까지 몸무게로 스트레스를 받은 적은 거의 없었다. 하지만 그것도 다 본격적인 아이돌 연습생 생활을 시작하기 전의 얘기였다.

좋아하는 일이라고 해서, 꿈을 향해 나아가는 길이라고 해서 그 과정이 고되지 않은 건 아니다. 노래하는 것도 좋고 춤추는 것도 재미있었지만 연습생 생활은 만만한 게 아니었다. 어디까지, 얼마나 해야 합격선인지 가르쳐 주는 사람도 없고 정해진 수치도 없었다. 기한도 없고 시험 범위도 없는 수험생이 된 것 같았다.

막막해도 할 수 있는 건 그저 연습뿐이었다. 학교에선 기획사 연습생이랍시고 좀 부족한 성적이나 교내 활동을 정당화하며 당당한 척하지만, 실은 여기도 저기도 속하지 못하는 회색분자가 된 것 같았다. 이러다 아무것도 안 되면 어쩌지. 이것도 저것도 다 애매한 반푼이가 되면.

그런 불안함이 마음 한구석에 늘 작은 폭탄처럼 도사리고 있었다.

"오늘도 내내 굶고 다섯 시간 넘게 춤췄는데……."

아무리 긍정적이기로 둘째가라면 서러울 해인도 가끔은 우울해질 수밖에 없었다. 해인이 눈물을 훔치며 집을 향해 터덜터덜 걸었다. 먹는 것에 연연하는 편이 아닌데도 이렇게 되니 오히려 더 먹을 것 생각만 났다. 먹을 시간도 없고, 먹은 것도 없는데 전보다 더 살이 찐다는 게 환장할 노릇이었다.

그때는 뭔가에 쫓기듯, 먹을 수 있을 때 먹을 수 있는 뭐든지 허겁지겁 먹느라 평소보다 더 먹고 있다는 걸 몰랐다. 늘 모자라게 먹고 있다고 생각했고 늘 배가 고프고 영양 부족인 상태라고 생각했다.

"여기서 어떻게 더 빼라고?"

해인이 소매를 당겨 눈물을 훔치며 제 몸을 훑어보았다. 실장이 그러듯 매의 눈으로 이곳저곳을 가늠해 봤다. 팔, 어깨, 가슴은 도저히 빠질 게 없다. 그나마 다리, 허벅지와 종아리까지 양쪽 다 합쳐서 2킬로는 뺄 수 있을 것 같다. 거기에 배 0.5킬로, 엉덩이 0.5킬로. 그럼 다음 주까지 3킬로는 뺄 수 있지 않을까.

"돼지고기야, 뭐야."

투덜거리다 보니 고기가 먹고 싶었다. 삼겹살이든 갈비든, 제육볶음도 좋다. 상추나 파절임 같은 건 거들떠보지도 않고 무조건 고기만 푸지게. 피자, 치킨도 먹고 싶다. 냉면도, 떡볶이도, 라면도.

"라면⋯⋯."

생각만 해도 침이 꼴깍 넘어갔다. 그럴 리가 없는데 어디선가 실제로 라면 냄새가 나는 것 같았다. 아니야, 계속 생각하면 안 돼. 해인이 고개를 저었다. 딴생각하자, 딴생각. 무슨 생각? 오늘 배운 동작이 뭐였지? 오늘 연습한 노래를 듣고 선생님이 뭐라고 했더라? 다음 월말 평가는 무슨 곡으로 하지?

"라면 먹고 싶다⋯⋯."

아니, 생각하지 말라니까. 해인이 손바닥으로 제 머리통을 퍽퍽 쳤다. 너무 세게 때려 또 눈물이 났다. 질질 짜면서 아파트 단지로 들어서는데 입구에 낯익은 뒷모습이 서 있는 게 보였다. 해인의 눈이 번쩍 뜨였다.

"어, 너!"

소리치자 작은 등이 움찔했다. 천천히 뒤돌아선 소년의 작은 얼굴이 가로등 불빛 아래 박꽃처럼 하얗게 드러났다. 해인이 재빨리 손바닥으로 얼굴을 문질러 울었던 흔적을 없애고 그 옆으로 후다닥 뛰어갔다.

"너 여기서 뭐 해?"

쪼그만 게 이 시간까지 밖엘 돌아다니고 말이야, 하며 동글동글한 머리를 쓱쓱 쓸자 소년이 기분 나쁘다는 듯 획 고개를 내빼며 해인을 흘겼다. 그러면서 까만 옥돌 같은 커다란 눈을 굴려 해인의 얼굴을 힐끔힐끔 훔쳐봤다.

"대답 안 해? 뭐 하다가 이제 들어가, 어?"

"……"

"너, 누나가 빨리빨리 다니라 그랬어, 안 그랬어?"

"아, 하지 말라고……!"

소년이 팩 신경질을 내며 해인의 손을 뿌리쳤다.

"이렇게 귀여운데 누가 잡아가면 어쩌려고 이 밤에 이렇게 돌아다녀."

"남 말 하네……."

소년이 꿍얼거렸다.

"너랑 나랑 같냐? 초딩아."

그 말에 소년이 또 화를 내기 전에 해인이 밥은 먹었냐고 물었다. 소년은 대답 대신 해인을 멀뚱멀뚱 보다 모른 척 고개를 돌렸다.

"어? 밥은 먹었냐고."

"왜 울었어?"

놀란 척 눈을 동그랗게 뜬 해인이 표 나? 하고 묻자 소년이 흥, 하고 비웃었다. 해인이 그의 목을 잡아 제 쪽으로 당기며 어린애들은 몰라도 돼, 하고 흥흥 웃었다.

"이거 놔!"

짜증 난다는 듯 소년이 해인의 팔을 뿌리치려 했지만 해인이 놓아주지 않았다. 아직 덜 자란 소년은 해인보다 키가 20센티는 더 작았기 때문에 뿌리치기가 어려웠다. 그렇게 밀고 당기며 둘은 엘리베이터를 타고 7층으로 올라갔다.

엘리베이터를 중간에 두고 왼쪽, 오른쪽에 두 가구씩 사는 복도식 아파트였다. 소년은 701호에 살고 해인은 그 옆인 702호에 살았다. 문을 열고 들어가려는 소년을 향해 해인이 짐짓 엄한 목소리를 내었다.

"너 내일부턴 빨리빨리 다녀. 외출 금지 당하기 전에."

"……네가 뭔데."

"뭐긴 인마. 까불지 말고. 암튼 빨리 다니라고."

엄포를 놓고 집으로 들어왔다. 소년을 만나 기분이 좋은 것도 잠시, 저를 보자마자 오늘 몸무게 검사는 어떻게 됐어? 하고 묻는 아빠를 대하자 해인은 다시 급격히 기분이 저조해졌다.

"나 배고파."

"그래, 아빠가 밥 차려 놨어."

그 차려 놨다는 밥이 샐러드였다. 심지어 드레싱도 없는.

어깨를 토닥이는 아빠를 외면하고 해인이 고집스럽게 샐러드만 노려봤다. 얼른 씻고 먹으라는 말에도 그대로 선 채 꼼짝도 하지 않았다.

"어, 해인아. 몸무게 검사는?"

"실장님이 3킬로 빼 오래. 다음 주까지."

"아, 그래?"

잠시 침묵이 흘렀다. 그것도 잠깐, 아무 일도 없었다는 듯 아빠가 식탁 쪽으로 가며 밥 생각 없으면 그냥 바로 씻고 잘래? 하고 물었다. 어차피 샐러드 따위 먹고 싶지도 않았지만 그마저도 뺏기게 되자 해인은 서러움이 북받쳤다.

"나 라면 한 개만 먹으면 안 돼?"

"무슨 소리야? 지금 라면이 어디 있다고."

몸무게 검사를 받기 시작하면서 아빠는 집에 간식이라곤 두지 않았다. 내용물이라곤 풀과 두부, 과일 따위밖에 없는 냉장고는 어디 절에서 가져온 것 같았다. 해인은 초식 동물이 된 기분이었다. 아니, 심지어 코끼리는 풀이라도 많이 먹지.

"있으면, 먹어도 돼?"

"해인아, 이번만 참자. 이번 평가만 끝나면······."

"끝나도 또 다음 평가 있잖아."

"조금 있으면 데뷔조 발표한다잖아. 그때까지만······."

"배고파. 지금 나 배고프다고!"

해인이 짜증을 냈다. 학교에서 급식도 못 먹었다. 아침엔 요거트 하나와 방울토마토, 점심은 비스킷 하나와 두유로 때웠다.

"힘이 없어 춤도 못 추겠어. 눈앞이 빙빙 돈다고."

아빠 잘못이 아니라는 건 안다. 결국 제가 질 거라는 걸 알아서 해인은 더 마음껏 투정을 부렸다. 아빠는 절대 그런 해인에게 똑같이 화를 내지 않으니까. 끊임없이 해인을 달래고 어르면서도 절대 져 주진 않으니까. 결국은 자신이 딸을 위해 옳은 행동을 하고 있다고 생각하고 해인 역시 그를 인정하고 있다는 걸 알고 있으니까.

"힘들지? 아빠도 알아. 우리 딸 고생 많지?"

"아빠가 뭘 알아. 나랑 같이 굶는 것도 아니면서."

"그럼 아빠도 같이 굶을까?"

"됐어!"

문을 쾅 닫고 방으로 들어갔다. 이불을 뒤집어쓰고 분풀이하듯 울었다. 사춘기도 지났으면서 사춘기 애처럼 굴고 있다는 걸 알지만 어쩔 수 없었다. 내가 이렇게 화가 났다, 힘들다는 걸 표출하지 않고는 견딜 수가 없었다.

"아, 흐으…… 씨, 배고파, 짜증 나……!"

다른 것도 아니고 배가 고파서 운다는 게 어처구니가 없어 더 눈물이 났다. 진짜 못 참겠다. 오늘은 정말 안 되겠다. 해인이 이불을 들치고 벌떡 일어나 앉았다.

당장이라도 뭘 먹지 않으면 속이 터져 죽을 것 같았다. 그런데 돈이 없었다. 돈이 있으면 군것질을 할 기분이 들지도 모른다고 교통 카드 외에 지갑은 압수당했다. 온 방 안과 침대 밑과 책상 서랍을

이 잡듯 뒤져 봐도 백 원짜리 하나 보이지 않았다.

"아, 진짜……."

서럽고 분해서 눈물이 뚝뚝 떨어졌다. 초코바 하나만이라도 먹고 싶다. 껌이라도, 캐러멜 하나라도. 해인이 숨을 몰아쉬며 흑흑거리고 있는데 문득 톡톡 하고 창문을 두드리는 소리가 났다.

"어?"

해인의 방은 복도에 면하고 있었다. 그 복도에서 누군가 창을 두드리고 있었다. 커튼 끄트머리를 들치자 동그랗고 까만 머리통이 보였다. 키가 작아 어깨 아래는 보이지 않는 소년의 얼굴이 안쪽에서 나온 빛을 받아 달처럼 희게 떠 있었다.

해인이 커튼을 걷고 창을 열었다. 무슨 일이야? 묻기도 전에 이거, 하고 방범 창 창살 사이로 둥글납작한 무언가를 든 손이 쑥 들어왔다.

"어, 너 이거……."

컵라면이었다. 엉겁결에 해인이 받아 들자 연이어 보온병 하나도 틈을 비집고 들어왔다.

"먹고 잘 치워. 아저씨한테 안 걸리게."

밀수범처럼 속삭인 소년이 잠시 해인의 얼굴을 보다 이내 몸을 돌렸다. 어리둥절해 있던 해인이 얼른 입을 열어 소년을 불렀다.

"서진아."

해인의 부름에 소년이 고개를 돌렸다. 끝이 살짝 올라간 아몬드 모양의 눈이 해인을 향해 반짝 빛났다.

최서진.

그 아이의 이름이 최서진이었다.

* * *

해인이 그 오래된 복도식 아파트로 이사 왔을 때 최서진은 할머니와 옆집에 살고 있었다. 어머니는 돌아가셨고, 아버지는 일 때문에 지방을 돌아다니시느라 집에 잘 들어오지 못한다고 했다.

최서진은 해인보다 여섯 살 어렸다. 그의 할머니가 돌아가셨을 때 해인은 열여덟 살이었고 서진은 열두 살, 초등학교 5학년이었다. 검은 양복을 차려입고 문상을 다녀온 해인의 아빠는 돌아와서도 계속 눈물을 훔쳤다. 혼자 남은 어린 게 눈에 밟혀 어찌 가셨을꼬 하며 벌게진 눈으로 해인을 쳐다보았다. 아마 자기가 없으면 혼자 될 해인과 그 애를 겹쳐 본 것 같았다.

해인은 엄마가 없었다. 원래부터 없었다. 이상한 말이지만 그게 사실이었다. 아빠는 엄마 얘기를 종종 했다. 대한민국에서 제일 예쁜 사람이라고, 멋지고 근사하고 별 같은 사람이라고.

그 멋지고 별 같은 사람이 지금 어디 있는지, 왜 같이 살지 않는지는 말해 주지 않았다. 나중에야 해인은 별 같다는 게 죽었다는 뜻인지도 모르겠다고 생각했다.

할머니가 돌아가시기 전까지 서진과 해인은 그냥 옆집에 사는 이웃 그 이상도 이하도 아니었다. 나이도 그렇고, 고등학생인 해인이 초등학생과 어울릴 일도 없었거니와 가끔 아파트 근처에서 마주치기라도 하면 서진은 해인을 슬슬 피했다.

딱히 괴롭힌 적도 없는데 서진은 해인을 싫어했다. 해인은 서진이 귀여워서 친해지고 싶었는데 서진은 장난을 걸어도 좀체 받아 주는 법이 없고 신경질만 부려 댔다. 어린 것이 뾰족하기 그지없었다.

서진과 가까워진 것은 해인의 아빠가 보호자 대신으로 그 애의 학교에 불려 갔을 때였다.

"천재였는데……."

생각에 잠겨 있던 해인이 불현듯 중얼거렸다. 그러고 보니 최서진은 어떻게 살고 있는지 모르겠다. 헤어진 직후엔 종종 생각도 났었는데, 이제 와선 거의 잊고 지냈다고 해도 무방했다.

"걔도 이제 어른 다 됐겠네."

스물넷인가. 여섯 살 차이니까 이제 스물넷이 됐을 거다. 군대는 갔을까. 대학생일까. 상상을 해 보려 해도 잘 되지 않았다. 그 어린 얼굴이 잘 생각나지 않았다. 하얗고 아주 예뻤다는 기억은 났다. 몇 번 너도 우리 회사 안 들어오겠냐고 절반쯤은 진담으로 묻기도 했었다.

"이제는 길 가다 마주쳐도 못 알아보겠…… 어, 서진 씨?"

깜짝 놀란 해인의 눈이 커졌다. 맞은편에 앉아 있던 서진의 얼굴이 백지장처럼 창백했다. 전등에 비친 매끈한 이마엔 식은땀까지 송골송골 맺혀 있었다.

"서진 씨 왜 그래요? 어디 아파요?"

해인이 벌떡 일어나 허둥지둥 곁으로 가자 서진이 괜찮다는 듯 손을 들어 보였다. 그 손끝이 가늘게 떨리고 있었다.

"왜 그래요? 어디 안 좋아요? 아, 어떡하지. 병원 갈래요? 구급차 부를까요?"

어쩔 줄 몰라 하는 해인의 손을 서진이 덥석 잡았다. 커다란 손이 너무 뜨겁고, 그보다 그 힘이 너무 세서 해인이 저도 모르게 눈을 크게 떴다. 겨우 고개를 든 서진이 해인을 올려다보았다. 길고 촘촘한 속눈썹 사이로 붉어진 눈이 해인을 똑바로 응시했다.

"괜찮아요."

핏기 없는 입술 사이로 불안정한 숨소리를 가늘게 뱉으며 서진이 옅은 미소를 지었다. 금세 깨어질 살얼음 같은 아슬아슬한 미소였다.

"고마워요."

"네?"

"고맙습니다."

뭐가요? 라고 물을 수도 없이 그 자체로 완결성을 띤 어조였다. 뭐가 뭔지 파악할 새도 없이 어색하게 자리를 파하고 방으로 들어왔다. 아니, 어색한 건 해인뿐이었는지도 몰랐다. 서진은 언제 그랬냐는 듯 멀쩡한 얼굴로 돌아와 해인에게 잘 자라고 인사를 했으니까.

불을 끄고 자리에 누웠는데도 잠이 오지 않았다. 해인은 계속해서 이리저리 뒤척이며 자세를 바꿨다. 피곤한데 도무지 잠이 오지 않았다. 갑자기 떠오른 옛날 서진 때문인지, 옆방에 누워 자고 있을 지금 서진 때문인지 괜스레 머릿속이 복잡했다. 적어도 카페에서 난장을 부린 그놈 때문은 아니었다.

"헉, 3시?"

한참을 뒤척이다 대체 제가 얼마나 이러고 있나 궁금해서 휴대폰을 봤더니 새벽 3시였다. 두 시간이나 이러고 있었다니. 감탄인지 탄식인지 모를 소리를 허허 내던 해인이 문득 밖에서 들리는 기척에 쫑긋 귀를 세웠다.

삐걱삐걱 마룻바닥을 밟는 소리가 났다. 곧 드르륵 문이 열렸다 탁 하고 닫히는 소리도.

서진도 아직 안 자나? 잠깐 고민하던 해인이 몸을 일으켜 창가로 엉금엉금 기어갔다. 이유도 없이 괜히 몸을 낮춰 눈만 내밀어 밖을 내다보았다.

달빛이 희게 스민 툇마루에 제일 먼저 보인 건 반딧불이 같은 작은 불빛이었다. 빨갛게 흔들리는 불빛을 덮치듯 이윽고 뿌연 연기가 뿜어졌다.

어둠 속으로 천천히 사위어 가는 그 흔적을 좇는 것처럼, 혹은 아무것도 보지 않는 듯한 눈동자로 서진이 가만히 허공을 응시하고 있었다. 무릎 위에 무심히 걸쳐진 긴 손가락 사이에서 빨간 담뱃불이 희미한 연기를 올리며 타들어 갔다.

"아……."

해인의 얼굴에서 표정이 사라졌다. 단순히 서진이 담배를 피운다는 사실에 당황한 게 아니었다. 제 얼굴만큼이나 익숙한 안뜰이 불현듯 다른 세상처럼 느껴졌다. 느슨한 자세로 등을 기대고 한쪽 무릎을 세우고 앉은 서진 역시 해인이 처음 보는, 모르는 사람 같았다.

그 허무한 눈동자도, 조소를 띤 듯한 입술도, 양 볼이 패도록 깊게 담배를 빨아들였다 풀어지듯 내뱉는 얼굴도 해인이 아는 그가 아니었다. 예의 바르고 조금은 수줍음을 타면서도 다정한 윤서진 같지 않았다.

그런데도 거부감이 들기는커녕.

"……."

해인은 한참을 그렇게 서진을 훔쳐보다 그가 담배 한 개비를 다 태우고 자리에서 일어났을 때에야 조용히 이불 속으로 가 누웠다. 맨발로 마룻바닥을 밟으며 내는 삐걱거리는 소리가 복도를 따라 점점 멀어졌다. 이윽고 달칵, 하고 방문이 닫히는 소리까지 듣고 나서야 해인은 후, 하고 가두고 있던 숨을 풀어놓았다.

이게 뭐지.

내가 왜 이렇게 당황한 거지.

해인이 손바닥을 들어 제 가슴 위에 얹었다. 심장 속에 작은 새가 든 것처럼 팔딱거렸다.

* * *

새벽녘에야 겨우 잠이 든 탓에 늘 깨던 시간에 눈이 뜨이지 않았다.

휴무일이라 알람도 맞춰 놓지 않고 잤더니 눈을 떴을 땐 하루의 반이 사라져 있었다.

휴대폰을 집어 시간을 확인한 해인은 소리 없이 입만 딱 벌린 채 자는 동안 새로 뜬 알림들을 확인했다. 부재중 전화는 없었지만 소민에게서 메시지 여러 통이 들어와 있었다.

[이 사장 참 큰일 날 사장이네. 마감도 똑바로 안 하고.]
[언니 어제 무슨 일 있었어요? 쓰레기통에 깨진 유리 있는데.]
[언니 아직 자요? 별일 없죠? 일어나면 연락해요.]

시간이 당겨질수록 농도를 더해 가는 의문과 염려가 느껴졌다. 아 참 마감, 하고 해인이 탄식을 흘리며 손바닥으로 이마를 쳤다.

어제 그 난리 탓에 포스기를 끄며 마감을 하지 않고 그대로 영업 종료를 해 버린 것 같다. 그 정도는 소민이 알아서 처리할 수 있는 문제지만 좀체 하지 않는 실수를 한 바람에 걱정을 한 모양이었다.

[미안. 내가 어제 정신이 없어서 깜빡했나 보다.]

답장을 보내자마자 소민에게서 전화가 왔다. 해인이 목청을 아아, 가다듬고 몸을 일으키며 전화를 받았다.

—언니, 무슨 일인데요? 왜 정신이 없었는데?

"어, 소민아. 잠깐 딱 30초만."

에어컨 타이머를 아침까지만 맞춰 둔 탓에 몹시 더웠다. 맥없이 돌아가는 선풍기를 끄고 이불을 대충 옆으로 치워 둔 뒤 창문을 열었다. 그대로 밖으로 나가려다 주춤한 해인이 벽에 걸린 거울을 들여다보고 까치집처럼 헝클어진 머리를 급하게 정돈했다.

슬금슬금 복도를 나가 거실의 동태를 살피니 집 안은 쥐 죽은 듯 조용했다. 인기척이라곤 느껴지지 않는 게 서진은 어디 외출이라도 한 것 같았다. 그제야 등줄기에 스륵 힘이 빠졌다. 수화기 너머로 소민이 30초 지났어요, 하는 게 들렸다.

"아, 그래. 어제 무슨 일 있었냐고."

냉장고에서 물을 꺼내 목을 축인 해인이 어젯밤에 있었던 일들을 줄줄 읊기 시작했다. 어머, 헐, 미친, 등의 추임새를 넣으며 듣고 있던 소민이 남자가 커피를 던졌다는 부분에서 조용해지더니 이내 불길함을 꾹꾹 눌러 담은 숨죽인 음성으로 물었다.

—설마, 언니 그래서 또 경찰서 간 건 아니죠?

"안 갔어. 갔어도 쌍방인데 뭐. 이 정도는 경찰에서도 서로 합의하라 그래."

그 태평한 소리에 어이구, 하는 타박이 돌아온다.

—암만 그래도 좀 참지 그랬어요. 게다가 그쪽은 남자만 네 명이었다면서요!

무슨 일 나면 어쩌려고 몸부터 나가냐고 소민이 야단을 쳤다. 해인도 어제 반성한 부분이기에 그렇지, 하며 고개를 끄덕끄덕했다.

자신은 둘째 치고 애꿎은 서진이 휘말려 큰일 날 수도 있었던 상황이었다.

─하여튼 그놈의 성질 좀 죽여요. 이게 벌써 몇 번째야.

"참았어. 그 새끼가 커피를 나한테만 던졌어도 그렇게까진 안 했다고."

─언니한테 던진 거 맞잖아요…….

"아니, 그럼 제대로 던졌어야지. 엄한 서진 씨가 맞았잖아."

그때 삐걱 대문이 열리고 서진이 들어오는 게 보였다. 해인이 나중에 전화할게, 끊어, 하고 황급히 통화를 마무리했다.

"일어났어요?"

마루 위에 저를 맞이하듯 서 있는 해인을 보고 서진이 반가운 얼굴을 했다. 그 표정을 보자 잠잠해 있던 심장 속 새가 다시 팔딱팔딱 뛰는 것 같았다.

"이렇게 일찍 어딜 갔다 와요?"

왠지 시선을 마주칠 수 없어 약간 비켜난 채로 해인이 물었다. 자다 깨서 부스스할 얼굴이 처음으로 신경 쓰였다. 묻고 보니 일찍은 아닌 것 같았지만 이왕 뱉은 거 뻔뻔하게 밀고 나갔다. 서진이 잠깐 외출 좀 했다며 아침은 먹었냐고 물었다.

"안 먹었는데 괜찮아요. 서진 씨랑 점심 먹으면 되니까."

넉살 좋은 대답에 서진이 너그럽게 웃었다. 생활 습관이나 정리 정돈 하는 걸 봐도 알 수 있듯 서진은 대체로 원칙주의자인 것 같았지만 다행히 일주일에 하루 있는 휴무일까지 평일의 기상 시간을 준수해야 한다고 여길 정도는 아닌 것 같았다. 그래서 해인도 그가 저를 게으름뱅이라 생각하면 어쩌나 하는 걱정은 하지 않았다.

"얼른 점심 차릴게요. 잠깐만 기다려요."

해인이 저를 스쳐 주방으로 가려는 그를 붙잡았다. 왜 그러냐는 듯 눈빛으로 묻는 것에 해인이 그냥 나가서 먹자고 했다. 날도 덥고, 귀찮지 않냐는 말에 서진은 왠지 망설이는 기색이었다. 그럼, 그렇게 할까요? 하면서도 눈을 굴리며 시무룩해지는 것에 해인이 의아한 표정을 지었다.

"묵밥 먹으려고……."

서진이 조금 망설이다 작게 대답했다.

"네?"

"묵밥이요. 아침에 그냥 생각나서, 육수랑 고명 만들어 뒀거든요."

내키지 않으면 나가서 먹고 싶은 거 먹자며 설핏 웃는 얼굴을 보자 멀미가 난 것처럼 가슴이 울렁거렸다.

해인이 숨을 고르며 대뜸 냉장고로 갔다. 뒤에서 서진이 의아한 듯 해인 씨? 하고 부르는 소리가 들렸지만 돌아보지 않고 벌컥 문을 잡아당겼다. 선반 한가운데 어젯밤까지만 해도 없던 뭔지 모를 육수가 담긴 커다란 볼과 내용물의 알록달록한 빛깔만 알아볼 수 있는 불투명한 용기가 보였다.

"와, 서진 씨 어떻게 알았지."

해인이 활짝 웃으며 서진을 돌아보았다. 서진이 약간 멍한 얼굴로 네? 하고 되물었다.

"내가 묵밥 좋아하는 거."

외식은 저녁에 해야겠다, 괜찮죠? 하고 물은 뒤 대답도 듣지 않고 해인이 육수와 고명이 든 용기를 꺼내고 냉장고 문을 텅 소리 나게 닫았다. 서진이 말없이 성큼 다가와 해인이 들고 있던 것을 받아 들었다.

손을 씻고 양념장을 만드는 그의 뒤를 졸졸 따라다니며 해인이 뭐 도와줄 건 없냐고 물었다. 됐다고 사양하는데도 주위를 맴돌며 서진이 하는 모든 것에 일일이 감탄을 하던 해인은 끝내 부담스럽다는 그의 무언의 눈길을 받고서야 그 곁을 떠나 정원으로 내려갔다.

"으으으."

한동안 체육관을 못 나가 몸이 찌뿌둥했다. 쏟아지는 햇빛에 온몸의 세포 하나하나가 반응하는 것 같았다. 간단히 몸을 풀고자 스트레칭을 했는데 그것만으로도 금세 땀이 났다.

아직 장마가 채 끝나지 않았는데도 삼복 못지않은 더위였다. 사람을 지치게 하는 습기와 열기는 적어도 나무들에겐 기꺼웠는지 정원은 그야말로 초록이 불타는 것 같았다.

"어라."

한쪽 구석에 못 보던 작은 잡초 같은 게 보였다. 풀과 잔디가 깔린 안쪽이 아닌, 메마른 모래로 덮인 그늘진 담벼락 바로 아래였다.

너도 참, 좋은 자리 다 놔두고 하필 그런 데 뿌리를 내릴 게 뭐냐고 혀를 쯧쯧 차며 무심코 뽑아 버리려 다가서던 해인은 문득 제가 언제부터 그렇게 열심히 정원 관리를 했나 싶어 그냥 내버려 두기로 했다.

정원이 있는 집에 사는 게 꿈이었던 아버지가 돌아가신 후, 남은 세 여자는 누구도 정원에 관심을 가지지 않았다. 잡초에 관대하고 원예에 무심한 주인 탓에, 몇 년 새 시들거나 병들어 뽑아 버린 관목들이 남은 것보다 많았다. 이 집에서 그럭저럭 봐 줄 만한 건 이제 해인보다 훌쩍 큰 목련과 그보다 작은 모과나무뿐이다.

"너희들은 죽지 마라. 오래오래 살아라."

해인이 둥그스름한 목련 잎사귀를 손가락 사이에 끼우고 어루만지며 중얼거렸다.

"해……."

툇마루로 나와 해인을 부르려던 서진이 그런 해인을 보고 주춤했다. 진초록의 이파리를 쓰다듬으며 미소 짓듯 뭔가를 흥얼거리는 옆얼굴을 빤히 주시하는 검은 눈동자가 짙게 빛났다. 단순히 흐뭇하거나 호감 정도가 아닌, 더 깊고 진득한 무언가가 담긴 시선이 오랫동안 해인의 얼굴을 서성였다.

"서진 씨?"

눈이 마주치자 서진이 담담하게 밥 먹어요, 했다. 반색한 해인이 서진을 향해 폴짝폴짝 뛰어갔다. 식탁에 마주 앉아 묵밥을 훌훌 넘기다 말고 해인이 서진의 눈치를 슬쩍 살폈다. 서진은 말이 많은

편은 아니었지만 밥을 먹을 땐 더 그랬다.

침묵과 고요에 익숙한 것 같은 그의 얼굴을 보며, 해인은 문득 어쩌면 그도 오랜 시간을 혼자 보낸 게 아닌가 하는 생각을 했다. 그러자 자연스레 어젯밤 창 너머로 보았던 광경이 떠올랐다.

"……저기, 서진 씨."

점심 먹고 뭐 하냐고 물을 셈이었는데 어쩐지 그 간단한 질문이 나오지 않았다. 어렵사리 입을 떼는 순간, 해인의 휴대폰이 울렸다.

"아."

액정을 확인한 해인의 얼굴에 본인도 인지하지 못할 만큼 찰나에 옅은 실망이 스쳐 갔다. 놓치지 않은 건 서진뿐이었다. 전화를 건 상대가 정태희가 아님을 깨달을 때마다 해인은 순간적으로 저런 표정을 했다. 그를 볼 때마다 서진은 목구멍이 조여드는 것 같았다.

"여보세요?"

언제 그랬냐는 듯 해인이 밝은 표정으로 통화를 했다. 쉬는 날인 줄 알고 불러내려는 친구들의 전화인 모양이었다. 수저질을 하는 것도 잊고 그쪽을 힐끔거리던 서진은 해인과 눈이 마주치자 얼른 시선을 내렸다.

"어…… 누구? 음, 글쎄. 어, 어디? 알았어. 나중에 연락할게. 아, 알았다고."

해인이 통화를 마친 뒤에도 서진은 묵묵히 수저질만 하고 있었다. 해인이 그를 보다 가볍게 물었다.

"서진 씨 오늘은 뭐 해요?"

"글쎄요."

"다른 일정 없으면 나랑 놀래요?"

시큰둥한 시선을 아래로 두고 있던 서진이 반짝 눈을 들었다.

"방금 통화한 친구들 만나는 거 아니었어요?"

"아, 아니에요."

대충 들어도 나오라고 불러내는 전화였다. 서진이 마음에도 없는, 하지만 계산된 사양을 우선 해 보였다.

"일주일에 하루 쉬는 건데 저랑 보내도 돼요?"

"음? 그럼 누구랑 보내요?"

"……."

"내 친구들? 걔네들은 나 보고 싶으면 언제든 가게로 오는데요, 뭐."

서진 씨 지금 내 인간관계 걱정해 주는 거냐며 해인이 싱긋 웃었다. 서진은 그 얼굴을 보고 뭐라 대답을 하려는 듯 입술을 벙긋거리다 말고 이내 눈을 내리깔았다.

"걱정 마요. 내가 이래 봬도 인복은 있어서 친구 많으니까."

"……알아요."

"네?"

작게 대답하는 소리를 듣지 못하고 해인이 되묻자 서진이 아니라고 고개를 저었다. 그럼 나랑 노는 거죠? 하고 묻는 말에 알겠다는 듯 고개를 끄덕이자 해인이 좋아, 하고 신난 듯 벌떡 일어나 빈 그릇을 들고 싱크대로 갔다.

"그럼 나 씻을게요. 하고 싶은 거 생각해 놔요."

서진이 얌전히 고개를 끄덕였다 쿵, 하고 욕실 문이 닫히는 소리가 들리자 그의 입꼬리가 보일 듯 말듯 휘어졌다.

* * *

샤워를 하고 옷을 갈아입고 나온 해인이 뭘 하고 싶냐고 묻자 서진은 영화가 보고 싶다고 했다. 약간 뜻밖이라 해인이 살짝 고개를 갸웃했다.

영화? 이 대낮부터? 영화는 언제든 볼 수 있는데. 고궁이나 박물관 구경이 지겨워졌나. 그럼 다른 놀 것도 많은데. 더워서 돌아다니기 싫은가.

영화를 싫어하는 건 아니지만 해인은 어쩐지 오늘은 옆 사람 얼굴도 안 보이는 컴컴한 데 들어가 앉아 있는 게 내키지 않았다. 다른 좋은 볼 게 얼마나 많은데. 그래도 제 입으로 한 말이 있었기에 해인은 서진에게 맞춰 주자고 생각했다.

"무슨 영화 보고 싶은데요?"

특별히 생각해 둔 건 없는지 서진이 눈을 깜빡이며 해인 씨는 뭐 보고 싶은데요? 하고 되물었다. 아무래도 얘기가 길어질 것 같아 해인이 식탁 의자를 끌어다 앉으며 휴대폰을 꺼내 영화 예매 앱을 켰다.

"음, 글쎄 뭐 볼까요? 어떤 장르 좋아해요? 멜로? 코믹? 액션?

호러? 서진 씨 한국어 자막 보기 힘드니까 외국 영화는 안 되겠죠? 아, 아니네. 영어면 바로 알아들을 수 있잖아. 그죠? 자막이 필요 없겠네."

해인이 자문자답하며 휴대폰 화면을 휙휙 넘기고 있는데 문득 어깨 너머에서 손이 스윽 넘어왔다. 동시에 상쾌한 시트러스 향이 은은하게 끼쳤다. 어느새 의자 등받이 뒤로 바짝 붙어 선 서진이 뻣뻣하게 굳은 해인의 손을 대신해 액정을 밀어 넘기기 시작했다.

"이건 어때요?"

귓전에서 낮은 음성이 울렸다. 불현듯 거기부터 솜털이 오소소 돋는 것 같았다. 해인은 놀라거나 당황한 티를 내지 않는 데 온 힘을 쏟느라 그가 가리킨 게 뭔지 눈에 들어오지도 않았다. 무턱대고 좋다고 고개를 끄덕이니 긴 손가락이 떨어져 나가며 실수인 듯 아닌 듯 해인의 귓바퀴를 스쳤다.

"그럼 갈까요?"

서진이 제 휴대폰과 차 키를 챙기며 몸을 돌렸다. 예매를 못 했다는 생각이 들었지만 이제 와 다시 무슨 영화였냐고 물어보는 것도 그래서 해인은 괜한 귓불만 만지작거렸다. 표는 현장에서 사기로 하고 서진과 함께 집을 나섰다.

정원에 박힌 디딤돌을 성큼성큼 건너는 서진을 따라 해인도 반쯤 뛰듯이 그의 운동화가 지난 자리를 차례로 디뎠다. 눈부시게 하얀 운동화 뒤축부터 거슬러 위로 올라가자 검은 티셔츠를 입은 어깨가 팽팽하게 당겨진 게 보였다.

뒤태만 봐도 잘생김이 물씬 느껴진다. 깔끔하게 정리된 뒷머리라든가 유려하게 쭉 뻗은 목덜미라든가 역삼각형으로 떨어지는 허리선이라든가 그와 길게 이어진 늘씬한 다리라든가.

"어."

그를 훔쳐보는 데 정신이 팔려 해인은 서진이 갑자기 멈춰 선 것도 몰랐다. 뒤늦게 알아채긴 했지만 충분히 멈출 수 있었는데 어쩐지 그러고 싶지 않았다. 퉁 하고 그의 등 한가운데 이마가 부딪치자 서진이 놀라 돌아보며 미안하다고 사과를 했다. 괜찮다고 하면서도 양심이 있어서 해인이 슬쩍 눈을 피했다. 그리고 왜 갑자기 섰냐고 물으려 했는데 대답을 들을 필요도 없었다.

"아니, 주차를 누가 저런 식으로."

대문 앞에 웬 차 한 대가 서진의 차 앞을 막고 있었다. 빠질 각도가 없는데 저렇게 대 놓은 걸 보니 곧 나갈 차 같긴 했다. 서진이 덤덤한 얼굴로 그쪽 차량 앞에 붙은 연락처를 확인하고 전화를 걸었다. 받지 않았다.

"안 받아요?"

"네, 잠깐만요."

몇 번 더 시도해 보던 서진은 해인이 땡볕 아래 눈을 찡그리고 선 걸 보고 먼저 차에 타 있으라고 했다. 똑같이 땡볕 아래서 달궈진 차 안은 오히려 바깥보다 사정이 더 나빴다. 시동을 걸고 차창을 몽땅 내린 서진이 에어컨을 최대로 틀었다. 대충 열기를 빼내고 해인을 조수석에 앉힌 서진은 계속해서 차주와 통화를 시도했다.

"서진 씨도 타요. 앉아서 기다려요."

해인이 서진을 불러다 운전석에 앉혔다. 그렇게 나란히 앉아 20분가량을 더 기다렸다. 이쯤 되자 화가 나는 게 아니라 차주에게 무슨 일이 생긴 건 아닌가 걱정이 될 정도였다. 해인이 차는 두고 그냥 버스를 타자고 말하려는데 기다렸다는 듯 전화가 연결됐다.

"예, 2080 차주 되시죠? 여기 차 좀 빼 주셔야겠는데요. 예, 예. 알겠습니다."

화가 날 만도 한데 서진은 이맛살 한번 찌푸리지 않았다. 목소리도 말투도 평상시 그대로 평온하고 부드러웠다. 아무리 스피커 너머로 연신 사과를 해 대는 목소리가 해인에게까지 들렸다지만 그 말간 얼굴에는 짜증의 기미조차 보이지 않았다. 오히려 해인에게 다행이라는 듯 환하게 웃어 보이며 금방 온대요, 하고 말했다.

'사람이 착해.'

이렇게 착한 상대를 만난 것만으로도 이 차주는 오늘 하루 치 운을 다 쓴 거다. 실제로 몇 년 전에도 똑같은 일이 있었는데, 그때 태희는 단 한 번 통화를 시도하고 상대가 전화를 받지 않자 곧장 견인차를 불렀었다.

석고대죄라도 할 기세로 금방 오겠다던 차주는 그러고도 한참을 나타나지 않았다. 보통 때 같으면 열이 나 씩씩거렸을 해인도 옆에 있는 인격자에게 감화된 덕분인지 별로 화가 나지 않았다. 혹 서진이 지루해할까 봐 해인은 열심히 수다를 떨어 댔다. 가게를 하며 생긴 일들, 특이한 손님, 동네에 일어난 사소한 일들, 날씨 얘기.

해인은 이런 식의 잡담을 끝도 없이 할 자신이 있었다.

해인에게 시선을 떼지 않은 채 그 말들을 빠짐없이 귀에 담고 있던 서진이 문득 눈을 가늘게 떴다. 짙은 선팅을 기어이 뚫고 들어온 끈질긴 햇빛이 해인의 팔 아랫부분과 반바지를 입어 훤히 드러난 하얀 무릎에 은근히 고여 있었다.

서진이 콘솔 박스를 열어 선크림을 꺼냈다.

"어, 나 선크림 발랐는데."

내미는 손을 해인이 사양하자 서진이 팔과 무릎을 가리켰다.

"이런 데야 뭐. 여름인데 좀 타고 그래야죠."

"안 타고 빨개지기만 하잖아요."

음? 어떻게 알았지? 해인이 눈을 동그랗게 뜨며 의아해하자 서진이 슬쩍 시선을 돌리며 그냥 그래 보여서, 하고 중얼거렸다. 눈썰미 좋네. 그걸 피부만 봐도 바로 딱 알 수 있나, 생각하며 해인이 일단 고맙다고 하고 선크림을 받아 들었다.

용기에 적힌 브랜드명만 봐도 비싼 거라는 걸 단번에 알 수 있었다. 제가 평소 쓰던 것에 비해 용량은 절반인데 가격은 열 배 넘게 차이가 나는 제품이었다. 이런 비싼 걸 얼굴도 아니고 팔다리에 바른다는 게 낭비 같아 해인은 콩알만큼 덜어 팔뚝에 비볐다.

"뭐 해요."

"네?"

"그렇게 발라선 효과도 없어요."

서진이 해인이 들고 있던 선크림을 낚아채 손바닥을 펴게 하곤 그 위에 아낌없이 내용물을 쭉 짰다.

"아, 너무 많아요! 다 못 발라요."

"이 정도는 발라야 돼요."

"끈적끈적해지는데."

"다리까지 다 발라야 되잖아요. 보이는 데만 대충 바르지 말고 허벅지 안쪽도⋯⋯."

순간 서진이 제가 무슨 말을 하는지 깨닫고 말을 끊었다. 설상가상 무심코 해인의 다리에 두고 있던 시선이 해인과 마주쳤다. 맹세코 다른 뜻 없이 본 것이었는데 멀뚱멀뚱 저를 보고 있는 연한 색 눈동자와 마주치자 도리 없이 불에 덴 듯 열이 확 올랐다.

서진이 고개를 확 돌렸다. 그 반응에 멀쩡하던 해인마저 기분이 이상해지는 것 같았다.

'아니, 뭐 저렇게 당황해.'

차 안은 얼음골처럼 시원했는데 저를 외면하고 앉은 서진의 목덜미와 귀 끝이 타오르듯 빨개진 게 보였다. 해인은 말없이 팔다리에 선크림을 쓱쓱 문질렀다. 흡수가 다 되었는데도 한참을 기계적으로 문질러 대며 열심히 머리를 굴렸다. 다른 이들, 예를 들어 차영원이었다면 이때다 하고 놀려 주었을 텐데 서진에겐 그럴 수가 없었다.

'이 분위기 어쩌지.'

이게 무슨 별일이나 된다고. 사람이 어쩜 저렇게 착하고 순진할 수 있지? 정말 서른 맞나? 어린 시절 몸이 약해서 집 안에만 갇혀 지냈나. 해인의 머릿속에 우거진 숲에 둘러싸인 디즈니랜드 풍의 성채와 그 속에 사는 하얀 얼굴의 소년 이미지가 떠올랐다. 어울렸다.

불현듯 해인은 그의 연애사가 궁금해졌다. 외모로 보나 뭐로 보나 경험이 많을 것 같은데 또 어떻게 보면 아무것도 모르는 숙맥일 것도 같다. 막을 새도 없이 입이 제멋대로 움직이더니 말이 툭 튀어나왔다.

"서진 씨 연애 많이 해 봤어요?"

질문이 떨어지자마자 서진이 거의 휙 소리가 날 정도로 빠르게 고개를 돌려 해인을 보았다. 연애요? 그 표정이 너무 뜬금없어하는 것 같아서 이번엔 해인의 얼굴이 붉어졌다.

"어, 이런 거 물어보면 안 되나."

친구 사이에 못 물어볼 말도 아니라고 생각했는데 저렇게 정색하는 반응을 대하니 좀 머쓱해졌다. 하긴 좀 갑작스럽긴 했다. 관련 얘기를 나누고 있던 중도 아니고, 가뜩이나 분위기도 어색하던 참에 화제 전환을 노리고 꺼냈다기엔 너무 사적인 질문이다.

"말하기 싫으면 안 해도 돼요."

"아니, 그런 게 아니라."

서진이 조심스럽게 입을 뗐다. 그러면서도 해인을 주시하는 눈빛에 빈틈이라곤 없었다.

"혹시……."

"네?"

"혹시 해인 씨, 연애하려고요?"

해인이 아, 소리를 내듯 입을 벌렸다. 연애 많이 해 봤냐는 질문에 이런 대답이 돌아온 건 처음이다. 보통 적당히 남들만큼 했다거나 꼭 회피하고 싶다면 그쪽은요? 하고 묻지 않나.

왜 이런 흐름이 됐지? 내가 상담이라도 할 것 같은 분위기를 풍겼나. 해인이 생각하느라 얼른 대답을 하지 않자 왠지 다급한 어조로 서진이 정말 그런 거냐며 재차 물었다.

"아니, 그런 게 아니고 그냥 궁금해서 물어본 건데."

"……."

"정말인데. 내가 지금 누구랑 연애를 해요."

매일 집, 가게만 왕복하는 인생인 거 서진 씨가 제일 잘 알지 않느냐고 하자 겨우 서진의 눈에서 힘이 좀 빠지는 것 같았다. 서진이 한숨 쉬듯 후, 웃자 해인도 영문도 모르고 어설프게 따라 웃었다.

그를 본 서진의 얼굴이 약간 경직되며 미소가 사라지는데 마침 해인의 휴대폰이 울렸다. 차영원 석 자가 뜬 액정을 스치듯 본 서진의 얼굴에 못마땅한 기색이 스쳤다.

"어, 차영원 왜."

휴대폰을 귀에 댄 해인이 난처함 반, 귀찮음 반이 섞인 표정을 지었다. 영원이 가게에 갔다가 소민에게 어제 일을 들은 모양이었다.

영원은 아침에 소민이 한 것과 비슷한 내용의 잔소리를 훨씬 더 길게 늘여서 했다. 평소 같으면 듣는 둥 마는 둥 하고 대충 끊었을 텐데 옆에 있는 서진이 전화 예절이 나쁘다고 오해할까 봐 해인은 끝까지 참고 들었다.

―그래서, 넌 진짜 괜찮아?

"괜찮지, 그럼."

―그럼 다행이고…… 오늘은 체육관 오지?

"어……?"

말끝을 흐리며 해인이 서진의 눈치를 살폈다. 영화를 보고 저녁을 먹는다 해도 체육관 갈 시간은 충분할 것 같긴 한데.

"오늘은 못 갈 거 같아."

―왜, 약속 있어?

"응."

알겠다고 영원은 전화를 끊었다. 내일 보자고 하는 걸 보니 가게로 올 모양이었다. 전화를 끊자 서진이 차영원 씨? 하고 물었다.

"네. 어제 일 때문에요. 아침에 소민이가 컵 깨진 거 보고 전화 왔었거든요. 이 동네는 암튼 비밀이 없어요. 있어도 반나절을 안 가."

"걱정했나 봐요."

"영원이요? 뭐 친구니까."

서진은 대답이 없었다. 왠지 시큰둥한 표정에 해인이 슬쩍 눈치를 살폈다. 그러고 보니 그와도 동갑인데 아직 서로 존대를 하고 있다. 원래 해인 같았으면 벌써 말 놓자는 얘기가 몇 번은 나왔을 것이다.

지금이라도 말을 놓자고 할까 해인이 고민하고 있는데 문득 없어요, 하는 소리가 날아왔다. 어리둥절한 시선을 돌리니 서진이 차분한 얼굴로 한 번 더 확인하듯 연애요, 하고 말했다.

"한 번도 해 본 적 없어요."

"……정말?"

해인이 눈썹을 찌푸리며 고개를 갸웃했다. 저 얼굴, 저 몸으로 모태 솔로라고? 아니, 대체 왜? 독일에서 자라서? 비록 수요 적은 동양인이라지만 저 체격에 저 얼굴이면 세계 어딜 가도 통할 법하지 않나.

"서진 씨, 눈이 되게 높은가 봐요."

답은 그거뿐이다. 저 얼굴로 연애를 못 했다는 건 못 한 게 아니라 안 한 거다.

"글쎄요."

해인의 말에 서진은 뭔가 즐거운 듯 묘한 미소를 띠었다. 그런 것 같기도 하고, 하며 가락을 붙이듯 중얼거리며 해인의 얼굴을 새삼스럽다는 듯 뜯어보는 것에 해인은 제 얼굴에 뭐가 묻었나 싶어 저도 모르게 차창에 저를 비춰 보았다.

그때 밖에서 헐레벌떡 이쪽으로 달려오는 사람 하나가 보였다. 드디어 나타난 차주는 연신 고개를 숙이며 급한 사정 때문에 잠깐 대 놓고 간다는 게 일이 꼬였다며 주절주절 변명을 늘어놓았다.

서진은 싫은 소리 한마디 하지 않고 괜찮다고만 했다. 차주의 얼굴에 천사를 영접한 듯한 표정이 떠오르는 것도 당연하다고 해인은 생각했다. 이 더위에 몇십 분을 길에서 낭비했는데.

'진짜 착해.'

차분하게 핸들을 돌려 골목을 빠져나가는 서진의 옆얼굴을 보며 해인은 언젠가 아버지가 했던 말을 떠올렸다.

남자는 함께 술을 마셔 보고, 막히는 길에서 운전을 시켜 보고, 같이 여행을 가 봐야 한다.

충동적이 되기 쉬운 상태와 인내심이 떨어진 상태와 이기적이 되기 쉬운 상황에서 어떻게 행동하는지를 보라던 말씀이었다. 그중 서진은 벌써 두 개나 통과했다. 술을 마셔도 정도를 지켰고, 운전대를 잡고도 평상시와 똑같이 차분하고 너그럽고 배려가 많았다.

"어, 잠깐 저기 저 차가…… 어어!"

심지어 사고가 나는 순간에도 그랬다.

쿵, 하는 충돌음과 함께 해인은 찰나에 뒤로 밀쳐졌다 다시 앞으로 휙 쏠리는 제 몸을 내리누르는 서진의 팔을 느꼈다. 눈으로 뻔히 보고 있었음에도 어안이 벙벙해 해인은 선뜻 말이 나오지 않았다.

그사이에 상대 차량의 문이 먼저 열렸다. 첫눈에도 성질이 나빠 보이는 남자가 욕설로 추측되는 말을 뇌까리며 차에서 내려 난폭하게 걸어왔다. 제 차를 한번 살피더니 한층 더 험악한 얼굴이 된 남자가 성난 황소처럼 버티고 서서 서진과 해인을 향해 내리라는 듯 손끝을 까딱까딱했다.

"아니, 뭐 저런……"

자동 반사적으로 욕이 나오려는 걸 참고 해인이 마치 칼을 뽑듯 손을 안전벨트 버클로 가져갔다. 어딜 보나 그쪽 과실이고 사람이 다칠 뻔했는데 기선 제압부터 하려고 하다니, 저게 어디서 배운 버릇이야.

숨을 훅 몰아쉬자 해인의 가슴이 부풀었다. 성질 좀 죽이자고 다짐한 지 하루도 못 돼 또 전투력이 상승하는 게 느껴졌다. 비장하게 딸깍 버튼을 누르는데 그 위로 커다란 손이 와 덮이는 게 느껴졌다.

"해인 씨, 괜찮아요?"

걱정이 담긴 음성이 불필요한 질문을 했다. 신호 대기로 정차 중에 갑자기 앞차가 뒤로 굴러와 받은 것이기 때문에 실제 물리적 충격은 미미했다. 충격인 건 이 상황 자체와 상대 차주의 태도였다. 저런 운전자를 한두 번 만난 것도 아니지만.

"괜찮아요."

"정말 괜찮아요?"

빨리 나가 저놈을 족쳐야겠다는 생각에 해인은 저를 훑는 서진의 눈빛이 살얼음처럼 위태롭다는 걸 알아채지 못했다. 제 손을 덮은 손이 미미하게 떨리는 것조차 몰랐다.

"네, 멀쩡해요. 서진 씨, 잠깐 이것 좀 놔 봐요. 내가⋯⋯."

"해인 씨는 그냥 있어요."

부드럽지만 딱 잘라 말하는 것에 해인이 그제야 고개를 돌렸다. 서진이 침착한 표정으로 저를 마주 보고 있었다.

"내가 얘기할게요. 해인 씨는 내리지 마요."

"하지만⋯⋯."

"여기 있어요."

못 박듯 단호한 음성에 해인은 마지못해 고개를 끄덕였다. 해인의 손이 안전벨트 버클에서 떨어지자 서진도 손을 떼고 차에서 내렸다.

해인이 조마조마한 눈으로 남자를 향해 걸어가는 뒷모습을 쳐다보았다.

비록 그가 렌트한 차이긴 하지만 서진은 외국인인데 자신이 중재를 해야 하지 않을까. 저 남자가 흥분해서 욕을 하거나 갑자기 손이라도 올리면 어쩌지. 해인이 뚫어지라 차창 너머를 노려보며 다리를 달달 떨었다. 조금이라도 남자가 수상한 낌새를 보이면 당장 뛰쳐나갈 기세로 문손잡이에 손을 얹었다.

서진이 어떤 표정으로 무슨 말을 하는지 해인 쪽에선 전혀 보이지 않았다. 다만 기세등등하던 남자의 입이 점차 움직임을 멈추더니 낯빛이 시시각각 붉으락푸르락해지는 것만 보였다. 몇 마디 주고받지 않고 서진이 휴대폰을 꺼냈다. 아마 보험사와 연락을 하는 모양이었다. 서진이 전화를 끊자 곧 상대 남자의 휴대폰이 울렸고 서진이 그를 향해 받으라는 듯 고개를 까딱이는 게 보였다.

서진은 남자가 전화를 끊을 때까지 기다렸다 잠깐 또 대화를 나누고는 아직 할 말이 남은 듯한 남자에게서 미련 없이 몸을 돌렸다. 곁눈질로도 차량이 얼마나 손상됐는지는 보지 않았다. 저쪽의 덩치 큰 SUV가 저만큼 우그러진 걸 보면 이쪽도 그 못잖을 텐데.

하지만 서진의 눈은 곧장 해인을 찾았다. 차창을 사이에 두고 시선이 마주치자 서진은 곧바로 부드럽게 입꼬리를 올리며 씨익 웃었다.

그 소년 같은 웃음엔 조금 부끄러운 듯한 기색과 겸연쩍음, 그리고 해인을 안심시키려는 듯한 의도가 담겨 있었다. 정말이지 그

외에 다른 의도는 일절 없었을 것이다.

"……"

하지만 서진도 알았어야 했다. 그런 햇살 아래, 그 얼굴로, 그렇게 수줍은 듯 웃으면 안 된다는 걸. 하도 오래 연애를 하지 않아 면역력이 바닥난 서른 살 여자를 꼬실 의도도 없으면서 그렇게 웃는 건 불법이라는 걸.

예상 밖의 사고로 일정이 다 어그러지고 지글지글 끓는 아스팔트 위에서 상대와 과실을 논하는 짜증스러운 상황을 제치고, 있지도 않은 첫사랑과 하지도 않은 여름날의 데이트를 떠올리게 만드는 그런 웃음은 법정 최고형을 받아야 마땅하다는 걸.

"말도 안 돼……."

해인이 저도 모르게 왼손을 가슴 위에 올렸다. 사고 직후에도 멀쩡하던 심장이 별안간 날뛰기 시작했다. 그사이 몸집을 한껏 부풀린 심장 속 새가 미친 듯이 날개를 퍼덕이며 제 존재를 내세웠다.

* * *

갓길에 주차를 하고 잠시 기다리자 곧 다른 차 한 대가 와서 섰다. 서글서글하게 웃는 인상인 젊은 남자가 차에서 내리더니 해인과 서진을 보고 쾌활하게 인사를 건넸다.

보험사 직원이라고 자신을 소개한 그는 서진과 해인을 자기가 타고 온 차에 태워 병원으로 갔다. 사고 차량은 회사에서 회수해 갈 거라고 했다. 정신을 딴 데 팔고 있던 해인은 병원 코앞에 와서야 뒤늦게 굳이 병원까지 안 가도 될 것 같은데, 하고 말해 보았지만 누구도 들은 척도 하지 않았다.

지금 병원에 가서 심전도 검사를 받으면 부정맥 진단을 받을지도 모르는데.

다행히 해인의 심장은 멀쩡했다. 엑스레이와 CT 결과도 이상 없었다. 당연한 일이었다. 해인이 부딪친 곳이라곤 서진의 팔밖에 없었으니까. 적어도 물리적으로는 그게 다였다.

검사실을 나오자 여전히 대기하고 있던 보험사 직원이 손을 번쩍 들고 이리 오라는 듯 흔들었다. 아직도 안 갔나 싶어 해인은 약간 어리둥절해졌다. 보통 접촉 사고에 보험사 직원이 이렇게까지 동행을 하나.

"고생하셨죠?"

붙임성 좋게 웃으며 생수병을 건네는 것에 해인이 아뇨, 고생은 무슨, 하고 받으며 그가 앉아 있던 옆자리에 엉덩이를 붙였다. 서진은 아직 검사가 끝나지 않았는지 보이지 않았다. 남자가 해인 쪽으로 돌아앉아 사고 경위를 설명하기 시작했다.

"앞차 운전자가 전진 기어를 넣는다는 게 후진을 넣었다네요. 이게 말도 안 되는 것 같아도 생각보다 흔히 있는 일이에요."

"아, 네."

"많이 놀라셨죠?"

"큰 사고도 아니었는데요, 뭐. 이런 검사까지 다 받을 필요 없었는데."

"무슨 말씀을요. 아무렇지 않은 것 같아도 교통사고는 꼭 제대로 검사받으셔야 돼요. 그게 서로한테 좋아요. 괜찮다고 집에 갔다가 밤에 응급실 실려 오는 분들이 얼마나 많은데요."

남자는 직업상 사람을 많이 상대해서인지 해인 못지않게 붙임성이 좋았다. 그런데 다소 일방적인 데다 정작 중요한 것은 제대로 일러 주지 않았다. 해인이 외국인인 서진의 보험 처리에 대해 물어봐도 걱정 말란 말만 하고 전혀 관계없는 수다만 떨어 댔다. 특히 해인의 신상에 관심이 많았다.

"아, 그러니까 고해인 씨는 카페 사장님이란 말씀이시죠? 야, 대단하시네. 저도 커피 되게 좋아합니다. 하루에 대여섯 잔씩은 마셔요. 이것도 인연인데 언제 한번 해인 씨 가게 들러 봐야겠는데요? 명함 같은 거 있으세요? 위치가 어떻게 되는지…….."

남자가 떠들다 말고 말끝을 흐렸다. 그의 시선을 따라 고개를 돌리자 언제 나왔는지 서진이 해인 바로 뒤에 서 있었다. 남자가 벌떡 몸을 일으키고 해인도 따라 일어섰다.

"아, 대, 아니 윤, 서진 씨, 검사 끝나셨……."

"예, 끝났습니다."

"별 이상은 없……."

"예, 괜찮습니다."

그러니 그만 가 보시라고 서진이 축객령을 내렸다. 남자가 당황한 듯 눈을 굴렸다.

"네? 아니, 그래도 집까지 모셔다드려야 하는데⋯⋯."

"괜찮습니다."

서진답지 않게 다소 냉랭한 말투였지만 바쁜 직장인의 시간을 이렇게 오래 뺏은 게 마음에 걸린 모양이라고 생각하며 해인도 옆에서 거들었다.

"그래요, 괜찮으니까 그만 가 보세요. 수고하셨어요, 이정우 씨."

"⋯⋯그새 통성명도 했어요?"

묻는 건 저인 것 같은데 서진은 시선을 정우에게 두고 있어 해인은 얼른 대답을 하지 못했다. 그사이 이정우는 더 사양하지 않고 두 분 다 고생하셨다는 말만 남기고 쌩하니 사라졌다.

결국 영화고 뭐고 아무것도 못 한 채 집으로 돌아왔다. 어느새 붉은 해가 서쪽 하늘 아래 바짝 붙어 있었다. 식욕은 없었지만 둘 다 손 하나 까딱할 기력이 없기에 집에 들어가기 전 근처 돈가스집에서 우동과 돈가스로 저녁을 때웠다.

해인은 샤워를 하고 옷을 갈아입었다. 거실로 나오자 서진이 툇마루에 앉아 있는 게 보였다. 무릎을 세운 자세로 긴 팔을 축 늘어트린 채 점점 보랏빛으로 물들어 가는 하늘을 올려다보고 있는 모습이 어젯밤과 비슷하면서도 달랐다.

그제야 해인은 병원을 나온 이후 내내 그의 표정이 좋지 않았다는 걸 깨달았다. 밥을 먹으면서도 거의 입을 열지 않았고 해인이 말을 걸면 대꾸를 하긴 했지만 목소리에 기운이 하나도 없었다. 진즉 알아채지 못한 건 해인도 아마 평소 같지 않아서일 것이다.

"서진 씨."

해인이 부르자 서진이 고개를 돌렸다. 눈을 치뜨고 가만히 저를 올려다보는 창백한 얼굴이 평소보다 어리고 약해 보였다. 혹시 어디가 아픈 게 아닌가 싶어 해인이 걱정스러운 표정으로 주위를 맴맴 돌자, 그런 게 아니라면서도 서진은 계속 침울한 얼굴로 해인과 눈을 마주치지 않았다.

"그럼 왜……?"

해인이 잠깐 고민하다 거실 서랍장으로 갔다. 찾던 걸 꺼내 손에 쥐고 다시 툇마루로 돌아갔다. 말없이 서진 옆에 털썩 내려앉자 서진 역시 아무 말도 하지 않았다. 다만 꿈지럭거리며 옆으로 비켜 자리를 내줄 뿐이었다. 그럴 필요 없는데.

"서진 씨."

부르자 서진이 또 착실하게 해인을 돌아보았다. 해인이 손에 쥐고 있던 것을 그 앞에 내밀었다.

"이거 먹어요."

"이게 뭔데요……?"

"청심환이요."

서진이 영문을 모르겠다는 표정으로 해인과 해인의 손바닥에 놓인 금박지로 포장된 동그란 환을 번갈아 보았다.

"이게 그러니까 일종의 진정제? 안정제 같은 건데 한국에서 놀랐을 때 먹는 거예요."

태희가 해외 나갈 때 해인이 상비약이라며 약국을 털어 온 것 중에 남은 것이었다. 정확히는 남은 게 아니라 태희가 필요 없다고 두고 간 것이지만.

"진정…… 제가 왜 진정제 같은 걸 먹어야 하는데요?"

서진이 약간 불안한 표정으로 물었다. 뭔가 그럴 빌미를 준 게 있는지 스스로를 되돌아보는 눈빛이었다.

"아까 사고 났잖아요."

"그건, 저 별로 놀라지 않았는데."

"계속 안색이 안 좋은데요, 뭐."

검사상 이상은 없어도 정신적 충격을 받았을 수 있다며 해인이 거듭 손을 서진에게 들이밀었다. 이거 반쪽만 먹고 한숨 푹 자면 나을 거라는 말에 어찌할 바를 모르고 입술만 달싹거리던 서진이 이내 한숨을 내쉬었다.

"괜찮아요. 이상한 거 아니에요. 못 믿겠으면 나도 반 먹을까요?"

"아니, 못 믿어서가 아니라…… 정말 괜찮아서 그래요."

"아닌데, 혈색이 안 좋은데. 아까부터 말도 없고. 서진 씨 원래 말이 없긴 하지만."

"그건……."

머뭇거리던 서진이 다 기어들어 가는 목소리로 해인 씨에게 미안해서, 라는 뜻밖의 말을 했다. 놀란 해인이 눈을 동그랗게 떴다.

"나한테 왜요?"

"아까…… 뻔히 앞차가 뒤로 밀리는 걸 봤는데 그걸 못 피하고."

"네? 아니, 서진 씨가 그걸 어떻게 피해요⋯⋯."

"해인 씨 다치게 할 뻔하고 일주일에 하루밖에 없는 휴일까지 이렇게 망치고⋯⋯."

해인이 자책하듯 시선을 내리깔고 있는 서진을 멍하니 바라보았다. 그럼 내내 시무룩했던 게 그거 때문에?

"서진 씨가 왜 마음대로 내 휴일을 망쳐요."

아, 이 사람 진짜 어떡하지.

해인이 푸스스 웃으면서 말하자 서진이 눈을 동그랗게 뜨고 해인을 쳐다보았다. 그 얼굴이 너무 착해 보여서 가슴이 찡했다.

"그리고 아직 휴일 여섯 시간이나 남았는데."

해인은 언제나 착한 사람을 좋아했다. 물론 서진을 좋아하는 게 착해서라고 하면 듣는 사람이 욕을 하겠지만.

"그 여섯 시간 동안."

해인이 말을 끊었다. 일부러 그런 게 아니라 문득 목이 메서다.

"⋯⋯우리가 할 수 있는 게 얼마나 많은지 알아요?"

* * *

그 여섯 시간 동안 해인은 서진에게 고스톱을 가르쳤다.

"한국에 왔음 꼭 한 번은 해 봐야 하는 거거든요, 이게."

거실 테이블을 한쪽으로 밀치고 낡은 담요를 펼쳐 판을 벌였다. 처음엔 뭐가 뭔지 몰라 헤매던 서진은 세 판 만에 규칙을 완전히 터득했고, 익힌 다음엔 나름 머리를 굴리더니 곧 해인을 이겨 먹는 것도 모자라 훈수까지 두기 시작했다.

"거기서 그걸 치면 안 되죠. 벌써 한 번 나왔던 건데."

"아아, 그건 처음 나오는 건데 저한테 있을 걸 예상했어야죠. 이거 괜히 미안한데."

"어, 잠깐 스톱! 저 점수 났어요. 해인 씨 지금 피박에, 광박에, 쓰리고에 흔들었으니까……."

어느새 판돈 대신이던 해인의 검은 바둑알은 서진의 흰 바둑알 진영으로 다 넘어가 남은 게 없었다. 해인은 어안이 벙벙해졌다. 이게 진짜 돈이었다면 해인은 하룻밤 사이에 집 한 채를 털린 것이다. 그것도 오늘 처음 화투를 잡아 본 사람에게.

"와, 어떻게 이럴 수가 있어."

마지막 한 톨까지 탈탈 털리고 바둑알 좀 꿔 달라고 서진에게 매달리다 거절당한 해인이 벌렁 바닥에 드러누워 허탈한 투로 말했다. 서진은 피식 웃으며 사수한 바둑알과 화투장을 정리하고 있었다. 긴 손가락이 능숙하게 움직이는 모양을 보던 해인이 벌떡 몸을 일으켜 따지고 들었다.

"서진 씨, 솔직히 말해 봐요."

"뭘요?"

"처음 아니죠?"

서진이 눈을 깜빡깜빡하며 해인을 보았다.

"처음일 리가 없어. 그렇죠? 처음인데 이렇게 잘할 수가 없다고."

"······잘한다고요?"

"잘했잖아요. 지금 내 소중한 알들도 모자라 영혼까지 탈탈 털어 놓고."

서진의 입술이 황당한 듯 스륵 벌어졌다.

"처음 아니죠? 내 말이 맞죠? 지금이라도 털어놓으면 봐줄게요."

추궁하듯 저를 빤히 주시하는 눈빛에 망연하던 서진의 얼굴이 점점 붉어지기 시작했다. 꿀꺽 침을 삼키는지 그의 목울대가 크게 오르내렸다.

"처음이에요······."

"진짜?"

"진짜로······."

"와, 그런데 이렇게 잘한다고?"

서진이 해인을 피해 시선을 돌렸다. 내리깐 긴 속눈썹이 파르르 떨렸다. 화투장을 움켜쥔 그의 손등 위로 굵은 핏줄이 번뜩 선 것도 모르고 해인은 혼자 심각하게 눈썹을 모은 채 제 패인을 분석하고 있었다. 아무리 생각해도 초등학교 때부터 아빠를 상대로 맞고를 쳐 온 제가 생초짜 독일인에게 이렇게까지 깨졌다는 게 납득이 가지 않았다.

"이게 초심자의 운이라는 건가?"

제 플레이 방식이 지나치게 단순하고 즉흥적이란 성찰은 하지도 않고 해인은 자꾸 외부에서 원인을 찾으려 했다.

"아니면."

해인이 갑자기 눈을 치뜨고 서진을 쳐다봤다. 가뜩이나 초조한 기색이던 서진은 그 눈과 마주치자 다시금 뺨이 뻣뻣하게 굳었다.

"서진 씨, 혹시 화투에 장난질 친 건 아니죠?"

도박을 다룬 영화 어디서 본 말투를 흉내 내며 해인이 껄렁껄렁하게 물었다. 명백히 장난이었는데 서진이 대답도 못 하고 있는 걸 보자 더 흥이 도졌다.

"어디 봐."

해인이 고개를 이리 기웃, 저리 기웃하며 화투를 찾았다. 당황한 서진이 몸을 뺄 새도 없이 해인이 덥석 상체를 뻗어 그의 무릎 너머에 있는 화투를 쥐고 제자리로 돌아왔다.

"장난치다 걸리면 손모가지 날아가는 거 몰라요?"

해인이 착착 소리 내어 화투장을 섞으며 어설픈 타짜 흉내를 내고 있는데 갑자기 서진이 벌떡 자리를 박차고 일어났다.

"응? 서진 씨 왜⋯⋯?"

"저 화장실 좀."

서진이 갈라진 음성으로 중얼거리고는 황급히 몸을 돌렸다. 화장실 문이 쿵 닫히는 소리를 들으며 해인이 어리둥절한 표정을 지었다. 스치듯 봤지만 어쩐지 서진의 표정이 좋지 않았다.

그냥 장난친 건데, 과했나. 저도 모르게 들떠서 좀 오버를 한 것 같기도 하다. 손모가지 운운은 확실히 좀 심했다.

해인이 쩝 입맛을 다시며 반성 모드로 돌아섰다. 자제하자. 반해서 그런가. 아직 그렇게 많이 좋아하는 건 아닌데, 이런 설레는 감정

자체가 너무 오랜만이라 주체가 안 되는 것 같다.

'천천히, 천천히 가자.'

저렇게 순진하고 착한데 막 들이대면 놀라서 도망갈지도 모른다. 다른 숙소를 구하겠다고 집을 나가거나 최악의 경우, 아주 독일로 돌아가 버릴지도 모른다. 생각만 해도 머리칼이 쭈뼛 돋는 전개였지만 그래도 자신이 먼저 꼬시지 않으면 죽도 밥도 안 될 것 같았다.

'천천히, 아니 근데 시간이 별로 없는데.'

해인은 이대로 좀 사람 좋고 말 많은 집주인으로 머물다 공항에서 떠나는 서진을 보고 후회로 눈물을 뺄 생각은 추호도 없었다. 해인은 언제나 제 감정에 솔직했고 그를 드러내는 데 스스럼이 없었다. 하지만 그에 비해 경험이 일천했다. 그래서 눈에 보이지 않는 미묘한 마음을 세심하게 조율해서 표현할 줄을 몰랐다.

학창 시절엔 연습생 생활을 하는 데만도 바빠서 연애를 할 틈이 없었다. 그렇게 약간 늦된 해인의 첫 연애는 스물두 살 때로, 상대는 같은 직군이었던 동갑내기였다. 그런즉, 아이돌이란 말이다.

그렇다고 현직에 있을 때 사귄 건 아니고, 원래 같이 연습생 생활을 하던 동료이자 예고 동창이었다. 해인이 먼저 데뷔한 뒤 그 친구도 곧바로 데뷔를 했고, 해인이 모종의 일로 탈퇴하고 잠적하다시피 사라져 연락이 끊겼다가 스물두 살 때 우연히 다시 만나 사귀는 데까지 갔다.

다른 연애는 해 보지 않았기에 그 2년간의 연애가 긴지 짧은지는 해인도 알 수 없었다. 하지만 그 뒤로는 딱 잘라 짧다고 말할 수 있는,

단발성의 만남밖에 없었다. 주로 친구들이나 지인들의 소개로 만났는데, 그중 누구와도 장기적인 만남으로 이어지지 못했다.

해인은 제게 얼굴 너무 본다는 친구들의 말이 틀렸다고는 생각하지 않았다. 잘생긴 남자가 좋은 건 사실이니까. 그렇지만 눈을 좀 낮추라는 말엔 어떻게 해야 할지 몰랐다. 제 취향이 아닌 사람도 좋아하려고 애를 써 보란 말인가. 하지만 굳이 왜 그런 노력을 해야 하지. 그 사람은 그냥 그 얼굴을 좋아하는 사람을 만나면 되고, 나는 내가 좋은 사람을 만나면 되는데.

굳이 사금 캐듯 빠질 이유를 찾아내 연애를 하고 싶은 정도는 아니라 해인은 하던 대로의 태도를 고수했다. 취향이란 해인이 어떤 각오나 다짐을 한다고 변하는 게 아니었다. 그러다 남들 말처럼 시기를 놓쳐 평생 혼자 산다고 해도 그것도 어쩔 수 없다고 생각했다.

딱히 외로움을 타는 성격도 아니고 해인은 전통적 의미의 가족을 이루는 데 로망이 없었다. 가족은 누구와도 될 수 있다. 친구든, 이웃이든, 강아지든, 고양이든. 그리고 언제든 헤어질 수도 있다. 자의든 타의든.

진정 가족이 되고 싶은 사람이 나타난다면야 금상첨화겠지만 그건 정말로 제 마음대로 되는 게 아님을 알기에 크게 목매지도 않았다. 사람은 계절과 같은 거니까.

서진은 한참 동안 화장실에서 나오지 않았다. 해인은 그사이 화투판을 치우고 어질러진 거실을 정돈했다. 고스톱을 치면서 먹었던 과자 봉지와 쟁반을 치우고 청소기를 돌려 어지럽게 흩어진 부스러기도 싹 빨아들였다. 그 와중에 서진이 앉았던 주위는 깔끔했다. 다 치운 뒤엔 아이스티 두 잔을 만들어 툇마루에 앉았다.

서진이 나오는 소리가 들리자 해인이 손을 흔들어 그를 불렀다.

"서진 씨, 나왔어요? 잠깐 와서 앉아요."

"아, 거실은……."

"내가 다 치웠어요."

약간 으스대듯 말하며 해인은 그의 눈에 띄지 않게 마루 아래 아무렇게나 팽개쳐져 있던 제 신발을 발로 움직여 그 옆의 서진의 것처럼 가지런히 했다. 어쨌든 반했다는 걸 스스로 인정했으니 이제라도 좀 나은 면모를 보여야 할 것 같았다.

"그냥 두죠. 내가 하면 되는데."

서진이 다가오며 말했다. 세수를 했는지 앞머리가 조금 젖어 있었다. 반짝반짝 빛나는 얼굴과 사려 깊은 예쁜 눈동자를 올려다보며 해인이 싱글싱글 웃었다.

"누가 하면 어때요. 자자, 앉아서 아이스티 좀 마셔요. 이거 분말아니고 내가 만든 거예요."

"그래요?"

잘해 주고 싶었다. 아무 보답도 바라지 않고 잘해 주는 게 진짜 사랑일지도 모르지만 해인은 그도 저를 좋아해 줬으면 하고 바랐다.

나란히 앉은 두 사람의 머리 위로 습하고 미지근한 여름 바람이 느릿느릿 불었다. 뿌옇게 빛을 머금은 듯한 밤하늘엔 별 하나 보이지 않았다. 휴일은 진즉에 끝나 이제 슬슬 다음 날을 준비해야 할 시간이었지만 누구도 먼저 들어가자는 말을 꺼내지 않았다.

해인은 일부러 입술에 겨우 닿을 정도로만 컵을 기울여 아이스티를 천천히 야금야금 마셨다. 다 마셔 버리면 더 앉아 있을 명분이 없을 것 같았다. 그사이에도 심장 속 새가 쉴 새 없이 포닥거리며 바로 지금이라고, 당장 고백을 뱉어 내라 부추겼다. 이렇게 잘생기고 착한 사람 옆에 아무도 없을 때 얼른 꼬시라고, 오늘 밤이 기회라고 충동질하는 것을 머릿속 이성이 간신히 누르고 있었다.

"서진 씨."

어떤 스타일 좋아해요?

이상형은 어떻게 돼요?

나는 어때요?

"아까 보고 싶다고 한 영화 뭐였어요?"

목구멍까지 걸린 말들을 삼키고 해인이 물었다. 아무리 급해도 오늘은 타이밍이 아니다. 아무리 해인이 감이 없어도 고백을 하는 데 적합한 때와 장소 정도는 가릴 줄 안다.

"아까 제목을 얼핏 봤더니 기억이 잘 안 나서. 오늘 못 봤으니까 다음에 같이 보러 가요. 내가 예매할게요."

촛불에 꽃다발까진 아니어도 어디 분위기 좋은 레스토랑에서 와인이라도 마시면서.

"내일 저녁에 갈까요? 나 퇴근하고 밥 먹고…… 아, 맞다. 나 아직 알바 못 구했지."

탄식을 한 것도 잠깐, 해인이 금세 다시 돌파구를 찾아냈다.

"심야 영화는 어때요? 여름 하면 또 심야잖아요."

"음, 그럼 해인 씨가 다음 날 너무 피곤하지 않을까요?"

"영화 보는 게 뭐 피곤해요. 가만히 앉아 있기만 하는 건데."

서진이 고개를 비스듬히 기울여 해인을 바라보았다.

"내가 체력 하나는 좋거든요. 한창때는 일주일에 스무 시간밖에 못 자도 끄떡없었어요."

"그, 아이돌 했던 시절이요?"

해인이 고개를 끄덕였다. 서진이 말없이 더 얘기해 달라는 눈빛으로 쳐다보기에 해인이 계속 말을 이었다.

"연습생 때도 학교 마치고 회사 가서 밤늦게까지 연습하고 그랬는데, 이건 뭐 특별할 것도 없었죠. 대한민국 학생이라면 다들 수면 부족이니까. 데뷔조 꾸려지고 수능 끝나고 나선 숙소 생활을 했는데 연습하다 보면 보통 한두 시 넘어야 잠자리에 들거든요. 근데 매니저가 아침 7시면 와서 깨웠어요. 운동하라고."

"……."

"숙소 뒤에 산이 있었는데, 한 달 동안 하루도 빠지지 않고 매일 올라갔어요. 지구력이랑 폐활량 키워야 된다고. 한겨울에 해도 안 뜬 새벽에 산 타다 보면 춥고 죽을 것 같고 욕이 와, 막 절로, 음, 나오는데……."

해인이 힐끔 눈치를 보니 서진은 그저 입가에 잔잔한 미소를 띤 채 저를 보고 있었다. 어느새 고개도 해인 쪽으로 살짝 더 기울어진 것 같다.

"확실히 폐활량 키우는 데 도움은 되더라고요."

돌이켜 보면 다 추억이었다. 생각처럼 오래 하지 못한 숙소 생활도 즐거웠다. 외동으로 자라 늘 언니나 동생이 갖고 싶었는데 그땐 정말 친자매들이 생긴 것 같았다. 경쟁자로 시작해 개성도, 성격도, 습관도, 다 다른 10대 후반, 20대 초반 여자 다섯 명이 모여 사는데 충돌이 없을 순 없었지만 또 서로만큼 서로를 잘 아는 사람도 없었다.

여기까지 오는데 얼마나 고생을 했는지, 어떤 노력을 하고 뭘 포기해야 했는지 아는 건 똑같이 겪은 그들뿐이었다. 갈등이 있을 때라도 마음 깊은 곳엔 서로에 대한 굳은 연대감이 있었다. 앞으로도 이 험한 연예계에서 어떻게든 살아남아야 하고 그러려면 믿을 건 서로밖에 없다는 것도 너무 잘 알고 있었다.

"4분 남짓한 무대 하나 꾸미는 데 시간과 돈과 노력이 얼마나 드는지, 텔레비전으로 보기만 할 땐 몰랐죠."

그리고 그 무대 하나 잡는 데, 뮤직비디오 하나 내보내는 데도 수많은 이익 집단 사이에서 온갖 로비와 알력이 오간다는 것도 몰랐다.

"데뷔만 하면 끝일 줄 알았는데."

자신 있었다. 데뷔곡도 잘 나왔고 멤버들 각각의 실력도 프로가되기에 부족함이 없다 생각했다. 회사에서도 멀리 내다보고 초기

투자를 아끼지 않았다.

하지만 막상 자신들이 인지도의 대상이 되자 그것만큼 얻기 어려운 게 없었다. 데뷔 무대 후에도 데뷔 전과 달라진 게 없었다. 음원 차트 꼭대기는 바벨탑만큼이나 높았고 거기 올라간 이름들은 감히 넘볼 수 없는 결계가 쳐진 것 같았다.

"한 4개월? 그쯤 거의 백수 비슷하게 지내다가 같은 소속사 선배님 나가시는 예능에 저랑 다른 멤버 하나가 끼어서 나갔거든요."

거기서 터졌다. 자고 일어나니 스타가 됐다는 말이 딱이었다. 그 뒤는 정신이 없어 어떻게 살았는지 기억도 희미했다. 하루에 두세 시간밖에 못 자 이럴 거면 그냥 차에서 내리지 말자고 할 정도였지만 힘든 줄도 몰랐다. 신들린 것처럼 카메라에 불만 들어오면 홀연 힘이 났다.

"그런데, 왜……."

서진이 물었다. 약간 갈라진 듯한 낮은 음성이었다.

"왜 그만뒀어요?"

그렇게 좋아했으면서.

그렇게 간절히 하고 싶어 했으면서.

"글쎄……."

해인이 잠시 뜸을 들이며 생각에 잠겼다. 사측에서 대외적으로 내세운 사유는 건강상의 문제. 하지만 그를 믿는 사람은 거의 없었다. 지금도 아마 인터넷에 제 그룹명과 활동명을 검색하면 그 시절 떠돌아다니던 온갖 추측과 루머들이 기록으로 남아 있을 것이다.

물론 서진은 아무것도 모르겠지만.

"궁금해요?"

해인이 씩 웃으며 서진을 돌아보았다.

"궁금하면 서진 씨 얘기도 좀 해 봐요."

"……."

"상도덕이 있지 말이야. 매번 나만 얘기하고."

서진이 주의 깊은 눈으로 가만히 해인을 보다 이내 슬쩍 낯을 바꿨다.

"저는 딱히 할 얘기가 없는데……."

제게는 해인과 같은 특별한 역사가 없다며 서진이 머뭇거렸다.

"아니, 누가 특별한 얘기 듣고 싶대요? 그냥 서진 씨 얘기요."

"……해인 씨가 무슨 이야기를 듣고 싶어 하는지 모르겠어요."

"내가 듣고 싶은 얘기가 아니라 서진 씨가 하고 싶은 이야기요."

그러자 서진은 더 곤란한 표정이 되었다.

"나한테 하고 싶은 얘기가 하나도 없어요?"

"그렇다기보단……."

서진이 말끝을 흐리며 긴 손가락으로 이마로 흘러내린 머리칼을 한번 쓸어 넘겼다.

"듣고 나면 후회할지도 모르는데."

"그런 게 어디 있어요."

뭐든 좋으니 말해 보라고 해인이 재촉했다. 무슨 얘기든 다 들어 주겠다고.

"좋아하는 사람이 있어요."

서진이 말했다.

"아주 오랫동안 나 혼자서요."

그리고 그 말대로 후회했다.

* * *

애초에 해인의 실수였다. 서진의 연애 경험이나 이상형을 궁금해할 게 아니라 혹시 연인이 있는지, 아니면 마음에 둔 사람이 있는지 물었어야 했다. 제멋대로 빠지기 전에 그것부터 알아 뒀어야 했다. 그런 기본적인 확인 절차도 거치지 않고 좋다고 덥석 들이댈 생각부터 한 게 잘못이었다.

"어머, 언니 눈이 왜 그래요?"

간밤에 한숨도 못 자고 출근한 해인과 눈이 마주치자마자 소민이 소리를 쳤다. 벌겋게 핏발이 서 누가 보면 한참을 운 꼴이었으니 놀랄 만도 했다. 하지만 해인은 운 게 아니었다. 한탄과 자책과 수치심에 몸부림치긴 했어도 울지는 않았다.

"나 차였다."

소민은 아무 말도 하지 않았다. 그러다 잠시 후 조심스럽게 입을 뗐다.

"그거 말 그대로 누가 언니를 발로 걷어찼다는 거예요? 아니면……."

"차였다고."

"윤서진 씨요?"

"어떻게 알았어?"

해인이 놀란 눈을 하고 쳐다보는 게 더 어이없었다. 소민은 대꾸도 하지 않았다. 해인이 누구에게나 허물없이 굴고 빨리 친해지는 사람인 건 맞지만 서진에겐 말투부터 달랐는데.

"왜 싫대요?"

그새를 못 참고 고백을 했나 싶어 소민은 한숨이 나왔다. 보나마나 좋다고 깨닫자마자 앞뒤 없이 직진했겠지. 그런 경우가 별로 없으니까 한껏 들떠서.

소민이 보기에도 해인은 눈이 높았다. 해인에겐 확고한 취향 존이 있고 그 밖으로는 좀체 눈을 돌릴 줄 몰랐다.

연애를 할 때 모든 조건을 두루 따져 평균 이상이면 합격선에 들이는 사람이 있는가 하면, 해인은 오로지 자기만의 기준 하나만 충족하면 다른 건 신경 쓰지 않는 타입이었다. 다시 말해 그 기준에 도달하지 않으면 다른 조건들이 아무리 뛰어나도 소용없다는 뜻이다.

이런 사람이 오히려 연애하기가 더 힘들다. 그보다 뜻밖인 건 윤서진이란 사람이었다. 소민이 보기엔 분명 해인에게 호감이 있는 것 같았는데.

"미래가 없는 관계는 싫대요?"

해인이 토끼 같은 눈을 끔벅거리며 소민을 보았다.

"미래가 없어?"

"아니, 그쪽은 두 달 뒤면 고국으로 돌아갈 여행자 신분이잖아요."

"아."

중얼거리는 해인의 얼굴색이 조금 변했다. 그에 대해선 생각 안 한 모양이다.

"아냐, 생각했어. 그래서 빨리 고백하려고 했는데……."

"……그걸 그렇게 풀려고 했어요?"

"근데 그게 문제가 아니었어."

"뭔데요? 고국에 두고 온 약혼자라도 있대요?"

반쯤 농담으로 물었는데 해인이 말이 없었다.

"정말로요?"

"아니, 약혼자는 아니고……."

해인이 처량하게 어깨를 축 늘어트렸다.

"좋아하는 사람 있대."

"……."

"그것도 되게 오래됐대."

잠시 침묵을 지키던 소민이 힘내라는 듯 해인의 어깨를 툭툭 쳤다. 어차피 곧 떠날 사람이다. 더 정들기 전에 잘됐지. 소민이 보기에 해인은 인간관계에 가벼운 듯 행동해도 절대 진심으로 쿨한 사람은 아니었다. 그저 포기가 빠를 뿐.

"어차피 윤서진 씨는 안 맞아요. 언니 이상형이 옆에 오래 있어 줄 사람이라고 했잖아요."

"내가?"

"그랬잖아요, 예전에."

언젠지도 정확하게 기억하고 있지만 소민은 말하지 않았다.

"아닌데, 난 잘생기고 착한 사람이 이상형인데."

"윤서진 씨가 얼굴은 착하긴 하죠."

"마음씨도 착해."

빠르게 덧붙이며 해인이 얼른 웃는 표정을 얼굴에 덧씌운 뒤 카운터 앞에서 손님을 맞았다. 이 길지도 짧지도 않은 대화를 나누는 사이 몇 번이나 말이 끊어졌다. 장마가 소강상태에 접어들며 손님이 부쩍 늘었다. 여름은 카페로 치면 성수기라 겨울에 비해 매출이 배로 늘었다.

"안녕, 오늘은 혼자 왔네?"

해인이 카운터 위로 머리만 간신히 보이는 아이를 보며 인사를 했다. 근처에 사는 초등학생 손님인데 종종 엄마와 함께 와 코코아나 셰이크 같은 걸 마시곤 했다.

"방학 재미있게 보내고 있니?"

해인이 살갑게 말을 붙이자 아이가 조심스럽게 고개를 끄덕였다. 뭐 줄까? 물으니 한참을 고민하다 진열대 속에 든 조각 파이를 가리켰다.

"이건 얼마예요?"

가격을 말해 주자 아이의 얼굴이 조금 어두워졌다. 그 옆에 있는 머핀을 가리키며 이거는요? 하고 또 묻는다.

"이천오백 원."

"저, 저번엔 천 원밖에 안 했는데……."

해인이 고개를 갸웃하자 아이가 저번에 왔을 때, 하고 우물거리듯 대답을 했다. 듣고 보니 기억이 났다. 저녁 8시 이후엔 남은 베이커리류를 반값 이상 할인해서 파는데 아이의 엄마는 늘 그 시간에만 아이에게 음료 외 다른 걸 사 주곤 했다.

"아, 그때는 밤이라서. 8시 넘으면 할인을 하거든."

"아……."

아이의 얼굴에 실망의 기색이 역력했다.

"그 대신."

낭랑하게 울리는 해인의 목소리에 아이가 어리둥절하게 고개를 쳐들었다.

"낮에는 사장 특별 지인 할인이 있지."

"그게 뭔데요?"

"너 나 알잖아. 내가 이 가게 사장인 것도 알지?"

아이가 고개를 끄덕였다. 해인은 천 원을 받고 아이에게 머핀을 포장해 건네주었다. 행복한 표정이 되어 머핀을 조심스레 가슴에 품고 나가는 아이의 등에 대고 해인이 안녕히 가시라고, 다음에 또 오라고 소리 높여 인사를 했다. 그에 한마디 하려고 옆에서 지켜보던 소민은 다음 손님이 이미 카운터에 서서 기다리고 있는 걸 보고 일단 입을 다물었다.

"어서 오세요, 주문하시겠어……."

해인의 말이 끊겼다. 눈이 마주치자 마주 서 있던 처진 눈의 남자가 입꼬리를 끌어 올리며 빙긋 웃었다.

* * *

"어떤 사람인데요?"

해인이 물었다. 갑자기 누가 뒤통수라도 후려친 듯 얼떨떨한 표정이었다. 들고 있던 컵이 한참 기울어 안에 얼마 남지 않은 아이스티가 당장이라도 쏟아질 위기인데 그것도 모르는 눈치였다.

"그, 서진 씨가 좋아한다는 분……."

글쎄, 어떤 사람일까.

질문을 받고서도 서진은 얼른 대답을 내놓지 못했다. 한참을 곰곰이 생각했지만 어떤 단어를 동원해야 모순 없이 제 눈에 보이는 그를 설명할 수 있을지 알 수가 없었다.

"글쎄요"

어차피 설명할 수 없을 것이다. 무슨 말을 어떻게 해도, 세상의 모든 사전 속 단어들을 빌려 온다 해도 서진의 눈을 떼어 주지 않는 이상, 서진에게 그 사람이 어떻게 보이는지는 그 본인조차 절대 이해할 수 없을 것이다.

"……노는 걸 좋아하고 기분파에 제멋대로고 경솔해요."

서진이 해인의 손에 들린 컵을 빼내 옆에 안전하게 내려놓으며 입을 열었다.

"그래서 지킬 수 없는 약속을 남발하고, 또 잊어버리기도 잘하죠."

그러니까 어떤 사람이냐는 물음은, 다시 말해 어떤 사람이라서 좋아하냐는 질문의 답은, 셀 수 없이 많을 수도 있고 오직 하나뿐일 수도 있다.

"공부하는 걸 싫어해서 학교 다닐 때 성적은 늘 바닥이었고요."

"……."

"오지랖이 넓어서 남의 일에 잘 끼어들고 시비도 잘 붙었죠."

그냥 그 사람이라서 좋아한다는 거.

"……어, 그, 매우 활기가 넘치는 분인가 봐요."

좋아하는 사람을 두고 하는 묘사라기엔 다소 신랄하게 느껴졌는지 해인이 혼란스러운 표정으로 겨우 대꾸했다.

"맞아요."

"……."

"활기가 넘쳤죠. 그래서 뭐든 못해도 성실하게 열심히 하고."

"……."

"남을 웃게 해 주는 걸 좋아했어요."

"……."

"그게 꿈인 사람이었어요."

단지 그뿐이다. 그냥 그 사람이라서.

"아, 음……."

해인이 멍하니 서진을 보다 고개를 돌렸다. 약간 시무룩해진 얼굴로 옆자리에 놓인 컵을 매만지며 애써 아닌 척 정말 많이 좋아하나 봐요, 하고 중얼거렸다.

"근데 왜 혼자 좋아해요?"

해인이 무릎 위에 턱을 얹은 채 정면을 보고 물었다. 차마 서진을 똑바로 보고는 못 할 질문인 것 같았다.

"고백 안 해 봤어요?"

"못 했어요."

"왜요?"

그땐 제가 너무 작아 보여서, 너무 초라하고 보잘것없어서, 그 사람은 찬란한 햇살 같은데 저는 제 방 어둑한 구석에 핀 곰팡이 같아서, 그래서 볼 때마다 가슴이 찢어질 만큼 좋으면서도 당장이라도 어디든 사라지고 싶은 기분만 들어서.

"그냥, 용기가 안 나서요."

정작 그 사람이 그렇게 사라질 줄 모르고. 그래서 이렇게 오래 찾아 헤매게 될 줄 모르고.

"서진 씨는 진짜 참을성이 많네요. 그런 줄 알고 있긴 했는데."

자조적인 서진의 어조가 마음에 걸렸는지 해인이 묘한 방향으로 칭찬을 했다. 정면을 보고 있던 시선도 서진에게로 돌아왔다.

"나는 좋아하면 얼른 빨리 말하고 싶던데, 안 하고는 못 배기겠던데. 서진 씨는 정말 침착하고 인내심도 많고 생각이 깊은 사람인 것 같아요."

"……"

"아마 그 사람도 서진 씨를 알게 되면 분명 다시 생각할 거예요.

지금은 아무것도 몰라서 그렇지……."

열의에 차 시작한 말이 점차 혼란스러워지기 시작했다. 입에서 나오는 말과 감정 사이의 괴리가 고스란히 드러난 얼굴로 해인이 중언부언하기 시작했다.

"어, 그러니까 서진 씨도 용기를 내서…… 음, 한번 고백을 해 보면……."

"해인 씨는."

서진이 부드럽게 끼어들었다.

"누구한테 그렇게 말을 하고 싶었어요?"

"네, 네?"

"누가 그렇게 좋아서, 말을 안 하곤 못 배길 정도였냐고요."

해인이 둥그렇게 뜬 눈으로 서진을 보았다. 그 말문 막힌 얼굴을 떠올리며 서진은 직사광선이 내리쬐는 길 위로 천천히 걸음을 옮겼다.

5분만 가만히 서 있어도 땀이 줄줄 흘러내릴 날씨였다. 허공에서 매미 우는 소리가 요란하게 울렸다. 한여름의 복사열이 만들어 낸 아지랑이가 그간 꽤 눈에 익은 거리를 난로 너머에서 보는 것처럼 어른거리게 만들었다.

이 더운 길을 해인은 오늘도 뛰어 내려갔다. 심지어 아침밥도 먹지 않았다. 그대로 두면 필시 점심도 안 먹으러 올 것 같아 서진은 데이지 커피에서 기다렸다가 퇴근 시간이 되면 해인을 데리고 갈 심산이었다.

"어."

그때 주택가 안쪽으로 이어지는 좁은 골목을 빠져나오던 영원이 서진을 보았다. 더위에 무게라도 있는 것처럼 구부정하게 어깨를 수그리고 있던 영원이 큰길로 나오자마자 쏟아지는 햇빛 세례에 눈을 찡그렸다.

"······안녕하세요."

분명 서진도 저를 본 것 같은데. 영원이 살짝 망설이다 먼저 인사를 건넸다.

"혹시 지금 데이지 가세요?"

엉거주춤 같은 방향으로 몇 걸음 더 옮기다 말고 영원이 물었다. 돌아오지 않는 대답에 저돈데, 하고 중얼거리며 뒷덜미를 긁적였지만 서진은 그에도 별다른 반응을 보이지 않았다.

영원은 저보다 반 뼘쯤 위에 있는 얼굴을 흘깃 올려다보았다. 이 더위에도 서진은 땀 한 방울 흘리지 않았는데 그게 이상하게 느껴지지도 않았다. 새하얀 얼굴 주변으론 거기만 딴 세상인 듯 서늘한 기운이 감돌았다.

"······저 기억 안 나세요?"

"납니다."

그때와 똑같은 말투였다. 감정이라곤 실리지 않은 무미건조한 어조. 영원은 좀 어처구니가 없었지만 대놓고 뭐라고 할 성격은 못 돼서 그냥 넘어갔다. 영원이 경우 없어지는 건 상대가 해인 정도로 친하거나 태희 정도로 싸가지가 없어야 가능한 일이었다.

"한국 날씨 많이 덥죠?"

그렇게 다소 소심한 편인 영원은 해인처럼 곁에 있는 사람이 어색하지 않게 침묵을 없애 줄 정도로 배려심이 넘치거나 말하기 싫다는 기색이 역력한 사람을 잡고 떠들 정도로 넉살이 좋지 않았다.

"저, 그날 해인이랑 같이 있었다면서요?"

하지만 가끔은 그런 자연인 차영원이 아닌, 그보다 조금 낯이 두꺼운 작가적 자아가 튀어나올 때가 있었다. 지금처럼, 왠지 모를 상황에 대한 예감이나 어떤 대상에 강렬한 호기심을 느꼈을 때.

단순히 외모가 범상치 않아서가 아니었다. 개인적으로 느끼는 거부감과는 별개로, 고깃집에서부터 영원은 서진에게 묘한 위화감을 느꼈다. 뭐라도 건드려 반응을 확인하고 싶었다.

"그저께 해인이 손님하고 시비 붙었을 때요."

서진이 그제야 서진을 힐끗 보았다. 그게 뭐 어쨌냐는 눈이다.

"사실 그런 일이 한 번만 있었던 게 아니거든요. 아시겠지만 요즘 정말 별별 사람 다 있잖아요. 근데 해인이가 워낙 성격이 불같아서."

"……."

"그러면 안 되겠지만 혹시 다음에도 같이 있을 때 그런 일이 생기면 윤서진 씨가 좀 말려 주세요."

"제가 왜요?"

서진이 되물었다. 너무나 물 흐르듯 태연한 어조라 영원은 순간적으로 말문이 막혔다.

"왜냐니…… 그야 괜히 문제 커지면 곤란해지는 건 해인이 쪽이고 또 혹시 그러다 다치기라도 하면…….”

“고해인 씨는 자기 하고 싶은 대로 하면 돼요.”

“…….”

“조심해야 하는 건 그 별별 사람들이겠죠.”

흠칫 영원의 눈썹이 찌푸려졌다. 그때, 내내 일정 속도를 유지하고 있던 서진의 걸음이 약간 늦춰졌다. 서늘한 시선이 길 건너편에 있는 데이지 입구를 향했다. 무슨 일인가 싶어 영원이 고개를 돌리니 한 손에 테이크아웃 커피 잔을 들고 다른 손엔 네모난 무언가를 든 남자가 막 가게를 나오고 있었다.

“왜 그래요?”

영원이 다시 유심히 남자를 살폈다. 역시 그는 처음 보는 사람이었다. 보통 키에 보통 체격인 남자는 단정한 인상에 살짝 처진 눈이 특색이었는데 스타일은 남들에 비해 뛰어나다고 할 것도 없지만 그렇다고 뒤떨어진다고 할 것도 없었다. 평범하다면 평범한 인상이지만 막상 저 정도 되는 남자를 찾으라고 하면 드물 그런 사람이었다.

“아는 사람이에요?”

아무래도 심상치 않은 눈초리에 영원이 물었지만 서진은 대답하지 않고 성큼성큼 빠르게 남자에게로 다가갔다. 막 가게 앞에 주차해 놓은 차에 오르려던 눈 처진 남자도 서진을 본 듯했다. 아, 하는 표정을 짓는 것처럼 눈과 입이 벌어지는 것을 보고 영원은 서진에게 듣지 못한 대답을 들은 것 같았다.

“안녕하세요, 또 보네요.”

"여기서 뭐 하는 겁니까?"

영원은 그제야 차갑고 무감정하게만 여겨졌던 서진의 태도에도 나름 온기가 담겨 있었다는 것을 깨달았다. 남자를 보는 서진의 표정은 단순히 딱딱하다고 표현할 게 못 되었다. 얼음장 같은 얼굴로 눈만 움직여 상대의 아래위를 훑는 건 적대감을 숨길 의지도 없는 명백한 도발이었고, 충분히 위압적이었는지 남자의 얼굴에 당황한 기색이 역력히 드러났다.

"아, 저, 왜 그러시는지 알겠는데 안 그러셔도 됩니다. 시비를 걸려고 온 게 아니라 저번 일 사과하러 왔어요."

남자가 진정하라는 듯 두 손을 살짝 들어 보이며 말했다. 한 손에 들고 있던 네모난 것은 이제 보니 CD 케이스 같았다.

"그걸 그쪽이 왜."

"네?"

"그쪽이 뭐라고."

서진이 내리깐 눈으로 남자를 보며 낮게 말했다. 빈정거림도, 멸시도 담겨 있지 않은 덤덤한 말투가 오히려 더 불쾌하게 들려 옆에 있던 영원이 더 긴장이 될 정도였다.

"진짜 사과할 마음 있으면 당사자 데려와서 똑바로 해요. 괜히 핑계 대서 얼쩡거릴 생각 말고."

남자는 어이가 없는지 입만 딱 벌리고 있었다. 서진은 눈썹 하나 까딱하지 않고 코끝으로 남자를 내려다보며 다시 말했다.

"뭐 해요?"

"……."

"가세요, 그만."

기가 막혀 허, 소리만 내던 남자가 저기요, 하고 얼굴을 굳혔다. 이미 그에게서 시선을 물렸던 서진이 스윽 고개를 돌리고 아직도 거기 있냐는 표정을 지었다. 그 동작 하나만으로도 주변의 공기가 팽팽하게 긴장하는 것을 느끼며 영원이 저도 모르게 서진 옆으로 한 걸음 붙었다. 화난 건 저쪽인데, 왠지 이쪽을 말려야 할 것 같았다.

"당신이야말로 뭔데 나한테 이래라 저래랍니까?"

"……."

"내가 고해인 씨한테 용건이 있다는데 댁이 뭐라고……."

"짜증 나니까 그 이름 자꾸 부르지 말라고."

서진이 사납게 중얼거렸다.

"언제 봤다고 이름을 막 부르고 그래?"

"뭐요?"

남자의 이마에 삐죽 핏대가 솟는데 가게 문이 열리고 해인이 나왔다. 어리둥절한 시선이 삼각형을 그리고 선 세 남자 사이를 오갔다.

"차영원, 서진 씨, 여기서 뭐 해요?"

해인이 묻자 서진이 갑자기 입을 꾹 다물더니 시무룩하게 고개를 돌렸다. 등 뒤에 비수라도 품고 있을 것 같던 그의 돌연한 변모에 영원도, 남자도 어이가 없어졌다.

그런 서진을 향해 눈을 몇 번 깜박이다 무슨 일 있냐고 재차 물은 해인이 영원과 남자를 추궁하듯 쏘아보았다. 왜 그런 눈으로 보냐고 영원은 마주 눈을 부라렸고 남자는 길게 한숨을 내쉬었다.

분명 무슨 일이 있는 분위기였는데 세 남자 모두 약속이라도 한 듯 입을 꾹 다물고 말을 하지 않아 알 수가 없었다. 하릴없이 해인 은 그만 가 보겠다는 남자를 배웅하고 서진과 영원과 함께 가게 안 으로 들어왔다.

늘 마시던 걸로 주문을 하고 빈자리를 찾아 앉은 영원은 마치 일 행인 것처럼 아주 자연스럽게 제 테이블에 앉는 서진을 보고 놀란 눈을 했다. 빈자리가 없는 것도 아닌데 굳이 제 앞에 와 앉은 이유 가 있나 싶어 잠깐 기다려 봤지만 서진은 별다른 행동을 취하지 않 았다. 영원의 시선이 느껴졌을 텐데도 못 본 척, 조용히 카운터 쪽 으로 고개를 돌리고 혼자 생각에 잠긴 듯 침잠한 옆모습을 보일 뿐 이었다.

"아까 그 사람 누구야?"

들어오자마자 일회용품 정리를 핑계 삼아 스태프 룸에 틀어박힌 해인 대신 서빙을 온 소민을 보고 영원이 물었다. 대답 전, 흘깃 서 진을 곁눈질한 소민이 그제 가게에서 난동을 부린 사람의 일행이라 고 했다. 대충 짐작을 하고 있었기에 영원이 아, 하고 짧은 소리를 냈다.

"사과하러 왔대?"

"네, 근데 방금 그 사람은 언니 팬이었대요."

"팬?"

소민이 고개를 끄덕였다. 어제도 찾아왔었는데 해인이 보이지 않아 그냥 갔었다고 말문을 튼 남자는 사실 10년 전부터 해인의 팬이었다고, 너무 반갑고 믿기지 않아 알은척을 했는데 일이 그렇게 될 줄은 몰랐다고, 미안하다고 했다. 한 손에 들고 온 빨간 베고니아 화분을 사과의 의미로 내민 남자는 반대편 손에 든 음반 CD를 팬을 자처한 제 말의 증거로 내밀었다.

묵묵히 그 말을 듣고만 있던 해인도 그가 내민 CD 케이스에 네임 펜으로 적힌 제 사인을 보고는 놀란 기색을 감추지 못했다. 해인의 이름을 달고 나온 단 하나의 앨범이었다. 남자는 정말 공식 팬클럽 출신에 팬 사인회까지 참석한 진짜였던 것이다.

"그거참, 드문 우연이네."

"그렇죠. 남자 입장에선 계 탄 거죠."

얼마나 신이 났던지, 한참이나 그 시절 얘기를 하더란 소민의 말에 영원이 떨떠름한 표정을 지었다. 고해인 좋아했겠네. 비록 좋은 끝을 보진 못했지만 이미 해체한 지 오래인 아이돌의 앨범을 10년 넘게 고이 간직하고 있을 정도의 팬을 해인이 반가워하지 않을 리 없다.

"그래서 일사천리로 저녁 약속까지 잡은 거래?"

아까 남자가 자리를 뜨기 전, 해인에게 그럼 이따 저녁때 봬요, 하고 가는 것을 영원도 똑똑히 들었다. 소민이 이미 알지 않느냐는 듯 어깨만 으쓱했다. 영원이 약간 부루퉁하게 고해인 오늘 먹을 복 터졌네, 하고 중얼거렸다.

"고해인 좀 나오라고 해 줄래. 점심 먹으러 가자고."

"오빠, 언니랑 점심 약속 했어요?"

"아니."

약속은 안 했지만 그제 험한 일도 당했다고 하고, 급한 마감도 하나 끝난 참이라 겸사겸사 점심을 사 주러 왔다. 소민이 별로 급하지도 않은 창고 정리를 난데없이 하고 있는 해인을 불러냈다.

"점심 먹자고?"

해인의 물음에 영원이 고개를 끄덕이며 왜, 싫어? 하고 물었다. 평소라면 공짜라고 냉큼 좋다고 했을 해인이 대답을 미루며 곁눈질을 했다. 왜, 다른 약속 있어? 하고 묻는 것에 아니라면서도 우물거리는 해인을 보며 영원은 약간 짜증이 난 표정으로 서진을 보고 같이 가실래요? 하고 권했다.

"저도 가도 괜찮다면."

가게에 들어와 서진이 처음으로 입을 열었다. 얌전히 눈을 내리뜨고 양순한 태도로 하는 말에 영원은 속으로 이 새끼 뭐지, 생각했다.

* * *

드물게 소민이 자기도 끼고 싶다고 해서 준서가 출근할 때까지 기다렸다가 넷이서 밥을 먹으러 갔다. 근처에 한우만 취급하는 소고깃집으로 갔더니 소민이 와, 하며 영원을 치켜세웠다. 점심 특선인

전골을 먹으러 온 거라는 말에 곧 에이, 하고 실망한 티를 냈지만 막상 방에 들어간 영원이 소고기 모듬을 시키자 다시 와, 하며 들뜬 표정을 지었다.

"차영원, 너 왜 그래? 무슨 일 있어?"

진심으로 걱정스레 묻는 해인을 보고 영원이 사 준대도 저런다며 퉁을 놓았다. 다 먹고살자고 하는 짓 아니냐며 신경 쓰지 말고 먹기나 하라는 말에도 해인은 마음이 불편했다. 영원을 무시하는 건 아니지만 그가 받는 인세나 고료를 뻔히 아는 형편에, 생일도 아닌데 한우씩이나 얻어먹는 게 영 부담스러웠다. 거기에 데리고 온 두 명이 모두 영원보단 제 인맥에 가까워서.

일단 먹고 나중에 제가 계산을 하자고 해인은 생각했다. 서빙을 하러 들어온 직원이 그들을 알아보고 넷이서 더블데이트라도 하냐며 웃었다. 역시 동네 가게는 이게 문제라며, 같이 밥도 하나 마음 편히 못 먹는다고 영원이 한숨을 쉬었고 해인과 소민은 네가 왜 그렇게 기분 나빠 하냐며 눈을 흘겼다.

그쯤 해인은 저 혼자 내외하던 걸 버리고 평소의 태도로 돌아온 듯했다. 하지만 소민이나 영원은 묘하게 해인이 서진을 똑바로 쳐다보지 않는다는 걸 눈치챘다. 평소처럼 말도 하고 웃기도 하는데 서진의 얼굴이 아닌 어깨 너머나 귀 언저리를 보고 있는 것 같았다. 두 사람이 느꼈을 정도면 서진도 모를 리 없을 텐데, 서진은 대화에 끼지 않고 묵묵히 고기만 구웠다.

영원은 왠지 이 상황에 기시감이 느껴졌다. 앞자리에 앉은 사람이 주미에서 소민으로만 바뀌었을 뿐, 예전 체육관 회식 때와 비슷한 구도였다.

"네가 아이돌이긴 아이돌이었나 보네."

화제는 흘러 아까의 눈 처진 남자에게로 되돌아갔다. 영원이 해인을 만났을 땐 이미 아이돌 생활을 청산한 뒤였고 영원은 케이 팝에는 전혀 관심이 없었기에 해인의 존재를 알지도 못했다. 소민 역시 해인이 활동할 당시엔 어떻게든 서울 소재 대학에 진학하고 싶어 공부에 방해가 되는 일체의 대중 매체에 관심을 끊고 살던 지방의 고등학생이었다. 때문에 둘은 정말로 저들 곁에 있는 사람이 한때의 아이돌이었다는 실감을 거의 하지 못했다.

"팬이 다 찾아오고 말이야."

"그러게요."

소민도 맞장구를 쳤다.

"CD 들고 안 나타났으면 거짓말인 줄 알았을 거예요. 괜히 수작 걸려나 싶어서."

"괜히 그럴 건 없지. 그 사람이 왜 그러겠어."

"아니, 그럴 수도 있죠. 왜, 은근 언니한테 이상한 사람들 좀 꼬였잖아요."

말하면서 소민이 서진을 힐끔 보았다. 잠시 멈칫한 영원도 마음엔 안 들지만 동의한다는 듯 눈을 굴렸다. 실제로 해인에겐 종종 그런 남자들이 꼬였다. 스토킹과 정당한 대시, 그 중간을 아슬아슬하게 줄타기하는 듯한.

"왜 그러지?"

"왜 그러는지 오빠는 진짜 모르겠어요?"

"내가 만만하게 생겼나 보지."

해인이 심드렁하게 말했다. 소민과 영원의 얼굴에 동시에 그건 아니라는 듯 부정하는 빛이 떠올랐다.

"언니가 어디가 만만하게 생겼어요."

오히려 그 반대인데.

눈이 높은 해인은 본인의 얼굴을 볼 때도 그랬다. 자신은 취향에 따라 어느 정도 수요가 있는 얼굴일 뿐, 미인은 아니라는 것이다. 소민이나 영원이 볼 땐 엉터리 같은 소리였다. 조각 같은 미인은 아니지만 해인은 누가 봐도, 어딜 가도 예쁘다는 소리 듣고 살았을 얼굴이다. 어느 집단에서나 예쁘다고 꼽혔을 얼굴이고.

다만 그게 아이돌 그룹이라면 조금 얘기가 달라지겠지만.

"안 그래요, 서진 씨? 해인 언니 예쁘지 않아요?"

소민이 갑자기 서진을 향해 물었다. 내내 조용히 고기만 굽고 있던 서진이 무슨 대답을 하기도 전에 해인이 황급히 끼어들어 피차 곤란한 질문은 하지 말자고 선수를 쳤다.

"서진 씨, 굽지만 말고 많이 먹어요. 독일 한우도 맛있겠지마는 한국 한우도 만만치 않아요."

"언니, 한우랑 소고기 헷갈렸어요."

"아, 맞다."

헷갈린 게 아니고 몰랐던 거 아니냐고 놀리는 영원을 걷어차는 시늉을 하며 해인이 서진에게 싱그레 웃으며 고기를 밀어 주었다.

차인 지 만 하루도 안 지났으니 좀 우울하게 비련의 주인공인 척이라도 하고 싶었는데 그것도 아무나 하는 건 아닌 것 같았다. 서진이 좀체 대화에 끼지 못하고 겉도는 것 같아 마음에 걸렸다.

"차영원, 우리 어디서 좀 더 놀다 갈까?"

점심을 먹고 나오며 해인이 붙들었지만 영원은 피곤하다고 거절하고 집으로 가 버렸다. 소민도 가게로 돌아갔고 해인은 결국 서진과 나란히 집으로 향했다. 돌아가는 길엔 둘 다 말이 거의 없었다. 해인은 약간 지친 얼굴로 제 발끝만 내려다봤다.

여전히 좋긴 한데, 그에게 다른 좋아하는 사람이 있다는 걸 알고서도 좋은 감정은 사라지지 않는데 그걸 표현할 수 없으니 환장할 노릇이었다.

'그나마 고백을 안 해서 다행이지.'

어제 그 분위기와 기분에 휩쓸려 덜컥 좋아한다는 말이라도 했다간 정말 얼굴도 못 볼 뻔했다. 좋아하는 사람 얘기를 할 때 서진의 표정이 잊히지 않았다. 저 같은 것과 비교할 수도 없는 감정의 깊이와 무게가 담긴 얼굴이었다.

아무리 해인이 뻔뻔하다지만 그런 순정적인 얼굴로 그런 말을 하는데, 거기다 대고 앞으로도 그분에겐 쭉 고백하지 말고 나랑 만나자는 말을 어떻게 하겠는가.

'어떤 사람일까.'

해인은 머릿속으로 마리아의 얼굴을 상상해 보기 시작했다. 해인은 서진의 짝사랑에게 임시로 마리아란 이름을 붙여 주었다. 독일에서 가장 많이 쓰이는 여자 이름이 마리아라는 사실은 어젯밤 휴대폰으로 독일, 독일 여자, 독일 여자 매력 따위를 검색하다 알아낸 것이었다.

'이렇게 멀리 떨어져 있으면 마음에서도 멀어지지 않을까.'

어쩌면 서진도 그만 정리하고 싶어 이렇게 멀리 떠나온 게 아닐까. 어제 서진에게서 본 게 정리하려는 사람의 체념이 아닌, 명확하게 현재 진행형인 것을 알면서도 해인은 애써 자신에게 유리한 쪽으로 생각의 고삐를 틀려 했다.

지금까지 못 했다면 앞으로도 고백 못 하는 게 아닐까. 어쩌면 그 사이 마리아에게 다른 남자가 생겼을지도 모른다. 그래서 결혼이라도 한다면 서진도 어쩔 수 없이 포기할 수밖에 없지 않을까 하고.

내내 그런 생각을 하며 집에 돌아와 방에 드러누워 있던 해인은 어느새 약속 시간이 임박한 것을 보고 일어나 샤워를 했다.

그럴 필요까진 없는데 눈 처진 남자는 사과의 뜻으로 자신이 밥이라도 한번 꼭 사야 마음의 짐을 덜겠다고 했다. 처음엔 사양했지만 주문한 커피가 채 식기도 전에 남자와 해인은 오랜만에 만난 동창처럼 수다를 떨고 있었다. 그 시절 자신들만 알아듣는 얘기를 하다 보니 급속도로 친밀함이 느껴졌다.

해인과 동갑이라는 남자는 해인이 막 데뷔할 당시 수능에 실패해 재수 중이었다고 했다. 다른 친구들이 캠퍼스 생활을 할 때 자신은 혼자 새벽이슬과 밤이슬을 밟으며 버스와 지하철을 몇 번이나 갈아 타고 재수 학원을 다녔다고. 그 길을 오가며 항상 듣던 게 해인의 노래였다고 했다.

너무 좋아서 하루에 딱 한 번씩만 팬 카페에 들어가는 걸 스스로에게 주는 보상으로 삼아 더 열심히 공부했고, 고민 끝에 응모한 팬 사인회에 당첨됐을 때는 자신도 언제나 실패만 하는 건 아니라는 너무도 당연한 사실에 감격하기도 했다고.

"그때부터 꼭 만나면 밥 한번 사 드리고 싶었어요."

한 것도 없는데, 해인은 그저 제 할 일을 했을 뿐인데 그걸 보고 용기를 얻고 힘을 내는 사람들이 있다. 그렇게 공명하는 사람들이 있다. 해인은 남자를 만나고 이미 오래전 잊어버렸던 이유를, 자신이 왜 아이돌을 하고 싶어 했었는지를 아주 오랜만에 떠올렸다.

머리를 말리고 옷을 갈아입고 화장을 했다. 의식하지 않았는데 준비를 마치고 보니 평소보다 훨씬 힘을 준 차림새가 되었다. 아무래도 그런 자리에 티셔츠와 반바지를 입고 갈 순 없어서 좀 포멀한 원피스를 입었는데 어찌나 오랜만이었던지 그런 모습이 자신도 어색했다.

밤엔 가게에 들어가 봐야 했기에 좀 이른 오후 5시에 만나기로 했다. 거실로 나가니 서진이 소리도 없이 소파에 앉아 있었다. 조용해서 방에 있는 줄 알았는데.

서진이 해인을 보고 기대고 있던 상체를 일으켜 세웠다. 말없이 멀거니 저를 응시하는 얼굴을 마주한 해인이 잠깐 멈칫했다.

"어, 서진 씨, 저 나갔다 올게요."

서진이 보일 듯 말 듯 고개를 끄덕였다. 확실히 낯빛이 좋지 않았다.

"서진 씨 혹시 어디 아파요?"

약간 망설이다 묻자 서진은 별일 아니라는 듯 고개를 저었다. 하지만 다음 순간, 벌떡 자리에서 일어난 서진이 한 손으로 입을 가리고 황급히 욕실로 달려갔다. 쾅 닫히는 문소리 뒤로 괴롭게 토하는 소리와 물소리가 들려왔다.

놀라 눈이 휘둥그레진 해인이 어쩔 줄 모르고 굳어 있는데 잠시 후, 서진이 기운이라곤 한 오라기도 없는 얼굴로 비실비실 나왔다. 욕실 문 바로 앞에 서 있는 해인을 보고 놀란 듯 움찔한 서진이 손을 들어 해쓱해진 얼굴을 가리며 아직 안 갔느냐고 물었다.

"아니, 지금 그게 문제가 아니고. 방금 서진 씨 토했어요?"

"……별거 아니에요. 아까 점심 먹은 게 좀 안 좋았나 봐요."

"체한 거예요? 속 안 좋아요? 병원 안 가 봐도 돼요?"

"집에 좀 누워 있으면 괜찮아질 거예요. 병원은 어제도 갔다 왔잖아요."

그 말을 듣자 해인의 머리에 어제 있었던 사고가 떠올랐다. 후유증이란 단어와 함께 멀쩡하다가 밤에 갑자기 응급실에 실려 온다는 이정우의 말도.

"잠깐 이리 와 봐요."

더럭 걱정이 된 해인은 서진을 소파에 앉혀 놓고 여기저기 살피기 시작했다. 이마를 짚어 보니 살짝 열이 있는데 손발은 차가웠다. 단순히 체하기만 한 거면 차라리 다행인데. 뇌에 출혈 같은 게 있으면 어쩌지.

그런 생각이 들자 해인의 손발도 차가워지기 시작했다. 이정우에게 전화라도 해 볼까 했지만 서진이 말리는 바람에 아무것도 못 했다. 문제가 있었다면 어제 진료 중에 다 나왔을 거라고.

"여기 아파요? 여기는?"

해인이 서진의 손을 가져다 쥐고 엄지손가락과 집게손가락 사이를 꾹꾹 누르며 물었다. 체했을 때 거기를 누르면 아프다는 말을 어디서 들은 것 같았다. 서진의 손끝이 덜덜 떨리며 움찔움찔 반응하는 걸 보고 해인은 똑같은 강도로 제 손도 눌러 보았다. 하나도 아프지 않은 걸 보면 서진이 체하긴 한 것 같았다.

"일단 약부터 먹어요."

해인이 약상자에서 소화제를 꺼내 물컵과 함께 건넸다. 순순히 알약 하나를 물과 함께 털어 마신 서진이 소파에 반쯤 몸을 기댄 채 그새 퀭해진 눈으로 해인을 올려다보았다.

"그만 가 봐야죠, 해인 씨."

"……."

"약속 시간 다 되지 않았어요?"

늦기 전에 얼른 가라는 말을 하고 서진이 조용히 눈을 감았다. 해인은 그 곁에서 잠시 서성였지만 결국 아무것도 못 하고 그럼 푹 쉬고 있으라는 말을 중얼거리고 돌아서 나왔다.

걸음마다 돌을 매단 듯 무거웠다. 대문을 지나 햇빛이 쏟아지는 길 위로 나서는데 영문 모를 죄책감이 들었다. 단순히 아픈 사람을 혼자 두고 나왔다는 것 이상으로, 마치 집에 병든 남편을 두고 딴 남자를 만나러 나가는 것 같은.

'뭐야, 무슨 마음이야, 이게.'

저를 보던 서진의 눈빛이 배신한 부인을 보는 것 같았다면 그건 아마 제 착각이거나 희망 사항일 터였다. 해인이 한심한 자신을 속으로 욕하며 한숨을 푹푹 쉬었다. 서진은 마리아밖에 모르는데 배신은 무슨 배신.

'그래도 많이 아프긴 한 것 같았는데.'

해인의 걸음이 점점 느려졌다. 상상이 현실의 경계를 흐렸다. 불쌍하게 식은땀을 흘리며 소파에 기대 있던 현실의 서진 위로 해인이 그려 낸 그림이 덧씌워졌다.

약만 먹고 저대로 있다 상태가 더 나빠지면 어쩌지. 계속 토하다 탈진이라도 하면, 욕실에서 기운이 빠져 쓰러지기라도 하면, 그렇게 머리라도 다쳐서 정신을 잃고 과다 출혈이라도 오면…….

'아, 안 되겠다.'

해인이 휙 몸을 돌렸다. 빠르게 걸음을 옮기며 눈 처진 남자에게 전화를 걸어 급한 사정이 있어 오늘은 안 되겠다고 했다. 준서에게도 전화를 걸어 상황을 설명하고 마감을 부탁한 뒤 집으로 미친 듯이 뛰었다.

숨을 몰아쉬며 거실로 들어와 보니 서진은 거실 소파 위에 오도카니 몸을 말고 잠들어 있었다. 테이블 위엔 표면에 이슬이 맺혀 흘러내리는 물컵과 먹고 남은 소화제가 그대로 남아 있었다. 아마 해인이 나간 뒤 곧장 잠든 것 같았다.

"……"

해인이 살금살금 발소리를 죽여 소파 곁에 내려앉았다. 손등을 베고 누운 하얀 옆얼굴이 한여름인데도 추워 보였다. 보기만 해도 안쓰러워 가슴이 찡했다. 아플 때 혼자 있으면 얼마나 서러운데, 그런 사람을 두고 혼자 나가려 한 자신이 쓰레기 같았다.

해인이 가벼운 여름 이불을 가져다 서진의 몸 위에 덮어 주고 에어컨 온도를 살짝 높였다. 머리를 받쳐 베개에 누이고 빨갛게 자국이 난 손은 몸 옆에 가지런히 놓아두었다. 깊이 잠이 들었는지 서진은 깨지 않았다.

해인은 오늘 내내 일부러 시선을 빗겨 갔던 얼굴을 마음 놓고 쳐다보았다. 잠든 서진은 열 살은 더 어려 보였다. 꾹 다문 도톰한 입술과 길게 늘어진 속눈썹, 까만 머리카락이 부드럽게 흘러내린 흰 이마가 어쩐지 애처롭게 보였다. 아마 그가 아프다는 것 때문에 감상적이 된 탓이겠지만 왠지 모르게 해인은 제가 다 잘못한 것 같은 기분이 들었다.

'이렇게 잘생겼는데.'

왜 용기가 안 난단 말이야. 왜 고백을 못 하냐고. 마리아가 그렇게 잘났나.

이해가 가지 않는다고 방금 전까지만 해도 그렇게 생각했다.

하지만 그가 지금껏 한 번도 연애를 못 한 이유가, 그렇게 오래 마리아를 좋아하면서도 고백 한번 못 한 게 단순히 그가 눈이 높고 용기가 없어서였을까.

해인은 서진이 해외 입양아라는 것을 그다지 깊게 생각한 적이 없었다. 어쩌면 그게 예의라고 생각했는지도 몰랐다. 그의 환경이나 주변에 관심을 두지 않고 오로지 윤서진 자체만 보는 게 옳다고 생각했다.

하지만 그런 세계 안에서 자란 게 윤서진인데 어떻게 그걸 무시하고 그 사람을 제대로 볼 수 있을까.

서진의 한국어 실력을 보면 어느 정도 커서 해외 입양을 갔을 것이다. 아마 세계가 뒤집히는 경험이었겠지. 자라면서도, 다른 외양 탓에 친부모가 아니라는 건 누구나 보면 바로 알 수 있었을 것이다.

버려진 아이. 주워진 아이. 늘 약점을, 속을 다 내보이고 사는 기분이지 않을까. 그럼에도 심성이 곧고 착해서 남에게 피해 주지 않고 편견에 매몰되지 않으려 더 열심히 살았겠지.

'바보같이 왜 말을 못 해. 마리아도 알면 틀림없이 좋아했을 텐데.'

나처럼.

왠지 눈물이 핑 도는 것 같아 해인은 얼굴을 찡그렸다. 그러면서 해인은 그를 깨끗이 포기하기로 했다. 차창 너머로 한여름의 햇살보다 더 눈부시게 웃던 그의 얼굴은 제 마음 깊은 곳에 꽁꽁 숨겨두고 친구로서 그의 사랑을 응원하기로 결심했다.

어차피 좋아한 지 얼마 되지도 않았고 아직 그렇게 많이 좋아하는 것도 아니다. 비록 얼굴만 보면 홀린 듯 눈을 뗄 수 없고 목소리만 들어도 좋아서 가슴이 설레지만 그래도 아직 그가 아니면 죽을 정도는 아니다.

'그래, 고백도 결국 안 했잖아. 참을 수 있을 정도라는 거지.'

그렇게 생각하니 떳떳하게 간병을 할 수 있을 것 같았다. 사심이 아니다. 이건 친구로서 얼마든지 할 수 있는 일이다.

해인이 슬그머니 손을 뻗어 그의 이마를 짚었다. 아까보단 열이 좀 내린 것 같았다. 깨워서 방에서 편히 자라고 할까 하다가 숨소리도 고르고 표정도 편한 걸 보고 괜히 깨우지 말자 싶어 내버려 두었다. 그리고 주방으로 가 소리를 죽여 죽을 만들었다. 다행히 죽은 별 기술 없이 그저 오래 푹푹 저으면서 끓이기만 하면 되는 거라 실패는 하지 않았다.

죽을 다 끓인 뒤엔 다시 소파 앞으로 돌아왔다. 시계를 확인하고 자신도 그 옆에 앉았다. 한두 시간 더 두었다 깨워 죽을 먹일 심산이었다. 혹시 자는 데 방해가 될까 창마다 블라인드를 내려 거실은 비 오는 날처럼 컴컴했다. 집 안엔 윙윙 에어컨 돌아가는 소리만 났다.

휴대폰을 들여다보고 있던 해인이 어느샌가 꾸벅꾸벅 졸기 시작했다. 전날 거의 밤을 새우다시피 했더니 졸음이 해일처럼 몰려왔다. 손에 들려 있던 휴대폰과 눈꺼풀이 약간의 시간 차를 두고 스르르 내려왔다.

얼마나 잤는지 모르겠다. 눈을 뜨자 해인은 심장이 덜컥 내려앉는 것 같았다. 거실 바닥에 모로 누운 채 잠들어 있었는데 시간이 꽤 흘렀는지 등이며 목이 뻐근했다. 하지만 그 때문에 그렇게 놀란 건 아니었다.

코앞에 서진의 얼굴이 있었다.

'꿈인가.'

잠깐 그렇게 생각했다. 서진은 해인과 얼굴을 마주한 채로 잠들어 있었다. 간격이 50센티미터도 채 되지 않았다. 분명 소파에서 잤는데 언제 내려왔는지 모르겠다. 불편해서 저도 모르게 내려온 건지도.

'일어나야 되는데.'

생각은 했지만 몸이 말을 듣지 않았다. 조금만 더 누워 있자, 조금만. 아직 안 깬 걸로 하고. 생각하며 해인은 눈도 깜빡이지 않고 코앞의 얼굴을 쳐다봤다.

참 잘생겼다. 어쩐지 처음 봤을 때보다 지금 더 잘생긴 것 같았다. 왜 이렇게 잘생겼을까. 왜 이렇게 해인의 머릿속에서 이상형을 뽑아낸 것처럼 생겼을까. 저 눈의 쌍꺼풀이 조금만 더 진했어도, 코가 조금만 더 낮았어도, 하다못해 속눈썹이 1밀리미터만 짧았어도 이렇게까지 마음에 들지 않았을 것 같은데.

'아, 짜증 나.'

어차피 먹지도 못할 감인데.

'그래도 좋네.'

잘생겨서. 해인이 저도 모르게 비죽 미소를 지었을 때였다. 문득 어깨에서 흘러내리는 뭔가가 느껴졌다. 무심코 고개를 돌리자 아까 서진에게 덮어 주었던 이불이 제 몸 위에 있었다.

이게 왜 여기 있지? 의아해하고 있는데 천천히 서진의 눈꺼풀이 올라갔다. 찰나에 해인은 눈을 감을 생각도 못 하고 그대로 얼어붙었다. 물기 어린 까만 동공과 마주치자 심장이 쿵 떨어지는 것 같았다.

"……왜 깼어."

붉고 예쁜 입술이 열리더니 살짝 까칠하지만 다정한 음성이 그 사이에서 흘러나왔다. 해인은 심장이 아주 멈출 것 같았다. 돌처럼 굳어 있는 해인을 깜박깜박 보며 미소를 띤 서진이 손을 들어 해인의 눈을 가리듯 덮었다.

"더 자."

감으라는 듯 잠시 그대로 있던 손바닥 아래 해인의 속눈썹이 미친 듯 파닥거렸다. 성긴 손가락 틈 사이로 천천히 다가오는 얼굴이 똑똑히 보였다. 반사적으로 눈을 감은 뒤에도 알 수 있었다. 서진이 해인의 눈 위를 덮은 제 손등 위에 입술을 눌렀다는 것을.

"잘 자, 고해인."

* * *

먼저 반칙한 건 서진이다. 해인은 정말 포기하려고 했다. 깔끔하게 친구의 자리로 돌아가 마리아와 그의 사랑을 응원하려고 했다.

그렇게 고이 접어 날리려던 해인의 마음을 주저앉히고 흔든 건 서진이다.

'왜 했을까. 왜……'

다음 날 일어나 출근을 하면서도, 한 뒤에도 내내 해인의 머릿속엔 그 생각밖에 없었다. 대체 왜 그랬을까. 꿈을 꿨나, 잠결에 착각했나 생각하기엔 그는 너무 정확하게 고해인 석 자를 발음했다.

비쥬와 비슷하게, 미처 몰랐던 독일 풍습인가. 그런 거라면, 아니, 유럽인들은 대체 왜 이렇게 스킨십에 스스럼이 없는 것인가. 자기들끼린 그저 인사 같은 거라 해도 유교국에서 나고 자란 해인에겐 너무 치명적이다.

"아니, 근데 검색을 해도 그런 풍습은 없단 말이지……"

손등에 키스하는 건 대체로 존경, 헌신 등의 의미를 담고 있다고 한다. 엄밀히 말하면 어제 서진이 입을 맞춘 건 제 손등이지 해인의 손등은 아니었지만.

"본인을 존경한다는 건가……"

"누가 뭘 존경해요?"

"아, 깜짝이야."

카운터 구석에서 휴대폰으로 손등, 손등 키스, 굿 나잇 키스 등을 검색하고 있던 해인이 화들짝 놀라 고개를 들었다. 소민이 눈살을 찌푸리며 대체 구석에서 혼자 뭘 그렇게 중얼중얼하는 거냐고 물었다.

해인은 아무것도 아니라고 얼버무리며 어설프게 웃었다. 그렇게 내내 반쯤 정신을 딴 데 둔 채로 오전 근무를 마치고 곧바로 퇴근을 하려는데 득달같이 쫓아온 소민에게 덜미가 잡혔다.

"나 퇴근 시간인데."

"그래서, 그냥 간다고요?"

그럼 어떻게 가야 하는데? 하고 어리둥절해진 해인을 보고 소민이 어처구니없다는 듯 소리를 쳤다.

"좀 이따 새 알바생 면접 보러 온다고 했잖아요!"

"아, 그랬지 참."

"장난 아니고 진짜 까먹은 거예요?"

그랬다. 완전히 잊고 있었다. 불과 몇 시간 전에 지원자와 전화 통화를 하고 그럼 이따 오후에 보자고 말한 게 자신의 입이 틀림없음에도.

"소민이 네가 좀 볼래? 어차피 네 마음에 들어야⋯⋯."

"이 사장이 진짜 갈수록 날로 먹으려고."

"아냐, 농담이야. 내가 봐야지, 볼 거야."

해인이 손을 내저으며 말을 바꾸자 소민이 눈에서 약간 힘을 빼더니 서진이 아직도 많이 아프냐고 물었다. 어제 서진이 갑자기 아파서 옛 팬과의 만남도 무산되고 가게 마감도 준서가 한 걸 소민도 알고 있었다.

해인의 고개가 끄덕이는 것도 젓는 것도 아닌 애매한 방향으로 움직였다. 아침에 봤을 땐 괜찮은 것 같긴 했는데. 더 토하는 일도 없었고 해인이 만들어 준 죽도 잘 먹었다.

"그래도 걱정이 돼서."

"다 큰 어른이 좀 체한 걸 가지고 뭘 그렇게 걱정을 해요."

"아니, 근데 서진 씨가 원래 몸이 좀 약하기도 하고 또 지금 객지 생활 중이니까⋯⋯."

"걱정이 아니고 그냥 언니가 보고 싶은 거 아니에요?"

아무렇지도 않게 정곡을 찌르는 것에 해인이 당당하게 아니라고 손사래를 쳤다. 거리낄 건 없었다. 보고 싶어서 그런 건 아니니까. 아니, 맞기도 하지만 지금은 그보다는.

'물어보고 싶다.'

대체 어제 왜 그랬는지. 왜 자다가 갑자기 내려왔는지. 내려왔으면 또 왜 그렇게 바로 옆에 자리를 잡고 누운 건지. 아픈 건 자기면서 이불은 왜 저한테 덮어 주는지.

'왜 가만히 있는 사람 얼굴을 만지고 키스를 했는지.'

당장 쫓아가서 물어보고 싶다가도 문득 그냥 덮어 둘까 싶기도 했다. 뭐든 하고 싶은 마음이 들면 당장 실행하지 않고는 못 배기는 해인이지만 그 습관도 서른 해쯤 살다 보니 제어가 좀 됐다. 옆에서 지켜보는 이들은 별반 차이를 못 느낄지도 모르지만.

"접어요. 서진 씨 좋아하는 사람 있다면서."

"⋯⋯."

"접으라고. 어차피 두 달 뒤면 떠날 사람이잖아."

"으응⋯⋯."

"그러지 말고 언니 소개팅이나 할래요? 안 그래도 적당한 사람

하나 있는데."

"잘생겼어?"

"물론이죠."

"서진 씨보다?"

말없이 눈만 부릅뜨는 소민을 향해 농담이라고 해인이 시무룩하게 고개를 저었다. 지금은 어떤 잘난 얼굴을 데려다 놔도 그 얼굴이 아니면 마음이 동하지 않을 것 같다.

"아니면 그 팬분은 어때요?"

소민의 말에 이번엔 해인이 눈을 부릅떴다.

"왜요? 보니까 오늘도 계속 연락 오는 것 같던데."

"그야 어제 약속 파투 났으니까 다시 잡으려고 그런 거지."

심드렁하게 대꾸하는 해인 보란 듯이 소민이 눈을 굴렸다. 단지 사과만이라면 어제 화분씩이나 들고 찾아온 것으로도 충분한데. 한번 파투 난 약속을 굳이 굳이 다시 잡으려 하는 데서부터 이건 사과의 의미보다 데이트 신청에 더 가깝지 않나.

해인이 후, 한숨을 쉬었다.

"모든 인간관계를 연애와 연결시키지 말랬지."

소민도 지지 않고 말했다.

"그래서, 언니가 그 말 한 뒤에 어떻게 됐는데요?"

해인이 말문이 막혀 있는데 마침 시간이 된 모양이었다.

"안녕하세요, 저, 아르바이트 면접 보러 왔는데요."

20대 초중반 정도로 보이는 남자가 약간 쭈뼛거리며 가게 안으로 들어왔다. 마침 수세에 몰리던 참인 데다 얼른 면접 보고 퇴근하고 싶어 안달이던 해인이 벌떡 일어나 반기며 남자를 구석 쪽 테이블로 안내했다.

너무 환영해서인지 좀 경계하는 기색인 듯한 남자에게 뭘 마시겠냐고 묻고, 그가 커피를 마시는 동안 맞은편 자리에 앉아 가져온 이력서를 검토했다.

"카페 알바 경험이 많네요."

해인이 밝게 말하자 커피를 홀짝이며 가게를 둘러보고 있던 남자가 고개를 끄덕였다. 에스프레소 머신은 물론, 스티머도 잘 다룬다고 수줍어하면서도 나름 열심히 자신을 어필했다. 마감 시간대 근무자를 뽑는 것이라 해인은 남자에게 사는 곳과 지금 하는 일 같은 기본적인 질문을 했다.

"그럼 근무는 언제부터 할 수 있어요?"

"네? 아, 저는 언제든 좋은데요."

그럼 저 합격인가요? 하고 남자가 묻는 것에 해인이 시원스레 고개를 끄덕였다. 스물둘의 나이에도 다수의 프랜차이즈 카페 알바 경험이 있는 데다 인상도 좋고 성실해 보였다. 그 이상 면접으로 알수 있는 건 없었다. 일은 어쨌거나 같이 해 봐야 아는 거니까.

해인이 근무 시간과 시급, 휴무일 등을 설명하고 내일 오후 5시까지 오라고 했다. 채용이 결정 난 것 같자 남자의 어깨에서 힘이 빠지며 약간 느슨한 자세가 됐다. 해인이 그를 보며 웃었다. 긴장했냐고 묻자 그렇다며 남자가 고개를 끄덕였다.

"공고 난 거 본 지 좀 됐는데 고민 많이 했거든요."

"왜요?"

"얼굴 보고 뽑는 줄 알고……. 가게 일하시는 분들이 다 너무 예쁘고 잘생기셔서."

"와."

해인이 감탄사를 터트리며 소민을 보았다. 카운터 바로 앞자리라 의도한 대로 소민에게도 면접 내용이 다 들어갔을 터였다.

"소민아, 우리 새 알바 사회생활 잘한다."

소민이 피식 웃었다. 그러면서 힐끔 남자를 바라보았다. 엉거주춤 눈인사를 하는 그에게 짧게 고개만 까딱하는 태도가 약간 선을 긋는 듯했지만 해인은 개의치 않았다. 정말 마음에 안 드는 부분이 있었다면 해인이 합격 의사를 전달하기 전에 끼어들었을 터였다.

"저쪽은 김소민 매니저라고 우리 가게 실세예요. 같이 근무할 사람은 박준서라는 남자 직원인데 내일 소개해 줄게요."

"아, 네."

"내가 정훈 씨라고 불러도 되죠? 정훈 씨도 뭐 궁금한 거 있으면 물어봐도 돼요. 아, 점심 먹고 왔어요? 파이 하나 먹을래요?"

대답을 듣지도 않고 해인이 벌떡 일어나 호두파이 한 조각을 접시에 담아 포크와 함께 가져왔다. 고맙다고 인사한 정훈이 조심스럽게 파이 가장자리를 포크로 잘라 입에 넣었다.

커피를 리필해 주고 다 먹고 가라고, 혹시 더 궁금한 것이 있으면 매니저에게 물어보라고 면접을 마무리 지은 해인이 가방을 챙겨 밖으로 나가려는데 가게 문이 열리고 훤칠한 남자가 안으로 들어왔다.

"안녕하세요."

서진이 평연하게 누구에게랄 것도 없이 인사를 건네며 곧장 누군 가를 찾는 것처럼 시선을 휘돌렸다. 그러다 카운터 사이에 나가는 것도, 들어오는 것도 아닌 자세로 엉거주춤 서 있던 해인을 보고 그 대로 멈췄다.

"아직 퇴근 안 했네요. 집에 안 와서 어디 갔나 했는데."

"아, 오늘 알바 면접이 있어서……."

갑자기 생각지도 못하게 그를 마주쳐서인가. 해인은 또 가슴이 빠르게 뛰기 시작하는 걸 느꼈다. 침착하게, 티 내지 말자 그 생각 만 죽어라 하며 자꾸만 그의 손과 입술로 가는 눈길을 있는 힘껏 부여잡았다. 서진이 풀어진 듯 희미하게 웃으며 그랬군요, 하고 중 얼거렸다.

"오는 시간이 지났는데도 안 오기에 난 또……."

"아, 신경 쓰였어요? 내가 전화를 할 걸 그랬네. 그보다 몸은 좀 어때요? 아침에 보니까 죽은 좀 먹던데 점심은 먹었어요?"

그때 땡그랑 하는 소리가 나 모두의 시선이 그쪽으로 쏠렸다. 반 쯤 남은 호두파이를 먹고 있던 정훈이 바닥에 떨어진 포크를 허둥 지둥 주워 들었다. 새 포크를 가져다준 소민에게 고맙다고 중얼거 리면서도 정훈의 시선은 연신 서진을 힐끔거렸다.

"점심 안 먹었어요."

서진이 다시 해인의 시선을 제게로 붙들어 왔다.

"아, 그럼 약도 못 먹었겠네. 얼른 집에 가요. 죽 새로 끓여 줄게요."

해인이 손을 저으며 가자는 표를 해 보였다. 담담하게 고개를 끄덕이면서도 서진의 몸은 움직이지 않았다. 왠지 카운터 주위를 훑는 듯한 시선에 해인은 커피가 마시고 싶어 저러나 싶었다.

상태도 안 좋은데 굳이 가게까지 내려온 걸 보면 아마 그런 모양이었다. 그래도 아직 커피는 안 되는데. 허브티라면 좀 괜찮지 않을까. 서진 씨, 부른 해인이 막 페퍼민트 차를 권하려는 참이었다.

"아!"

퍽, 하고 아까 정훈이 떨어트린 포크보다 열 배는 더 요란하고 둔탁한 소리가 났다. 일순 정적이 흐르고 카페 안의 시선이 모두 카운터 앞으로 쏠렸다. 진열대 위에서 수직 낙하 한 화분이 산산조각 나 사방에 흙과 도기 조각들이 튀고, 심겨 있던 베고니아 뿌리가 고스란히 드러났다.

"서진 씨, 괜찮아요?"

해인이 얼른 깨진 화분 바로 앞에 서 있던 서진을 잡아 뒤로 끌어냈다. 아, 하는 침음을 흘린 서진이 한 번 휘청하며 해인의 손에 끌려갔다.

"괜찮아요? 다친 덴 없어요?"

"아, 네…… 죄송해요, 제가 실수로……."

"괜찮아요. 괜찮아."

혹시 어디 다친 덴 없나 서진의 몸을 아래위로 바쁘게 훑은 해인이 그의 바지 아랫부분에 묻은 흙을 발견하고 탁탁 털어 냈다.

놀랐는지 서진은 뻣뻣하게 굳어 있었다. 안심하라는 듯 그 어깨를 툭툭 토닥이고 손님들에게 양해를 구한 해인은 소민이 가져다준 빗자루와 쓰레받기로 바닥을 치웠다. 부서진 화분의 잔해와 흙을 털어 내고 건져 낸 베고니아의 빨간 잎을 난감한 눈으로 보았다.

"난 역시 식물하곤 인연이 없나 봐."

온 지 하루도 안 돼서 죽을 위기에 처했다. 해인은 일단 축 늘어진 베고니아를 조심조심 일회용 벤티 사이즈 컵에 담았다.

* * *

그 뒤로도 달라진 건 없었다. 해인은 끙끙거리며 서진의 주위를 맴돌면서도 아무 말도 꺼내지 못하고 며칠을 흘려보냈다.

그렇게 그 밤의 키스는 독일 고유의 전통인지, 서진의 잠버릇인지, 혹은 착각으로 빚어진 단순 사고인지 영영 알지 못한 채 작은 해프닝처럼 지나갈 모양이었다.

아마 그대로 두면 그렇게 되겠지. 해인이 아무 행동도 취하지 않으면, 그저 아무 일도 없었던 것처럼 혼자만의 꿈처럼 없었던 일이 될 것이다. 어차피 서진은 기억도 못 하는 것 같으니까.

서진 씨, 나한테 뭐 할 말 없어요?

그 아팠던 날, 자다가 무슨 꿈이라도 꾸지 않았어요?

그 키스는 정말 자기 손등에 한 거 맞아요?

그 아래 얼굴이 누구였는지 정말 모르고 한 거예요?

하루에도 수십 번 목구멍까지 치밀었지만 웬일인지 입 밖으로 튀어나오지 않았다. 시원하게 질러 버릴까 싶다가도 서진의 얼굴을 보면 말문이 턱 막혔다. 그 다정한 얼굴이 곤란함으로 이지러지는 걸 보면, 진짜 아무것도 아니게 될 게 분명해져서.

"와, 고해인 진짜 소심해졌다."

이렇게 겁이 많아진 건 언제부터지.

"나이 탓인가."

시끄러운 술집의 소음에도 불구하고 해인 혼자 중얼거리는 소리를 용케 들은 소민이 뭐라고요? 하고 되물었다. 해인이 아니라고 고개를 저었지만 이미 맞은편에 있던 준서와 정훈의 주의도 이쪽으로 쏠린 뒤였다.

"아니 그냥, 전보다 술이 빨리 취하는 거 같아서."

"아아, 그렇죠. 그건 확실히 그래요."

의외로 가장 나이가 어린 정훈이 깊이 공감하며 고개를 주억거렸다. 소민이 어이없다는 표정으로 그를 보자, 준서도 마찬가지의 얼굴을 하고 떨떠름하게 입을 열었다.

"정훈 씨가, 지금 스물두 살이랬나?"

"네, 진짜 스물 되니까 금방 스물하나, 스물둘 되더라고요. 그만큼 체력은 예전 같지 않게 후달리고. 신입생 때는 진짜 몇 날 며칠을 새벽까지 달려도 끄떡없었거든요. 근데 이젠 영 안 되겠더라고요. 힘들어서."

각각 서른, 스물일곱, 스물여섯인 해인과 소민, 준서의 표정이 비슷한 듯 다르게 일그러졌다. 그러거나 말거나 정훈은 짐짓 심각하게 나이 듦의 서러움에 대해 일장 연설을 늘어놓았다.

신입 알바 환영회라 당연히 주인공이 정훈이다 보니 술도 그가 제일 많이 마시긴 했다. 멀쩡하게 취해서 진지하게 헛소리를 하는 그를 보니 웃겨서 해인은 입술을 깨물고 새어 나오는 웃음을 참았다.

"그런데 사장님은 전혀 나이 들어 보이지 않는데."

"응?"

해인은 정훈이 정식으로 출근한 다음 날부터 그에게 반말을 하고 있었다. 정훈이 먼저 제안했다. 자기보다 더 나이 많은 소민과 준서에게도 말을 놓으면서 자기에게만 존대를 하면 이상해진다는 거였다.

"정말 어려 보여서, 물론 사장님이니까 저보단 많을 줄 알았지만 그래도 너무 어려 보이셔서……."

"에이, 뭘 그렇게까지……."

"결혼을 하신 줄은 몰랐어요."

일순 정적이 흘렀다. 안주로 놓인 감자튀김을 뒤적이고 있던 해인은 5초쯤 지났을 때에야 그게 저를 향한 말인 줄 깨닫고 소스를 묻힌 감자튀김으로 저를 가리키며 결혼? 누구? 내가? 하고 물었다.

"아닌데, 나 결혼 안 했는데."

"네? 하지만……."

정훈이 혼란스러운 얼굴이 됐다.

"그 되게 잘생긴 분, 가게에 사장님 데리러 맨날 오시고……."

"……."

"남편 아니세요?"

"……윤서진 씨 말하는 것 같은데."

소민의 덧붙임에 아니라고 해인이 손을 저었다. 괜히 얼굴이 화끈 달아올랐다.

"그냥 친구야, 친구."

"네? 그렇지만 그때 아침으로 죽 먹고 그런 얘기 하셨던 것 같은데……."

평정을 되찾은 해인이 자초지종을 설명했다. 서진은 외국인이고 한국에 여행 와서 해인의 집에 잠시 묵고 있는 거라고.

그제야 정훈은 자기가 착각한 것을 알고 어쩔 줄 몰라 하며 사과를 했다. 어쩐지 서진을 볼 때마다 과도하게 친절하더라니, 그게 사장님 남편인 줄 알고 그런 거였냐며 준서가 피식피식 웃었다.

"아니, 꼭 그런 건 아닌데…… 정말 몰랐어요."

"뭐 그럴 수도 있지."

"근데 그분 정말 외국인이에요? 꼭 어디서 본 것 같은데……."

"서진 씨를? 정훈 씨 독일 간 적 있어?"

"아니, 그런 건 아닌데……."

고개를 갸웃거리던 정훈이 제가 헷갈린 것 같다고 했다. 다시 한번 유부녀로 오해해서 죄송하다는 말에 해인이 너그러운 미소를 띠며 괜찮다고 했다. 좋아하는 사람과 엮어 줬는데 싫을 리가 없다.

저도 모르게 실실 웃고 있던 해인은 한심하다는 듯 저를 보는 소민과 눈이 마주치자 얼른 표정 관리를 하며 잔을 비웠다. 어제도 술을 마셔서인지 맥주 따위로 벌써 취기가 느껴졌다. 정훈의 말이 맞는다. 스무 살엔 며칠을 새벽까지 달려도 멀쩡했는데.

"아, 정훈 씨 많이 취했네."

"제가 데려다주고 갈게요. 집도 근처니까."

"언니는 괜찮아요? 얼굴 좀 빨개진 것 같은데."

택시를 앞에 두고 소민이 걱정스러운 듯 해인을 보았다. 취해도 티가 안 나는 걸 알아서 해인이 괜찮다고 해도 믿지 못하는 눈치였다.

"진짜 아무렇지도 않아. 조심해서 가고."

"네, 그럼 내일 봐요."

"조심해서 들어가세요."

소민과 준서, 정훈을 태운 택시가 멀어져 갔다. 멀쩡하게 그들을 배웅하고 돌아서던 해인의 다리가 약간 휘청였다. 에어컨의 비호 아래 있던 가게에선 괜찮았는데 자정이 넘어서까지도 한낮의 열기가 가시지 않은 거리로 나오자 취기가 훅 오르는 것 같았다.

해인은 심호흡을 하며 천천히 걸음을 옮겼다. 가로등 불빛이 밝히는 조용한 골목을 지나는데 휴대폰이 울렸다. 보니 베고니아 화분을 준 남자였다.

[뭐 해요?]

남자와는 어제저녁에 만났다. 밥은 남자가 사고 술은 해인이 샀다. 보기와는 다르게 말술이라 해인도 과음을 좀 했다. 거기까진 좋은데.

"이렇게 늦은 시간에 연락을 하는 건 좀 그렇지 않나."

진짜 데이트 신청이었나. 비척비척 걸으며 해인이 답을 하지 않고 휴대폰 액정을 쳐다보았다. 어릴 적 애정과 동경이 이성간 호감으로 변하는 건 너무 쉽다. 하지만 그 환상이 깨지는 데도 얼마 걸리지 않겠지. 아이돌 고해인과 인간 고해인은 다르니까.

그 시절 저를 응원하고 좋아해 줘서 고맙기는 하지만 그쪽이 친구 이상을 바란다면 거리를 둘 수밖에 없다. 마음이 무겁지만 저울추가 기울어진 관계는 이럴 수밖에 없다. 어쩌면 해인은 이런 부담을 서진에게 주기 싫어서 아무것도 못 물어보는 것일지도 모른다. 서진도 아마 마리아에게 그렇겠지.

마음의 화살이 엇갈리지 않고 딱 떨어지게 서로를 향하면 얼마나 좋을까.

"아니, 그러면 서진 씨랑 마리아가 잘되는 건가."

웅얼웅얼거리며 대문을 열고 문턱을 넘어서자마자 서진과 눈이 딱 마주쳤다. 서진은 툇마루 위에 팔짱을 낀 채 꼿꼿한 자세로 긴 다리를 꼬고 앉아 있었다. 기숙사 사감 같은 그 모습에 잠깐 멈칫했던 해인이 이내 방긋 웃으며 그에게 다가가 옆자리에 풀썩 앉았다.

"서진 씨, 여기서 뭐 해요?"

살짝 어눌해진 발음으로 말을 걸었다. 해인이 흐트러진 머리를 쓸어 올리며 고개를 기울여 서진을 보았다.

"나 기다리고 있었어요?"

"⋯⋯."

"아니면 또 담배 피우고 있었어요?"

은근한 진심을 장난처럼 눙치고 묻자 서진이 해인을 쳐다보았다. 아니, 그는 처음부터, 해인이 집 안에 들어왔을 때부터 한시도 해인에게서 시선을 떼지 않았다.

"알고 있었어요?"

"당연하죠. 내 집 안마당에서 일어나는 일인데."

"들켰네."

서진이 피식 웃었다.

"숨기려고 했는데."

"왜요?"

"해인 씨가 내 냄새 좋다고 해서."

해인이 눈을 끔뻑끔뻑거리며 서진을 쳐다봤다. 하얀 얼굴이 오늘따라 번진 듯 뿌옇게 보였다. 서진은 잘 숨기고 있었다. 지금도 그에게선 상쾌한 시트러스 향 외엔 아무것도 나지 않으니까.

"늦었네요."

"아, 환영회가 좀 길어져서. 정훈 씨가 볼수록 사람이 참 괜찮더라고요. 일도 잘하고 귀엽고 가게 분위기도 더 좋아지고……."

"그래서 기분 좋아서 그렇게 많이 마셨어요?"

해인이 둥그렇게 눈을 떴다.

"나 그렇게 많이 안 마셨는데."

"……."

"진짜예요. 여기서 더 마실 수도 있는데."

주정이라 생각했는지 서진이 말없이 자리에서 일어났다. 반사적으로 뻗어 나간 손이 서진의 옷자락을 잡았다. 눈이 마주치자 찔끔하며 손을 놓은 해인이 변명이라도 찾듯 입을 벙긋거렸다.

"아, 저, 그게……."

"아이스크림 먹을래요?"

"네?"

"저 먹을 건데 해인 씨도 갖다줄까요?"

해인이 고개를 끄덕였다. 서진은 아이스크림 두 개를 들고 금방 다시 돌아왔다. 해인은 서진이 포장을 까서 내미는 아이스크림을 받아 물었다. 달고 시원한 맛에 금세 입에 침이 돌았다. 역시 해장엔 아이스크림만 한 게 없다.

"술 너무 많이 마시지 마요."

염려하는 서진의 음성이 머리카락을 쓸어 주는 손처럼 다정하게 들렸다. 왠지 울컥해져 해인이 아이스크림 막대를 꽉 깨물었다.

"어제도 많이 마셨잖아요."

"괜찮아요. 나는 튼튼해서."

아이스크림을 물고 말하느라 갠차나요, 나응 튼튼해서, 로 들렸다.

"서진 씨야말로 담배 피우지 마요. 몸도 안 좋으면서."

취기를 핑계 삼아 해인은 꼰대가 되기를 자처했다.

"서진 씨 같은 사람은 담배를 피우면 안 돼요."

"왜요?"

"너무 멋있잖아요. 전 국가가 나서서 금연을 권장하는 이 시국에 도움이 전혀 안 된다고요."

"그게 지금 정말로 담배 끊으라고 하는 소리예요?"

서진이 낮게 웃었다. 청량한 웃음소리가 대숲을 건너온 바람 같다. 저도 모르게 그쪽으로 반쯤 몸이 기울어지던 해인이 얼른 정신을 다잡고 다른 곳으로 시선을 옮겼다. 깨진 화분 대신 정원 한구석에 자리 잡은 빨간 베고니아가 눈에 들어왔다.

"정훈 씨가 나 결혼한 줄 알았대요."

"……네?"

뜬금없는 소리에 서진이 약간 멍한 표정을 지었다. 그 굳은 얼굴을 보고 해인이 빙긋 웃었다.

"서진 씨랑 결혼한 줄 알았다고."

"……."

"아침밥 얘기하고 그러니까 부부인 줄 알았대요."

아. 서진의 얼굴이 살짝 풀어졌다. 착하게도 오해를 받아서 기분

나쁘다는 내색은 전혀 없었다. 오히려 재미있어했다.

"그래서 뭐라고 했어요?"

"뭐라고 하긴요. 맞는다고 했죠."

"훗."

"내일 혹시 정훈이가 사장님이라고 불러도 놀라지 말아요."

뭐가 그리 웃긴지 한참 웃은 서진이 한쪽 무릎을 세우고 그 위에 손을 겹친 채 턱을 괴고 해인을 올려다보았다. 비스듬히 기울어진 하얀 얼굴에 아직 웃음기가 덜 가신 눈빛이 에스프레소에 우유를 탄 카페라떼처럼 부드럽게 풀린 게 보였다.

"······근데 서진 씨."

해인이 스윽 그에게 얼굴을 가까이 가져가며 물었다.

서진 씨, 나한테 뭐 할 말 없어요?

그 아팠던 날, 자다가 무슨 꿈이라도 꾸지 않았어요?

"외국인들은 다 그렇게 사람을 똑바로 쳐다봐요?"

"네?"

"키스할래요?"

서진의 눈이 조금 커졌다. 홀린 듯 그 눈동자를 응시하며 해인이 나 안 취했어요, 하고 중얼거렸다.

"그러니까······."

"······."

"나랑 키스할래요?"

굳이 대답을 들을 필요가 있을까. 어차피 그의 마음은 딴 데 있는 거 아는데. 효용이 있을지 없을지도 모르는 안전망을 설치해서 뛰어내린들 부딪치면 아픈 거는 똑같은데.

"나랑 키스해요."

그냥 내가 진짜 하고 싶은 말을 하면 그만이다.

"왜요?"

서진이 금방이라도 갈라질 것처럼 메마른 음성으로 낮게 물었다.

"왜 나랑 키스가 하고 싶은데요?"

늘 평정심을 잃지 않는 그답게 침착한 어조였다. 마치 면접관이 지원자에게 질문을 던지는 것처럼. 혹은 정신 차리고 이성을 찾으라는 것처럼. 저와 다른 그 차분함과 여유가, 그래서 좋았는데, 이번만큼은 해인은 그를 흔들고 싶었다. 그도 저처럼 휩쓸렸으면 싶었다. 이성 따위 무너지길 바랐다.

"……내가 원래."

해인이 양팔을 세워 서진의 몸을 가두듯 양옆의 바닥을 짚었다. 불쑥 가까워진 얼굴이 닿기 전, 해인이 속삭이듯 대답했다.

"되로 주면 말로 받는 성격이라서."

서진은 그 자세 그대로 다가오는 해인을 피하지 않았다. 그에 힘입은 해인이 좀 더 바짝 그에게로 얼굴을 가까이 가져갔다.

너무 떨려 내장까지 진동하는 것 같았지만 있는 힘을 다해 끝까지 저를 보는 서진의 눈을 피하지 않았다. 그러느라 그 속에 담긴 감정이 무엇인지까진 헤아릴 여력이 없었다. 아무리 좋게 해석한대도 곧 닥칠 일에 대한 기대 같은 건 아닐 것이다. 다만 해인은 그가 거부하거나 피하지 않는 것만으로도 감지덕지했다. 어쩌면 그냥 너무 놀라 굳어 버린 것인지도 모르지만.

질끈, 눈을 감고 입술을 갖다 댔다. 그것만으로도 숨이 턱 막혔다. 해인은 그대로 얼어붙어 버렸다. 야심 차게 들이댄 것치고 아무것도 할 줄 모르는 어린애가 된 것처럼 입술을 열 생각도 못 했다. 차마 입을 열었다간 간신히 억누르고 있는 심장이 밖으로 튀어나올 것 같았다.

첫 키스를 할 때도 이 정도는 아니었는데. 너무 오랜만이라 그런가, 그저 입술만 댔는데 온몸의 신경 줄이 전기가 오른 듯 화륵 타오르며 요동을 쳤다.

해인이 얼른 입술을 벌려 그의 아랫입술을 물었다. 혹시 정신을 차린 서진이 밀어 내기 전에 뭐라도 해야 될 것 같았다. 그대로 슬쩍 힘을 주어 빠는데 제 몸이 볼품없이 떨리는 게 스스로도 느껴졌다. 늘 차분한 그의 혼도 저처럼 빠졌으면 좋겠는데 초장부터 그른 것 같기도 하고.

무작정 저지른 일이지만 이럴 계획은 아니었다. 대차게 들이댄 만큼 물 흐르듯 자연스럽고도 매력적으로, 능숙하게 그를 리드할 생각이었다. 아무래도 연애를 한 번도 안 해 본 서진은 스킨십이 서투를 테니까. 꼭 연애 경험과 스킨십 경험이 비례하는 건 아니지만 서진은 마음과 몸이 따로 노는 타입은 아닌 것 같았다. 그에 비해 해인은 그래도 장기적인 파트너가 있었다.

그런데 그것도 너무 오래전의 일이어서인가.

해인은 예상보다 더 빠르게 자신을 압도하는 감각의 파고에 어찌할 바를 몰랐다. 반쯤 넋을 놓고 본능적으로 그의 입술을 빨고 핥으면서도 전혀 컨트롤이 되지 않았다. 학학 가빠지는 숨소리가 제 귀에도 또렷하게 들렸다.

해인은 제가 그저 마음만 앞선 하룻강아지처럼 어떤 요령도, 기술도 없이 그에게 매달리고만 있다는 걸 알았다. 아는데도 어쩔 수가 없었다. 간신히 몸을 지탱하고 있던 팔이 툭 꺾이고 그대로 몸이 앞으로 기울었다.

"아!"

체중을 실은 입술이 서진과 맞물린 채 더 세게 비벼졌다. 해인이 저도 모르게 신음을 흘렸다. 그 신음은 고스란히 서진의 입 속으로 들어갔다. 이왕 이렇게 된 거, 하고 해인이 그의 목덜미에 팔을 감으려는데 그보다 먼저 서진의 두 팔이 저를 거세게 끌어안아 왔다. 그대로 아예 드러눕는가 싶더니 빙글 방향을 바꿔 해인을 바닥에 눕혔다. 전신을 내리누르는 체중에 놀랄 새도 없이 잇새로 쑥 들어온 혀가 해인의 입천장을 긁었다.

"훗!"

놀람과 흥분으로 해인이 번쩍 눈을 떴다. 내리덮인 서진의 눈꺼풀과 길게 내리깔린 섬세한 속눈썹이 보였다. 더 이상 세게 뛸 수 없으리라 생각했던 심장이 아예 고장 난 것 같았다.

윤서진이다. 다른 사람도 아니고 정말 윤서진. 그가 제게 입을 맞추고 있었다. 믿기지가 않았다. 정말 그와 키스를 하고 있다는 사실이, 그리고 그게 이렇게 좋다는 게 믿기지가 않았다.

그때 더 깊게 입을 맞추려는 듯 방향을 바꾸던 서진이 스륵 눈을 떴다. 비록 불빛을 등지고 있는 방향이었지만 자체로 빛이 나는 것 같은 검은 눈동자는 똑똑히 보였다. 가깝다고 말하기도 뭐할 만큼 서로의 상체가 바짝 붙어 있기에 지금 미친 듯 날뛰는 심장 고동이 그에게도 곧장 전해질 터였다.

얼굴이 화륵 달아올랐다. 손끝 발끝이 저리고 머리가 터질 듯 열이 치솟고 배 속이 조였다. 그럼에도 떨어지고 싶지 않았다. 더, 더 닿고 싶었다.

"……그렇게 보는 게 좋아."

몇 초 뒤에야 해인은 그게 질문이라는 걸 알았다. 인정하자니 부끄럽고 아니라고 하기엔 너무 넋을 빼놓고 그에게서 시선을 떼지 못하고 있었기에 해인은 답을 하지 않았다.

어차피 모를 수도 없을 거다. 그동안 해인이 몰래 슬쩍 서진의 얼굴을 훔쳐본 건 아마 서진도 알고 있을 터였다. 해인이 대답을 피하고 눈만 굴리자 서진이 웃었다.

아.

그가 웃었다.

"……좋아."

울컥 가슴에서 치미는 게 뭔지 모르겠다. 버거울 정도의 감정이 목구멍을 채우다 못해 기어이 밖으로 터져 나왔다. 해인의 대답에 서진의 얼굴이 굳었다. 통제가 되지 않는 표정을 숨기려 해인은 고개를 숙여 그의 어깨에 이마를 비볐다.

좋아, 가지 마, 두 달 뒤에도 가지 말고 나랑 있자. 마리아보다 내가 더 잘해 줄게.

"좋아해요……."

서진의 목에 매달린 채 해인이 두서없이 중얼거렸다. 제 어깨와 등을 두르고 있던 팔에 힘이 바짝 들어가는 게 느껴졌다. 억눌린 숨소리와 함께 얼어붙어 있던 것도 잠깐, 해인은 제 몸이 번쩍 솟구치는 걸 느끼고 짧은 비명을 질렀다. 갑자기 휙 높아진 시선에 저절로 붙어 있던 몸에 더 힘껏 매달렸다.

해인을 안은 채로 일어난 서진이 몇 걸음 만에 제 방으로 갔다. 털썩, 침대에 내려놓이자마자 당황한 해인이 상체를 일으키려 했지만 곧 그 위를 덮쳐 온 몸에 저지당했다. 제 앞을 벽처럼 가로막은 남자의 어깨 너머로 해인이 어리둥절한 시선을 던졌다. 분명 제집의 방 중 하나인데, 그사이 몰라보게 낯설어졌다. 공기도, 냄새도 완전 다른 곳이 된 것 같았다.

"……잠, 잠깐만……."

그래서인지 가슴이 더 뛰었다. 해인은 오늘 이렇게까지 일을 진전시킬 생각은 없었다. 사실 키스도, 그렇게까지 해 버릴 생각은 없었다. 하지만 서진은 해인이 딴생각을 하게 두지 않았다.

해인이 무어라 입을 열려는데 서진이 입고 있던 티셔츠의 아랫부분을 잡더니 단숨에 벗어 던졌다. 순간적으로 드러난 맨몸에 시선을 빼앗긴 해인이 멍해진 사이, 서진이 다시 키스를 했다. 부드럽게 입을 맞추며 미끄러지듯 들어온 손이 해인의 옆구리를 파고들었다. 체중을 실으며 해인의 몸에 제 몸을 치댔다.

"으……."

해인이 바르르 몸을 떨었다. 그 손의 감촉이, 제 몸을 덮는 열기가, 후각과 이성마저도 마비시키는 냄새가 너무 좋았다. 도무지 거부하거나 밀어 낼 수가 없었다. 뜨거운 숨이 뒤섞이고 간간이 앓는 듯한 신음이 흘렀다.

차갑게만 보이는데 막상 닿고 보면 서진은 뜨거웠다. 처음부터 그랬다. 열기가 습기가 되어 해인의 몸에 끈적하게 들러붙었다. 척척해진 옷들이 팔다리를 칭칭 감아 불편했다. 아, 에어컨을 틀지 않았구나. 몽롱한 머리로 해인은 그런 생각을 했다.

"……해인 씨."

서진이 불렀다.

"……내가 좋아요?"

여리게 떨리는 음성이, 거의 울먹이는 것 같다는 건 해인의 착각이겠지. 대답할 여력이 없어 해인은 그저 고개만 끄덕였다.

"말해 봐요, 내가 좋아요?"

"으응……."

"눈 뜨고 나 봐요."

나 봐, 고해인. 다소 강압적인 음성에 해인은 반사적으로 눈을 떴다. 물기 어린 시야에 그가 제대로 들어오지 않아 몇 번 눈을 깜박여 초점을 맞췄다. 낯선 얼굴이었다. 헤아릴 수 없이 깊은 눈동자속엔 환희, 슬픔, 의심, 불안, 초조, 욕망이 모두 비쳤다.

"입 벌리고 말해요."

무언가를 필사적으로 참는 것처럼 서진이 턱이 불룩 튀어나올 정
도로 세게 이를 악물었다. 그 상태에서 새어 나온 말들은 돌로 짓이
긴 꽃잎 같은 붉은색을 띠고 있었다.

"가지 말라고 말해요."

"으응……."

"두 달 뒤에도, 그 뒤에도 영영 네 옆에 있으라고 말해."

"아……."

말하라고 해 놓고 듣지 않겠다는 것처럼 키스를 퍼부어 해인은
제대로 대답을 할 수 없었다. 목구멍에서 속절없이 앓는 소리가 나
왔다. 곧 눈앞이 새하얘지고 아무 생각도 할 수 없었다. 온몸이, 뇌
마저도 녹아 버린 것 같았다.

03. 고백

　다음 날, 눈을 떴을 때 해인은 혼자 서진의 방에 누워 있었다. 손바닥으로 옆자리를 더듬어 봤지만 온기라곤 없었다. 이른 아침부터 서진은 어딜 나간 것 같았다. 자리에서 일어나 서진이 집 안 어디에도 없다는 걸 확인한 해인은 욕실로 들어가 땀에 젖은 옷을 벗었다.

　샤워기 아래 서서 쏟아지는 물줄기를 맞고 있자니 침전물처럼 남아 있던 잠기운이 서서히 씻겨 내려가며 머리가 녹슨 바퀴처럼 삐걱대고 돌아가기 시작했다. 서진이 지금 곁에 없다는 데 안도를 느껴야 할지 실망을 해야 할지 모르겠다. 혼란스러웠다. 간밤의 일이 잘 기억나지 않아서가 아니라 그 반대라서.

"......."

분명 시작은 제가 했다. 충동적이었지만 입을 맞춘 뒤 수습도 제대로 할 작정이었다. 갑작스럽겠지만, 많이 당황스럽겠지만 내가 윤서진 씨 좋아한다고. 다른 사람 좋아하는 거 아는데 그래도 한 번만 기회를 줄 수 없겠냐고. 내가 좋진 않아도 아주 싫은 게 아니라면, 딱 두 달만이라도 만나 보면 안 되겠냐고 그렇게 매달려 볼 작정이었다.

물론 끝내 거절당할 경우도 각오했다. 그때는 깔끔하게 물러날 생각이었다. 불편하게 해서 미안하다고 사과하고 서진이 한집에서 얼굴 보는 것도 껄끄럽다 하면 남은 기간 호텔 숙박비라도 대 줄 생각이었다.

근데 어쩌다 그렇게 됐더라.

해인이 습기로 흐려진 거울을 손바닥으로 훑었다. 제 것 같지 않은, 벌겋게 부어오른 입술이 제일 먼저 눈에 들어왔다. 손가락을 갖다 대니 아직도 열감이 느껴지는 것 같다. 시선을 내리자 마찰로 붉어진 목과 쇄골의 흔적이 뚜렷했다. 그 아래까지 쭉 훑고 다시 고개를 들자 거울 속에서 마주친 얼굴은 좀 전보다 훨씬 더 붉어져 있었다.

'연애 안 해 봤다더니.'

몰아치는 급류에 정신없이 휩쓸려 떠내려와 보니 어느새 처음 보는 낯선 곳에 표류한 기분이었다. 분명 시작은 제가 했는데 뭔가 당한 느낌이었다. 그렇다고 억울하다거나 그런 건 아니고 뭐랄까 좀,

아니, 실은 많이 혼란스러웠다. 품속에서 귀엽다 귀엽다 어르던 고양이가, 고양이가 아닌 표범이라는 걸 알게 된 것 같다고 할까.

'뭐 그렇게 막 잘하지?'

연애도 안 해 봤다면서 어떻게 그렇게 사람 혼을 쏙 빼놓을 수가 있나. 타고난 건가. 스킨십도 예체능적 재능처럼 태어날 때부터 유전자에 새겨져 있는 건가.

해인이 너무 긴장해서 초반 리드를 빼앗긴 줄 알았는데 가만 생각해 보니 서진이 빼앗은 거였다. 그 예쁜 얼굴만 봐도 이미 퇴화해 사라져 버린 줄 알았던 스킨십 욕구가 막 끓어오르는데, 거기에 스킬까지 좋으니 당해 낼 도리가 없었다.

서진은 키스도, 거기서 애무로 넘어가는 과정도, 애무 자체도 너무나 자연스럽고 능숙했다. 아마 해인이 서진을 몰랐다면 꽤 경험이 많다고 착각할 만큼.

'아니, 어쩌면 그냥 내가 너무 좋아서 그렇게 반응한 건지도 몰라.'

좋아하는 감정 때문에, 서진은 뭐 별로 한 것도 없는데 그냥 저혼자 달떠 지레 흥분해 버린 것일지도. 그런 생각이 들자 해인은 좀 부끄러워졌다. 아직 그 정도로 많이 좋아하는 건 아니라고 생각했는데 제가 이렇게 스킨십에 약한 인간이었나. 게다가.

'서진 씨는 좋아한단 말도 안 했잖아.'

얼마 되지 않는 대화 내용을 아무리 돌려 봐도 좋아한다고 한 건 결국 저뿐이었다. 서진은 어제 그 긴 시간 동안 분위기에 홀려서라도 좋아한다는 말을 하지 않았다. 물론 그 비슷한 말들을 하긴 했지만 직접적인 말은 하나도 없었다.

몰랐던 것도 아닌데.

"⋯⋯."

갑자기 속이 텅 빈 것처럼 허한 기분이 들었다. 해인이 씁쓸하게 손을 들어 얼굴의 물기를 훑었다. 이해한다. 그 말만큼은 정말 좋아하는 사람을 위해 남겨 둬야겠지.

그래도 적어도 싫은 건 아니었을 거다. 최소한 스킨십만큼은 그도 좋았을 거다. 그렇지 않고서야 하루 종일 밖에서 돌다 샤워도 하지 않은, 땀투성이인 몸을 그렇게 스스럼없이 물고 빨고 할 수 없을 테니까. 그렇게 깔끔한 사람이 마치 진심으로 사랑하는 사람을 대하듯 그렇게 다정하고도 정성스럽게.

마리아는 분명 서진과 키스를 해 보지 않았을 거다. 했다면 그가 자신을 사랑하는 걸 모를 수가 없을 테니까.

샤워를 마치고 해인은 조금 망설이다 다시 서진의 방으로 돌아왔다. 어젯밤 해인이 이곳에서 잠든 건 전적으로 서진의 탓이었다.

서진은 쌈을 싸듯 이불로 해인을 둘둘 만 채 꽉 끌어안고 놓아주지 않았다. 그렇다고 더 무언가를 하지도 않았다. 해인은 반쯤 각오를 했는데, 서진은 그렇게 해인을 꼼짝달싹도 못 하게 만들어 놓고 재우려고만 했다. 제가 술에 취했다고 여기는가 싶어 아니라고 몇 번 어필을 했건만 들어주지 않았다. 그러다 언제인지도 모르게 까무룩 잠이 들어 버렸다.

"깨끗하네."

해인이 새삼 방을 한번 둘러보며 중얼거렸다. 제가 일어나며 흐트러트린 침대 외에는 깔끔하기 그지없었다.

서진이 쓰는 손님방에 들어온 건 그가 이 집에 오고 난 뒤 처음이었다. 실제 크기는 해인의 방보다 조금 작은데 비슷하게 느껴지는 건 정리가 잘되어서인 것 같았다. 허투루 널려 있는 물건 하나 없이 모든 게 제자리에 규칙적으로 배열되어 있었는데 애초에 밖에 나와 있는 물건이 거의 없었다.

그래서 해인이 일전에 경복궁에서 사 준 마그넷과 공기놀이 세트가 더 눈에 확 들어왔다. 애초에 이 방에 있기엔 지나치게 아기자기한 물건처럼 보이기도 했고.

"이걸 이렇게……."

무슨 귀중한 예술품이라도 되는 것처럼 먼지 한 톨 앉지 않게 아크릴 케이스까지 씌워 책상 한쪽에 고이 올려 둔 것을 보자 웃음이 났다. 공기놀이 세트는 분명 작은 손지갑 같은 데 들어 있었는데 왜 따로 빠져 있지 생각하다 보니 무심코 지나치며 봤던, 서진이 들고 다니던 조그만 동전 지갑이 그것인 것 같았다.

"진짜 귀여운 데가 있어."

해인이 미소를 띠며 케이스 위를 쓸듯이 훑었다. 반짝이는 표면이 너무 깨끗해서 손자국이라도 날까 만지기도 겁났다. 그 옆에는 원형의 틴 케이스가 하나 있었는데 가만 보니 그것도 해인이 저번에 먹으라고 사다 준 과자 통인 것 같았다.

피식 웃으며 별생각 없이 손끝으로 툭 튕겼는데 뚜껑이 스륵 밀렸다. 그대로 뚜껑을 제자리에 두려던 해인의 손이 멈칫했다. 통속에 자질구레한 영수증이나 포스트잇 같은 종이 쪼가리들이 낙엽을 고이 모아 추억을 말린 것처럼 겹겹이 들어 있었다.

"이건⋯⋯."

낯익은 필체가 적힌 포스트잇에 제일 먼저 눈이 갔다. 서툰 독일어로 욕실, 세탁실, 이불장, 청소함 등의 단어가 적힌 그것은 해인이 다니엘이 오기 전, 집 곳곳에 미리 붙여 둔 것들이었다. 조금이라도 도움이 될까 싶어 사전을 뒤져 쓴 건데 막상 만난 서진이 한국어를 너무 잘해서 곧장 휴지 조각이 되어 버린 것들이었다.

"이걸 왜⋯⋯?"

해인이 고개를 갸웃거리며 메모지들을 뚫어지게 쳐다보았다. 영수증도 죄다 해인과 함께 갔던 곳들이었다. 갑자기 알 수 없는 무언가가 연기처럼 스멀스멀 피어오르기 시작했다. 해인은 새삼스러운 눈으로 방 안을 한 번 더 둘러보았다.

애초에 손님방이라 비어 있던 곳이고 서진도 딱히 여행지의 숙소를 제 방처럼 꾸미는 스타일은 아닌 것 같았다. 이대로 곧장 떠나 버려도 흔적조차 없을 것 같은 공간에 보물처럼 전시된 것은 오로지 제가 준 것들뿐이었다.

무가치해서 아무렇게나 널어 놓은 게 아니다. 그렇다고 실제로 금전적 가치가 있는 것들도 아니다. 저 영수증이나 과자 통, 마그넷 같은 것에 가치가 있다면 해인의 성의 정도일 테고, 서진이 소중하게 여긴 것도 바로 그것인 것이다.

"아, 정말이지."

놓치고 싶지 않다. 저런 눈과 마음을 가진 사람을 놓치고 싶지 않았다. 어떻게든 갖고 싶다.

문득 정신이 든 사람처럼 해인이 창을 열고 환기를 시킨 후 흐트러진 침구를 정리했다. 방을 나가 휴대폰을 찾아 곧장 서진에게 전화를 걸었지만 받지 않았다. 대문을 열어 보니 며칠 전 공업사에서 돌아온 서진의 차가 있었다. 멀리 가진 않은 모양이다.

[어디예요?]

문자를 남겨 두고 해인은 주방으로 가 아침 식사를 준비했다. 뭘 해야 할지 몰라 잠시 허둥대다 그가 좋아한다고 했던 김치볶음밥에 계란프라이를 하기로 했다.

그러고 보니 새삼 조리대 앞에 선 것도 오랜만이라는 생각이 들었다. 청소는 또 어떻고, 한 치 앞도 모르고 방만하게 서진을 부려 먹어 온 지난 시간들을 후회했지만 이미 엎질러진 물이었다. 이제부터라도 좀 더 부지런하고 깔끔한 모습을 보여 주면 조금이라도 만회가 되지 않을까.

밥도 다 됐고 출근 시간이 임박했는데 서진은 돌아오지 않았다. 해인은 일단 김치볶음밥에 랩을 씌워 두고 출근을 했다.

[저 출근해요. 김치볶음밥 해 놨으니까 오면 먹어요.]

[이따 봐요.]

[나 할 말 있어요.]

할 말. 누군가에게 이런 할 말이 생긴 건 정말 오랜만이었다. 구름 위에 뜬 것 같은 기분으로 근무를 마친 해인은 퇴근을 하자마자 버스를 타고 제일 좋아하는 베이커리에 가서 케이크를 샀다. 샴페인도 사고 돌아오는 길엔 꽃집에 들러 오전에 미리 주문해 둔 꽃다발도 찾았다.

"데이지 사장님 무슨 좋은 일 있으신가 봐요?"

데이트라도 하나? 살짝 핑크빛이 도는 라넌큘러스 다발을 건네며 꽃집 사장이 묻는 말에 해인이 자랑스럽게 고개를 끄덕였다. 잘되면 매일 꽃 사러 오겠다는 해인의 말에 사장이 주먹을 불끈 쥐고 건투를 빌어 주었다.

"매일 꽃 사서 안겨 준다는 이런 여자 놓치면 안 되지."

"그렇죠?"

"파이팅. 힘내요, 사장님."

마주 주먹을 불끈 쥐어 보이고 씩씩하게 집으로 돌아왔다. 그러느라 어느새 오후가 깊었는데도 서진은 집에 없었다. 전화를 해도 받지 않고 한참 후에야 일이 있어 늦을지도 모른다는 문자 한 통만 달랑 왔다.

언제 들어올지 모르겠다는 문자에 낙담한 것도 잠시, 해인은 그 시간을 기회로 삼고 대청소를 했다. 짝을 위해 둥지를 꾸미는 펭귄처럼 열심히 집 안 전체를 쓸고 닦았다. 어쩌면 청소가 케이크 같은 것보다 더 어필할지도 모른다. 서진은 깨끗한 걸 좋아하니까.

"어?"

내친김에 정원 손질도 하고 있는데 어제만 해도 멀쩡해 보였던 베고니아가 허리가 툭 꺾인 채 시들시들하니 말라 있었다. 아무리 봐도 회생의 기미가 없어 보여 해인은 혀를 차고 베고니아를 뽑아 양동이 속에 던져 넣었다.

대신 그 자리에 담 밑에 자라고 있던 이름 모를 풀을 옮겨 심었다. 어느새 제법 높이 자란 풀은 잎을 보니 평범한 잡초는 아닌 것 같았다. 척박한 곳에 혼자 내버려 두어도 꿋꿋이 자라나는 걸 보자니 기왕 자리 잡은 거 잘 컸으면 싶었다.

정원 청소 후엔 밖에 세워 둔 서진의 차도 닦았다. 걸레로 외부를 닦기만 했을 뿐인데 끝났을 땐 온몸이 땀투성이가 되었다. 지나가던 동네 사람들이 날씨도 더운데 무슨 손 세차냐며 걱정을 하고, 마시고 하라며 음료수를 건네기도 했다.

"아이고, 힘들다."

그렇게 집과 정원, 차는 깨끗해졌는데 정작 제 꼴이 말이 아니었다. 뉘엿뉘엿 지는 해를 바라보며 후다닥 집으로 뛰어 들어간 해인이 얼른 샤워를 했다. 머리를 말리고 일하러 나갈 때보다 더 공들여 화장을 하고 옷장 앞에 서서 뭘 입을까 고민을 했다.

최대한 신경을 안 쓴 티를 내면서도 예뻐 보이고 싶었는데 둘

다를 충족시키기가 쉽지가 않았다. 한참을 이 옷, 저 옷을 들춰 보다 어차피 다 까발려진 거, 이제 와 무슨 체면을 차리겠냐 싶어 아주 대놓고 소개팅 필승 복장으로 차려입었다.

"들이대는 거 맞는데 아닌 척해 봐."

거울 속의 저를 향해 그렇게 중얼거리며 해인은 애써 멋쩍음을 상쇄시켰다. 심호흡을 하며 집 안을 빙빙 돌다 꽃다발을 안아 들고 툇마루로 나가 앉았다. 대기가 맑은지 별이 총총 뜬 하늘이 선명하게 보였다.

"달님, 별님, 아버지, 힘을 주세요."

만반의 준비가 끝났다고 생각했는데 어째 시간이 갈수록 더 불안 초조해졌다. 저번에 서진이 돌려준 청심환이라도 씹어 먹을까 진지하게 고민하고 있는데 마침내 대문이 삐걱 열리고 서진이 들어왔다.

아.

눈이 마주쳤다.

"윤서진 씨."

해인이 마루를 박차고 벌떡 일어났다.

긴 하루였다.

더는 참을 수가 없었다.

"우리 연애해요."

이런 말을, 그러니까 완전히 똑같지는 않아도 비슷한 의미와 목적으로 한 게 처음은 아니었다. 가장 기억에 남는 첫 연애 때도 사귀자는 말은 해인이 먼저 했다. 바쁜 스케줄에도 매일 틈을 내서 찾아오고, 전화하고, 메시지를 보내면서도 연애하자는 말은 안 하던 그에게 '근데 너 나한테 언제 사귀자고 할 거야?' 하고 선공을 날린 건 해인이었다.

그때도 이 정도로 떨리진 않았다. 물론 상황의 차이가 있다. 그땐 상대가 이쪽을 좋아한다는 걸 너무 잘 알고 있었으니까. 하지만 고백의 성공 여부에 확신이 없던 건 마찬가지였다.

그도 그럴 게 그는 아이돌이었다. 연애에 따른 리스크가 큰 신분이니 얼마든지 거절당할 수도 있다는 생각은 그때도 했다. 그러니까 지금과 크게 다른 상황은 아니다. 그런데도.

'왜 이렇게 떨리지? 죽을 것 같다.'

손에 들린 라넌큘러스 다발의 끄트머리가 와들와들 떨리는 게 제 눈에도 보였다. 부정맥도 모자라 이젠 수전증인가.

"……."

플러스 호흡 곤란. 침묵이 길어지자 해인은 숨이 턱턱 막히는 것 같았다. 속으로 10까지 세다가 너무 빨리 세는 것 같아 중단했다. 처음부터 천천히 다시 세려고 했는데 당최 1에서 더 나아가지질 않았다. 용량 부족이다. 눈으로는 열심히 서진의 얼굴을 살피며 머리론 온갖 생각을 다 하고 있었으니까.

눈썹이 평소보다 조금 올라간 것 같은데 저건 적신호인가. 볼이 조금 빨개진 것 같은데 저건 긍정의 뜻이 아닌가. 눈동자가 파르르 떨리는 건 차마 거절의 말을 꺼내려니 미안해서인가.

처음 서진을 만났을 때처럼 해인은 말이 없는 그의 비언어적

표현들을 읽어 내느라 정신이 없었다. 그러다 어느 쪽으로도 해석할 수 없는 그의 행동 중 논란의 여지 없이 쐐기를 박는 부분을 찾아내고 말았다.

꽃다발.

해인이 내민 꽃다발을 그는 받지 않았다.

"아……."

사랑 앞에서 자존심 같은 건 아무 의미도 없다고 생각하는 해인이지만 그것도 쌍방일 때 얘기다. 이럴 땐 자존심을 챙기는 게 나의 품위를 챙기는 것이고 더불어 상대의 부담도 덜고 그나마 앞으로도 덜 불편하게 관계를 유지하는 길이다. 마음은 강요하는 게 아니니까.

"서진 씨."

해인이 꿋꿋이 고개를 들고 서진의 눈을 똑바로 보았다. 괜찮아요, 거절해도. 신경 쓰지 마요. 난 정말 괜찮으니까. 좋은 사람인 척 꾸미는 말들이 머릿속에 풍선처럼 부풀었다.

"알아요, 우리 만난 지 얼마 안 됐죠. 불과 한 달 전만 해도 몰랐던 사이인데 갑자기 좋아한다고, 사귀자고 하는 거 당황스러울 거예요."

하지만 해인은 좋은 사람이 되기보단 품위를 벗어던지는 편을 택했다. 그렇게 해서 서진의 마음을 얻을 확률이 1퍼센트라도 더 올라간다면.

"하, 한 사람만 그렇게 오래 좋아한 서진 씨한텐 좀 가볍게 보일 거 알아요."

아, 굳이 마리아 부분을 상기시키진 말걸.

해인이 서둘러 말을 이었다.

"서진 씨 여기 그냥 여행 온 거라는 것도 알아요. 두 달 뒤에 돌아가야 한다는 것도."

"……."

"그, 그래도 말예요. 내가 살아 보니까 말이에요. 뭐든 해 본 건 후회가 없더라고요. 나중에 돌이켜 보면 다 안 해 본 게 후회되더라고요."

"……."

"이런 꽃다발도, 금방 시들어 버릴 거 알지만 그래도 받을 땐 행복하잖아요."

어떤 앞날도 약속할 수 없는 관계다. 애초에 변하지 않는 건 없다지만 그래도 끝을 생각하고 시작을 할 순 없다. 앞에 뭐가 있는지 모르는 게 인생이라지만 뻔히 막다른 길임을 알면서 그쪽으로 가는 사람은 없다.

"저, 서진 씨랑 연애하고 싶어요. 부담 주진 않을게요. 그냥 두 달, 딱 두 달만이라도……."

그래도 해인은 그렇게 하고 싶었다. 두 달이라도 그의 연인이 되는 게 아무것도 아닌 사이로 지내다 그를 보내는 것보다 후회가 덜할 테니까.

"내가 잘해 줄게요."

해인이 그를 올려다보며 간절하게 말했다.

"나 연애하면 더 잘해 주는 사람이에요. 정말이에요. 잡은 물고기한테 더 잘하는 사람이에요."

서진은 여전히 말이 없었다.

"내가 잘할게요. 정말 서진 씨 후회 안 하게."

"……."

"딱 두 달만…… 그것도 안 돼요?"

"……."

"백 세 시대라는데, 서진 씨 백 년 중에 이 여름 딱 한 계절만 나한테 주면 안 돼요?"

벽 같은 침묵 앞에 해인은 점점 말할 용기를 잃어 갔다.

"……마리아 때문에 안 되려나……."

해인이 농담처럼 웅얼거리며 습관적으로 쓰게 웃었다. 일방적으로 말을, 마음을 퍼붓던 입술이 닫히자 또 침묵만 이어졌다. 차라리 귀가 고장 나서 아무것도 들리지 않으면 좋으련만 바깥의 소음, 차 소리 따위는 너무 잘 들렸다.

안 되나 보다.

안 되는구나.

더는 어쩔 도리도 없다고 생각한 해인의 고개가 툭 떨어졌다. 들고 있던 꽃다발 역시 힘없이 아래로 떨어지는데 불쑥 뻗어 온 손이 해인의 손과 꽃다발과 시선을 동시에 잡아채 올렸다.

"……그 말 하려고 이렇게 예쁘게 하고 있었던 거예요?"

훅 다가와 낮게 묻는 눈동자가 기묘한 빛으로 반짝였다. 해인은 그 속에 담긴 게 무슨 의미인지 도무지 알 수가 없었다.

"나한테 잘 보이려고?"

무감정한 음성은 얼핏 조롱조로 들리기도 했다. 하지만 해인은 그저 담담히 고개를 끄덕였다. 서진의 손에 힘이 들어갔다.

"미안해요."

듣는 순간 발밑이 쑥 꺼지는 것 같았다. 해인이 입술을 꾹 깨물고 숨을 멈췄다. 각오는 했지만 생각보다 더 충격이다. 아니, 이 정도로 충격인 걸 보면 애초에 해인은 각오란 걸 안 했는지도 몰랐다.

"아침에 먼저 말도 없이 자리를 떠서."

"……."

"그러고도 하루 종일 연락도 제대로 못 해서 미안해요."

해인이 멍하니 눈을 깜빡였다.

"혼자 두고 싶지 않았는데 갑자기 일이 생겨서 어쩔 수가 없었어요."

"아, 아니…… 그런 건 아무래도 괜찮은데……."

"정말 미안해요. 해인 씨 먼저 고백하게 만들고 불안하게 만들어서."

서진이 꽃다발을 사이에 둔 채로 조심스럽게 해인을 끌어안았다. 해인은 고개를 저었다. 불안하지 않았다. 저는 오늘 하루 종일, 정말, 아무렇지도 않았는데.

"내가 해야 될 고백을 먼저 해 줘서 고맙고."

"……."

"그게 너무 좋아 돌아 버릴 것 같아서 미안해요."

말을 하며 점점 서진의 팔에도 힘이 들어가는 게 느껴졌다. 해인은 그대로 꼼짝도 할 수 없었다. 혹시 잘못 들었나 싶어 다시 한번 얘기해 줄래요? 하는 말이 목구멍까지 올라왔지만 진짜 그럴까 봐 무서워 입을 앙다물었다. 이렇게 된 이상 낙장불입이다. 서진도 이제 고스톱을 배웠으니 그 정돈 알겠지.

스멀스멀, 좀 전과는 다른, 보다 환희에 가까운 감정이 올라오기 시작했다.

그러니까, 통한 거지? 정말 내 고백을 받아 주겠다는 거지?

가슴이 벅차 숨이 막혔다. 팔을 풀고 저도 그를 안고 싶었는데 서진이 너무 꼭 껴안고 있어서 여의치 않았다. 좀 꿈틀대다 안 돼서 놓아 달라고 해인이 고개를 드는 순간 서진이 기다렸다는 듯 입을 맞췄다.

막무가내로 쏟아지는 숨결이 힘 조절이 안 되는 것 같았다. 서진은 한 손으로 해인의 턱과 한쪽 볼을 완전히 감싼 채 누르듯 입술을 대고 빨고 문질렀다. 그럴 의지도, 시도도 없었는데 그는 마치 해인이 달아나기라도 할 것처럼 바짝 끌어당겼다. 턱을 쥔 손끝에도 힘이 바짝 들어가 해인은 얼굴을 돌릴 수조차 없었다. 그렇게 한참을 옴짝달싹도 못 하고 입술만 섞었다. 해인도 그 못지않게 열렬하게 화답했다. 가쁜 숨이 뒤섞일수록 귀가 울리고 열이 오른 머리가 터질 것 같았다.

어느새 떨어진 꽃다발이 발밑에서 나뒹굴었다.

"근데 아까부터 궁금했는데."

잠시 입술을 뗀 서진이 약간 갈라진 음성으로 물었다.

"마리아가 대체 누구예요?"

숨을 몰아쉬던 해인이 붉어진 눈으로 풀썩 웃었다. 그러게 말이에요, 마리아가 누구지? 서진이 더 어리둥절한 눈을 했지만 해인이 웃는 입술로 그의 입을 막아 버렸다.

* * *

전날 구름 위를 둥둥 뜬 기분으로 잠자리에 든 것과 다르게 아침에 일어나니 머리가 묵직하고 어깨가 뻐근했다. 뒤숭숭한 꿈자리 탓인지 기분도 찜찜했다. 눈을 뜨자마자 잊어버려 정확히 기억은 안 났지만 꿈에 태희가 나왔다.

태희가 그 특유의 화난 얼굴과 매몰찬 어투로 뭐라 한참 해인에게 잔소리를 퍼부었는데 어찌나 현실 같은지 꿈속에서 얘가 대체 언제 돌아왔지 하고 의아해했던 기억이 났다.

"그러고 보니 이번엔 한참이나 연락이 없네."

아무리 늦어도 한 달 넘게 연락을 안 한 적은 없었는데. 그래도 별로 불안하지 않은 건 이쪽도 이제 나름 수단이 있어서였다. 정 급하면 서진을 통하면 된다. 어차피 태희는 서진의 독일 집에 묵고 있을 테니 어떻게든 연락은 될 터였다.

제가 보낸 손님을 기어이 남자 친구로 만든 걸 알면 태희는 뭐라고 할까.

"아무리 생각해도 좋은 소리는 안 할 것 같은데……."

아니면 자기가 상관할 바 아니라는 듯 어깨만 들썩하고 넘길지도 모른다. 그래도 한심스러운 눈길은 한 번 줄 것 같다.

"아니 참, 내가 이러고 있을 때가 아니지."

해인이 벌떡 몸을 일으켜 창을 열고 이불을 갰다. 지금 해인에게 급한 건 대륙 저편에 있는 동생의 반응이 아니라 바로 옆방에 있는 남자 친구의 환심을 사는 것이었다. 그에게 아침 식사를 차려 주려고 평소보다 한 시간이나 일찍 알람을 맞춰 놨었는데.

"어."

보람도 없이 서진이 먼저 일어나 있었다. 무슨 생각을 하는지 정원 한가운데 서서 먼 밖을 내다보고 있는 그를 발견한 해인이 잠시 멍하니 그를 바라보았다. 찬란한 여름 햇살과 고즈넉한 한옥의 담벼락과 초록의 정원수에 에워싸인 서진은 말 그대로 이 계절과 풍경의 화룡점정이요, 금상첨화였다.

아침부터 눈이 호강을 하는구나.

저 사람이 내 남자 친구라니.

만감이 교차하는 심정으로 아직 생긴 지 만 하루도 안 된 따끈따끈한 제 연인을 양껏 구경한 해인이 조용히 몸을 움직였다. 섬돌 위에 슬리퍼가 있었지만 맨발로 살금살금 잔디밭으로 내려갔다.

워, 하고 놀래 주려던 심산이었는데 해인이 손을 뻗자마자 뒤통수에 감지 센서라도 달린 것처럼 서진이 휙 돌아서는 바람에 그만 그의 품에 뛰어든 꼴이 되고 말았다.

"앗."

서진은 놀란 표정을 지으면서도 반사적으로 해인을 받아 안았다.

"어, 서진 씨. 그게요, 내가 이러려던 건 아니고……."

"맨발이네요."

"어……."

"왜 맨발로 나왔어요."

차마 그를 놀래 주려고 맨발로 나왔다는 말은 할 수 없었다. 해인이 입을 다물자 서진이 웃었다. 가슴 부근에 닿아 있는 이마로 잔잔한 울림이 전해졌다. 뒤통수를 가만가만 쓰다듬는 큰 손이 그렇게 좋으냐고 묻는 것 같았다.

이로써 해인이 팔불출처럼 넘치는 애정을 주체하지 못하고 눈뜨자마자 맨발로 그의 품에 덥석 뛰어든 게 기정사실이 되고 말았지만 굳이 정정할 기분은 들지 않았다.

"잘 잤어요?"

"네, 서진 씨도요?"

서진이 또 대답처럼 해인의 머리를 쓰다듬었다. 해인이 고개를 들어 서진을 올려다보며 활짝 웃었다. 그를 보면 그냥 계속 나사가 하나 빠진 사람처럼 웃음이 나왔다.

남자 친구다. 남자 친구. 얼마만의 연애고 얼마만의 연인인지 모른다.

"들어가요."

서진이 해인을 번쩍 안아 들고 안으로 들어갔다. 그대로 곧장 욕실로 가는데 그새 들리는 데 맛이 들린 모양인지 해인은 처음처럼 당혹스럽지 않고 그저 좋기만 했다. 아침은 서진이 벌써 다 해 놓은 뒤라 해인은 발을 씻는 김에 샤워까지 하고 나와 밥을 먹었다.

내일은 내가 꼭 먼저 일어나야지. 다짐하듯 해인은 아침 메뉴인, 딱히 씹을 것도 없는 연두부 계란국을 꼭꼭 씹어 넘겼다. 서진이 좋아하는 아삭한 숙주볶음이 제 앞에 있기에 그쪽으로 조금 밀어 주었다.

서진은 식사 예절이 참 발랐다. 정갈하다는 단어가 딱 어울리게 소리도 전혀 내지 않고 젓가락질도 해인보다 더 잘했다. 정말 못하는 게 없이 완벽하다.

"서진 씨, 우리 저녁은 뭐 맛있는 거 먹으러 갈까요?"

해인이 들뜬 표정을 감추지 못하고 물었다.

"뭐 먹고 싶은 거 있어요? 좀 멀리 나가도 좋은데. 아, 서진 씨 오후에 시간 괜찮아요?"

서진이 고개를 끄덕이자 해인은 신이 났다. 정훈이 일이 손에 익어 이제 마감을 거들어 줄 필요도 없고 해인도 평상시의 근무 시간으로 돌아왔다. 5시부터는 자유이니 근사한 레스토랑에서 식사를 하고 저번에 보지 못한 영화도 보고 드라이브를 한다 해도 넉넉할 터였다.

한강이나 남산 같은 덴 이전에 다 가 봤지만 밤중에 탁 트인 강변

북로를 드라이빙하는 건 또 다르다. 게다가 이 모든 게 이제 관광 안내 따위가 아니었다. 데이트다, 진짜 데이트.

"서진 씨 수영할 줄 알아요?"

그와 하고 싶은 게 한가득이었다. 가고 싶은 곳, 하고 싶은 거, 함께 먹고 싶고 보고 싶은 것들이 서로 제가 먼저라며 자기주장을 해 댔다.

"수영이요?"

"네, 조금 있으면 우리 가게도 여름휴가거든요."

데이지 커피의 휴가는 영업은 계속하고 직원이 돌아가며 휴가 기간을 조정하는 방식이 아니라, 다 같이 일주일간 아주 문을 닫아걸고 쉬는 식이었다. 물론 개별 일정이 있는 직원은 따로 휴가를 낼 수도 있지만 대체로 다들 그 시기에 맞춰 휴가일을 잡는 편이었다.

"그 전에 1박 2일 직원들 단합회도 있어요."

이때는 가게 문을 닫지 않고 주말에 날을 잡아 조금 일찍 퇴근했다가 다음 날 오후에 문을 열었다.

"올해는 워터 파크 가기로 했는데 서진 씨도 같이 가면 좋을 것 같아서요."

그보다 휴가 때는 뭐 하지? 갑자기 해인은 머릿속이 복잡해졌다. 해인은 올해 휴가에 별다른 계획이 없었다. 일찌감치 손님이 온다는 말에 어떤 변수가 생길지 몰라 계획을 안 잡은 것도 있고, 여차하면 그 손님을 잡고 어디든 떠나면 되지 뭐, 생각한 것도 있었다.

아, 이럴 줄 알았다면 진작 괜찮은 곳을 알아봐 놓는 건데. 여차

하면 그 손님을 잡고 어디든 떠나도 되는 상황이 되긴 했는데 '어디든'이 문제였다.

경포대, 해운대, 제주도, 어디든 지금 갈 만한 곳은 웬만한 숙소는 다 빠졌을 거다. 손님 다니엘과는 아무 게스트 하우스나 대충 묵어도 좋지만 남자 친구 윤서진은 아니다. 갑자기 이런 남자 친구가 생길 줄 어떻게 알았겠나. 그렇다고 싫다는 건 아니고.

"수영할 줄 알죠? 뭐, 몰라도 노는 덴 지장 없긴 한데."

외국은 어릴 때부터 학교에서 다 필수로 수영을 가르친다고 들었던 것 같다. 하지만 서진은 워터 파크? 하고 되묻더니 왠지 해인을 한참이나 말없이 물끄러미 보았다. 그러더니 고개를 저었다.

"못해요."

"아."

"물 공포증이 있어서."

* * *

"그런고로, 올해 단합회 워터 파크는 취소야."

해인의 선언에 소민이 우, 하고 야유를 쏟아 냈다. 곧바로 권력 남용이니, 사장의 횡포니 하는 비난이 날아들었지만 진심이라기보단 놀리려는 의도가 다분했기에 해인은 그저 모든 것을 감내하겠다는 보살 같은 표정으로 고분고분 고개만 끄덕였다.

실제로 지금 해인의 심정이 그랬다. 모르는 사람이 지나가다 대뜸 욕을 해도 허허 웃으며 오늘 저치의 일진이 좀 사나웠나 보다 하고 넘어갈 수 있을 것 같았다.

그게 꼴사나웠는지 곁에서 보고만 있던 영원도 소민이 자리를 뜨자 고해인 연애하더니 마음이 아주 태평양처럼 넓어졌다며 비꼬았다.

"나 원래 그랬는데."

"흥, 퍽이나."

"너까지 왜 심술이야. 너도 워터 파크 가는 거 싫어했잖아."

"그랬지."

더 싫은 게 생길 줄 몰랐지. 마음속 말을 꾹 누르고 영원이 워터 파크도 싫지만 갑작스러운 계획 변경은 더 싫다며 투덜거렸다. 장소도 새로 정해야 되는데 다 같이 마음에 드는 곳 찾는 게 쉬운 줄 아냐고.

"걱정 마. 내가 다 책임질게."

해인이 열심히 토라진 영원을 달랬다. 카페 직원 단합회라곤 하지만 원한다면 친구나 연인을 데려와도 좋았다. 작년엔 소민이 만나던 사람을 데려왔고 준서도 친구를 데려온 적이 있었으며 영원은 매년 참석했다. 주미처럼 같이 운동하는 체육관 회원이 온 적도 있고 딱 한 번, 태희도 왔었다. 1박은 하지 않고 저녁만 먹고 곧바로 돌아갔지만.

"좀 이해해 줘. 물 공포증이 있다는데 어떻게 워터 파크를 가자고 그래."

"……."

"그렇다고 혼자 집 지키라고 할 수도 없잖아. 이제 사귄 지 3일 밖에 안 됐는데."

"……."

"어어, 차영원. 나 이게 얼마 만에 생긴 남자 친구야."

"……어디서 되도 않는 애교를 부려?"

영원이 질색한 표정을 지었지만 저렇게 웃는 데야 어쩔 도리가 없다. 못마땅하게 해인을 노려보던 영원이 슬쩍 눈치를 보다 딜을 걸었다.

"그럼 너도 나 뭐 하나 봐줘."

"음? 뭔데?"

"우선 봐준다고 약속부터 해."

해인이 고개를 끄떡이자 영원은 해인과 시선을 마주치지 않고 커피 잔을 들어 마시는 척 얼굴을 가렸다.

"오늘, 아침에 아버지랑 공원 갔다가 여사님 만났는데……."

여사님. 그 한 단어에 해인은 그가 무슨 말을 하려는지 단박에 파악이 됐다.

"어쩔 수가 없었어. 어디서 들으셨는지 윤서진 씨가 남자인 거 벌써 알고 계시더라고. 다 알고 묻는 분한테 어떻게 거짓말을 해."

해인의 안색이 변한 걸 눈치챈 영원이 급하게 변명을 늘어놓았다. 끙, 하고 짧게 탄식을 뱉은 해인이 이내 됐다는 듯 손을 저었다. 웬만하면 끝까지 모르시길 바랐는데 아셨다면 어쩔 수 없는 일이다.

"어, 근데……."

영원이 할 말이 남았다는 듯 수상쩍게 말끝을 끌었다. 또 뭐? 하는 시선으로 해인이 그를 흘깃 보았다.

"그게, 내가 그 사람이랑 너, 그 얘기까진 안 하려고 했는데……."

해인의 표정을 본 영원의 말이 빨라지기 시작했다.

"아니 그게, 당장 어디든 다른 데로 보내야 되는 거 아니냐고 하도 걱정을 하시는데 말리다가 나도 모르게……."

"……."

"나도 정말 너네 사귄다고까지 말하려던 건 아니었어. 진짜야."

해인과 영원이 여사님이라 부르는 서인화는 해인의 카페가 입점한 상가의 건물주였다. 처음엔 그냥 단순한 카페 주인과 손님 사이였는데, 인화가 일주일에도 서너 번씩 가게를 드나드는 단골이 되며 친해졌다. 정확한 나이는 모르지만 60대 정도로 추정되는 인화는 손녀뻘인 해인을 처음부터 예쁘게 보고 살뜰히 대했고, 해인도 그런 인화를 친할머니처럼 따랐다.

그러다 데이지 커피가 개업 2주년을 맞을 무렵 둘의 관계에 변화가 생겼다. 상가 임대 재계약일이 도래했는데 갑자기 당시 건물주가 세를 두 배 이상 올려 달라는 무리한 요구를 해 온 것이다. 이는 실상 나가라는 말과 다름없었다.

발등에 불이 떨어진 해인이 전전긍긍하며 은행과 부동산을 순례하고 있는데 어찌 된 일인지 갑자기 인화가 건물을 인수했다. 월세 인상은 없던 일이 되었고 은행 대출도, 새 가게를 알아보는 일도 필요 없게 된 건 물론이었다.

그러니까 인화는 해인에겐 좋은 손님이자 다정한 이웃 어른이고, 너그러운 임대인이며 은인이었다. 인화 역시 해인의 뭐가 그렇게 좋았는지 자주 찾아와 안부를 묻고 철따라 김치며 과일, 해산물 등을 보내 주기도 하고 집에 불러다 맛있는 밥을 먹여 주기도 했다.

최근엔 가족 중 누가 몸이 안 좋다고 집을 비우는 일이 잦아 못 본 지 좀 지났지만 원래 일주일에 사나흘은 커피를 마시러 들르곤 했었다.

"나 남자 친구 생긴 지 며칠 되지도 않았는데."

"……."

"너랑 소민이한테 그 얘기 한 지는 이틀밖에 안 지난 것 같은데."

해인이 낮게 깔린 목소리로 차영원, 부르자 영원이 슬쩍 눈을 피했다.

"넌 윤서진 씨한테 감사해야 해."

"뭐?"

"네 말마따나 내가 윤서진 씨 때문에 마음이 태평양이 되었으니까."

"너 원래 그랬다며……."

소심하게 중얼거리는 말을 들은 척도 않고 해인이 됐다며 푹 한숨을 쉬었다.

"어쩔 수 없지. 여사님도 다 이해해 주실 거야. 뭐, 죄지은 것도 아니잖아? 만날 나만 보면 남자 친구 안 만드냐, 결혼 안 하냐 하고 걱정하셨는데 서진 씨같이 훌륭한 사람이랑 사귀는 걸 알면 오히려 기특해하실지도 몰라."

열심히 행복 회로를 돌리는 해인을 보며 영원이 회의적인 표정으로 입술만 달싹였다.

"그나저나 태희 어떡하지? 괜히 불똥 튀어서 여사님한테 더 미움받는 건 아닌가 몰라……."

태희는 대체로 보수적인 어른들과 상극이었는데 그나마 열린 편이라 할 수 있는 인화도 태희를 좀 못마땅해하는 경향이 있었다.

해인으로선 아끼는 두 사람이 반목하는 게 안타까워 어떻게든 기회만 생기면 인화 앞에서 태희를 추켜세웠는데 어쩐지 그럴수록 인화는 더 태희를 꺼려 했다.

"그럴 만도 하지……."

언니 혼자 사는 집에 저런 덩치 큰 남자를 떡하니 들이미는 게 정상인가. 영원이 작게 중얼거리는데 해인이 벌떡 일어나더니 여사님께 전화라도 한 통 해야겠다며 스태프 룸으로 들어갔다. 영원이 그 뒷모습을 물끄러미 쳐다보는데 막 빈 옆 테이블을 치우던 소민이 너무 신경 쓰지 말라며 그를 위로했다.

"언니 말마따나 죄지은 것도 아닌데. 따지고 보면 여사님이 진짜 가족도 아니잖아요? 언니가 누구랑 살든 말든 무슨 상관이겠어요."

그런가.

"그보다 윤서진 씨 매년 우리 휴가일이 언니 생일인 거는 알려나 모르겠네요."

"……고해인이 어련히 알아서 얘기할까."

영원이 툴툴거렸다.

"마음속에 있는 말 못 숨기는 애잖아."

그래서 결국 윤서진과 이렇게 됐고.

"저는 언니 그런 점이 좋더라고요."

소민이 웃었다. 오빠도 그렇죠? 하고 묻는 말에 영원은 또 의미 불명의 웅얼거림으로 대충 넘겼다.

* * *

퇴근한 해인이 서진의 차에 막 올라탔을 때 종일 흐리던 하늘에서 기어코 빗줄기가 떨어지기 시작했다. 장마철이라지만 내내 마른 장마라 몇 주 만에 내리는 비다운 비였다.

가뭄 피해가 극심하다는 일부 지역 농가엔 희소식이겠지만 해인은 약간 시무룩한 표정이 되었다. 강변에서 열리는 야시장엘 가기로 했는데 무산되어 아쉬운 모양이었다.

"저녁은 뭘 먹을까요?"

처음 목적지가 상실되자 마땅히 생각나는 게 없었다. 최근 둘이서 어찌나 열심히 돌아다녔던지 갈 만한 데는 다 가서 더 그랬다.

서진은 해인이 미간에 주름까지 잡고 끙끙대는 모습을 가만히 보았다. 서진은 아무래도 상관없는데 해인은 매번 가는 곳마다, 먹는 것마다 일일이 서진의 마음에 드는지 아닌지를 살피곤 했다. 아직도 초반의 그 가이드 습성을 못 버렸는지, 아니면 자신이 잘하겠다는 말을 지나치게 신경 쓰고 있는지도 몰랐다.

해인은 정말 좋아하는 사람 앞에서는 자존심을 내세울 줄 몰랐다. 밀당 같은 것도 할 줄 몰랐다. 제가 하는 행동 하나하나가 서진에게 잘 보이고 싶어서, 그를 즐겁게 해 주고 싶어서라는 것을 솔직히 드러내는 데 조금의 거리낌도 없었고, 그게 잘되지 않았을 때 낙담하는 것도 숨기지 않았다. 상대로 인해 제가 느끼는 감정을 언제나 여과 없이, 고스란히 전해 주고 싶어 했다.

서진은 그게 더할 나위 없이 사랑스러우면서도 가끔은.

"그냥 먹지 말까요?"

주체할 수 없이 화가 나기도 했다.

"……이렇게 계속 드라이브를 하는 것도 좋은데, 난."

서진이 해인을 보지 않고 손만 뻗어 해인의 손을 잡았다. 눈이 휘둥그레져 쳐다보던 해인은 당장 그것도 좋다며 활짝 웃고는 서진의 손을 꼭 맞잡아 왔다.

서진이 차를 출발시켰다. 차 안은 보송보송하고 좋은 냄새가 났는데 바깥은 갈수록 비가 더 좍좍 쏟아져 꼭 물속을 달리는 것 같았다. 이런저런 대화를 나누기도 한참, 이러다 부산까지 가겠다던 해인이 문득 창밖을 보고 눈을 크게 떴다.

"어, 잠깐 여기……?"

"……."

"여기, 나, 나 예전에 살았던 동네예요!"

양 볼이 발그레해진 해인이 손가락질을 하며 흥분해서 외쳤다. 창에 코가 눌릴 기세로 얼굴을 박은 해인이 빗줄기 사이로 흐릿하게 보이는 풍경을 정신없이 바라보았다. 우연히 마주친 옛 동네에 감정이 요동쳤다.

정말 오랜만이었다. 스무 살 때 떠난 뒤로 처음이다. 처음엔 일부러 멀리했고 더 후엔 특별히 가야 할 이유가 없어서 가지 않았다.

"서진 씨, 서진 씨. 저기 방금 지나친 고등학교 봤어요? 그거 내가 다니던 데였어요."

비만 안 오면 내려서 한번 둘러보는 건데 아쉬웠다. 동네는 거의 변한 게 없어 길이 금방 눈에 익었다.

고등학교와 중학교가 앞뒤로 나란히 붙어 있고, 대로를 따라 이어지는 상가와 주택가가 있었다. 도미노처럼 늘어서 있는 아파트 단지들 중엔 해인이 살던 낡은 아파트도 있을 터였다. 우뚝 솟은 아파트들 가운데 둥지처럼 자리 잡은 작은 초등학교 앞에는 문구점, 학원, 분식점들이 오랜 세월에도 변함없이 그 자리를 지키고 있었다.

"서진 씨, 나 먹고 싶은 거 생각났는데."

해인이 휙 서진을 돌아보았다. 뭐냐고 묻는 서진에게 가리켜 보인 것은 학교 맞은편에 있는 조그마한 분식집이었다.

"여기 떡볶이랑 튀김이 진짜 맛있거든요."

단순한 모양의 낡은 간판과 멋없이 친숙하게 쓰인 떡볶이, 튀김 등의 글자를 보자 해인은 시간 여행을 온 것 같았다. 거의 학교만큼이나 열심히 다니던 곳이었다. 연습생 생활을 하느라 마음만큼 자주 오지 못했지만 그 지옥의 다이어트 중에도 몰래몰래 아버지 눈을 피해 가며 참새처럼 드나들었었다.

낡은 미닫이문을 열고 들어가자 한 줄로 늘어선 테이블 네 개와 긴 조리대에 가득 쌓인 튀김들과 널찍한 철판에 부글부글 끓는 떡볶이와 어묵이 보였다. 늘 조리대 뒤에서 혼자 가게를 지키는 주인은 10년이 지났음에도 불구하고 하나도 변하지 않아 몇 초간 해인이 말을 잊고 입만 떡 벌리고 있을 정도였다.

"안녕하세요, 오랜만에 뵙네요."

예부터 말수가 없고 무뚝뚝하기로 유명한 그에게 단골 취급 같은 건 바라지 말아야 했다. 초등학교 때부터 대학 때까지, 그 성장 과정을 모조리 지켜본 아이라도 그는 절대 알은척을 하거나 친근감을 표하는 법이 없었다. 하지만 해인은 가게에 들어선 순간부터 그가 자신을 알아본 걸 알았다. 그냥 알 수 있었다.

서진을 빈자리에 앉혀 놓고 해인이 떡볶이와 튀김, 고구마맛탕을 주문했다. 다른 것도 다 맛있지만 특히 이 고구마맛탕은 이 분식점에서만 맛볼 수 있는 별미였다. 이전에도 후에도 수없이 많은 맛탕을 먹어 보았지만 다른 맛탕은 어떻게도 이 맛이 나지 않았다.

"푸훗."

주문한 것들을 받아 들고 돌아오던 해인이 좁은 철제 의자에 얌전히 앉아 있는 서진을 보고 웃음을 터뜨렸다. 기름때가 낀 바닥과 낙서로 가득한 벽, 그 사이 오도카니 앉아 있는 서진은 그만 쏙 오려 내 붙인 것처럼 주변과 어울리지 않았다.

"와, 진짜 좋다. 서진 씨랑 여기 이러고 있으니까."

"……."

"막 옛날로 돌아간 거 같아요."

그때 내가 얼마나 귀여웠는지 서진 씨가 못 본 게 아쉽다며 해인이 뻔뻔하게 말했다. 서진이 조용히 웃었다. 그랬을 거 같다고, 착하고 밝고 누구나 좋아할 모범생이었을 거 같다는 말에 해인이 오묘한 표정을 지었다.

"아니에요?"

"음, 밝긴 했는데 그렇게 착한 학생은 아니었던 것 같은데……."

"사고라도 많이 치고 다녔어요?"

"에이, 설마요. 방송 일 할 사람이 그러면 안 돼요. 그 수많은 남자들의 대시에도 불구하고 사생활 관리 하느라 학창 시절엔 연애도 한번 안 했는데."

"……."

"그냥 조금, 누구나 하는 약간의 일탈 정도?"

그게 뭐냐는 듯 서진이 빤히 해인을 보았다.

"뭐, 거짓말하고 학교 빠지는 정도는 누구나 한 번쯤 하지 않아요?"

"……."

"남의 차를 몰래 긁어 놓은 적도 있고……."

서진이 고개를 갸웃했다.

"그건 범죄인데."

"아, 근데 그게 이유가 있어서!"

목청을 높이던 해인이 무슨 생각을 했는지 갑자기 피식 웃었다.

"어린애한테 삥 뜯은 적도 있네, 그러고 보니."

"……."

"미성년자한테 술 먹인 적도 있고."

나쁜 학생 맞네. 시원하게 인정하며 해인이 하하 웃었다. 서진이 알 수 없는 표정으로 쳐다보기에 해인이 '삥을 뜯다'가 무슨 뜻인지 대충 설명해 주었다.

"그게 바로 여기였어요."

"……."

"내가 이 분식집에서 초등학생을 뜯어먹었죠."

이렇게 아련하게 말할 일은 아니었을 거다. 실제로 그날 삥 뜯긴 초등학생 최서진은 해인에게 크게 화를 냈으니까. 그 뒤로 며칠이나 얼굴을 마주쳐도 말도 안 하려고 해서 해인은 그를 달래느라 평소보다 더 오래 애를 먹어야 했다.

친구들과 집으로 가다 분식집 앞에서 얼쩡거리고 있는 작은 그림자를 발견하고 매가 병아리를 낚아채듯 끌고 가게 안으로 들어갈 때까진 괜찮았다. 배고픈데 떡볶이 1인분만 사 달라는 고등학생의 뻔뻔한 요구에 눈을 흘기면서도 최서진은 순순히 떡볶이뿐만 아니라 고구마맛탕까지 한 접시 사 주었다.

최서진은 나이에 비해 자존심이 강하고 남에게 폐 끼치는 걸 싫어했다. 아직 어리니까 좀 더 철없이 굴어도 될 텐데 약간 정

떨어질 정도로 선을 긋고 신세 진 건 꼭 갚는 면이 있었다. 돌아가신 그의 할머니도 그랬었기에 닮았거나 배웠거나 아니면 둘 다거나일 터였다.

때문에 그와 원만한 관계를 유지하려면 균형을 잘 잡는 게 중요했다. 애초에 거의 혼자 살다시피 하는 초등학생과 성인에 가까운 고등학생 사이에 그런 식의 물질적 동등이 무슨 의미냐 싶었지만 최서진은 늘 해인과 대등하고 싶어 했다.

그가 폐 끼치기 싫어하는 건 비단 남뿐만이 아니었다. 초등학교 5학년 때 할머니가 돌아가신 뒤 최서진은 등교 거부를 한 적이 있었다. 반 친구와 문제를 일으키는 바람에 학교 측에서 보호자를 호출했는데, 최서진은 데려갈 보호자가 없었던 것이다.

최서진의 아버지는 할머니가 돌아가신 뒤에도 마찬가지로 지방에서 일하느라 집을 거의 비웠다. 건축 관련 일을 한다고 들었는데 바빠서 연락도 잘 되지 않는 것 같았지만 최서진은 아예 연락할 생각도 하지 않았다.

최서진의 아버지는 나쁜 사람은 아니었다. 다만 늘 지치고 피로하고 일에 치여 정신이 없었다. 그 때문인지 최서진은 친부에게마저도 짐이 되는 걸 두려워했다. 어쩌면 무엇보다 그게 무서웠는지도 몰랐다. 그렇게 짐스러워지면, 버거워지면 어느 날 아버지마저 돌아오지 않을까 봐.

최서진의 등교 거부를 제일 먼저 알게 된 건 해인이었다. 집에 있을 시간이 아닌데도 눈에 띄는 그를 붙잡고 해인이 오지랖 넓게 캐물은 결과였다. 다음 날, 해인은 학교를 빠지고 최서진의 보호자랍시고 함께 그의 초등학교로 갔다. 물론 둘 다 혼만 난 건 뻔한 일이었고 결국 해인의 아버지가 대신 와서 사태를 수습했다.

그래도 그 일을 계기로 둘은 급속도로 친해졌다. 대체로 해인이 가만히 있는 그의 집에 쳐들어가 끌어내는 식의 교류였지만 최서진도 정말 싫어하진 않았다.

정말 해인이 싫었으면 졸지에 분식집 앞에서 만나 간식비를 뜯기고 아까 그 많은 친구들은 다 어쩌고 자기한데 그러느냐고 투덜거리면서도 해인의 어묵 국물이 빌 때마다 떠다 주고 떡볶이에 하나뿐인 계란도 양보하지는 않았을 것이다. 계산할 때도 최서진은 어떻게든 해인보다 먼저 일어나려고 타이밍을 살피며 전전긍긍하다 포크를 내려놓자마자 짧은 다리로 잽싸게 사장을 향해 달려갔다. 물론 그 부분을 지적한 해인을 향해 기분 나쁜 표정을 지어 보이긴 했지만 그뿐이었다.

"잘 먹었다."

화가 난 건 분식집을 나와 아파트로 돌아가던 길이었다. 어스름이 뉘엿뉘엿 깔리기 시작하는 길을 걸으며 해인이 최서진의 목에 팔을 걸고 제 쪽으로 끌어당겼다. 떡볶이를 얻어먹었으니 집에 가서 치킨을 시켜 주겠노라고 큰소리를 쳤다.

네가 좋아하는 간장 맛으로 시켜 줄게. TV 보면서 먹자. 선심 쓰듯 말하고 뻔뻔하게 어린 몸에 제 몸의 무게를 반쯤 실은 채 해인이 노래를 흥얼거리며 걸었다. 평소라면 시끄럽다고 짜증을 내거나 무겁다고 저리 비키라고 했을 최서진도 말없이 걷기만 했다. 그러면서도 자꾸 해인의 목 부근을 흘깃댔다.

"어."

맞은편에서 오던 남자를 먼저 알아본 건 최서진이었다. 동그란 그의 볼이 뻣뻣하게 굳는 것을 보고 해인이 그쪽으로 고개를 돌리자 저만치서 윤재가 이쪽을 향해 손을 흔들고 있었다.

"유윤재."

"고해인."

윤재가 해인을 보고 웃더니 시선을 내려 최서진을 보고 누구? 하고 물었다. 해인이 태연하게 동생이라고 하자 윤재가 고개를 갸웃하며 너 동생 있었어? 했다.

"응, 몰랐어?"

천연덕스럽게 하는 말에 서진이 대뜸 끼어들어 아니라고 했다. 1초도 못 되어서 들통난 거짓말에도 해인은 당당하게 옆집 동생도 동생이지, 하고 말 뿐이었다.

"잘생겼네. 몇 살이야?"

윤재가 최서진을 향해 손을 뻗었다. 머리를 쓰다듬으려는 것 같았지만 최서진이 냉큼 뒤로 물러서 그를 피했다. 윤재는 무안당한 기색도 없이 그저 귀엽다는 듯 웃었지만 최서진은 차갑게 표정을 굳혔다. 그러곤 윤재가 스스럼없이 해인의 옷깃을 만지며 뭘 이렇게 묻히고 다니냐고 타박을 하는 것을 억울한 눈으로 노려보았다.

"지금 집에 가는 거야?"

"어, 너는? 어디 나가?"

"어, 회사에 잠깐."

윤재도 해인과 같은 회사 연습생이었다. 후에 해인이 데뷔하고 그 역시 7인조 보이 그룹으로 데뷔를 했다.

"너도 같이 안 갈래? 지민 선배가 춤 좀 봐준다고 했는데."

"아, 정말?"

그래, 가자. 무람없이 딱 떨어지는 말에 최서진의 시선도 뚝 떨어졌다. 돌아서서 그에게 인사를 하려던 해인은 그만 말문이 막혔다. 저와 시선을 맞추지 않는 최서진의 얼굴이 하얗게 질려 있었다. 대조적으로 붉어진 눈을 옆으로 돌리며 최서진이 거짓말쟁이, 하고 힘주어 뱉었다.

"어?"

"치킨 먹기로 했잖아, 나랑."

"아."

"나한테서 떡볶이 얻어먹고."

"야, 서진아, 그거는……."

"네가 먼저 먹자고 했잖아! 네 입으로 그래 놓고."

금방 팩 돌아서 갈 것 같으면서도 최서진은 주먹을 꽉 쥔 채 그 자리에 서 있었다. 해인이 몇 번이나 미안하다고 했지만 최서진은 마음을 풀지 않았다. 그저 끝까지 해인의 입에서 같이 가겠단 소리가 나오지 않는 걸 확인하고서야 입을 꾹 다물고 뒤돌아 빠르게 멀어져 갔다. 해인이 뒤에서 몇 번이나 미안하다고 나중에 보자고 했지만 돌아보지도 않았다.

"그날 이후로 며칠이나 사람을 공기 취급하는 거 있죠."

"……."

"그거 풀어 주느라 어찌나 애를 먹었는지."

어린애 뺑 뜯은 값 톡톡히 치렀다며 해인이 쿡쿡 웃었다. 맞은편에 앉아 가만 듣고 있던 서진이 웃음기 하나 없는 얼굴로 그다지 성격이 좋은 아이는 아니었네요, 하고 최서진을 평가했다.

"아닌데, 우리 서진이 착했는데."

같은 이름이 불려서인지 서진이 묘한 표정을 지었다.

"공부는 또 얼마나 잘했는데요. 걔는 진짜 천재였어요. 나 혼자 그냥 그렇게 생각한 게 아니고 중학교 때 선생님도 그랬어요. 얘는 영재반에 들어가야 한다고."

초등학교 때 벌써 고등학생인 해인의 수학 숙제를 술술 풀어내던 애였다. 그 덕에 해인은 매번 친구들에게 수학 숙제 좀 보여 달라고 사정하던 세월에서 벗어날 수 있었다.

"걔는 잘됐을 거예요."

해인이 중얼거렸다. 이제는 얼굴도 희미한, 그저 옆집에 몇 년 같이 살던 아이였지만 분명 그랬을 거라 믿고 또 그러길 바랐다.

"그걸 어떻게 확신해요?"

불쑥 날아온 날카로운 질문에 해인이 고개를 들었다. 가끔 보이던 알 수 없는 무표정으로 서진이 가만히 저를 응시하고 있었다. 좀 길다 싶게 둘은 말없이 서로 쳐다만 보고 있었다. 그럴 생각도 없었는데 해인의 입이 절로 열리며 말을 뱉어 냈다.

"그러고 보니 서진 씨."

"……."

"좀 닮았어요."

서진이 눈썹을 흠칫했다.

"우리 옆집에 살던 작은 서진이랑."

"……얼굴 잘 생각 안 난다면서요."

중얼거리며 서진이 슥 시선을 돌렸다. 제 입으로 성격이 별로라 평한 아이와 닮았다는 게 기분이 썩 좋지 않았는지 힘이 들어가 평소보다 약간 더 불룩해진 턱 아래 목덜미 부근이 좀 붉어진 것 같았다. 작은 서진이도 생긴 건 잘생겼었다고 해인이 첨언했지만 크게 위로가 된 것 같진 않았다.

"차는 왜 긁었어요."

"네?"

"아까 남의 차도 긁은 적 있다고 했던 것 같은데."

"아, 그거요."

잠깐 뭔가를 생각하던 해인이 그냥 웃음으로 얼버무렸다. 생각이 안 난다고 했다. 아까 자기 입으로 이유가 있었다고 한 것과 완전히 다른 소리였지만 해인은 그저 뭐에 빠져서 괜한 화풀이를 했었나 보죠, 하고 능쳤다.

"질풍노도의 시기잖아요, 그때가."

"……."

"그보다, 이 집 떡볶이 진짜 맛있지 않아요?"

"……평범한데요."

"그런가."

그럴지도 모른다. 해인은 그저 추억이 맛있었는지도. 하지만 서진은 그렇게 말한 것치고 떡볶이를 열심히도 먹었다. 나중에 한 접시 더 시키기도 했고 나가는 길에 남은 맛탕을 다 포장해 달라고 하기도 했다.

"오랜만에 왔네."

가게를 막 나가려던 참에 주인이 무뚝뚝하게 중얼거리는 소리가 들렸다. 이미 문 근처에 있던 해인이 휙 몸을 돌렸다. 서진이 지갑을 정리해 넣으려다 말고 주인을 보고 있었고 주인은 그를 보다 해인 쪽을 흘깃 쳐다보았다.

"와, 사장님. 저 알아보시겠어요?"

해인이 반갑게 외쳤지만 주인은 묵묵한 눈으로 해인을 보다 시선을 돌렸다. 밖으로 나가자 그새 비가 어느 정도 잦아들어 있었다. 차에 오른 뒤에도 분식점의 기름 냄새와 멸치 육수 냄새가 희미하게 떠도는 것 같았다. 그제야 해인은 왠지 그게 저한테 한 말이 아닌 것 같다는 이상한 생각을 했다.

* * *

집에 돌아와 씻고 옷을 갈아입은 해인이 반쯤 젖은 머리를 털며 거실로 나왔다. 역시나 서진은 아직 씻는 중인지 보이지 않았다. 늘 비슷하게 욕실로 들어가도 나오는 건 언제나 해인이 훨씬 빨랐다.

저녁을 분식으로 때웠더니 좀 허전한 것 같아 오는 길에 사 온 타르트를 꺼냈다. 예쁜 접시를 꺼내 타르트를 모양 좋게 올리고 자몽에이드를 두 잔 만들어 소파에 앉았다. 매일 밤 툇마루에 앉아 같이 시간을 보내는 게 하루 일과였는데 오늘은 바람이 요란하게 불어 비가 안쪽까지 들이치는 바람에 선택의 여지가 없었다.

해인이 타르트 접시 위치를 괜히 이리저리 옮겨 가며 작게 콧노래를 흥얼댔다. 그새 습관처럼 한쪽 자리를 비워 두고 앉은 소파 끝에서 다리를 들썩였다. 테이블 위, 타르트 접시 옆에는 해인이 사다 꽂아 둔 분홍빛 미니 장미가 은은한 향을 내며 운치를 더했다.

'너무 좋다.'

해인이 허공을 향해 발차기를 날렸다. 데이트를 하고도 각자 집에 돌아가지 않아도 된다는 게 이렇게 좋을 수 없다. 아침부터 밤까지 눈만 뜨면 궁금하고 보고 싶고 닿고 싶은 이런 연애 초기에 연인이 한집에 사는 사람이라니 이보다 더 행복할 수가 없다.

밤늦게까지 한 몸처럼 붙어 뒹굴며 텔레비전을 보고 맛있는 것을 나눠 먹고 별것 아닌 것에도 웃음을 터트리고 가끔 신이 나면 노래도 부르고 그러다 눈이 마주치면 뽀뽀도 하고.

"세상 바랄 게 없, 지는 않고……."

저 혼자 들떠서 싱글벙글하던 해인의 얼굴이 약간 식었다. 뽀뽀.

좋다. 매우. 지금도 너무 하고 싶다. 서진과 입술이 닿을 때마다 늘 처음처럼 가슴이 터질 것 같고 눈앞이 핑핑 돌았다. 그대로 통째로 와락 삼켜 버리고 싶은 욕구가 치미는 것을 매번 참느라 몸에 사리가 생길 지경이었다.

그런데.

'어째서.'

해인이 슬쩍 미간을 찌푸리는데 뒤에서 해인 씨, 부르는 소리가 들렸다. 반사적으로 휙 고개를 돌린 해인의 눈이 휘둥그레졌다. 막 샤워를 했다는 표라도 내듯 미끈하게 드러난 하얀 피부가 갓 건져 낸 물고기처럼 반들반들 빛이 났다.

말문을 잃은 해인의 입이 절로 스륵 벌어지는데 한 손에 티셔츠를 든 채 상반신을 고스란히 드러낸 서진이 아무 일도 없다는 듯 태연히 해인의 곁으로 다가와 앉았다.

"자몽에이드네요."

"……."

"잘 마실게요."

목이 말랐는지 서진이 들고 있던 티셔츠를 서둘러 꿰어 입고 긴 컵에 꽂힌 빨대를 뽑아내더니 그대로 입을 대고 연거푸 몇 모금을 꿀꺽꿀꺽 마셨다.

슬쩍 젖혀진 고개 때문에 목울대가 울렁이는 게 고스란히 보였다. 자연히 그에 이어지는 쇄골과 탄탄한 가슴과 앉아 있음에도 불구하고 조금도 무너지지 않는 복근도 보였다. 지금은 옷을 입은 상태지만 어쨌든 해인의 눈엔 다 보였다.

컵 표면에 맺혀 있던 물기가 서진의 팔뚝을 타고 흘렀다. 그 궤적을 홀린 듯 해인의 시선이 따라갔다.

"해인 씨."

눈이 마주쳤다. 화들짝 놀란 해인의 어깨가 뛰었다.

"어, 뭐라고요?"

"……."

"미안해요. 내가 잠깐 딴생각을 하느라 못 들었는데……."

"아직 아무 말도 안 했어요."

아, 아직 아무 말도 안 했구나. 해인이 겸연쩍게 웃으며 급하게 딴청을 부리듯 타르트로 주의를 돌렸다. 왜 자꾸 벗은 몸이 보이지? 투시력이라도 생겼나? 입고 있는 티셔츠가 투명 망토라도 되는 듯 해인은 잠깐 본 서진의 맨몸이 자꾸 아른거려 타르트가 입으로 들어가는지 코로 들어가는지 알 수가 없었다.

그때 서진의 입가에서 와작 부서진 타르트 조각이 그의 가슴께로 떨어졌다. 기회를 놓칠세라 해인이 얼른 손을 뻗었다. 일부러 느릿느릿 얼마 되지도 않는 부스러기를 정성껏 털어 내고 있는데, 서진이 해인 씨도 묻었어요, 하며 손끝으로 해인의 입가를 훑더니 제 입으로 가져갔다.

"맛있네요."

혀로 입술을 핥으며 빙그레 웃는 얼굴이 점화 스위치라도 된 듯 목덜미와 귓불이 활활 타오르는 게 해인 스스로도 느껴졌다. 아,

모르겠다. 해인이 던지듯 포크를 내려놓고 불쑥 서진의 얼굴을 잡고 그대로 입을 맞췄다. 잠시 멈칫하는 것 같던 서진도 이내 응해 왔다.

키스가 깊어지자 서진이 해인을 안아 들어 제 무릎 위에 앉혔다. 해인의 팔이 자연스럽게 서진의 목을 감아 제 쪽으로 끌어당겼다. 조금이라도 더 닿고 싶은, 떨어지기 싫은 애끓는 마음을 고스란히 드러내는 몸짓이었다.

"······늦었어요."

한참 뒤 입술을 뗀 서진이 숨을 가라앉히듯 제 어깨에 턱을 올린 채 기대고 있던 해인의 등을 쓸어내리며 그만 자야죠, 하고 속삭였다. 잠시 말이 없던 해인이 그대로 고개만 끄덕이다 이내 참지 못하고 불퉁하게 덧붙였다.

"······서진 씨 요즘 일찍 자네요."

서진이 고개를 갸웃했다.

"해인 씨가 더 일찍 자는 거 같은데."

"······."

"매번 해인 씨가 먼저 자러 가잖아요."

그랬다. 근데 거기엔 명백한 이유가 있었다.

"혹시 아침밥 때문에 그래요?"

"아니요."

해인이 얼른 부인했지만 서진은 믿지 않는 눈치였다.

"아침은 그냥 내가 한다고 했잖아요. 해인 씨는 신경 안 써도 된다니까."

"밥 때문 아니라니까요. 그리고 어떻게 매번 서진 씨만 밥을 하라고 해요……."

"전에는 그랬잖아요."

할 말 없게 만드는 게 누구 남자 친구인지 참 똑똑하기도 하다.

"그, 그래도 그때랑 지금은 다르잖아요."

말없이 가만히 쳐다보는 게 뭐가 다르냐고 묻는 얼굴이다. 해인이 그런 그의 입술에 쪽 입을 맞추며 그땐 이런 거 못 했잖아요, 하며 배시시 웃었다.

"……그건 그러네요."

서진이 생크림 같은 미소를 지었다. 이런 식으로 웃을 때 저를 보는 서진의 눈빛이 너무 부드럽고 달콤해서 해인은 혀가 마르고 속이 다 쓰릴 지경이었다. 차마 더 오래 바라보지도 못하고 해인이 벌떡 몸을 일으켰다.

"어, 그러면 잘 자요, 서진 씨."

서진은 갑작스러운 해인의 태세 전환에도 당황하지 않고 다정하게 고개를 끄덕였다.

"그, 잘 때 옷 너무 얇게 입지 마요. 감기 걸려요."

"그래요."

"에어컨도 취침 모드로 맞추고요."

"알겠어요."

"……잘 자요, 그럼."

잘 자요, 하고 돌아오는 대답을 뒤로하고 해인이 발목을 잡는 미련을 떨쳐 내듯 허겁지겁 방으로 돌아왔다. 이불을 펴고 대자로 드러누워 연거푸 심호흡을 해도 벌렁대는 심장이 주체가 안 된다. 이래서야 또 자는 데 한참이나 걸리게 생겼다.

"……밥 때문은 무슨."

키스, 너무 좋고 할 때마다 어떻게 이렇게까지 좋을 수가 있나 싶은 기분이다. 밤새도록 키스만 한다 해도 불만은 없다. 그렇지만.

"왜 더 안 나가?"

첫 키스를 한 날 그렇게 저돌적으로 굴기에 자연히 후에도 그렇게 할 줄 알았다. 이젠 정식으로 사귀는 사이니 더 거리낄 것도 없다. 한집에 사는 사이니 더 눈치 볼 것도 없고 거기에 해인이 빼기는커녕 밤마다 대놓고 멍석까지 깔아 주는데 어째서 늘 키스에서 끝이란 말인가.

"애매하게 맛만 보여 주고……."

스킨십엔 전진만 있고 후진은 없다는데 그 반대로 가고 있는 셈이다. 처음엔 해인도 마냥 기다려 봤다. 그런데 서진은 정말 끝까지, 밤이 샐 지경까지 키스만 했다. 해인을 안아서 제 몸에 올리기도 하고 팔이나 등을 쓰다듬기도 하고 으스러지라 끌어안기도 하고 목덜미나 귓불, 손목이나 팔등 안쪽에도 입을 맞추긴 했지만 그 이상은 절대 하지 않았다.

결코 해인이 눈치가 없어 분위기를 읽지 못한 게 아니다. 어느 정도 키스가 깊어지면 서진은 선을 긋고 더는 나아가지 않았다. 말로 하지 않아도 그런 의사는 명확하게 느껴졌다. 여기까지. 그러면서도 몸은 떼지 않는다. 이건 뭐 신종 고문인가 싶을 정도였다.

결국 자제력이나 인내심이 윤서진만 못한 보통 사람인 해인이 더는 참지 못하고 피곤하지 않아요? 그만 자야죠, 하는 따위의 말을 내뱉고 도망치듯 방으로 들어와 버리고 마는 것이다. 그렇게라도 하지 않는다면 저도 모르게 이성을 잃고 서진을 덮치기라도 할 것 같았다.

확 내가 먼저 해 버려? 하는 생각도 안 든 건 아니지만 첫 키스도 그런 식으로 했는데 다른 것까지 그렇게 할 순 없었다. 고백도, 사귀는 것도 제가 막 밀어붙여서 성사된 거나 마찬가지인데 스킨십 진도라도 그의 박자에 맞춰 줘야 할 것 같았다.

잘해 준다고 큰소리쳤으니 그가 원치 않는 건 하지 않는 게 마땅하지 않겠는가.

"아니, 근데 시간이 별로 없는데……."

해인이 한숨을 내쉬었다. 제가 괜히 음란 마귀가 씌어서 이러는 게 아니다. 일분일초가 아까울 판에. 그런 얼굴, 그런 몸, 그런 목소리로 그렇게 키스를 하면서 그 이상은 할 생각을 안 하다니.

"아, 모태 솔로랑 사귀기 힘들다……."

해인이 눈을 감았다. 빨리 잠이나 자자. 그래야 이 번뇌를 잠깐이라도 벗어나지. 아침밥도 해야 되고. 말이 그렇지 어떻게 서진만 아침을 전담하게 하겠는가. 자제력 상위 1퍼센트에 성실하고 부지런하기까지 한 연인을 상대로 주방을 사수하려면 잠이라도 일찍 자야 한다.

"그래도 좋다……."

어둠 속에서 눈을 감은 해인의 입술이 빙그레 호선을 그렸다. 그래도 좋았다. 모태 솔로라도, 차려 놓은 밥상도 못 알아보고 자꾸 새 밥상만 차려 와도 그가 좋았다. 외롭지 않았다.

* * *

좋긴 하지만 그대로 손 놓고 있을 수만은 없었다. 플라토닉? 까짓것 해야 되면 할 수는 있다. 하지만 그게 과연 누구를 위한 것인가를 생각해 보지 않을 수 없다.

궂은 날씨 탓인지 오전엔 손님이 거의 없었다. 비 내리는 창가에 홀로 앉아 오랜만에 뜨끈한 모닝커피를 마시며 해인은 차분히 몸과 마음을 가다듬고 잘해 준다는 것의 의미를 다시 한번 되짚어 보기 시작했다.

잘해 주다의 기본형인 '잘하다'의 사전적 의미는 친절히 성의껏 대한다는 뜻이다. 즉 대체로 잘해 준다 함은 상대방에게 필요하거나 그가 원하는 것을 자발적으로 성심을 다해, 기꺼이 해 준다는 것으로 해석할 수 있을 터였다.

'필요한 거란 말이지, 필요한 거.'

이 상태에서 아무리 해인이라도 키스 다음 진도가 서진에게 꼭 필요한 것이라고 주장할 순 없었다. 그 정도로 양심이 없진 않다.

하지만 사람은 자기 자신이라고 해서 제 상태나 욕망, 또는 결핍을 속속들이 다 알 수는 없다. 무언가가 필요하다는 것을 본인은 몰라서 원하지 않을 수도 있다. 그렇다면 그 필요를 인식하게 하는 게 선행되어야 하지 않을까.

'그럼 아주 스킨십을 하지 말아 봐?'

5초 정도 진지하게 고려해 봤으나 빠르게 기각했다. 시간 낭비, 정력 낭비다. 거기에 아주 그 상태에 서진이 적응이라도 해 버리면 사태는 더 걷잡을 수 없게 될 것이다. 그런 모험을 할 순 없다.

'신중하게 잘 생각해서. 할 수 있다, 고해인.'

열심히 머리를 굴린 해인이 몇 가지 리스트를 추렸다. 사실 신중하고 말고 할 것도 없었다. 스킨십을 하지 말자는 것을 제외하고 떠오르는 건 죄다 시도해 보기로 했으니까.

해인은 곧장 리스트 넘버 1에 맞춰 제 목적에 부합하는 콘텐츠를 검색하고 선별하는 데 주력했다. 그러느라 근무 시간이 어떻게 가는 줄도 몰랐다. 보다 못한 소민이 정신 좀 차리라고 일갈했지만 무성의한 사과만 기계처럼 읊었다. 마침내 퇴근 시간이 되어 서진이 해인을 데리러 왔을 때는 소민이 얼른 데려가라고 손을 내저을 지경이었다.

"서진 씨, 우리 오늘 영화 볼까요?"

"영화요?"

저녁을 먹은 뒤 해인이 은근슬쩍 말을 꺼냈다. 대수롭지 않게 그러자고 선뜻 고개를 끄덕이며 당장 나갈 준비를 하려는 서진을 막고 비도 오는데 집에서 보자고 했다.

"집에서요? 무슨 영화 볼 건데요?"

"뭐, 아무거나⋯⋯. 요즘 텔레비전으로도 최신 영화 다 볼 수 있어요."

물론 해인이 볼 건 최신 영화는 아니지만. 서진이 알겠다고 고개를 끄덕이고 주방으로 팝콘을 튀기러 간 사이, 해인은 스트리밍 서비스로 들어가 미리 추려 온 영화 리스트에서 맨 꼭대기에 있는 작품명을 찾기 시작했다.

오늘 내내 소민의 눈총을 받으며 열심히 검색해 발굴한 영화들은 주로 19금 멜로였는데, 해인은 단순히 야한 영화를 찾은 게 아니었다. 죄다 연애 관계에서 스킨십이 중요하게 다뤄지거나 몸 정에서 마음으로 넘어가는 과정을 소재로 했다는 공통점이 있는 영화들이었다.

이걸 보면 서진도 뭔가 깨닫는 바가 있지 않을까.

"⋯⋯."

실패였다. 아예 해인이 고른 영화는 보지도 못했다. 팝콘을 튀겨 온 서진이 대뜸 그러잖아도 비도 오는데 마침 공포 영화가 보고 싶었다며 최근 화제가 된 오컬트물의 제목을 꺼내는 게 아닌가.

통 먼저 제 의견을 내세우는 법이 없는 그가 모처럼 하는 제안을 해인은 도무지 거절할 수가 없었다. 두 시간 남짓 되는 영화가 끝나고 난 뒤엔 과연 납량을 즐긴 보람이 있어 썰렁해진 분위기에 키스조차 못 하고 잠자리에 들어야 했다.

다음 날은 마치 짠 듯이 초복이었다. 그 핑계를 대고 해인은 서진에게 삼계탕을 먹으러 가자고 했다. 아무것도 모르는 서진은 흔쾌히 좋다고 했고 점심때, 둘은 날이 날인지라 빈자리가 하나도 없이 빽빽한 삼계탕집에서 마주 보고 앉아 땀을 뻘뻘 흘리며 전복에 낙지까지 들어간 삼계탕 한 그릇씩을 뚝딱 해치웠다.

퇴근할 땐 서진에게 알리지 않고 조금 일찍 가게를 나섰다. 서진은 일이 있든 없든 꼬박꼬박 연락도 잘하고 따로 말이 없으면 매일 퇴근 시간에 맞춰 해인을 데리러 오곤 했다. 이건 연인이 되기 전에도 비슷했는데, 세심한 하우스메이트는 연인으로서도 똑같이 성실해서 역시 좋은 사람이 좋은 연인이 되는 거라는 당연한 사실을 새삼 깨닫게 했다.

혼자 마트에 들러 신선 코너 앞에 서서는 잠깐 고민을 하긴 했다. 점심으로 삼계탕을 먹었는데 저녁에 장어를 사 가는 건 아무래도 너무 노골적인 게 아닌가 싶어서.

해인은 욕망 자체를 드러내는 건 부끄럽지 않았다. 다만 스킨십은 조르는 게 아니었다. 연인 간 스킨십 진도에서 박자가 맞지 않을 때는 빠른 쪽이 느린 쪽을 배려하는 게 마땅하기에 이런 식으로 무언의 압박을 가하는 건 비겁하지 않은가 했다.

잘해 주겠다고 했는데. 부담 주고 싶지 않았는데.

"아니, 내가 언제부터 그렇게 정정당당했다고."

해인의 손이 망설임 없이 두툼하게 포장된 장어 두 팩을 집어

들었다. 낮에 삼계탕집 벽에 붙어 있던 주류 포스터를 눈여겨본 결과 소주 대신 복분자주도 두 병 샀다. 어쨌든 잘하고는 있다. 아니, 잘 먹이고는 있다.

"서진 씨이."

나 왔어요. 길게 외치며 대문을 박차고 들어갔다. 책을 읽고 있었는지 서진이 손가락 사이에 책을 끼워 들고 툇마루로 나왔다. 약간 놀란 표정으로 해인은 반기던 얼굴이 아래로 향하더니 해인의 손에 들린 장바구니에 닿았다. 얼른 책을 접어 마루 위에 내려놓는 동시에 긴 다리가 훌쩍 아래로 내려와 장바구니를 받아 들었다.

"일찍 왔네요."

"네, 좀 일찍 나왔어요. 서진 씨는 책 읽고 있었어요?"

서진이 고개를 끄덕였다. 무슨 책인지 보려고 했지만 서진이 덥다고 얼른 들어가자고 재촉을 하는 바람에 보지 못했다.

"이게 다 뭐예요?"

"오늘 저녁이요."

"무거운데 왜 전화 안 했어요? 일찍 퇴근한다고 말했으면 같이……."

식탁 위에 장바구니를 올려놓고 물건들을 하나하나 꺼내던 서진이 문득 말끝을 흐렸다. 마침 그 손에 장어 팩이 들려 있었다. 서진은 다른 것보다 좀 더 오래 그것을 들여다봤다.

"장어가 먹고 싶어서."

"……."

"그거 양념 발라 구우면 되게 맛있어요. 소금 찍어 먹어도 맛있고."

서진이 말없이 장어를 내려놓고는 이번엔 붉은 복분자주 두 병을 꺼냈다. 그것 역시 유심히 보는 것에 해인이 후다닥 달려와 그 옆에 붙어 서서 설명을 늘어놓았다.

"이건 산딸기로 만든 술인데 되게 달고 맛있어요."

"그래요?"

"서진 씨도 먹어 보면 좋을…… 좋아할 것 같아서."

고맙다고 순진하게 대답하는 얼굴을 보니 제 시커먼 속이 더 도드라지는 것 같았다. 해인은 얼른 시선을 돌리고 그가 이 집에 온 둘째 날 삼겹살을 구워 먹었던 그릴을 꺼냈다. 쌈 야채를 씻고 거실 테이블 위에 신문지를 깔고 있자니 새삼 그때가 떠올랐다.

삼겹살이 장어가 되기까지.

얼마나 고된 시련의 나날들을 보냈나, 라고 하기엔 해인의 연애는 그다지 가시밭길이 아니었다. 객관적으로 봐도 비교적 수월하게 시작되어 사소한 문제가 있긴 하지만 나름 순항 중이라 할 수 있다.

소민은 그 이유가 거의 재능에 가까운 해인의 낙천성에 있다고 했다.

"윤서진 씨 좋아하는 사람 있다고 했잖아요. 그것도 아주 오래된."

그런 말을 들었는데도 어떻게 그렇게 마냥 좋기만 하냐고 소민은 걱정 반, 의아함 반의 얼굴을 했다.

"신경 쓰이지 않아요? 나는 되게 신경 쓰일 것 같은데."

신경 안 쓰인다면 거짓말이라 하겠지만 해인은 정말로 거짓말처럼 그게 그렇게 신경 쓰이지 않았다.

"괜찮아. 서진 씨 나 좋아해."

어쨌든 지금 서진 옆에 있는 건 마리아가 아니라 해인이다. 해인은 자신 있었다. 마리아를 잊게 할 자신은 없었지만 저를 더 좋아하게 할 자신은 있었다. 그 근거는 소민의 추측처럼 해인의 터무니없이 높은 자존감이나 긍정 따위에 있지 않았다.

"잠깐만요."

노릇하게 구워진 장어를 눈을 가늘게 뜨고 자세히 뜯어보며 서진이 중얼거렸다.

"잔뼈가 많아요. 잠깐만 있어 봐요."

서진은 신경외과 의사처럼 세심하게 장어의 잔뼈 하나하나를 일일이 제거했다. 정작 자기는 대충 씹어 넘기면서 해인에겐 딱히 삼켜도 지장 없을 극세사 같은 뼈 하나까지 없애 주려 한다.

수박씨를 빼 주고, 한라봉 껍질의 흰 부분을 떼어 주고, 해물탕의 새우를 까 주고, 갈비의 뼈를 발라 주고.

단순히 해인이 낙천적이어서만은 아니다.

"맛있어요?"

조마조마한 표정으로 해인의 입 속으로 들어가는 걸 뚫어지게 보고 있다가.

"네."

"······."

"맛있어요."

그 대답 하나에 이렇게 웃는 서진의 얼굴을 보면.

"여기, 소금에도 찍어 먹어요."

이와 비슷한 얼굴을 안다. 해인의 아버지도 종종 이런 눈, 이런 표정으로 해인을 보았다. 안 먹어도 배부르다, 눈에 넣어도 아플 것 같지 않다. 그런 애정은 말로 하지 않아도 느껴진다. 모를 수가 없다.

"서진 씨는 나 좋아해."

"그건 알겠는데요."

소민의 걱정은 알고 있다. 소민은 서진의 마음을 부정하는 게 아니다. 다만 끝이 정해져 있는 연애는 시작을 망설이게도 하지만 그 반대로 작용하기도 한다는 거다. 현실의 골치 아픔과 크고 작은 문제들을 모두 벗겨 내 설렘만을 즐길 수 있는 여행지에서의 연애는 그만큼 부담이 없어 가볍다.

"그럼 뭐 어때."

그래도 상관없다. 세상일이란 모르는 거다. 결혼을 생각하던 사람과도 얼마 못 가 헤어지고, 잠깐 만나다 말 줄 알았는데 평생을 함께할 수도 있는 게 사람 일이고 사람 마음인데.

해인은 언젠가부터 미래를 설계하는 버릇을 버렸다. 되는 대로 막살겠다는 게 아니라 과거도, 미래도 현재보다 우선시하지 말자는 거였다.

"서진 씨도 먹어요."

"먹고 있어요."

낮에 삼계탕을 먹어서인지 많이 들어가지 않았다. 둘 다 먹성이
좋은 편은 아니라 슬슬 젓가락질이 느려지기 시작하는데도 장어는
한참이나 남았다. 살 때는 모자라지 않을까 했는데 막상 먹으니 양
이 상당했다.

서진은 장어보다 복분자주 쪽이 더 마음에 드는 모양이었다. 느
릿느릿 장어를 집어 우물우물 씹으면서도 홀짝홀짝 잔을 비웠다.
그러면서도 해인이 술 맛있냐고 묻자 고개를 저었다. 너무 달다는
거다.

"근데 왜 이렇게 잘 먹어요?"

"색이 예뻐서요."

"색이?"

색이 예쁘면 더 마시고 싶은 기분이 드나? 모르겠다는 눈으로 해
인이 잔을 들어 불그스름한 액체를 바라보았다. 그러다 벌써 빈 병
과 반쯤 남은 병, 평소보다 낯이 더 불그레해진 서진에게로 차례차
례 시선을 옮겼다.

"서진 씨 혹시 취한 건 아니죠?"

"아닌데요."

"그렇죠?"

고작 이 정도에 취할 서진이 아니다. 복분자주의 도수라 해 봐야
소주와 비슷한데. 서진은 보통 소주 세 병 정도는 너끈히 마셨다.

"왜, 내가 취했으면 좋겠어요?"

돌아온 질문에 당장 부정하려던 해인이 이내 말을 바꿔 궁금하긴 하네, 하고 대답했다.

"서진 씨 취하면 뭐 달라져요?"

"다들 달라지지 않아요? 그러니까 취한 거지."

"난 안 달라지는데."

해인의 말에 서진은 대꾸하지 않고 희미하게 웃으며 잔을 입술로 가져갔다. 한쪽 눈썹만 까딱하며 웃는 게 왠지 수상쩍어 따지려던 해인이 멈칫했다. 그러고 보니 한 번도 그런 생각은 안 했는데 참 예쁜 색이긴 하다.

아니, 예쁜 색이라기보단 야한 색이다. 길고 하얀 손가락에 감싸인 반투명한 붉은 액체가 그보다 더 붉은 입술 사이로 흘러 들어가는 걸 보자 해인은 불과 1분 전까지 하던, 술의 색이 다 무슨 소용이냐는 생각을 수정했다.

어쩜 저렇게 붉을까. 입술도, 볼도, 귓불도, 눈가도 어쩜 저렇게 물들인 것처럼 예쁘게 붉어서는.

'아니 잠깐, 또 나만.'

혼미해지려는 정신을 가다듬는데 서진이 짧게 기침을 했다. 천천히 눈을 깜박이더니 손등을 들어 제 볼에 댔다가 고개를 갸웃하더니 혼잣말처럼 왜 이렇게 열이 나지, 하고 중얼거렸다.

"서진 씨 안 취했다면서요."

"응, 그런데······."

서진이 제 손을 들어 남의 것처럼 바라보았다. 천천히 시선을 올려 해인을 바라보는 눈동자가 산딸기처럼 붉었다.

"왜 이렇게 가슴이 뛰죠?"

04. 고장

"나는 쓰레기야."

양손으로 머리를 움켜쥔 해인이 괴로운 듯 중얼거렸다.

"진짜 구제 불능 멍청이야."

"뭘 또 그렇게까지 자학을 해요."

당장이라도 대리석 상판을 올린 카운터에 머리를 박을 기세에 옆에 있던 소민이 얼른 잔뜩 움츠린 어깨를 토닥이며 위로를 했다.

"괜찮다면서요. 병원 가서 주사 맞고 약 먹으니까 금방 나아졌다면서."

"……."

"모르고 그랬잖아요. 본인도 몰랐다면서요."

"으응……."

"윤서진 씨가 산딸기 알레르기가 있을 줄 언니가 어떻게 알았겠어요."

그건 그렇지만. 해인이 손을 내리고 시무룩한 눈으로 소민을 쳐다봤다. 틀린 말은 아니다. 서진이 산딸기 알레르기가 있을 줄은 꿈에도 몰랐으니까.

무엇보다 간혹 들어 본 복숭아나 새우, 땅콩 알레르기에 비해 산딸기 알레르기는 상대적으로 생소해서 아예 생각조차 하지 못했다.

하지만 그렇다고 해인이 결백한 것은 아니었다. 몰랐다고 죄가 되지 않는 건 아니니까. 형법에도 과실 치상이라는 게 있다. 애초에 해인이 복분자주를 사 온 의도부터 투명하지 않았다. 더 나쁜 건 평소 같지 않게 붉어지고 열이 오르는 얼굴을 보고도 취한 줄로만 여기고 한심하게 예쁘다고 구경만 하며 속으로 엄한 생각만 했다는 거다.

다행히 정도가 심하진 않아서 발진이 오르자마자 가까운 응급실로 가서 주사를 맞고 약을 먹자 금방 좋아졌지만 해인은 죄책감에 서진의 얼굴을 똑바로 볼 수가 없었다. 운이 나빴으면 정말 큰일 날 수도 있었다.

"이제 안 할래. 다 그만둘 거야."

뭘요? 하고 소민이 물었지만 해인은 대답하지 않고 휴대폰을 꺼냈다. 그리고 약 한 시간 전 차마 떨어지지 않는 걸음을 떼어 출근을 하며 집에 혼자 두고 온 서진에게 문자를 보냈다.

[서진 씨, 몸은 좀 어때요?]

[괜찮아요?]

답장은 금방 오지 않았다. 몇 통 더 보냈다. 역시나 묵묵부답이었다. 잠깐 더 기다려 보다 전화를 걸어 보았지만 받지 않았다. 혹시 자는 건가. 어젯밤 병원엘 가는 둥 난리를 치느라 잠을 잘 못 잤을 것이다. 아침에 굳이 일어나 해인을 배웅하면서도 영 안색이 좋지 않았는데.

액정을 끄고 일을 했지만 해인의 정신은 온통 주머니에 든 휴대폰에 가 있었다. 만약 자는 거면 깨우는 꼴이 될까 계속 전화를 해댈 수도 없었다. 주문을 받으며, 음료를 만들며, 설거지를 하며 틈만 나면 강박에 빠진 사람처럼 주머니에 손을 넣던 해인이 한 시간이 지나자 더는 못 참겠다는 듯 앞치마를 벗어 들었다.

"소민아, 나 잠깐 집에 갔다 올게."

"어, 왜요?"

"서진 씨가 연락이 안 돼."

"네?"

"전화를 안 받는데 걱정이 돼서. 괜찮은지만 보고 올게."

소민은 무슨 말인가 하려다 말고 가 보라고 고개를 끄덕였다. 해인은 고맙다고 하고 가게를 나와 한달음에 집까지 뛰어갔다. 대문을 박차고 들어갔을 땐 온몸이 땀투성이였다.

"서진 씨."

집 안은 조용했다. 거실에도 주방에도 서진의 모습은 보이지 않았다. 밖에 차도, 서진의 신발도 그대로 있었기에 해인은 곧장 그의 방으로 가 닫힌 방문을 두드렸다.

"서진 씨, 서진 씨 안에 있어요?"

대답이 없었다. 문 조금만 열게요, 하고 슬그머니 열어 삐죽 안을 보자 아무도 없었다. 도로 문을 닫으려던 해인의 눈에 문득 깨끗하게 정리된 책상 한가운데 덩그러니 놓인 종잇조각 같은 것이 들어왔다.

"음?"

엽서인가 했는데 사진이었다. 해인은 저도 모르게 안으로 들어가 사진을 집어 들었다. 서진이었다. 최근은 아니고 예전, 정확히 언제인지는 몰라도 성인이 되기 전인 것 같았다. 대략 고등학교 2, 3학년쯤? 최소 스무 살 정도일까.

"오……."

해인이 눈을 반짝이며 저도 모르게 감탄사를 뱉었다. 뜻밖에 마주친 연인의 앳된 얼굴에 정작 현실의 그를 찾던 것도 잊고 가슴이 쿵쿵 뛸 만큼 흥분하고 말았다.

"똑같잖아."

무뚝뚝한 표정으로 카메라를 든 사람을 가만히 쳐다보고 있는 모습이 지금과 거의 다를 바가 없었다. 그래도 확실히 애티가 나서 눈매와 볼이 둥글고 전체적으로 지금보다 선이 순했다.

"귀엽다."

해인이 사진에 흠뻑 빠져 있는데 언뜻 뒤쪽에서 달칵하고 문이 열리는 소리가 들렸다. 반사적으로 몸을 돌린 해인이 그대로 사진을 손에 든 채 황급히 거실로 나갔다.

문이 열린 곳은 욕실이었다. 서진이 고무장갑을 끼고 한쪽에 청소용 솔을 들고 욕실을 나오다 갑자기 나타난 해인을 보고 눈을 크게 떴다.

"어, 해인 씨."

"서진 씨 집에 있었어요?"

"이 시간에 여기 어쩐 일이에요?"

"아, 전화를 했는데 안 받아서, 문자도 답도 없고……."

해인이 말끝을 흐리자 두 사람의 시선이 동시에 상대의 손으로 향했다.

"청소하고 있었어요."

"아, 이건 서진 씨가 안 보이기에 방에 갔다가……."

"물소리 때문에 들어오는 소리를 못 들었나 봐요."

"이거 서진 씨 사진 맞죠? 마음대로 막 봐서 미안해요."

"괜찮아요."

"혹시 기분 나빴어요?"

순서는 뒤죽박죽인데 어떻게 대화가 됐다. 서진은 목욕도 하고 청소도 하느라 좀 오래 욕실에 들어가 있어서 휴대폰을 못 봤다고 했고, 해인은 어제 병원 갔다 온 사람이 쉬지 않고 무슨 청소냐며 그의 손에서 고무장갑을 벗기고 거실로 데려가 소파에 앉혔다.

"아파서 병원 간 것도 아닌데요."

"아팠잖아요."

"정말 괜찮아요. 근데……."

서진이 휴대폰을 들고 그동안 쌓인 문자를 죽 확인하며 중얼거렸다.

"해인 씨 문자를, 어, 되게 많이 보냈네요."

휴대폰을 내려놓은 서진이 많이 걱정했냐고 물으며 차분히 해인의 볼을 쓰다듬었다. 해인은 어리광을 부리듯 고개를 끄덕이며 제가 얼마나 걱정을 했는지 어필했다. 볼을 쓰다듬던 서진의 손이 이마로 올라가고 머리카락을 타고 다시 내려와 해인의 목덜미를 훑었다.

"땀났네요."

"어, 뛰어오느라…… 아직 안 말랐어요?"

해인이 머쓱하게 웃으며 슬쩍 뒤로 몸을 물리려고 했지만 서진이 놓아주지 않았다. 약간 서늘해진 눈으로 잔머리카락이 축축하게 달라붙은 해인의 목과 이마, 어깨 등을 살피던 서진이 난데없이 내 차 타고 다닐래요? 하고 물었다.

"네? 차요? 무슨, 서진 씨 차요?"

"네."

"나보고 서진 씨 차를 타고 다니라고요?"

해인이 뜬금없다는 표정을 지었지만 서진은 진지했다. 서진이 고개를 끄덕이자 해인이 피식 웃었다. 차 타고 갈 데라고 해 봐야 가게밖에 없는데 집에서 가게까지 몇 분이나 걸린다고.

"걸어 다니면 덥잖아요."

"안 걸어도 더워요. 여름이잖아요. 가게가 먼 것도 아니고 바로 코앞인데, 기름 한 방울 안 나는 나라에서 그러면 안 돼요."

"그럼 전기 차로 바꾸면 타고 다닐 거예요?"

해인이 푸하 웃음을 터트렸다. 종종 생각했지만 서진은 농담도 멀쩡한 얼굴로 한다. 해인도 그를 따라 눈을 가늘게 뜨고 짐짓 정색한 척 농담을 했다.

"아무한테나 차 함부로 빌려주고 그러면 안 되는데."

"……."

"내가 차 가지고 어디 도망이라도 가면 어쩌려고 그래요?"

"……도망이요?"

서진의 눈빛이 스산해진 것을 보지 못한 해인이 그보다 서진 씨, 하고 그의 팔을 톡톡 치며 들고 있던 사진을 들이밀었다.

"이 사진 언제 찍은 거예요?"

서진이 무심하게 제 얼굴을 내려다보며 열여덟이라고 했다. 역시 고등학교 때였다. 호오, 하는 탄성을 흘리며 해인이 사진을 열심히 들여다봤다.

붉은 벽돌을 바른 건물 외벽 앞에 혼자 상반신만 나오도록 찍힌 사진은 그 외 다른 배경을 추측할 만한 어떤 힌트도 없었다.

"여긴 어디예요? 누가 찍어 줬어요?"

"학교였어요. 찍어 준 사람은 아마 친구였겠죠."

"친구? 여자? 남자?"

"남학교였으니까 남자겠죠."

"와, 그 친구 부럽다."

해인의 말에 서진이 뭐가 부럽냐는 표정을 지었다.

"나도 서진 씨랑 같은 학교 다녔으면 좋았을 텐데."

"……."

"분명 내가 쫓아다녔을 거예요."

불시의 공격에 서진의 얼굴이 화륵 달아올랐다. 서진이 시선을 피하며 낮은 목소리로 남학교였다니까요, 하고 중얼거렸다.

"그리고 해인 씨는 학창 시절에 연애 안 한다면서요……."

"에이, 그거야 말이 그렇죠."

말이 그렇다는 게 어느 쪽인지 묻고 싶었지만 해인은 계속 싱글 벙글 웃으며 사진만 들여다보고 있었다. 그러다 문득 고개를 들고 무언가를 애타게 갈망하는 눈빛으로 서진을 올려다보았다.

"서진 씨, 나 이거 좀 찍어도 돼요?"

사진을 쥔 해인의 손끝에 힘이 들어갔다. 갖고 싶었다. 서진의 어린 시절, 눈으로는 결코 볼 수 없을 그때의 모습을 작은 조각 하나라도 갖고 싶었다.

"찍어요?"

"네. 그냥 휴대폰으로요."

마음 같아서는 아주 원본을 달라고 하고 싶었지만 독일에서 여기까지 가져온 걸 보면 중요한 사진인 것 같아 차마 달라는 말은 나오지 않았다. 하지만 서진은 별것 아니라는 듯 고개를 까딱하며 그냥 가져요, 했다.

"정말요?"

서진이 고개를 끄덕이며 신이 나 살짝 달아오른 해인의 볼을 쓰다듬었다. 그새 땀이 다 말라 피부가 차가웠다.

"그게 그렇게 좋아요?"

"네."

"그냥 사진인데."

"그냥 사진 아니고 서진 씨 사진인데요."

해인의 대꾸에 멈칫하던 서진의 손이 다시 움직였다.

"나도 좋네요. 이렇게 생각지도 못한 시간에 보니까."

"음? 아니던데. 아까 나 보고 귀신 보듯 하던데."

"내가요?"

"나 좀 상처받을 뻔했잖아요."

그때 해인의 주머니에 든 휴대폰이 지잉 울렸다. 해인이 벌떡 일어나며 전화를 받았다.

"어, 어, 소민아. 금방 갈게."

허겁지겁 전화를 끊은 해인이 집을 나서는데 서진도 따라나섰다. 데려다준다는 걸 됐다고 거절하고 좀 누워서 쉬라고 했다.

"청소 같은 것도 하지 말고요. 누워서 푹 쉬고 있어요. 이따가 점심 사 올 테니까.”

“…….”

“알았죠? 청소하지 마요. 아니, 앞으로도 쭉 하지 마요. 청소는 내가 할 테니까 서진 씨는 요리만 해요. 요리는 서진 씨가 더 잘하니까.”

“그건 청소도…….”

마찬가지가 아니냐는 말을 뱉으려던 서진의 입을 해인이 손으로 막았다. 놀랐는지 약간 커진 서진의 눈이 몇 번 빠르게 깜박였다. 장난기가 치민 해인이 그 눈을 똑바로 보며 여전히 서진의 입을 막고 있는 제 손등 위에 입을 맞췄다.

“이건 사진 준 보답.”

맞닿은 피부에 열기가 오르는 것을 느끼고 해인이 웃었다. 곧장 손을 치워 버리고 이번엔 제대로 입술을 맞췄다.

“이건 그냥 좋아서 한 거.”

다 서진에게 배운 거였다.

가게로 돌아가자마자 해인은 소민이 무슨 말을 할 새도 없이 서진의 사진부터 자랑했다. 불과 몇십 분 전만 해도 쓰레기라고 머리를 박던 사람이 승전한 장수처럼 의기양양해져 돌아온 걸 보고 소민은 약간 답 없다는 표정을 지었지만 그래도 지난 5년간의 의리를 생각해 애써 조용히 해인의 자랑을 들어 주었다.

확실히 사진 속 소년이 그림처럼 잘생겨 눈이 즐겁기도 했고.

"만화 주인공 같네요."

"그렇지?"

"인기 많았겠어요."

"그럴 것 같지? 근데 아니래. 없었대."

"그래요? 왜 그랬지? 성격이 나빴나?"

놀리려고 한 말인데 해인이 뜻밖에 진지하게 고개를 끄덕이자 소민이 의외라는 듯 눈썹을 올렸다. 하지만 이내 이어진 해인의 말에 짜게 식은 표정이 됐다.

"성격 나쁜 인간한테 찍힌 것 같아."

"……."

"서진 씨가 워낙 순하고 착하기만 하잖아. 몸도 약하고. 근데 이렇게 예쁘게 생기기까지 했으니 성격 나쁜 인간이 꼬이기 딱 좋지."

"언니 지금 자기소개 하는 거예요?"

소민의 말에 해인이 눈을 부릅뜨더니 가슴에 양손을 얹고 상처받았다는 표시를 했다. 소민은 아랑곳하지 않고 그러게 자랑을 하든, 걱정을 하든 하나만 하라고 톡 쏘았다. 근 1년간 연애 근처에도 못 가 본 사람 배알 틀리게 하지 말고.

그 말에 양심이 찔렸는지 그 뒤로 해인은 착실히 일만 했다. 중간중간 틈이 나면 휴대폰에 찍어 둔 서진의 사진을 보며 헤실헤실 웃기도 했지만 덕분에 오히려 들어오는 손님들까지 감화된 듯 표정이 밝아졌다.

"소민아, 나 내일 휴무인 거 알지?"

다음 날, 퇴근을 앞두고 해인이 물었다. 소민이 안다고 고개를 끄덕이자 이따 저녁에 서진과 영원과 같이 밥 먹고 술 한잔하지 않겠냐고 물었다.

"서진 씨도 좋대. 영원이야 부르면 나올 테고."

"뭐 이거, 내 남자 친구를 소개합니다, 그런 거예요?"

새삼 다 알고, 다 봤는데 그럴 것까지 있냐는 말에 해인이 그래도 너랑 영원이와는 정식으로 자리를 한번 해야 하지 않겠냐고 했다. 거절할 이유도 없어 소민이 고개를 끄덕였다. 그러고 보니 나름 오래 알고 지낸 사이인데 해인의 남자 친구를 소개받는 건 처음이었다.

"그런가."

해인이 윤재와 헤어지고 그 이듬해 소민과 만났으니 그런 셈이었다. 다만 소개는 받지 못해도 윤재가 알 만한 사람은 다 아는 연예인이다 보니 얼굴은 서진보다 훨씬 더 자주, 많이 보았다. 비록 실물이 아니라 텔레비전이나 전광판, 휴대폰 액정을 통해서였지만.

"그분 올해 전역하죠?"

소민이 은근한 음성으로 물었다. 소민이 윤재가 해인의 전 남친이라는 걸 알게 된 건 해인이 말을 해서가 아니라 그가 군 입대 전 해인을 찾아왔기 때문이었다.

그런가? 그랬던 것 같아, 하고 날짜를 헤아리듯 허공을 향해 눈을 굴리며 대수롭지 않게 대답하는 해인에 비해 남자는 미련이 듬뿍 남은 눈을 하고 있었다.

"시간 참 빠르네요."

"우리나 빨랐지 걔는 안 그랬을걸. 암튼 그럼 6시로 약속 잡는다? 뭐 먹고 싶은 거 있어?"

해인이 물으며 휴대폰을 꺼내 영원에게 문자를 보냈다. 장소는 넷의 의견을 모두 수렴해 가까운 파스타집으로 정했다. 먼저 퇴근한 해인이 서진과 함께 시간에 맞춰 소민과 영원을 차에 태우고 식당으로 향했다. 가게에 남아 일을 하는 준서와 정훈에게도 다음에 꼭 밥을 사 주겠다고 약속했다.

"평일인데도 사람이 많네."

온도도 습도도 포화 상태에 가까운 날씨였다. 저녁이 다 된 시간에도 폭염의 열기가 가시지 않아 주차장에 차를 대고 식당 안으로 들어가는 그 몇 분 되지 않는 동안에도 피부에 물방울이 맺힐 것 같았다.

와중에 예약을 안 하고 그냥 왔더니 문 앞에서 10분쯤 기다려야 했다. 주최자로서 면이 서지 않아 해인은 내내 우스갯소리로 분위기를 띄우다가 자리로 안내되자마자 뭐든 마음껏 시키라며 소민과 영원을 향해 활짝 펼친 메뉴판을 들이밀었다.

"정말 다 시켜도 돼?"

"그럼, 당연하지. 다 시켜. 막 시켜."

소민과 영원이 메뉴판을 들춰 보는 사이, 해인은 서진에게도 메뉴판을 펼쳐 주고 한 손으로 입고 있던 티셔츠의 목 부근을 잡고 흔들어 바람을 일으켰다.

양가 상견례 자리도 아닌데 답지 않게 긴장했는지 에어컨이 쌩쌩 돌아가는 실내에 들어온 뒤에도 더위가 가시지 않았다. 서진은 옷 늘어난다며 그런 해인의 손을 거두고 대신 손부채질을 해 주었다. 같이 이동하고 같이 밖에서 기다렸는데 서진은 더운 기색이 전혀 없이 보송보송하기만 했다.

메뉴를 고르고 물을 마시던 소민이 맞은편에 앉은 둘을 빤히 쳐다보았다. 평소에도 입성이 깔끔한 서진이지만 오늘은 더 말쑥하게 캐주얼한 정장 차림을 하고 있다. 그게 왠지 여자 친구와 그 친구들에게 예의를 차린 것처럼 느껴져 소민은 흐뭇해졌다.

화기애애한 분위기에서 자연스럽게 대화가 오갔다. 원래도 예의 바르긴 했지만 해인과 사귄 이후로 서진은 확실히 소민에게 좀 더 곁을 내주는 느낌이었다. 마치 제 영역에 들인 사람이라는 듯.

반면 영원과는 여전히 데면데면했다. 해인과 서진이 사귄다는 사실을 알고 처음 마주쳤을 때도, 축하한다고 인사를 건넨 소민과 달리 영원은 그 일에 대해선 아는 바가 전혀 없다는 듯 모르쇠로 일관했다.

"그래서, 대충 모인 김에 단합회는 어쩔 거예요? 이제 얼마 안 남았는데."

막 나온 식전 빵을 발사믹을 뿌린 올리브유에 찍어 한 입 베어 물며 소민이 물었다. 먹고 있던 샐러드를 끝까지 씹어 삼킨 해인이 기다렸다는 듯 걱정 말라며 자신만만하게 대답했다. 가평 쪽에서 펜션을 하는 친구가 있는데 그 친구에게 말을 꺼내 봤더니 마침 날짜에 맞는 빈방이 있다는 것이다.

"복층인데 아래층에 거실, 주방, 방 하나 있고 위층에 방 두 개. 화장실도 별도로 있어."

"그래요?"

"응, 너랑 나랑 아래층 쓰고 남자들은 위층 쓰면 되겠더라고. 근처에 계곡도 있고 펜션에 수영장이랑 족구장도 있대."

그러면서 해인이 휴대폰을 꺼내 펜션 사이트를 찾아 보여 주었다. 한동안 꼼꼼히 내부 구조며 부대시설 따위를 살피던 소민의 표정이 눈에 띄게 누그러졌다. 마음에 드는 모양이었다.

"웬일로 제대로 찾았네요."

"웬일로?"

무슨 의미냐는 듯 해인이 눈썹을 모았다. 아니, 언니가 요즘 너무 바쁜 것 같아서, 하고 소민이 시치미를 뗐다.

"내가 아무리 바빠도 할 일은 제대로 다 하는 사람인 거…… 앗, 뜨거!"

말을 하며 무심코 막 나온 오븐스파게티를 덥석 집어 한입 가득 넣은 해인이 대뜸 소리를 질렀다. 삽시간에 빨갛게 달아오른 얼굴로 뜨거워 어쩔 줄 몰라 하는 것에 서진이 황급히 티슈를 그 앞에 대며 얼른 뱉으라고 했다. 해인이 말도 못 하고 됐다고 손만 젓자 이번엔 물컵을 턱 밑에 바짝 갖다 댔다.

"괜찮아요?"

급하게 물을 마시는 해인을 보며 서진은 마치 제가 숯을 삼킨 사람 같은 표정을 했다. 반면 영원은 그럴 줄 알았다는 듯 얄밉게 혀를 차며 그러게 천천히 먹지, 하고 핀잔을 주었다.

"뭘 그렇게 허겁지겁 먹고 그래. 배고팠냐?"

"이, 이렇게 뜨거울 줄 몰랐지……."

"방금 오븐에서 나온 게 그럼 안 뜨겁겠냐."

영원이 잔소리를 하는데 서진이 불쑥 긴 팔을 그와 해인 사이로 뻗어 테이블 가장자리에 있던 물병을 가지고 천천히 되돌아왔다. 별것 아닌 것 같지만 마치 그만하라는 듯 둘을 차단하는 그 신경질적인 몸짓에 담긴 함의를 눈치채지 못한 건 해인뿐이었다.

"조심 좀 해라. 너 전에도 그러다 입천장 다 까진 적 있잖아."

영원이 아랑곳하지 않고 말을 이었다.

"뭐가."

"지난겨울에 순두부찌개 먹다가도 그랬잖아. 너랑 나랑 태희랑 자주 가던 거기. 그때도 찌개 뚝배기 나오자마자 숟가락 들이밀다가 입 안에 화상 입어서 이틀인가 사흘인가 죽만 먹었잖아."

"아아, 생각 안 나."

산뜻한 해인의 말에 어떻게 그게 생각이 안 날 수 있냐며 영원이 기막혀했다. 약국에서 약을 지어 먹은 것도 모자라 병원까지 갔었는데. 겨울에 뜨끈한 국물도 못 마시는 꼴이 안 됐다며 인화가 전복죽에, 호박죽에 죽을 몇 가지나 쑤어다 주기도 했는데.

"아, 생각난다. 그 죽 반 이상은 네가 다 먹었지."

"야, 그 약 사다 준 사람은 누군지 기억 안 나고?"

영원이 반발하며 죽도 밥은 아니라고 쏘아붙이다 말이 나온 김에 여사님과 얘기는 잘했느냐고 물었다. 해인은 말없이 고개만 끄덕였다. 걱정을 듣긴 했지만 생각했던 것보단 반응이 유했다.

"여사님 계속 안 보이시던데, 가족분 몸이 많이 안 좋으신가 봐요."

걱정스레 묻는 소민의 말에 그런 것 같더라며 해인이 대답했고 잠시 여사님과 영원의 아버지를 비롯해 동네 어른들의 건강 얘기가 화제에 올랐다.

서진은 내내 끼어들지 않고 세 사람이 주고받는 얘기를 듣고만 있었다. 한 번쯤 여사님이 누구냐고 물을 법도 한데 전혀 그런 내색을 보이지 않았다.

"잘 먹었다. 2차 가자."

"잘 먹었어."

"잘 먹었어요, 언니, 서진 씨. 다음엔 우리가 살게요."

식사를 마치고 소민과 영원이 먼저 나가 밖에 서 있다 뒤따라 계산을 하고 나오는 해인과 서진에게 인사를 했다. 넷은 왔던 대로 다시 우르르 서진의 차에 올랐다. 술 마시러 어디로 갈까 하던 중 영원이 불쑥 그냥 한옥으로 가자고 했다.

"엉? 우리 집?"

"어, 술 사 가지고 너네 집 가서 먹자. 원래 자주 그랬잖아."

그때 옆에 있던 소민이 끼어들어 뭐야, 집들이까지 바로 해요? 하고 농담을 했고 그 말에 해인이 얼굴을 붉히며 손사래를 쳤다.

"에이, 집들이는 무슨 집들이야. 신혼부부도 아니고. 하하하하."

"……."

"그럼 그럴까? 서진 씨도 괜찮아요?"

"네."

"준서랑 정훈이도 부르자. 가게 마감하고 오라고."

가다가 마트 앞에 차를 세우고 영원이 술과 안줏거리를 산다며 내렸다. 소민도 같이 간다며 뒤따라 내렸다. 둘만 남게 되자 해인이 서진을 돌아보았다. 들뜬 기분을 애써 누르며 정말 괜찮냐고 한 번 더 묻자 서진이 묵묵히 해인을 바라보다 고개를 끄덕였다.

"고마워요, 서진 씨. 집에서는 내가 일 다 할 테니까 서진 씨는 그냥 가만히 있어요. 안주 만드는 거랑 상 차리는 거랑 나중에 청소랑 설거지도 내가 다 할게요. 서진 씨는 그냥 내 친구들이랑 잘 어울려 주기만 하면 돼요."

그것만 해도 고맙다고 해인이 길게 주절거리며 하하 웃었다. 가만히 보고 있던 서진이 손을 들어 해인의 볼을 쓸어내렸다.

"그렇게 혼자 다 하는 게 집들이에요?"

"아, 그 집들이 얘기는 소민이가 장난으로……."

"그보다 입 안은 괜찮아요?"

"네?"

"아까, 화상 입은 것 같다고 차영원 씨가 걱정하던데."

여전히 해인의 볼에 머물러 있던 손에 약간 힘이 들어간 것 같았다.

"아 해 봐요."

"아? 아니! 괜찮은데, 괜찮아요."

"얼른."

해인은 오히려 입을 딱 붙이며 싫다고 고개를 저었다. 방금 밥 먹고 나왔는데, 양치도 안 했는데 연인 앞에서 부끄럽게 입을 쩍 벌릴 순 없다.

"얼른요."

하지만 서진은 막무가내였다.

"내가 봐야 괜찮은지 아닌지 알지."

마트에서 술과 안주를 산 영원은 개인적으로 살 게 더 있다는 소민을 두고 먼저 나왔다. 양손 가득 묵직한 봉투를 들고 서진의 차가 있는 쪽으로 몸을 돌렸다.

실내등이 켜져 있어 차 내부가 어슴푸레하게 보였다. 운전석과 조수석에 나란히 앉은 해인과 서진은 시옷 자 모양으로 서로를 향해 반쯤 몸을 기울인 채였다.

서진이 한 손으로 해인의 턱을 쥐고 있었는데 손이 커서 해인의 얼굴이 유난히 작게 보였다. 그 자세로 서진이 뭐라 말을 하자 해인이 아, 입을 벌렸다. 그에 서진이 바짝 얼굴을 갖다 대는 걸 보고 영원은 저도 모르게 걸음을 멈췄다.

순간 키스인가 하고 멍해졌는데 그건 아닌 것 같았다. 고개를 기울여 찬찬히 해인의 입 속을 관찰하듯 들여다보는 것 같던 서진이 불쑥 안으로 손가락 하나를 넣었다. 동시에 해인의 어깨가 풀썩 튀었다.

그러자 서진이 무언가 말을 하며 웃었다. 무슨 말인지는 영원도 알 것 같았다.

'물면 안 되죠.'

해인의 얼굴이 붉어지는 게 영원에게도 보였다. 그럼에도 서진이 잡고 있어서인지 몸을 빼지 못했다. 서진이 천천히 손가락을 움직여 해인의 입 속을 더듬기 시작했다.

영원은 왠지 목덜미가 서늘해졌다. 서진의 눈빛이, 표정이 뭐라 말할 수 없이 묘한 느낌이었다. 멀리서도 핥듯이 해인을 바라보는 날것의 눈빛이 생생하게 보였다. 네모난 차 유리 너머로 보이는 저 윤서진은 아까 파스타에 든 조개를 열심히 발라내 해인에게 넘겨주던 이와는 완전히 다른 사람 같았다.

분명 손을 넣고 있는 건 그인데 해인이 금세라도 잡아먹힐 것 같다.

그때 얼핏 서진의 눈동자가 이쪽을 향하는 것 같았다. 황급히 고개를 돌렸지만 영원은 분명 그와 제 시선이 스쳤음을 확신할 수 있었다.

"오빠, 뭐 해요."

뒤이어 나온 소민이 우두커니 서 있던 영원의 등을 툭 쳤다. 영원이 펄쩍 튀자 뭘 그렇게 놀라느냐는 눈으로 쳐다봤다.

"뭐 보고 있었어요?"

아니라고 고개를 젓고 영원은 앞서가는 소민의 뒤를 따라 아무 일도 없었다는 듯 차에 올랐다. 그나마 소민이 있어 다행이라는 생각을 했지만 어쩐지 차에서 내릴 때까지 영원은 해인도, 서진의 얼굴도 똑바로 볼 수 없었다.

"와, 언니 집이 왜 이렇게 깨끗해졌어요?"

집으로 들어가자마자 소민이 회전하는 선풍기처럼 고개를 돌리며 감탄을 했다.

"이제까지 와 본 중에 제일 깨끗한 것 같아요."

솔직히 해인이 봐도 그랬다. 넷이서 살 땐 짐이 많고 복작해서 어떻게 해도 정돈된 느낌은 안 들었고, 태희도 깔끔한 편이긴 했지만 태희는 자기와 직접적으로 관련이 있는 부분만 치우는 경향이 있어서 이렇게 집 안팎까지, 거실과 주방은 물론, 툇마루와 정원 구석구석까지 깨끗한 상태인 한옥은 처음이긴 했다.

"무슨 소리야. 늘 대충 비슷했는데."

그래도 해인은 일단 우겨 보았다.

"진짜 너무 대충 비슷한 것 같은데."

"조용히 해라."

답지 않게 서진의 눈치를 보는 해인을 보며 소민이 시원하게 웃었다. 이게 갓 연인 된 사람들 놀리는 재미다. 아직 정체가 완전히 까발려지지 않았을 때, 어떻게든 상대에게 필사적으로 좋은 모습만 보여 주려고 내숭 떨 시기에만 부릴 수 있는 약간의 심술.

"뭘 아닌 척하고 그래. 어차피 윤서진 씨도 다 아는 거 아냐?"

"차영원, 넌 또, 내가 무슨 아닌 척을……."

"너 과일 먹다 껍질 정원에 버리는 습관은 고쳤냐?"

"내가 언제!"

영원이 흥, 소리를 내며 이것들을 괜히 데려왔다는 듯 눈을 부라리고 있는 해인을 스쳐 주방으로 들어갔다. 술과 안주가 든 봉지를 식탁 위에 내려놓고 손을 씻고 자연스레 컵과 접시를 꺼내려 싱크대 선반 문을 여는데 하얀 손이 뻗어와 그를 제지했다.

"제가 할게요."

"……."

"손님은 앉아 있어요."

반 뼘쯤 높은 곳에 있는 길쭉한 눈과 시선이 마주쳤다. 영원은 잠시 서진의 무덤덤한 얼굴을 보다 그대로 몸을 돌려 소파로 갔다. 네 명 모두 편하게 둘러앉기 쉽게 소민과 해인이 힘을 합쳐 거실 테이블을 약간 앞쪽으로 빼내고 있었다.

서진이 마트에서 산 육포와 쥐포, 견과류와 반건조 오징어를 둥그런 접시에 보기 좋게 4등분으로 올려 가져왔다. 소민과 해인도 왔다 갔다 하면서 소주와 맥주, 잔과 수저를 놓는 것을 도왔다. 그 사이 서진은 또 가스 불에 프라이팬을 올리고 냉장고를 열어 뭔가를 뒤적이고 있었다.

"서진 씨, 그만하고 빨리 와서 앉아요."

"금방 가요."

서진이 냉장고에서 꺼내 온 햄과 소시지를 꺼내 살짝 구웠다. 해인이 자기가 하겠다고 나섰지만 가서 손님들 상대하라고 밀어 냈다. 노릇노릇하게 잘 구워진 소시지에 소스를 곁들이고 크래커에 치즈까지 모양 좋게 잘라 접시에 담았다.

거기에 깍둑썰기로 자른 수박과 방울토마토, 반달 모양으로 깎은 한라봉과 복숭아까지 내자 금세 그럴듯한 술상이 차려졌다.

"서진 씨, 진짜 솜씨 좋네요."

소민의 감탄에 해인이 맞장구를 쳤다.

"그렇지? 수박도 난 이렇게 잘 못 썰겠던데. 서진 씨 하는 대로 따라 해도 이렇게 반듯하게는 안 되더라고."

"타고난 손재주란 거죠, 이게."

빨래 하나를 개도 남들보다 반듯하게 정갈한 사람이 있다. 소민의 아낌없는 칭찬에 서진이 쑥스러운지 살짝 눈을 내리깔았다. 소민이 소주병을 들어 서진에게 잔을 권했다. 넷 모두 각각 취향에 맞게 소주와 맥주를 따라 들고 짠, 소리가 나게 잔을 부딪쳤다.

"크, 시원하다."

해인이 기분 좋게 잔을 비우며 말했다. 느끼한 음식을 먹어서 그런지 술을 마시니 속을 헹군 듯 개운했다. 해인만 그런 게 아니었는지 빠른 속도로 술이 줄어들기 시작했다.

술이 들어가니 밥을 먹을 때보다는 더 사적인 얘기들이 오갔다. 느슨한 자세로 앉아 맞은편에서 재잘대는 얼굴들을 바라보던 해인이 옆에 앉은 사람 쪽으로 몸을 조금 더 기울였다. 마음이 편해지는 향이 났다.

"해인 씨."

부르는 소리에 해인이 고개를 들었다. 서진이 저를 내려다보고 있었다. 소민이 언니 벌써 취했어요? 하고 물어 아니라고 고개를 저으며 자세를 바로잡았다. 어느새 카페의 영업도 끝날 시간이 되어 준서와 정훈도 청소만 하고 곧 출발한다고 연락이 왔다.

"애들 오면 뭐 시켜 주지?"

"물어봐요. 내가 물어볼까요?"

"대충 치킨 같은 거 시켜."

"난 국물 먹고 싶은데."

잠자코 듣고만 있던 서진이 슬그머니 일어나 주방으로 갔다. 뭘 하느냐고 물어도 대답도 없이 뭔가 뚝딱뚝딱하더니 언제 준비했는지 알탕을 한 냄비 끓여 왔다.

"와, 서진 씨 진짜 대단하네요."

서진이 앞접시에 한 국자 떠 준 얼큰한 알탕 국물을 한 숟갈 뜬 소민이 엄지를 치켜들며 감탄사를 퍼부었다. 어떻게 이렇게 짧은 시간에 이런 맛을 다 내는 거냐고 묻자 서진이 민망한 듯 시선을 피하며 재료 준비를 미리 다 해 놓아서 끓이는 건 쉽다고 했다. 해인은 집에 알탕 재료가 있는 것조차 몰랐다.

"아니, 무슨 독일 사람이 알탕을 다 끓여요?"

소민이 순수하게 감탄하며 묻자 해인이 자기가 더 으스댔다.

"대단하지? 서진 씨 못하는 게 없어. 뭐든 뚝딱뚝딱 다 해."

"서진 씨 혹시 독일에서 식당 했어요? 사업했다고 들은 것 같은데."

소민의 말에 서진이 희미하게 웃었다.

"아뇨, 전혀."

"그럼 무슨 사업이었는데요?"

"그냥, 작게 프로그램 개발하는 회사였어요."

"어, 정말? 그럼 서진 씨 개발자였어요? 공대 출신?"

끼어든 것은 해인이었다. 소민이 그것도 몰랐냐는 듯 해인을 쳐다봤다. 해인이 어깨를 으쓱했다. 이제 하지도 않는 사업을 뭘 했는지가 뭐 중요하냐는 태도였다.

컴퓨터 공학을 전공했다는 서진의 말에 소민과 해인의 입에서 동시에 아, 소리가 흘러나왔다. 소민은 단순한 인식의 의미였고 해인은 감탄에 가까웠다.

"서진 씨 어릴 때 수학, 과학 잘했구나."

"네?"

"공대 그런 쪽은 수학 잘해야 되지 않아요?"

"아무래도 그렇죠."

"난 수학 진짜 못했는데."

해인은 공부라면 과목을 가리지 않고 골고루 못하는 편이었지만 그중에서도 수학은 특히 젬병이었다. 그나마 국어나 사회 같은 건 문제를 읽어 볼 수는 있었지만 수학은 중 3 이후부터 아예 손도 댈 수 없었다.

"그래도 음악, 체육은 잘했어요."

"……."

"국사도 어느 정도는 했고. 사극 좋아했거든."

"……."

"분위기 왜 이러지?"

해인이 말없이 저를 보고 있는 셋을 휘둘러보았다.

"그 눈빛들은 뭐야? 지금 다들 대학 갔다고, 어? 공부 좀 했다고 나 무시하는 거야?"

"아뇨, 언니. 그런 건 아니지만 뭐, 장하다고 할 수도 없고……."

"딱히 할 말이 없다."

소민과 영원에 이어 서진이 해인 씨는 다른 일을 했으니까, 하고 조심스럽게 옹호를 해 주었다.

"물론 내가 연습생이 아니었을 때도 공부를 썩 잘했다곤 못해."

자진 납세에 서진이 입을 다물고 해인의 어깨만 토닥였다. 해인은 기죽지 않고 야무지게 오징어 다리를 씹으며 하지만 어떻게 모든 사람이 공부를 다 잘해, 하고 당당히 말했다.

"뭐든 열심히 해서 남한테 폐 안 끼치고 살면 되지."

"맞아요. 근데 우리 사회에 만연한 이 학벌지상주의가, 남한테 폐 안 끼치고 살려는 소박한 바람마저 어렵게 만들잖아요."

그러면서 소민이 서진을 보고 독일은 어떠냐고 물었다. 거기도 대학 안 나오면 제대로 된 회사에 취직하기 힘드냐고. 서진이 뭐라 말하려는 순간 영원이 끼어들어 왜, 너도 거기 가서 살고 싶어? 하고 물었다.

"못 살 건 없죠."

"한국인은 한국이 최고야."

"그거야 사람 따라 다르죠. 태희 언니도 봐요. 외국이 얼마나 좋으면 아주 돌아올 생각을 안 하잖아요."

"그래! 정태희 이거!"

갑자기 해인이 들고 있던 컵을 테이블에 쾅, 소리 나게 내려놓았다.

"얘가 지금 전화 안 한 지가 한 달이 훌쩍 넘어가."

"아, 정말요?"

"그래?"

소민과 영원은 별 반응이 없었다. 그럴 수도 있다는 분위기였다. 애초에 태희 성격에 그만큼이라도 연락을 한 게 신기했다는 거다. 소민과 영원은 그게 태희 자의에 의해서라기보다는 해인을 생각해서 억지로 그랬다고 확신하고 있었다.

"나도 우리 부모님하고 특별한 일 없으면 연락 안 해요."

집이 지방인 소민이 대수롭지 않게 치즈 조각을 입에 넣으며 말했다. 물론 소민과 부모님은 사이가 그다지 좋은 편이 아니었다. 아래로 동생이 둘이나 있는 소민이 지방 국립대를 가라는 부모님 뜻을 어기고 서울로 대학을 왔을 때부터 틀어진 사이였다.

부모님은 네가 가고 싶은 대학 갔으니 지원이며 뭐며 받을 생각하지 말라 했고, 소민은 또 소민대로 고집스럽게 진짜로 부모님에게 아쉬운 소리 한번 하지 않고 아르바이트와 학업을 병행하다가 아직까지 대학 졸업도 하지 못한 상태였다.

"너무 걱정하지 마. 태희 잘 있는 것 같으니까."

영원이 심드렁하게 말했다. 질겅질겅 육포를 씹다 고개를 드니 해인이 둥그렇게 뜬 눈으로 저를 보고 있었다.

"네가 그걸 어떻게 알아?"

"어?"

"태희 잘 있는 거 어떻게 아냐고."

"……음, 감?"

스윽 눈을 피하며 웅얼거리는 영원에게 해인이 당장 웃기지 말라고 쏘아붙였다. 있는 것 같다는 그의 말엔 어떤 정보에 의거한 확신이 담겨 있었다.

"아니, 저번에 아버지가 여름 점퍼 보러 잠깐 가게에 들렀다는데……."

계속되는 해인의 추궁에 결국 영원이 입을 열었다.

"그, 어머님께서 태희가 너무 연락을 자주 해서 힘들다는 말씀을 하셨다고……."

해인이 스물두 살 때 아버지가 태희의 어머니와 재혼을 했다. 태희의 어머니는 오래전에 전남편과 이혼하고 태희와 단둘이 살고 있었고, 두 분은 해인의 아버지가 운영하던 아웃도어 의류 매장의 손님과 주인으로 만났다. 그렇게 한 동네에서 오며 가며 자주 보다 정이 들었다.

조촐하게 가족들끼리 식을 올리고 어머니와 태희가 한옥으로 들어왔고, 그 과정이 순조로웠다고만은 할 수 없지만 어쨌든 네 사람은 아버지가 돌아가시기 전까지 햇수로 7년을 한집에서 한

가족으로 지냈다.

2년 전 가을, 아버지가 사고로 돌아가시고 이후에 어머니는 재혼을 해서 한옥을 나갔다. 상대는 옷 가게의 단골 고객이었다. 애초에 아버지가 어머니를 만난 것과 입장만 바뀌었을 뿐 비슷한 경로였다. 지금도 어머니는 새 남편과 함께 그 매장을 운영하고 있고 위치도 집에서 그리 멀지 않았다.

"정태희 이 배신자."

해인이 이를 꽉 깨물고 말했다.

"어떻게 엄마한테만 연락을 할 수가 있어? 언제는 엄마보다 내가 더 좋다고 하더니."

그게 그 말은 아니지 않냐는 영원의 참견에 해인이 꽉 쥔 주먹을 부르르 떨어 보이며 엄마 말고 나랑 살겠다는 게 내가 더 좋다는 말이 아니고 뭐냐고 반문했다. 그에 영원이 잠자코 희한하다는 듯 해인을 보다가 툭 말을 던졌다.

"넌 정태희가 뭐가 그렇게 좋아?"

"뭐?"

"아니, 가끔 궁금해서."

7년이란 시간이 길다면 길지만 없던 가족이 난데없이 생기고 그에 진심으로 가족애를 느끼기에 충분한 세월은 아닐 수 있다.

실제로 태희는 시종일관 이 재혼 가정에 부정적인 태도를 취했고 끝까지 아버지를 한 번도 아버지라 부른 적이 없었다. 그 태도도 지나쳤지만 영원은 가족이 생긴 그 순간부터 무조건적으로 애정을 퍼붓는 해인도 극단적이라고 생각했다.

"그게 뭐가 궁금해. 동생이니까 그러지."

해인과 태희는 동갑이었다. 그러니 해인이 태희의 언니 행세를 하는 건 어쩌면 어불성설일지도 몰랐다. 생일이 제가 약간 더 빠르다는 이유로 해인은 태희의 언니 되기를 자청했고 그건 해인이 단 몇 개월 차이를 두고 윗사람 대접을 받고 싶어 그런 것은 아니었다.

부모님의 재혼에 자신보다 더 적응을 못 하는 태희에게, 해인은 감정적으로든 뭐로든 자신이 퍼부을 수 있는 입장에 있고 싶었다. 물론 그러든지 말든지 태희는 해인을 언니라고 부른 적이 없었지만 해인은 태희가 자신의 동생이 아니라고 생각한 적이 한 번도 없었다.

"넌 단순히 그래야 되니까, 그러겠다고 작정하면 아무나 좋아져? 함께 쌓아 올린 시간도, 충분히 교감한 서사도 없는데."

말하면서 영원이 힐끔 서진을 쳐다봤다.

"그게 진짜 감정이라고 할 수 있어?"

뼈가 있는 말투였다. 씩씩거리던 해인이 동작을 멈추고 눈도 깜박이지 않고 영원을 쳐다보았다. 그것도 잠깐, 금세 씩 웃으며 장난스럽게 입을 열었다.

"오, 차영원. 좀 작가 같은데."

영원이 고개를 돌렸다.

"나도 다음에 써먹어야지. 쌓아 올린 시간, 교감한 서사."

"태희 언니 의외네요. 어머니랑 사이 안 좋지 않았어요?"

해인이 싱글싱글 웃는 사이 눈치를 보던 소민이 얼른 끼어들었다.

"나도 오늘까진 그런 줄 알았어."

"……."

"암튼 정태희, 이건 진짜 그냥 못 넘어간다. 차별은 더 나빠. 다음에 전화 오면 꼭 따질 거야."

"그럼 그냥 지금 전화 걸어 보면 안 돼?"

영원이 물었다.

"응?"

"태희 지금 윤서진 씨 집에 있잖아."

맞죠? 하며 영원이 서진을 돌아보았다. 서진은 평이한 얼굴로 담담하게 영원을 마주 보았다.

"서진 씨도 집에 안부 전화 드리죠? 지금 독일이 보자, 대충 낮이니까 전화 한번 해 봐도 되지 않아요?"

"지금?"

갑작스러운 제안에 당황한 듯 해인이 영원과 서진을 번갈아 보았다. 둥그렇게 열린 눈동자에 서린 망설임이 점점 기대로 바뀌는 게 보였다. 서진은 별말 없이 고개를 끄덕이고 휴대폰을 찾아 몸을 일으켰다. 해인이 옆에서 국제전화 비싸니까 메신저 통화 서비스를 쓰라며 훈수를 두는 것에 영원이 어련히 알아서 하겠냐고 퉁을 놓았다.

왠지 숨죽인 세 사람의 시선이 쏠린 가운데 서진은 곧바로 통화 목록에서 얼핏 길고 범상치 않아 보이는 전화번호 하나를 찾아

거리낌 없이 눌렀다. 그리고 한참 있다 휴대폰을 귀에서 떼며 짧게 말했다.

"안 받네요."

아, 실망에 찬 외마디 탄식이 터져 나왔다. 특히 해인은 태희도 태희지만 서진이 독일어를 하는 걸 들을 수 있을까 하는 기대에 차 있었는데.

"방금 집 전화예요? 안 받으면 혹시 가족들 휴대폰으로 걸어 보면 안 돼요?"

"야."

영원의 말에 해인이 손을 들어 그의 얼굴 앞에 휘저었다. 그만하란 뜻이다.

"됐어. 뭘 그렇게까지 해. 이 시간이면 다들 일하느라 바쁠 텐데."

"아니, 그래도……."

"나중에 다시 해 보면 되지 뭐. 통화되는 시간에."

"이왕이면 다 같이 있을 때 하면 좋잖아. 나도 태희 안 본 지 오래됐는데……."

그때 소민이 끼어들어 오빠 태희 언니 보고 싶으냐고 물었다. 말을 꺼낸 목적에 충실하게 영원은 정색하며 아니라고 잡아뗐고 때마침 준서와 정훈이 도착했다. 배달 음식을 시키고 어수선하게 흩어진 술상을 다시 재정비하는 사이, 어느새 태희 이야기는 저만치 흘러가 버렸다.

"내가 그럴 줄 알았어요."

자정이 가까워질 무렵이 되자 빈 병이 작은 숲을 이뤘다. 그만큼 멀쩡한 정신을 유지하고 있는 사람은 거의 없는 것 같았다. 그래도 다들 술깨나 하는 사람들이라 대놓고 주정을 부리거나 티 나게 언행이 달라지는 사람은 정훈이 유일했다.

"정말 부럽습니다, 형님."

정훈은 허락한 적도 없는데 언제부턴가 저 혼자 서진을 형님이라 부르고 있었다.

"첨엔 형님, 우리 사장님하고 결혼하신 줄 알았는데."

아니라고, 그냥 여행 온 거라고 해서 얹혀사는 식객 같은 건가 했는데 그 며칠 새 연인이 됐단다.

"정말 대단하십니다."

"……."

"이렇게 잘생기고 몸도 좋으신데 자유롭게 이곳저곳 여행도 하고, 연애도 하고, 진짜 청춘을 사십니다. 저도 그렇게 살고 싶습니다, 형님."

정훈은 앞으로 서진을 자신의 롤 모델로 삼겠다고 했다. 서진은 형님 소리가 껄끄러운 것 같았지만 취한 사람에게 대놓고 말은 못 하고 그저 난처한 듯 쓴웃음만 짓고 있었다.

대신 준서와 소민이 번갈아 한마디씩 했다. 핀잔을 주며 막내를 놀리는 건 역시 선배들 몫이었다.

"그럼 정훈아, 일단 그 형님 소리부터 하지 마."

"그리고 롤 모델 같은 걸 만들지 마."

"왜요? 여자들은 롤 모델 만드는 남자 싫어해요?"

정훈이 충혈된 눈을 끔뻑끔뻑하며 소민을 쳐다보았다.

"여자들은 개념 없고 폭력적이고 강압적인 남자 싫어해."

"저 아닌데요……."

"그리고 모든 여자를 한데 뭉뚱그려 이렇다 저렇다 떠드는 남자도 싫어하고."

"……저는 그냥 저도 연애가 하고 싶어 그러는데요."

정훈이 눈을 찡그렸다. 준서가 말했다.

"그럼 일단 얼굴부터 고치자."

"그, 그런가요? 얼마나 고치면 가능성이 있을까요……?"

"견적은 병원 가서 내야지."

"야, 왜들 그래, 우리 정훈 씨 잘생겼는데."

해인이 끼어들어 정훈을 옹호했다. 격려하듯 정훈의 어깨를 툭툭 치며 저 애들 말 듣지 말라고 했다.

"다 애인도 없는 애들인데 무슨 쟤들 말을 참고해."

"그럼 사장님이 좀 가르쳐 주실래요."

정훈이 냅다 손을 뻗어 해인의 옷자락을 쥐었다.

"어떻게 하면 연애를 잘할 수 있어요?"

"음?"

"사장님 예전에 연예인하고도 사귄 적 있다면서요."

"어?"

순간 정적이 흘렀다. 모두의 시선이 일순 서진에게로 쏠렸다.

"비결이 뭐예요? 어떻게 그렇게 잘생긴 사람들만 사귈 수 있어요?"

급하게 준서가 물 좀 마시라며 정훈의 입에 컵을 들이밀었고 소민도 얘가 취했나 보다며 그를 거들었다. 어이없는 웃음을 허허 터트린 해인이 바닥에 손을 짚고 몸을 기울이다 문득 손끝에 뭔가가 닿는 것을 느꼈다. 우연인 듯 사고인 듯 움찔 오므라드는 손가락의 감촉에 가슴이 울렁거렸다.

"그거야 너무 당연하잖아."

해인은 반사적으로 피하려는 손을 쫓아가 덥석 그 위를 덮었다. 제 손으로는 다 가려지지 않는 따뜻하고 부드러운 손가락을 그러모아 한 손 안에 가두며 태연하게 말을 이었다.

"내가 잘생긴 사람을 좋아하니까 그렇지."

"네?"

"잘생긴 사람을 좋아하니까 잘생긴 사람하고 사귀는 거지."

그러면서 해인이 서진의 손을 잡은 손에 힘을 주었다.

"······그럼 사장님은 형님 얼굴만 보고 좋아하는 거예요?"

왠지 제가 불만인 듯 불퉁하게 되묻는 정훈을 보고 해인이 헛웃음을 터트렸다. 잘생긴 사람만 사귀는 비결이 뭐냐고 물어서 대답해 줬더니 딴소리를 한다.

"그렇지, 아무래도."

천연덕스러운 대꾸에 손안에 얌전히 붙들려 있던 손이 움찔 튀었다.

"얼굴만 봐도 천 년의 스트레스가 다 풀리고 기분이 좋아지거든."

움찔하던 손이 얌전해졌다. 서진이 제 쪽을 바라보는 게 느껴져 해인도 고개를 돌려 그와 눈을 맞췄다. 해인이 콧잔등을 찡긋하며 서진을 향해 눈웃음을 치자, 지켜보던 소민과 준서, 정훈의 입에서 동시에 야유가 터져 나왔다.

조금 어두운 눈빛을 하고 있던, 정확히 말하면 해인의 입에서 '우리 정훈 씨'라는 말이 나왔을 때부터 살짝 언짢아 보이던 서진도 다시 약간 펴진 얼굴로 눈을 몇 번 깜박였다.

"어, 서진 씨 지금 부끄러워하는 거 같은데?"

"부끄럽나 봐. 귀가 빨개졌는데."

"이것들아, 우리 애인 놀리지 마."

"진짜 부럽습니다, 형님."

자리가 파한 건 새벽 1시가 넘어서였다. 해인은 택시 회사에 전화를 걸어 택시 두 대를 불렀다. 집이 가까운 준서와 정훈을 한데 실어 보내고 다음 차에 소민을 태우며 도착하면 꼭 메시지 남기라는 말과 함께 기사에게 택시비를 건넸다.

"언니, 미안해요. 집 정리하는 것도 못 도와주고."

"뭘, 신경 쓰지 말고 가서 얼른 자. 내일 가게 문 잘 열고."

"네, 언니도 대충 정리하고 쉬어요."

택시가 출발하는 것을 보고 해인이 집으로 들어가자 서진은 설거지를 하고 있었고 영원은 그에게 거실에 있는 컵과 접시를 모아 나르고 있었다.

"잘들 갔어?"

"응."

"애들 많이 취한 것 같던데."

해인은 대충 어깨만 으쓱하고 거실을 정리했다. 적당히 마무리가
되자 영원도 가 보겠다고 했다. 해인이 같이 나가자며 빈 병들이 들
어 있는 박스를 들고 앞장섰다. 서진이 황급히 돌아보며 그냥 두라
고 하는 것을 괜찮다고 웃어넘기며 다른 재활용 쓰레기가 담긴 봉
투를 영원에게 떠넘기다시피 안긴 채 대문 밖으로 나왔다.

"차영원 너 술 많이 취했어?"

"어? 아니."

"그럼 잠깐 얘기 좀 할까."

분리수거를 끝내고 손을 툭툭 턴 해인이 가볍게 말을 꺼냈다. 영
원은 약간 시무룩한 표정으로 고개를 끄덕이고 앞장서 걷는 해인의
뒤를 따랐다. 한여름 컴컴한 심야의 골목엔 희뿌연 안개가 서려 있
었다. 해인은 영원의 집 쪽으로 방향을 잡았다.

"영원아."

"응."

"너 서진 씨 싫어?"

해인이 단도직입적으로 물었다. 발밑을 내려다보고 있던 영원이
고개를 들자 저를 보고 있던 해인과 눈이 마주쳤다. 표정은 담담했
지만 해인의 눈동자는 드물게 진지한 빛을 띠고 영원을 보고 있었다.

"싫지도 않고 좋지도 않아."

영원도 그처럼 담담하게 대구하고 싶었지만 어쩔 수 없이 말끝이

살짝 흔들렸다.

"딱히 그럴 이유도 없고."

"근데 왜 그랬어?"

"……"

"너 오늘 좀 그랬어."

영원이 입술을 꾹 물었다. 둔한 것 같으면서도 은근 제 주변 사람들의 심기엔 예민한 고해인이 못 알아챘을 리 없다.

"알아."

자신이 먼저 유치한 짓을 했다는 건 영원도 인정했다. 파스타집에서도, 영원은 일부러 서진을 배제시켰다. 그가 모르는 사람들과 해인과 소민, 자신들만 공유한 과거를 끊임없이 소환해 가며 고의적으로 그를 소외시켰다.

철없는 학창 시절에도 하지 않았던 어리석고 심술궂은 행동, 그 기저에 깔린 감정은 명확했다. 질투.

영원은 해인을 좋아했지만 꼭 그의 남자 친구가 되겠다는 욕심은 없었다. 해인이 다른 누군가와 데이트를 하는 것도 수차례 지켜봤고 자신도 연애 상담을 하기도 했다. 그렇다고 해인을 향한 감정이 순수하게 우정뿐이냐고 묻는다면 그보단 좀 복잡했다.

아는 여자 중에서는 가장 좋아하지만 독점하고 싶다거나 꼭 사귀고 싶다는 욕심은 없다. 그렇다고 계륵이라고 하기엔 해인은 영원에게 매우 소중했다. 언젠가, 지금보다 훨씬 더 나이가 들었을 때도 서로의 곁에 아무도 없다면 그땐 좀 다른 관계가 될 수 있지도 앓을까 막연히 상상해 본 적은 있지만, 아니어도 어쩔 수 없다고 생각했다.

영원은 항상 그랬다. 누군가를 좋아해 본 적도 있고 이게 사랑인 가 싶었던 적도 있지만 대체로 미지근했고 잔잔했다. 고해인처럼, 앞만 보고 달리는 경주마처럼 상처받을 것이 분명한 상황조차 계산 하지 않는 그런 열정과 용기가 제겐 없었다.

어쩌면 사람의 생김새가 각각 다른 것처럼 마음이 낼 수 있는 화 력도 제각각이라 영원은 영영 끓는점에 도달하지 못하고 60도쯤에 서만 머무는지도 몰랐다. 그런 자신에게 불만은 없었다. 꼭 감정에 휩쓸리는 삶만이 가치가 있는 건 아니니까.

그래도 심술이 났다. 서운했다. 우정이 사랑보다 열등한 것이 억 울했다. 오랜 시간 제 자리였던 곳을 사랑이라는 이유로 만난 지 한 달도 안 된 사람이 차지해 버리는 게 부당하다 여겨졌다.

그런 분함의 발로였다. 그리고 적시였다. 윤서진에게, 우리 사이 엔 네가 모르는 수많은 시간과 역사가 있다고, 네가 떠난 뒤에도 그 럴 거라고. 유치하지만 티 내지 않고는 견딜 수 없었다.

"미안해."

"나 때문에, 나 걱정해서 그런 거지?"

그게 전부는 아니었지만 영원은 말을 아꼈다. 아무 말 없는 그를 향해 해인은 대답을 들은 것처럼 이어 말했다.

"나 괜찮아. 앞으로도 괜찮을 거고."

"……."

"그러니까 서진 씨한테 그러지 마."

"……."

"들어가."

해인이 걸음을 멈추고 손을 흔들었다. 어느새 영원의 집 앞이었다. 무언가 말을 하려던 영원이 이내 포기하고 손만 슬쩍 들어 보이고는 골목 안쪽으로 사라졌다. 그 발소리가 멀어지고 대문이 끼익열렸다 쿵 닫히는 소리까지 들은 뒤에야 해인도 몸을 돌렸다.

"후."

덥진 않았지만 습해서 새벽 공기라도 상쾌한 느낌은 없었다. 해인이 그 속에 취기 어린 제 숨을 더했다. 멀쩡한 척하고 있지만 사실 머리가 멍해서 생각이 길게 이어지지 않았다. 에어컨의 비호 밖으로 나오자 취기가 급격히 오르는 것 같았다.

아니, 그냥 술자리가 끝나 긴장이 풀렸는지도 몰랐다. 초대했던 손님들도 다 무사히 집으로 돌려보냈고 이제 자신만 무사히 저를 기다리는 서진 곁으로 돌아가면 된다. 빨리 가야지. 그새 또 보고 싶네. 중얼중얼거리며 걸음을 옮기던 해인 앞에 긴 그림자가 졌다.

"어."

언제 나왔는지 가로등 아래 서진이 저를 기다리고 있었다. 보자마자 서진 씨이, 부르며 쪼르르 달려가자 서진이 잘생긴 눈썹을 살짝 찡그리며 코앞까지 들이닥친 해인의 얼굴을 유심히 쳐다봤다.

"쓰레기 버리고 온다더니."

"어, 영원이 데려다주고 왔어요. 조금, 잠깐 할 얘기가 있어서."

"······들어가요."

집에 들어가니 주방은 물기 하나 없이 깨끗하게 닦여 있고 식기들도 모두 제자리에 들어가 있었다. 거실 테이블도 원래 자리로 돌아갔고 바닥도 어느새 걸레질까지 마친 뒤였다.

해인이 서진을 붙잡고 미안하단 말을 연발했다. 손님 대접도, 뒷정리도 제가 다 한다고 큰소리쳤는데 결과적으로 서진이 다 했다.

"진짜 미안해요, 서진 씨. 미안해요······."

"됐으니까 여기 좀 기대요."

서진이 소파 위에 해인을 앉혀 놓고 차게 탄 꿀물을 가져왔다. 해인이 눈살을 찌푸리며 고개를 저었다. 아이스크림이 먹고 싶은데. 왜 평소처럼 아이스크림을 주지 않지?

"아까 먹었잖아요."

"언제?"

"방금 먹었잖아요, 아이스크림."

해인이 눈에 힘을 주고 기억을 더듬어 봤다. 여전히 생각은 안 났지만 서진이 먹었다면 먹었을 것이다. 어쩔 수 없이 해인이 꿀물을 받아 마시며 힐끔힐끔 서진의 얼굴을 훔쳐봤다. 길쭉한 눈매와 윤기가 흐르는 입술을 눈으로 핥듯이 더듬었다.

왜 저렇게 뽀얗게 빛이 나 보이지? 만지면 손에 반짝이가 묻어날 것 같다. 꿀물을 마시고 있는데도 해인은 갈증이 났다. 질끈 길게 눈을 한 번 감았다 떴더니 바로 전까지만 해도 옆에 있던 서진의 얼굴이 위에 있었다.

"어라, 서진 씨 왜 일어났어요?"

해인이 불분명한 목소리로 웅얼거리듯 말했다.

"벌써 잘 거예요? 나 서진 씨한테 할 말 있는데."

"……."

"잠깐만 앉으면 안 돼요? 나 서진 씨한테 할 말 있는데."

"지금 앉아 있어요."

"응?"

"해인 씨가 누운 거예요."

그러고 보니 뒤통수가 단단한 무언가에 닿아 있었다. 손을 뻗어 툭툭 주위를 더듬어 제가 베고 있는 것을 확인한 해인이 헤헤 하고 천연덕스레 웃었다.

"서진 씨 언제 내 머리 밑에 무릎 넣었어요?"

"……."

"근데 너무 딱딱하다."

서진은 아무 말도 하지 않았다. 해인이 계속해서 서진의 허벅지며 옆구리며 배를 쿡쿡 찔렀다.

"왜 이렇게 단단해요? 안에 뭐 돌 같은 거 집어넣은 거 아니죠?"

"……고개 그쪽으로 돌리지 마요."

"찜질방 목침 벤 것 같아요."

"그, 말 좀…… 머리 좀 가만히……."

"뭘 다 못 하게 해."

해인이 짐짓 큰 소리로 한숨을 쉬었다. 서진의 아랫배에 움찔 힘이 들어가며 몸이 경직되는 게 느껴졌다. 위와 아래에서, 서로를 보는 시선이 맞닿았다.

둘 다 지금 같은 생각을 하고 있다는 걸 알았다. 확인하는 건 간단했다. 서진의 얼굴이 아래로 내려오는 것과 동시에 해인의 눈꺼풀도 스륵 감겼다.

"할 말 있다면서……."

"조금 있다가, 있다가 해요……."

일단은 키스부터 하고.

긴 키스가 끝난 뒤에도 둘은 서로에게서 떨어지지 않았다. 서진이 손가락을 들어 해인의 이마를 문질렀다. 머리카락과 경계가 진 부분을 동그랗게 따라 긋다 완만하게 뻗은 눈썹을 결결이 쓰다듬고, 모양 좋은 코를 따라 죽 곡선을 그리며 아래로 내려왔다. 손가락을 둥글려 제가 방금 맘껏 물고 빨아 살짝 부어오른 입술에 약을 바르듯 반복해서 문지르고, 분홍빛으로 달아오른 눈 아래를 훔쳐냈다.

차근차근 손이 움직이는 동안 눈도 그 궤적을 따라 밟았다. 물리적인 감촉이 느껴지는 손보다 해인은 바로 위에서 쏟아지는 그 시선이 더 견디기 어려웠다. 달아올랐을 게 뻔한 얼굴이 민망해서 눈을 피할 때마다 그러지 말라는 듯 볼을 붙든 손에 힘이 들어가는 바람에 더 그랬다.

"어딜 봐요. 나 안 보고."

서진은 평상시엔 생긴 대로 선비처럼 반듯하고 부끄러움이 많은데 가끔씩 이렇게 뻔뻔하게 굴 때가 있었다. 그럴 때면 마치 역할 바꾸기라도 하는 것처럼 해인이 수줍음을 타게 되는 것이다.

"서진 씨, 있잖아요."

해인이 느리게 입을 떼자 말하라는 듯 서진이 가만히 해인의 눈을 들여다보았다.

"우리 이제부터 반말할까요?"

"반말이요?"

서진이 되물으며 눈을 좋긋 떴다. 싫다는 표정은 아니었다. 그저 좀 의아해 보였다.

"갑자기 왜요?"

"그냥, 다들 서진 씨를 서진 씨라고 부르니까……."

"……."

"좀 싫었어요."

해인의 툭 던지듯 내뱉자 서진이 허물어지듯 웃었다. 해인도 따라 웃었다.

"그러니까 우리 이제부터 반말해요."

"……."

"서진아, 해인아, 이렇게. 어때요?"

서진이 여전히 웃는 얼굴로 묘하게 눈썹을 찡그렸다. 이 역시 싫다기보단 약간 간지러운 듯했다.

"아니면, 자기야?"

서진의 눈이 휘둥그레졌다. 파르르 떨리는 속눈썹을 본 해인이 배시시 웃으며 제 이마 근처에서 멈춘 커다란 손을 끌어다 쥐었다. 다시금 역할이 바뀌는 시점인 모양이다. 뻔뻔한 그도 좋지만 해인은 역시 이렇게 부끄러움을 타는 서진이 좋았다. 서른 살 된, 저보다 훨씬 커다란 남자에게 할 말은 아니지만 너무 귀여워서 할 수만 있다면 작게 뭉뚱그려 주머니에 넣고 다니고 싶었다.

"서진아, 자기야."

일부러 더 다정한 목소리를 꾸며 부르자 서진의 얼굴이 붉어지며 레몬을 통째로 입에 넣은 것처럼 구겨졌다. 그 표정을 본 해인이 소리 내 웃자 서진이 입술을 물고 시선을 저 먼 곳으로 돌렸다.

"자기야말로 어딜 봐. 내가 이렇게 부르는데."

"……."

"하지 말까? 듣기 싫어?"

물었지만 싫진 않다는 게 한쪽 눈을 감고 봐도 훤히 보였다. 해인이 키득거리자 소파 위에 길게 누워 있던 몸도 따라 들썩였다.

"연인 사이엔 이런 게 필요한 법이야."

"……."

"이런 건 연인끼리만 할 수 있는 거잖아."

괜히 애칭을 붙이거나 하는 게 아니다. 서로에게만 허락하는, 서로만이 공유하는 고유하고 은밀한 경험이 많을수록 연인 간의 유대감은 깊어지는 법이다.

하지만 해인의 말을 들은 서진의 표정이 불현듯 어두워졌다. 달라진 분위기를 인식한 듯 해인도 잠시 말이 없다가 조금 낮아진 음성으로 다시 입을 열었다.

"내가 너 만나기 전에 만났던 사람이 있었던 건 미안하지 않아."

서진의 눈동자가 눈에 띄게 흔들렸다.

"하지만 그 얘기를 갑작스럽게 남한테서 듣게 한 건 미안해."

서진은 말이 없었다. 해인 역시 그쯤 입을 다물 생각이었다. 애초에 술 취한 정훈이 말을 흘리지 않았다면 이런 말도 하지 않았을 것이다.

쿨하게 지난 연애사를 서로 오픈하는 커플도 있지만 해인은 굳이 그런 것을 구구절절 알아 좋을 게 없다고 생각하는 쪽이었다. 그렇다고 연인의 지난 과거를 궁금해하는 심리를 이해하지 못하는 건 아니었다. 좋아하면 그 사람의 모든 것을 파악하고 싶어지는 법이니까.

연인의 지난 SNS 흔적 따위를 염탐하며 그간 어떤 사람을 만났고, 어떤 연애를 해 왔는지 알고 싶어 하는 건 어쩌면 과거에서 자신들의 미래를 예측해 보려는 시도일지도 모른다. 하지만 결국 그러한 시도 자체가 관계에 하등 이로울 게 없을 확률이 높다.

정말로 궁금하고 듣고 싶은 것은 그중 네가 최고고 너처럼 특별한 사람은 없다는 말일 테지만 그 말을 증명할 수 있는 건 결국 시간밖에 없기 때문에.

"뭐가 궁금한데?"

근거는 없지만 해인은 서진도 저와 비슷하게 생각할 줄 알았다. 그래서 그가 더 물어봐도 되냐고 했을 때 의외라고 생각했다.

그러다 이내 깨달았다.

그와 자신은 입장이 다르다. 어쩌면 해인은 서진이 한 번도 연애를 한 적이 없다는 걸 이미 알고 있기 때문에 관대할 수 있는지도 모른다.

"물어봐. 대신 다 대답해 준다고는 못하지만."

"……정말 괜찮아요?"

"반말하자니까. 괜찮아. 궁금한 건 물어봐야지."

"……."

"내가 알아서 걸러서 대답할게."

서진은 머뭇거리긴 했지만 끝까지 무를 생각은 없어 보였다.

"……왜 헤어졌는지……."

"어?"

"전에 사귄 사람과 무슨 이유로 헤어졌는지 궁금해요."

해인이 고개를 갸웃했다. 의외였다. 어떤 사람이었는지, 혹은 어떤 점이 좋았는지 같은 상대의 신상이나 얼마나 사귀었는지 따위의 질문을 할 줄 알았다.

헤어짐의 이유라니. 그보다 훨씬 어려운 질문이다.

"어, 왜 헤어졌더라……?"

해인이 잠시간 곰곰이 생각에 잠겼다. 오래전 일이라 기억이 희미해진 것도 있지만 막상 말하자니 뭐가 이유였는지 정확히 떠올릴 수가 없었다.

원론적으로 그냥 마음이 변해서, 함께하는 게 헤어지는 것보다 더 힘들어서라고 대답할 수도 있겠지만 그건 사실이면서도 충분한 설명은 되지 못했다. 서진이 원하는 것도 그런 대답은 아닐 것 같고.

"원래 친구여서, 성격도 비슷하고 취향도 비슷하고 그래서 연애도 그럴 줄 알았는데."

"……."

"되게 많이 싸웠어……."

모든 연애는 보편적이면서도 개별적이다. 해인의 연애도 진부하게 시작해서 진부하게 끝났지만 그 과정엔 특수한 서사가 있었다. 적어도 해인에겐 그랬다.

남들만큼 좋고 남들만큼 싸우는 평범한 커플이었다. 윤재의 직업만 제외하면. 아이돌로 성공하고 배우로 승승장구하며 윤재는 점점 바빠졌다. 몇 달이 지나도 얼굴 한번 못 보는 일도 생겼다.

시간이 흐르고 상황이 변하며 감정이 퇴색되는 건 어쩔 수 없다고 해도, 일단 물리적으로 함께할 시간이 너무도 부족했다. 좋은 것도 싫은 것도 그때그때 해소하지 못하고 쌓아 두기만 하다 결국 만나는 순간엔 흐지부지 흘러가 없어진 과거가 되었다. 대화는 어긋났고 서로 눈치만 보다 점점 지쳐 갔다. 결국엔 싸움조차 하지 않게 됐다.

만남이 피로해지고 헤어지고 돌아오는 길이 전처럼 아쉽지 않았다. 오히려 안도가 됐다. 윤재와 해인은 서로를 잘 알았고 그만큼 상대를 배려한다는 게 불필요한 거리감을 늘렸다.

그러다 윤재가 동료 배우와 스캔들이 터졌다. 윤재는 제대로 된 해명을 하지 못했고, 해인은 이제 각자의 길을 갈 때가 됐다고 생각했다.

함께 꿈을 키우며 풋풋했던 시절의 열정을 기억하고 그 감정이 자라 연인이 되었다. 좋은 한때를 함께했지만 거기까지였다. 그 정도로 충분하다는 생각이 들었다. 그렇게 관계에 한계를 그은 건 해인의 의지였고 그게 이별의 이유였다.

"나는 욕심이 많은데."

해인이 눈을 감으며 중얼거렸다.

"그 옆자리가 욕심이 안 났어. 더 이상."

스캔들이 났음에도 그렇게 화가 나지 않았다. 그냥 아, 이렇게 됐구나 하는 생각이 들었다. 배신감이 전혀 없었다면 거짓말이지만 그보다 그와 스캔들 난 여자 배우의 얼굴을 봐도, 윤재와 그녀가 함께 있는 모습을 떠올려 봐도 그다지 질투가 나지 않는다는 게 더 충격이었다.

"그게 다야."

서진은 한참이나 말이 없었다. 그의 반응을 기다리던 해인은 점점 졸음이 밀려오는 걸 느꼈다. 말을 많이 해서인가, 피로했다. 어쩌면 술을 많이 마셨기 때문인지도 모르고 밤이 늦었기 때문인지도 몰랐다.

혹은 베고 있는 무릎이 편해서거나 서진의 몸에서 너무 좋은 냄새가 나 이대로 잠들면 반드시 좋은 꿈을 꿀 것 같다는 예감이 들어서인지도.

"많이 싸웠어?"

"……어?"

"그, 전 애인이랑."

"어어, 좀 그랬지……."

"많이 싸워서 지친 거야?"

글쎄. 해인은 입술을 달싹였지만 제 말이 입 밖으로 나왔는지는 확신이 없었다.

"그럼 안 싸우기만 하면 괜찮아?"

"……어?"

"안 싸우면 안 헤어져?"

해인이 가물가물 눈을 떴다. 그렇게 묻는 서진이 왠지 어린애 같다는 생각이 들었다. 희미하게 미소를 지으며 해인은 편한 대로 고개를 돌려 옆머리를 그의 허벅지 위에 비볐다.

"안 싸우고 어떻게 사귀어."

"……."

"싸워도 안 헤어져야지."

"……."

"싸워도 안 헤어지고 싶어야지……."

삶의 평화를 잃는 게 너를 잃는 것보다는 낫다고, 그때도 그렇게 생각했었는데.

"그럼 나는 어떻게 해야 해요?"

몽롱해져 가는 의식 사이로 서진의 말소리가 들렸다. 물속에서 듣는 것처럼 웅웅 울렸다.

"어떻게 하면 안 헤어지고 싶을 수 있어요?"

무슨 대답을 했는지는 기억이 나지 않았다.

"그 사람은 어떻게 잊었을까……?"

나는 죽어도 안 되던데.

뒷말이 뭐였는지도 들리지 않았다.

* * *

다음 날 느지막이 일어난 해인은 숙취 탓인지 기력도 없고 입맛도 없었다. 이것저것 해장할 것을 권하는 서진을 잡아다 옆에 앉혀 놓고 하룻강아지처럼 빈둥거리며 오전 시간을 보내다가 오후가 되어서야 슬슬 준비를 하고 서진과 밖으로 나갔다.

"뭐 먹을까? 뭐 먹고 싶은 거 없어?"

별 기대 없이 물은 대로 서진은 네가 원하는 거면 뭐든 좋다는 표정을 하고 차에 시동을 걸었다. 해인은 그럼 나 먹고 싶은 거 먹자며 내비게이션에 최근 친구에게 맛있다고 추천을 받은 카레집을 쳤다.

20분쯤 달려 도착한 카레집에서 점심을 먹고 나오니 식당에 들어갈 때만 해도 쨍쨍하던 하늘이 조금 흐려져 있었다. 밤늦게 비 예보가 있었는데 벌써부터 공기에 비 냄새가 묻어났다.

근처에 제법 큰 공원이 있어 둘은 조금 걷기로 했다. 테이크아웃한 커피를 들고 천천히 공원 산책로를 돌았다. 녹음이 우거진 공간에 선선한 강바람이 솔솔 불어와 더위를 식혀 주었다.

저들처럼 바람을 쐬러 나왔는지 넓게 깔린 잔디밭에 돗자리를 깔고 앉은 사람들이 많았다. 농구대가 설치된 광장에서 보드나 자전거를 타는 학생들도 있었고, 개를 데리고 산책을 나온 사람들도 여러 번 마주쳤다.

개들은 유난히 해인을 좋아했고 해인도 개를 예뻐해서 종종 걸음을 멈추고 강아지들과 어울리기도 했다. 그럴 때마다 서진은 옆에 멀뚱히 서서 해인이 견주와 얘기를 나누거나 강아지들의 동그란 머리와 통통한 몸통을 어루만지며 귀여워하는 것을 지켜보기만 했다. 덩치가 크건 작건, 털이 많건 적건 서진은 동물에 일절 관심이 없었다.

"나 줘. 버리고 올게."

커피를 다 마시고 서진은 해인의 손에서 빈 일회용 컵을 가져다 근처 쓰레기통으로 갔다. 컵을 버리고 돌아서는데 웬 큼지막한 개의 목줄을 쥔 남자가 혼자 서 있는 해인 곁으로 다가서는 게 보였다. 서진의 눈빛이 대번에 날카로워졌다.

"해인아!"

뛰다시피 성큼성큼 걸음을 옮기며 서진이 답지 않게 큰 소리로 외쳐 부르자 해인이 동그랗게 뜬 눈으로 저를 보았다. 서진을 등지고 서 있던 남자도 몸을 돌려 서진을 보았다.

서진은 흘깃 그를 일별하고 해인과 남자 사이에 거리를 벌리듯 들어가 섰다. 그에 밀려 제자리를 빼앗긴 털이 복슬복슬한 흰 개가 낑낑거리는 소리를 내었지만 본 체도 하지 않았다.

"무슨 일이야?"

"어, 이분이 길을 좀 물어보셔서."

해인이 순진한 얼굴로 서진에게 상황 설명을 했지만 서진은 그 말을 조금도 귀담아듣지 않았다. 저와 눈이 마주치자마자 남자의 얼굴에 스친 표정을 보면 이 남자의 목적이 길 찾기 따위에 있지 않다는 건 불 보듯 뻔했다.

느슨한 남자의 복장이나 마치 제 앞마당에 나온 것처럼 편안해 보이는 개의 태도만 봐도 이 공원에 한두 번 돌아다닌 게 아닌 것 같은데. 적어도 어쩌다 우연히 들른 자신들보다는 근처 지리를 잘 알지 않을까.

하지만 해인은 전혀 모르는 눈치였다. 서둘러 고맙다고 인사를 하고 아쉬운 듯 돌아서 가는 남자와 개의 뒷모습에 대고 손을 흔드는 해인은 가끔 서진이 속이 터질 정도로 둔하고 무방비했다.

"저 강아지 진짜 귀엽다."

"저 남자가 무슨 말 했어?"

"어?"

"길만 물어봤어?"

그럼 또 뭐가 있겠냐고 어리둥절한 듯 되묻는 해인은 이전에도 종종 생각했지만 자신의 외모에 대한 자각이 다소 부족했다. 나름 어느 정도 자신감은 있는 것 같았지만 해인은 자신이 생각하는 것보다 자기가 더 예쁘다는 것을 알아야 했다.

남들 눈에 제 얼굴이 얼마나 사랑스럽고 매력적으로 보이는지, 그걸 안다면 저런 놈들이 접근해 오는 목적이 표면상 내세우는 이유 따위가 아닌 개수작이라는 것도 알 텐데.

그래도 다행히 방금 개를 내세워 개수작을 부리던 놈은 외모가 전혀 해인 취향이 아니었다. 대체로 주위에서 흔히 볼 수 있는 얼굴의 남자들은 해인의 눈길을 끌 일말의 가능성도 없다. 고해인은 얼빠니까.

그걸 누구보다 잘 아는데도 이렇게 심장이 요동치는데, 해인의 취향이 좀 더 온건한 쪽이었다면 서진은 아마 진작 불안 장애에 걸렸을지도 모른다.

"왜?"

말없이 물끄러미 저를 보는 시선을 뒤늦게 알아채고 서진이 물었다.

"아니, 그냥."

"……."

"새삼 반말 되게 자연스럽다 싶어서."

"……하라면서."

슬며시 눈을 피하며 중얼거리는 서진을 보고 해인이 소리 없이 웃었다. 가슴이 간질거리는 웃음소리가 사그라들 때까지 눈을 내리깔고 있던 서진이 고개를 들자 해인이 저만치 농구대가 설치된 광장을 바라보는 게 보였다. 웃통을 깐 남자들 너댓 명이 농구를 하고 있었다. 이 날씨에 기운도 좋다고 해인이 생각하고 있는데 서진이 슬며시 해인의 옷자락을 잡아당겼다.

"그만 가."

"응?"

갑자기? 어리둥절한 표정이 된 해인을 못 본 척 서진이 옷자락을 잡은 채로 몸을 돌렸다.

"비 올 것 같아."

그런가, 하고 해인이 하늘을 올려다보며 끌려가다시피 걸음을 옮기는데 문득 길가에 죽 늘어선 주황색 천막들이 눈에 들어왔다. 그 겉면에 쓰인 사주, 궁합, 타로와 같은 글자들을 본 해인의 눈이 번쩍 빛났다.

"서진아."

"응."

"우리 저거 보자."

서진이 해인이 가리키는 쪽으로 고개를 돌렸다. 다시 해인을 돌아보는 얼굴엔 난감함이 어려 있었다.

"글쎄, 난 저런 건 좀……."

"너 궁합이 무슨 말인지 알아?"

"……."

"연인이나 부부가 서로 얼마나 잘 맞는지 알아보는 거야."

"……."

"궁금하지 않아?"

서진은 빠르게 고개를 저었다. 실제로 하등 알 필요도 없는 궁합 따위 전혀 궁금하지 않을뿐더러 사주라는 건 생년월일을 따져 보는 게 아닌가.

"난 그런 거 별로야. 나쁜 말 들으면 괜히 기분만 안 좋고……."

"좋은 말만 기억하면 되지."

"……."

"그래, 그럼 타협해서 너네 식으로 타로라도 보자."

그게 무슨 타협인지는 모르겠지만 이쯤 되면 말릴 재간이 없었다. 서진은 하릴없이 해인이 이끄는 대로 주황색 천막 중 비어 있는 한 군데로 들어갔다.

"안녕하세요!"

해인이 먼저 반갑게 인사를 했다. 안쪽에 검은 옷을 입고 앉아 있는 여자를 향해 짓는 표정이 어찌나 기대에 부풀었는지 로또 당첨금이라도 받으러 온 사람 같았다. 반면 서진은 해탈한 것처럼 체념한 표정이었다.

"난 보기만 할게."

서진은 미리 이르고 방어적인 태도로 두 개의 의자 중 하나를 약간 뒤쪽에 물러서 앉았다. 해인은 알겠다는 듯 고개를 끄덕이고 여자를 마주 보고 앉았다. 몇 마디 사소한 말들을 주고받다가 여자가 타로 카드들을 부채처럼 쫙 펼치고 마음속으로 원하는 것을 떠올리며 그중 세 개를 뽑으라고 했다.

서진은 절로 흘러나오려는 한숨을 애써 참았다. 여자가 힐긋 제게로 눈길을 주는 게 느껴졌다. 서진은 피하지 않고 그 시선을 마주쳤다. 하지만 여자가 해인이 뽑은 카드들을 내려다보고는 마음속에 고민이 많네, 하고 말했을 땐 저도 모르게 코웃음을 칠 뻔했다.

"어, 제가 딱히 지금 고민이 많지는 않은데……."

"아닌데, 문제가 한둘이 아닌데."

"그, 그런가요?"

"평소에 좀 둔하다는 소리 듣죠?"

"음, 좀 그런 것 같기도 하고……."

"오래전 끊어진 인연이 다시 돌아왔네."

그 말에는 해인과 서진 모두 눈이 커졌다.

"모르겠어? 그 사람, 아가씨랑 떼려야 뗄 수 없는 사람인데."

돌아오는 내내 해인은 타로에서 일러 준 제 운세를 줄줄 읊어 댔다. 해인이 마음에 드는 건 특히 금전운 부분이었다. 올해 큰 횡재수가 있어 평생 놀고먹을 만한 돈이 들어올지도 모른다는데, 과연 현실로 이뤄질 것인가 여부는 제쳐 두고 어쨌든 좋다는 소리를 들었으니 기분이 좋았다.

"그보다 말이야……."

"응?"

"오래전 끊어진 인연은 무슨 말일까?"

서진의 물음에 해인이 전들 알겠냐는 표정으로 어깨를 으쓱했다.

원래 이런 건 그렇게 일일이 진지하게 파고들 게 아니고 들을 것만 들으면 된다고 했지만 서진은 약간 어두워진 눈빛으로 입을 다물었다.

좀 더 놀다 저녁도 밖에서 먹을까 하고 있는데 하늘이 우르릉 울리며 빗방울이 떨어지기 시작했다. 초장부터 기세가 심상치 않은 게 폭우가 쏟아질 것 같았다. 문득 한옥의 창문을 다 열어 놓고 나왔다는 게 떠올라 곧바로 집으로 돌아갔다.

해 질 시간도 되지 않았는데 세상이 어두컴컴했다. 각자 샤워를 하고 나온 둘은 가볍게 맥주를 한 캔씩 하며 영화를 보기로 했다.

"무슨 영화 볼까? 로맨스? 코미디? 액션? 호러?"

"네가 보고 싶은 거 봐."

힘없이 돌아온 대답에 해인이 서진을 물끄러미 쳐다봤다. 아까부터 그는 약간 정신이 딴 데 가 있는 것 같았다. 시선이 마주치자 서진이 멈칫하며 저번에 내가 골랐으니까, 하고 변명하듯 덧붙였다. 해인이 쳐다보는 걸 제 대답이 성의가 없어 그러는 것으로 받아들인 모양이다.

"피곤해? 그냥 쉴까?"

"아니, 영화 봐. 보고 싶어."

서진이 말하며 자리에서 일어나 주방으로 갔다. 전자레인지에 봉지 팝콘을 돌리고 얼음 컵에 레몬청을 넣고 탄산수를 부었다. 해인이 TV를 켰는지 뭐라 떠들어 대는 남자 목소리가 들렸다. 고개를 돌리자 해인은 고르라는 영화는 안 고르고 뉴스를 보고 있었다.

"무슨 뉴스인데 그렇게 열심히 봐?"

"어, 아니……."

"저 배우한테 관심 있어?"

뉴스 속 앵커가 아이돌 출신 남자 배우의 할리우드 진출 소식을 단조롭게 전하고 있었다. 해인이 그제야 TV에서 눈을 떼고 서진을 쳐다보았다.

"그냥 조금 알던 사람이라서, 예전에."

짧게 활동 기간이 겹쳐 간간이 얼굴을 본 적 있는 남자 아이돌이었다. 시간이 많이 흘러 이젠 기억도 희미하지만 그래도 적게나마 친분이나 교류가 있던 면면들을 보면 눈길이 갈 수밖에 없었다.

"……관심이 있다는 얘기네."

"관심은 무슨, 그냥 눈이 간다는 거지. 그리고 쟤 나보다 훨씬 어려. 데뷔했을 때 고 1인가 2인가 그랬다고."

"연하는 싫어?"

서진이 또 불쑥 물었다. 뭔가 계속 주제가 이리저리 튄다 싶었지만 해인은 생각 안 해 봤는데, 하고 성실하게 대답했다.

"지금 생각해 볼게."

"……."

"역시 별로인 것 같아. 난 동갑이 좋아."

서진이 눈을 몇 번 깜박였다. 해인이 이어 줄줄 뒷말을 늘어놓기 시작했다.

"나랑 동갑에 요리 잘하고 청소 잘하고 외국에서 온 사람이 좋아.

특히 독일이면 더 좋겠어. 한국어 포함 3개 국어는 거뜬하고 운전할 때 화 안 내고 술 잘 마시는데 취하진 않고 미신 싫어하고 키는 180…… 어, 너 키 정확히 얼마야?"

멍하니 듣고 있던 서진이 됐어, 하고 고개를 돌렸다. 그 볼이 살짝 붉어진 것 같아 해인이 깔깔 웃었다.

마침 전자레인지에 돌린 봉지 팝콘이 땡 소리를 냈다. 고소한 냄새가 온 집 안에 퍼졌다. 서진이 트레이에 팝콘을 가득 쌓은 볼과 음료를 들고 돌아오는데 해인이 멍하니 텔레비전을 응시하고 있는 게 보였다.

왠지 얼이 나간 표정이라 화면을 봤더니 여전히 뉴스 채널이었다. 어찌나 몰두했는지 해인은 서진이 옆에 와 앉는데도 쳐다보지도 않았다.

"뭘 그렇게 봐?"

서진이 약간 긴장한 음성으로 물었다. 갑자기 목덜미에 소름이 오소소 돋는 것 같았다. 아까 주방에서 듣기에 얼핏 남자 아이돌의 군 전역 소식이 들렸던 것도 같다. 서진이 TV를 봤을 때 이미 화면이 전환되어 한 중견 여배우의 투병 소식이 나오고 있었다.

"……저 배우한테 관심 있어?"

서진이 해인의 표정 하나하나를 놓칠세라 자세히 뜯어보며 물었다. 한때 만인의 첫사랑으로 불렸던 40대 여배우는 워낙 유명해서 연예인에 관심이 없는 서진도 알 정도였다. 그렇다고 딱히 해인이 저런 표정을 지을 이유는 없어 보이는데.

"……아니, 그냥."

한 박자 늦게 해인이 고개를 저었다.

"아무것도 아니야."

답지 않게 흐리멍덩한 대답이었다. 눈 한번 깜빡이지 않고 뚫어지게 그 얼굴을 보고 있던 서진의 눈빛이 날카롭게 빛났다. 불현듯 귓가에 오래전 끊어진 인연이라는 타로점 여자의 말이 들리는 것 같았다.

* * *

"어서 오세요, 주문하시겠어요?"

"저거."

"네에, 아메리카노 말씀하시는 거 맞으시죠? 사이즈는 어떤 걸로 드릴까요?"

"중간."

"아이스로 드릴까요? 따뜻한 걸로……."

"거참, 가뜩이나 열도 많은데 한여름에 커피 뜨거운 거 먹다가 쪄 죽으면 아가씨가 책임질 거야?"

"네……?"

"얼음 많이 넣어 줘."

거기까지 대화가 이어지자 뒤쪽에서 설거지를 하고 있던 소민이 고개를 돌려 해인을 쳐다봤다. 중년의 남성을 상대로 주문을 받고 있던 해인이 가볍게 웃으며 아이스 아메리카노, 사이즈 미디엄 한 잔 주문받았습니다. 드시고 가시겠어요? 하고 매끄럽게 말했다.

하지만 소민은 그사이 미세한 틈이 있다는 걸 눈치챘다. 이 정도 일은 워낙 비일비재해 일일이 반응할 거리도 못 되는데 컨디션이 안 좋은지 해인은 평소보다 대응이 둔했다.

"언니 먼저 점심 먹고 와요."

열이 많은 손님이 막 나온 아이스 아메리카노를 받아 들고 나간 뒤, 소민이 해인의 어깨를 격려하듯 툭툭 두드리며 말했다. 까닭도 없이 유난히 손님이 없는 날이었다. 데이지뿐만 아니라 거리 전체가 묘하게 조용해서, 통유리 밖으로 내다보이는 길가엔 하얀 햇빛만 가득했다.

"아냐, 너 먼저 가. 나 오늘 점심 생각 없어."

"왜 생각이 없는데? 서진 씨랑 같이 안 먹어요?"

"오늘 낮에 일 있대."

"아, 그래요?"

평소라면 묻지 않아도 서진이 무슨 볼일로, 어딜 나갔는지 먼저 줄줄 얘기했을 해인이 거기서 그쳤다. 그래도 밥은 먹어야 하지 않느냐며 몇 번 더 권해 보았지만 해인은 됐다고 고개만 저었다. 소민이 곁눈질로 말없이 컵을 정리하는 해인을 살폈다. 몇 번 입술을 달싹인 끝에 소민이 다시 입을 열었다.

"아까 여사님 말씀 말이에요."

아침 일찍, 오픈도 하기 전부터 인화가 가게 문 앞에 기다리고 있었다. 이렇게 일찍 어쩐 일이냐고 놀라면서도 오랜만이라며 반가움을 금치 못하는 해인을 향해 다정하게 웃어 보인 인화는 할 말이 있다고 했다.

왠지 긴장한 채 해인이 인화의 홍차와 제 몫의 커피를 가져다 맞은편 자리에 앉자 인화가 뜻밖의 제안을 했다.

"어떻게 할 거예요? 여사님 제안 받아들일 거예요?"

아픈 딸의 병세가 차도를 보이지 않아 인화는 좀 오랫동안 집을 비워야 할 것 같다고 했다. 그러면서 해인에게 그동안 데이지 커피가 있는 건물의 관리를 좀 맡아 달라고 했다. 그 대가로 데이지 커피의 임대료를 면제해 주겠다는 것이다.

"할 거죠?"

소민이 약간 서두르는 어조로 물었다. 마다할 이유가 없는, 오히려 이쪽에서는 굴러들어 온 호박이나 다름없는 제안이었다.

말이 관리지, 이미 지정된 관리 업체, 청소 업체가 다 있어 관리인이 특별히 할 일이 없었다. 지은 지 얼마 안 된 건물이라 낙후되어 수리, 보수가 필요한 시설도 별로 없고 세 들어 있는 상가들도 대체로 몇 년씩 조용히 장사 잘하고 지내 온 사람들이었다. 이 정도면 누가 봐도 인화가 호의로 거저 장사할 명분을 준 셈이었다.

"여사님이 언니 예뻐하는 건 알았는데 이 정도인 줄은 몰랐잖아요."

소민이 감탄하며 말했다.

"언니, 어제 본 타로가 맞긴 한가 봐요. 거기 어디라고 했어요?

나도 가 봐야겠다."

평생을 놀고먹을 정도의 횡재는 아니지만 어쨌든 뜻밖의 재복이 붙은 건 맞았다. 하지만 해인은 여전히 말이 없었다. 멍한 얼굴로 이미 몇 번이고 문지른 카운터를 마른행주로 문질러 대다 소민이 언니, 하고 불렀을 때야 옆에 소민이 있다는 걸 알아챈 사람처럼 놀란 눈을 했다.

"무슨 생각을 그렇게 해요. 언니 설마 거절하려는 건 아니죠?"

"응? 아니, 그런 건 아니고……."

"근데 왜 그러는데? 오늘 하루 종일."

소민이 답답하다는 듯 눈을 깜박였다.

"혹시 그 뒤에 하신 말 때문에 그래요?"

"뒤에 하신 말?"

"태희 언니 얘기요."

소민의 말에 해인이 아, 소리를 냈다. 그러곤 이내 고개를 저었다. 전혀 짐작도 못 했다는 눈치인 걸 보면 그것 때문에 저러고 넋을 놓고 있던 건 아닌 것 같긴 했지만 소민은 말이 나온 김에 짚고 넘어가야겠다는 생각을 했다.

"언니는 듣기 싫을 수도 있지만 전 여사님 걱정 일리 있다고 생각해요."

해인의 아버지가 돌아가신 후, 1년 만에 재혼을 한 태희의 어머니는 아버지가 남긴 상속 재산 중 억대에 달하는 보험금과 가게를 자신의 몫으로 가져갔다.

"사실상 유산 분배 다 끝난 건데, 그래 놓고 태희 언니가 어머니 재혼할 때 안 따라나서고 한옥에 눌러앉은 이유가 뭐겠냐시던 말씀이요."

해인이 한숨을 쉬었다. 인화에게도 그랬지만 소민에게도 해인은 싫은 소리를 하고 싶지 않았다. 정말 쓸데없는 걱정이라는 걸 알기에 긴말을 하고 싶지도 않았다.

"친형제, 부모 사이도 갈라놓는 게 돈 문제라고요."

소민이 다소 냉정한 어투로 말했다.

"심지어 태희 언니는 원래 한옥 살기도 싫어했잖아요. 아저씨를 끝까지 아버지라고 한 적도 없고."

"소민아."

"아저씨 그렇게 돌아가신 것도 따지고 보면 다……."

"김소민."

해인의 음성에 힘이 들어갔다.

"왜 말을 그렇게 해. 또 네가 태희 마음을 어떻게 알아."

"그럼 언니는 알아요?"

소민이 지지 않고 해인을 똑바로 쳐다봤다.

"언니한텐 연락도 없는데, 자기 엄마한테는 꼬박꼬박 귀찮을 정도로 한다잖아요."

소민은 그게 좀 서운한 모양이었다. 이전부터 그렇게 생각했지만 해인이 마음 주는 것만큼 태희는 아닌 것 같아서, 제 일도 아니지만 태희에게 원망스러운 감정이 드는 것 같았다.

"어차피 한옥은 원래부터 내 명의였어."

"아는데, 나중에 언니 결혼이라도 하면요. 그때 태희 언니 맨몸으로 나가라고 할 수 있어요?"

"소민아."

해인이 기운 없는 어조로 말했다.

"그런 일이 생기면 내가 바짓가랑이를 잡고 매달려도 태희가 나갈 거야. 그리고."

해인이 짐짓 심각한 표정으로 얼굴을 구겼다.

"나 이제 진짜 결혼 못 할 거 같아."

* * *

콘솔 박스 위 휴대폰이 드르륵 소리를 내며 짧게 여러 번 진동했다.

[사장님 지금 막 퇴근하셨어요.]
[점심도 안 먹었답니다.]
[하루 종일 축 처져 있었대요.]

메시지 내용을 확인한 서진이 답장을 보냈다.

[무슨 일 있었나요?]

[아뇨, 그런 건 아닌 것 같은데요. 아 참, 오전에 건물주가 가게에 들르셨대요.]

그리고 건물주가 들른 용건이 요약해서 이어졌다. 보고 있던 서진의 눈썹이 이내 찌푸려졌다.

건물 관리라니. 무슨 속셈이지? 세상에 이유 없는 호의는 없다는 게 서진의 생각이었다. 지금까지 서진의 인생이 그 증거였다. 예외라면 단 하나뿐이었는데, 정작 그 사람은 자신이 누구에게 뭘 주었는지도 모르는 바보였다.

'서인화, 라고 했나.'

서진이 손가락으로 핸들을 두드리며 '여사님'에 대해 생각하던 중이었다. 신호 대기 중이던 차창 너머로 백화점 벽면 하나를 가득 채운 광고판이 보였다. 그 특유의 상징색을 띤 박스를 보는 것만으로도 여성들의 심장 박동 수를 올릴 수 있다는 주얼리 브랜드의 광고 영상이었다.

디자인에 미세한 차이가 있지만 한 쌍임이 분명한 커플링을 나눠 낀 남녀의 두 손이 겹쳐지는 장면에서 서진의 손이 무의식적으로 입고 있던 재킷의 안주머니를 더듬었다.

비슷한 게 그 안에 자리 잡은 지 꽤 오래됐다. 하지만 서진의 표정은 광고 속 남녀처럼 행복에 겨운 게 못 되었다. 오히려 불안에 가까웠다.

변치 않을 사랑의 맹세, 영원한 속박. 그런 게 정말 반지 따위로 가능하다면 세상에 이별이란 없겠지. 하지만 알면서도 그렇게라도 서로를 서로에게 영구적으로 묶어 두려는 마음을 이해하지 못하는 건 아니다. 할 수만 있다면 서진 역시 무슨 짓을 해서라도 붙들어 놓고 싶은 사람이 있으니까.

신호가 바뀌기 직전, 해인에게서 메시지가 왔다. 차를 출발시키며 답장을 보내는 대신 전화를 걸었다. 해인은 곧장 전화를 받았다. 퇴근하고 집에 가는 중인지 바람 소리가 들렸다. 애써 아닌 척하지만 해인의 목소리에 기운이 없는 게 느껴졌다. 저녁에 용무가 있음을 알리고 밥은 혼자 먹어야 될 것 같다고 하자 많이 늦냐는 물음이 돌아왔다.

"안 늦어. 밥만 먹고 금방 올 거야."

—그 무슨 외국인 여행자들 모임이랬지?

"응."

—사귀는 사람 있다고 해.

"누구한테?"

—누구한테든. 아무도 안 물어봐도 사귀는 사람 있다고 해.

농담인 줄 알지만 웃음이 절로 나왔다. 웃겨서가 아니라 흐뭇해서.

"알았어. 밖이야?"

—응, 집에 가는 중.

"그래. 조심해서 빨리 들어가. 나도 빨리 갈게."

서진이 희미한 미소를 지으며 통화를 종료했다. 안타깝게도 서진이 지금 만나러 갈 사람들은 그에게 연인이 있는지 없는지 하등 관심도 없을 인물들이었다.

서진이 안주머니를 버릇처럼 한 번 더 문질렀다. 당장 건넬 목적으로 산 반지는 아니지만 이젠 반지든 뭐든, 먹힌다면 몸이라도 들이밀어야 했다. 수단 방법을 가릴 때가 아니었다. 이틀 전, 뉴스를 보던 해인의 표정에서 상황이 좋지 않다는 신호가 느껴졌다.

서진에게 세상에서 제일 무서운 건 저에게서 돌아서는 해인의 뒷모습이었고, 제일 싫은 건 저 아닌 누군가와 함께 떠나는 뒷모습이었다. 서진은 두 번 다시 그런 광경은 보고 싶지 않았다.

* * *

점을 본 다음 날 바로 임대료 면제라는 소식이 날아옴으로써 제법 신통함을 증명한 타로는 해인의 연애운에 대해선 별 언급이 없었다. 해인은 그것을 운이 없다는 것으로 받아들였다. 굳이 말할 필요도 없을 만큼, 현재 해인의 연애운이 알맹이가 빠진 깍지 콩처럼 아무것도 없는 것이다.

그것은 일부 맞기도 하고 틀리기도 했다. 해인은 지금 누구보다 행복한 연애를 하고 있다고 자부했다. 하지만 이 연애는 시한부라는 점에서 언급할 가치도, 의미도 없이 마치 고속도로 나들목처럼 한순간 지나가는 과정에 불과한지도 모른다. 적어도 타로의 견지에서는 그런 모양이었다.

아니, 타로만 그런 것도 아니었다. 당사자인 서진도 그랬다. 둘이 사귀고 얼마 지나지 않아 해인이 장난으로 한국 국적이 갖고 싶지 않냐며, 원한다면 도와주겠다고 했는데 서진은 당황해서 말도 제대로 못 했다. 정말 별생각 없이 농담으로 한 말인데 난처해서 어쩔 줄 몰라 하는 반응이 돌아오자 되레 해인이 더 민망해져서 얼른 주제를 돌렸었다.

퇴근 후 해인은 집으로 곧장 가지 않고 빙 둘러 천천히 동네를 한 바퀴 돌았다. 심란했다. 이틀 전 스치듯 봤던 뉴스가 머릿속에서 떠나질 않았다. 일부러 그 뒤로 관련 기사를 찾아보지도 않았다. 그럴 이유도 없었다. 무슨 상관이라고. 아무 관계도 없는 사람인데.

"고해인 진짜 할 일도 없나 보다. 쓸데없는 데 팔 정신도 있고."

애써 담담하게 중얼거려 봤다. 딱히 기분이 나아지진 않았다. 해인이 주머니에 있던 휴대폰을 꺼내 들었다.

[어디야?]
[언제 와?]

서진에게 메시지를 보내고 푸른 물이 빠지기 시작하는 하늘을 물끄러미 올려다봤다. 비행운처럼 생긴 길게 꼬리를 긋는 구름을 바라보다 다시 휴대폰을 열어 검색창에 독일을 쳤다.

액정 상단에 뜨는 기본적인 정보를 대충 훑어보다 독일 항공권 가격과 비행시간 따위도 검색해 봤다. 그때 서진에게서 전화가 왔다.

서진은 모임이 있어 늦는다고 했다. 오랜만에 혼자인 저녁이었다.

모처럼 난 자투리 시간에 누구를 불러내 밥을 먹거나 체육관을 갈 수도 있었지만 그럴 기분이 나지 않았다. 해인은 곧장 집으로 향했다.

조용한 식탁에서 혼자 대충 저녁을 먹었다. 정적이 무거웠지만 텔레비전은 켤 생각도 하지 않았다. 다 먹은 뒤엔 설거지를 하고 주방 청소까지 했는데도 아직 밖이 훤했다. 그 말인즉 서진이 돌아오려면 아직 멀었다는 거다.

'그동안은 혼자 뭐 했는지 모르겠네.'

멍하니 시계 초침만 보고 앉아 있던 해인은 마루 아래로 내려가 가볍게 몸을 풀었다. 줄넘기도 하고 스트레칭도 했다. 올여름 운동을 거의 못 해서인지 살짝 몸이 무거운 게 느껴졌다.

부지런한 편은 아닌데 어릴 때부터 습관이 들어서인지 해인은 일정 시간 이상 몸을 쓰지 않으면 좀 갑갑해졌다. 적당히 땀이 나자 해인이 그대로 툇마루에 드러누웠다. 운동을 하는 새 어스름이 내리고 가로등에 반짝 불이 들어왔다.

"음?"

동시에 대문이 살짝 흔들렸다. 사람이 건드렸다기엔 약하고 바람이라기엔 산들바람조차 불지 않았다. 해인이 고개를 돌린 자세 그대로 눈을 크게 뜨고 꼼짝도 않고 대문을 쳐다보았다. 한 번 더 흔들, 문이 밀렸을 때 해인이 누구세요? 하고 소리를 쳤다.

돌아오는 답은 없었다. 벌떡 자리에서 일어난 해인이 슬리퍼를 신고 정원을 가로질러 대문을 열고 밖을 내다보았다. 늘 서 있던 차가 없어 훤해진 대문 앞엔 아무도 없었다. 퇴근을 서두르며 지나치는 사람들과 꼬리를 곧추세우고 담을 지나가는 고양이 한 마리밖에 보이지 않았다.

"너였냐."

피식 웃고 몇 번 더 주위를 돌아보던 해인이 도로 집에 들어가려는데 저만치 전조등 빛이 번쩍했다. 서진의 차였다.

"아."

해인이 웃는 얼굴로 마구 손을 흔들었다. 서진이 주차를 하는 동안 해인은 열심히 수신호를 보내며 더더더, 됐어, 그만, 하고 불필요한 주차 도우미 역할을 했다.

"왜 나와 있어. 더운데."

차에서 내린 서진이 땀에 젖은 해인의 티셔츠를 보며 말했다. 해인이 이건 좀 아까 운동을 해서 그렇다며 덥지 않다고 했다.

"그래도 어두운데."

"아니, 좀 전에 누가 문을 두드린 것 같아서. 혹시나 해서 나와 봤지."

대수롭지 않게 대답했는데 서진은 그대로 걸음을 멈췄다.

"누가 왔었다고?"

"어? 아니. 누가 온 게 아니고 누가 온 줄 알았다고."

들어가자고 해인이 옷자락을 잡아당겼다. 그에 마지못해 걸음을 옮기면서도 서진의 눈동자가 불안한 듯 날카롭게 어두운 골목 사이를 훑었다.

"있잖아, 나 우리 상가 관리인 됐다."

샤워를 하고 냉차 한 잔씩을 앞에 두고 식탁에 마주 앉아 해인이 오늘 인화와의 일을 얘기했다. 잘된 일이긴 한데 좀 부담스럽기도 하다는 말에 서진은 제 의견을 덧붙이지 않고 가만히 듣기만 했다.

그렇게 수다를 떨며 시간을 보내다 밤이 이슥해져 해인이 그만 자리에서 일어났다. 잘 자라고 서진의 볼에 쪽 입을 맞추는데 서진이 왠지 모르게 미묘한 표정으로 머뭇거렸다.

그 기색을 알아채지 못한 해인은 그대로 제 방으로 들어갔다. 정신적으로 피로한 상태인데도 잠은 잘 오지 않았다. 양과 염소를 수천 마리쯤 센 뒤에야 겨우 잠이 든 해인은 다음 날 아침 땀범벅이 된 채로 눈을 떴다.

"뭐야. 왜 이렇게 더워……."

취침 예약을 하지 않았던 것 같은데 자는 새 에어컨이 꺼져 있었다. 창을 열고 밖으로 나왔더니 주방에 똑같이 땀범벅이 된 서진이 붉게 상기된 얼굴로 아침을 준비하고 있었다.

"왜 그러고 있어? 에어컨 안 틀어?"

물으며 해인이 거실 구석에 있는 스탠드 에어컨으로 시선을 돌렸다. 왠지 답을 듣지 않아도 알 것 같았다. 어딘가에서 꺼내 온 선풍기를 틀고 가스 불 앞에 서 있는 서진이 답이었다. 서진은 별일 아니라는 듯 가볍게 고개를 저으며 차분하게 해인의 의심을 확신시켜 주었다.

"에어컨이 고장 난 것 같아."

혼비백산한 해인이 곧바로 AS 센터에 전화를 걸었지만 예약이

밀려 수리 기사는 보름 후에나 올 수 있다고 했다. 깜짝 놀라 그렇게나 오래 걸리냐고, 어떻게 좀 더 빨리 안 되겠냐는 해인의 애걸에 지금 때가 어느 때냐고 되묻는 기사님의 음성이 몹시도 지쳐 있었다.

"에어컨 대란의 한복판이지."

"……."

"어떡하지?"

출근한 해인이 천장을 올려다보며 중얼거렸다. 거기 멀쩡하게 쌩쌩 돌아가는 튼튼한 에어컨이 있었다. 이 냉하고 건조한 바람이 얼마나 소중한지 평소 충분히 인지하고 있다고 생각했는데 막상 이런 사태가 되고 보니 그 반의 반도 몰랐던 것 같다.

"2주면 좀 길긴 하네요."

소민이 말했다.

"그렇지? 나야 하루 절반은 가게에 나와 있는다 치고 서진이는 어떡해. 지금도 찜 쪄지고 있을 텐데."

"무슨 찜을 쪄요. 어린애도 아니고 더우면 알아서 시원한 데로 갈 텐데."

정 그렇게 신경이 쓰이면 가게로 나와 있으라고 하는 말에 해인이 안 그래도 그랬는데 본인이 집에 있겠다 했다고 말했다. 해인은 정말 괜찮은데 서진은 자신이 가게에서 자리를 차지하고 있으면 혹시나 해인에게 방해가 되지 않을까 염려하는 듯했다.

"우리 집이라도 며칠 와 있으라고 하고 싶은데."

소민이 뒷말은 하지 않아도 알죠? 하듯 어깨를 축 늘어트렸다. 소민의 자취방은 정말 손바닥만 해서 짐이 놓인 자리를 제하면 두 사람이 눕기도 불편했다.

"아냐, 넓다고 해도 어떻게 너한테 그런 신세를 져."

가뜩이나 여름 손님은 호랑이보다 무섭다는데 소민에게 그런 민폐를 끼칠 순 없다.

"그럼 어떡해요. 2주씩이나."

"그러게."

해인이 멀뚱히 소민을 쳐다보다 휴대폰을 꺼내 들었다.

"어떻게든 버텨 봐야지, 뭐."

퇴근 후, 해인이 집 앞에 도착했을 때 마침 배달 기사도 대문 앞에 당도한 참이었다. 열린 대문 뒤로 커다란 상자를 어리둥절하게 받아 드는 서진도 보였다.

얼른 달려간 해인이 빠른 배송 감사하다며 인사를 하고 상자를 안은 서진을 데리고 안으로 들어갔다. 해인이 낮에 근처 완구점에서 배달시킨 물건이 때맞춰 도착한 것이다.

"이게 뭔데?"

"보면 알아. 오늘 많이 더웠지?"

정원 한가운데서 상자를 뜯은 해인이 축 늘어진 거대한 비닐 같은 것을 꺼냈다. 제법 무게가 있는지 낑낑대는 것에 서진도 영문을 모르고 도왔다. 다 꺼내 놓고 보니 그 시퍼런 것의 정체는 공기 주입식 대형 풀장이었다.

"여기 바람 넣고 물 채워 넣으면 끝이야."

"……."

"더우면 이제 여기 들어가 있으면 돼."

해인이 가슴을 펴고 의기양양하게 말했다. 차양도 따로 설치할 수 있다며 보여 주는데 확실히 본격적이었다.

가정용이라기엔 과한, 부풀려 놓으면 거의 정원 절반을 차지할 것 같은 풀장의 크기에 서진은 할 말을 잃었다.

"바람 넣는 것도 쉬워. 내가 할게."

그러면서 해인이 동봉한 핸드용 에어 펌프를 보여 주었다. 저걸로 이 큰 것을 다 채우자면 손목이 먼저 나갈 게 틀림없다.

"수리 기사님은 2주 뒤에나 오신다니까 아쉬운 대로 이렇게 있다가 정 안 되면……."

정 안 되면 이번엔 이글루라도 만들 참인가.

서진은 한숨이 나오려는 것을 참았다. 이 난관을 이런 식으로 극복하려 들 줄이야.

"저기 있잖아."

"응?"

"이런 거 필요 없어."

"왜?"

없는 것보다 낫다며 무어라 또 설득하려는 해인을 향해 서진이 납작한 카드 같은 것을 쑥 내밀었다.

"안 그래도 너 오면 말하려고 했는데."

"……."

"2주간 호텔, 예약했어."

"호텔?"

해인이 물끄러미 서진의 손에 놓인 카드 키를 쳐다보았다. 머릿속이 순식간에 시끄러워졌다.

이게 무슨 뜻이지? 혼자 나가겠다는 뜻인가? 나한테 주는 거니까 나보고 쓰라는 건가? 그것도 아니면 나도 옆방을 하나 잡아야 하나? 혼란에 빠져 있는데 해인의 생각을 알아채기라도 한 듯 서진이 2인 1실이야, 하고 말했다.

"2인 1실?"

"짐부터 싸자."

서진에게 붙들려 해인은 핸드용 에어 펌프를 든 채 집 안으로 끌려 들어갔다. 멀지 않은 곳으로 잡았으니 언제든 집에 왔다 갔다 할 수 있다며 서진은 꼭 필요한 것만 간단히 챙기라고 했다. 그러면서 직접 해인은 어디 있는지도 몰랐던 여행용 보스턴백까지 꺼내 주었다.

양치기 개에게 몰린 양처럼 방에 밀어넣어진 해인은 혼자 남게 되자 그때부터 머리가 팽팽 돌아가기 시작했다. 이건 또 무슨 뜻이지? 호텔 2인 1실이라면 한방을 쓰자는 소리 같은데, 이걸 어떻게 받아들여야 하지?

평소라면 해인도 이건 '여행 가자'와 비슷하게 영락없이 신호를 보내는 것이라고 생각했을 것이다. 하지만 그간 해 온 헛발질이 있어 선뜻 판단을 내리기가 어려웠다. 에어컨 고장이라는 뜻밖의 재난 때문에 빚어진 것이니 여행처럼 자유 의지로 이루어진 상황이 아니다.

게다가 상대는 윤서진이다. 차려진 밥상에도 절만 하는 동정남에 모솔남.

'설레발치지 말자.'

지금까지도 마음만 먹으면 얼마든지 분위기를 잡을 수 있었다. 어쩌면 서진은 한방이라는 것에 별생각이 없을지도 모른다. 여행자들이 대거 몰려드는 게스트 하우스 같은 곳은 남녀 여럿이서 한방을 쓰기도 하는 경우가 있다니까 그런 식으로 생각했을 수도 있다.

침착하자, 침착해. 해인이 잡생각에 빠져 있는 사이, 서진이 짐을 다 쌌는지 방문을 똑똑 두드리는 소리가 났다. 준비 다 됐어? 하는 물음에 잠깐만! 하고 소리를 치고 해인이 닥치는 대로 물건들을 쓸어 담았다. 급한 마음에 서두르다 정신을 차려 보니 어느새 뭘 넣었는지도 모를 보스턴백을 쥐고 서진의 차 조수석에 앉아 있었다.

멀지 않은 곳이라더니 도착한 호텔은 해인의 집에서 한참이나 떨어진 곳이었다. 거리로 따지면 얼마 되지 않고 차로 이동하면 30분 내외지만 대중교통을 이용하면 한 시간 반이나 걸린다. 아마 서진은 서울 지리를 잘 모르니 이걸 가깝다고 정한 것이겠지만 그의 말처럼 손쉽게 왔다 갔다 하기는 어려울 것 같았다. 게다가 문제는 그것만이 아니었다.

'여기 되게 비싼 데잖아.'

서진의 뒤를 따라 로비를 가로지르며 해인이 망연한 표정을 지었다. 호텔 2주 예약이라고 해서 해인은 상대적으로 좀 저렴한 비즈니스호텔이나 관광호텔인 줄 알았다. 하지만 아니었다. 서진이 체크인하고 있는 곳은 해인이 알기로 서울 시내에서 제일 비싼 호텔 중 하나였다.

'취소하자.'

금전적 위기 앞에 다른 문제는 싹 밀려났다. 룸 종류에 따라 다르겠지만 이 정도 호텔이면 적어도 1박에 수십만 원은 할 텐데, 굳이 이런 비싼 곳에 묵을 이유는 없었다. 가뜩이나 성수기에 이런 데서 2주나 묵었다간 서진의 여행 경비가 다 거덜 날 것이다.

'아냐, 그래도.'

카드 키를 대 작동하는 엘리베이터에 오르는 서진의 뒤를 따르며 해인이 재빨리 생각을 바꿨다. 어차피 이렇게 된 이상 오늘은 1박을 하고 내일부터 옮기자고 설득하자. 서진도 저를 생각해서 고른 곳일 텐데 대뜸 취소하라고 닦달하면 기분이 상할지도 모른다.

기껏 준비한 이벤트를 두고 이런 거 왜 하냐고 정색하는 연인이 얼마나 사람 마음을 서운하게 하는지는 해인도 알고 있었다. 여차하면 계산을 자신이 할 수도 있다.

그렇게 정리를 하니 마음이 좀 편해졌다. 약간 느슨해진 해인의 표정이 방에 들어선 순간 다시 싹 굳었다.

"……."

스위트룸이었다.

"먼저 씻을래?"

"어? 뭐라고?"

멍하니 킹사이즈 침대를 보고 있던 해인이 불쑥 들려온 물음에 갈라지는 소리를 냈다. 창피함에 얼굴이 붉어졌지만 이건 아니라는 생각이 들었다. 스위트룸이라니. 이렇게까지 할 바엔 차라리 에어컨을 새로 한 대 사는 게 더 싸겠다.

'아니, 잠깐만.'

목구멍까지 튀어나오는 나가자는 말을 누르고 해인은 다시금 마음을 가라앉혔다. 진정하자. 어차피 하루만 잘 거다. 이왕 들어온 거 이제 무를 수도 없다. 오늘은 그냥 이 모든 걸 누리고 내일 체크아웃 시간이 되면 깔끔하게 계산하고 나가는 거다.

그보다 얘가 지금 뭐라고 했지?

"안 씻냐고."

"아, 나, 그래. 내가 먼저 씻을게. 아까 땀을 흘렸더니 냄새 나지?"

"냄새는 안 나는데."

확인하듯 서진이 해인에게로 성큼 한 걸음 다가서며 고개를 기울였다. 그만큼 해인이 주춤거리며 물러섰다. 널찍한 침대를 배경으로 선 서진을 보니 아까와는 다른 긴장감이 스멀스멀 몰려오기 시작했다.

한집에 살면서 이 정도 대화를 나눈 게 얼마인데, 스위트룸의 위력은 과연 대단했다. 장소 하나 바뀌었을 뿐인데 막 차린 신방에 들어온 새색시처럼 가슴이 뛰고 진정이 되지 않았다.

"빨리 씻고 나올게. 놀고 있어."

해인이 서둘러 욕실로 들어와 문을 잠갔다. 널찍한 파우더 룸이 딸린 욕실은 해인이 종종 보던 호텔의 벽장 같은 욕실과는 차원이 달랐다. 주섬주섬 옷을 벗고 거울을 보니 눈동자에 초점이 없고 얼굴이 빨갛게 달아오른 여자가 있었다. 뭔가 현실감이 없었다.

스위트룸이라니. 이러면 오해해도 할 말이 없잖아.

빛이 날 정도로 새하얗게 닦인 커다란 욕조와 샤워 부스를 번갈아 보던 해인이 긴 한숨을 내쉬고 샤워 부스로 들어갔다. 평소보다 오래 시간을 들여 머리를 감고 샤워를 하는 동안 해인은 그냥 오해를 하기로 작정했다.

아니라도 엎어진 김에 쉬어 가고, 떡 본 김에 제사 지낸다고, 스위트룸을 스위트룸답게 이용하지 않는 건 직무 유기고, 방임이고, 아무튼 그 모든 죄에 속했다. 어쩌면 이건 하늘이 내린 기회인지도 몰랐다. 하필 이때 에어컨이 고장 났다는 것부터가 그렇지 않은가.

'그래, 하자.'

그렇게 합리화를 하며 각오를 다진 해인은 몸 구석구석을 꼼꼼히 씻었다. 수건으로 물기를 닦고 나왔는데 갈아입을 옷이 없었다. 들어올 때 가방을 밖에 두고 온 것이다. 벗어 둔 옷을 보고 잠깐 고민하던 해인은 그냥 마른 몸 위에 구비된 호텔 가운을 걸쳤다.

크게 심호흡을 한 번 하고 밖으로 나오자 서진은 커튼을 몽땅 걷은 창 앞에 서서 바깥을 내다보고 있었다. 해인이 나오는 소리를 들었는지 돌아서서 이쪽을 쳐다보았다.

눈이 마주치자 해인의 목구멍에서 절로 꼴깍 침이 넘어갔다. 집보다 어두운 조명 탓인지, 마치 날개처럼 그의 뒤로 파랗게 드리워진 야경 탓인지 평소의 서진 같지 않았다.

낯설고 더 어른 같고 더 매혹적이었다.

"나 다 씻었어."

긴장을 감추기 위해 해인이 가운 자락을 움켜쥐었다. 서진은 그대로 가만히 서 있었다. 그의 눈동자만이 흰 가운을 입고 있는 해인을 훑었다. 물이 뚝뚝 떨어지는 머리칼에서부터 하얗게 드러난 맨발까지, 그렇게 핥듯이 보는 걸 숨기려고 하지도 않았다. 해인은 제가 발가벗겨진 것 같았다. 마치 눈으로 애무당하는 기분이 들었다.

모태 솔로 주제에, 동정남처럼 구는 주제에 저런 눈빛은 진짜 반칙 아닌가.

"너는 안 씻어?"

해인이 애써 태연한 척 물었다. 서진이 대꾸 없이 해인에게로 걸어왔다. 손을 뻗으면 닿을 만한 곳에 멈춘 그는 또 한 번 예상치 못한 행동을 했다.

"지금 씻을 거야."

그러더니 옷을 벗었다. 서두르거나 감추려는 기색도 없이 천천히, 태평하기까지 한 동작으로 느릿느릿 재킷을 벗고 셔츠를 벗고 바지를 벗었다. 그 갑작스러운 스트립쇼에 해인이 얼이 나가 멍하니 서 있는 사이 기어코 속옷까지 벗었다. 해인의 눈동자가 절로 천장 모서리 어디론가 튀었다. 뇌가 정지한 것 같았다.

"기다려. 자지 말고."

서진이 천천히 해인을 스쳐 욕실로 들어갔다. 범 앞의 고양이가
된 것처럼 얼어붙어 있던 해인의 눈이 잠시 후 초점을 찾았다. 귓가
에서 삐삐 소리가 들리는 것 같았다.

이 이상 확고한 신호가 있을까.

그대로 빙글 몸을 돌린 해인이 욕실로 향했다. 욕실 문은 잠겨
있지 않았다. 욕조에 물이 채워지는 소리가 들리는 가운데 서진은
문 바로 앞에 우뚝 서 있었다. 마치 해인을 기다리고 있었다는 듯.

눈이 마주치는 순간 불꽃이 튀었다. 참을성 없이 뻗어 나온 손이
해인을 안쪽으로 끌어당기자 발밑으로 입고 있던 가운이 툭 떨어졌
다. 커다란 손이 해인의 어깨를 감싸고 두 사람의 몸이, 입술이 겹
쳐졌다. 뿌옇게 욕실을 채워 가는 수증기가 해인의 머릿속까지 밀
려들어 온 것 같았다.

"좋아해."

해인은 그게 자신의 입에서 나온 말인 줄 알았다.

"처음부터, 나는 너만 좋아했어."

* * *

다음 날 해인은 계획대로 체크아웃을 하지 못했다. 아울러 출근
도 하지 못했다. 해인 인생 최초의 당일 결근이었다. 암막 커튼을

고장 369

내린 호텔방은 해가 떠도 밤과 구분이 가지 않았고, 그게 아니라도 그 길고도 짧은 밤이 지났을 때 해인은 꼼짝할 수 있는 몸 상태가 아니었다.

욕실에서 나름 한풀 꺾였다고 생각한 건 해인뿐인 것 같았다. 나왔을 때부터가 본격적인 시작이었다. 맨몸 그대로 해인을 번쩍 들고 나온 서진은 입고 있던 가운을 대충 문질러 제 몸과 해인의 몸의 물기만 겨우 제거하고 곧바로 침대로 올라갔다.

그 뒤는 말이 필요 없었다.

그동안 어떻게 참았는지 경이로울 지경이었다. 해인도 체력엔 자신이 있어 어느 정도는 따라갔는데 나중엔 거의 울 지경이었다. 아니, 실제 울었다. 감당 못 할 쾌감이 끝도 없이 이어지자 종내는 더럭 겁이 났다. 힘이 다 빠진 몸이 흔들릴 때마다 그러지 않으려 해도 입에선 끙끙 앓는 신음 소리가 나오고, 몸도 마음도 한계에 다다라서인지 자신도 모르는 사이 눈물이 흘러내렸다.

서진은 그런 해인의 눈가와 볼을 제 손과 입술로 연신 훔쳐 냈다. 울지 말라고 속삭이는 음성은 다정했고 손길 역시 매우 부드러웠지만 그뿐, 다른 부분에선 전혀 자비가 없었다. 이대로 세상이 끝나기라도 할 것처럼, 이후는 없는 것처럼 서진은 좀체 해인을 놔주지 않았다.

"이제 그만하자…… 어? 나머지는 다음에 해……."

휴대폰은커녕 시계도 보지 못하게 해서 해인은 시간이 얼마나 흘렀는지도 알 수 없었다. 해인이 마지막으로 기억하는 건 제가 백 번쯤 반복했던 그 말을 또 했다는 게 다였다. 그 뒤는 죽음 같은 잠이었다.

중간중간 조각난 기억이, 기억이 아닌 감각으로 떠오르기도 했다. 제 머리와 팔다리와 등과 전신을 어루만지는 손길이나 피부에 와 닿던 부드러움, 읊조리듯 제 이름을 부르는 낮고 떨리는 목소리.

"고해인, 해인아……."

마주 닿은 서진의 얼굴이 엉엉 울기라도 한 사람처럼 축축하게 젖어 있던 건 정말 꿈일지도 모른다. 그럴 이유가 없었으니까.

"일어나."

"으음……."

"일어나 봐, 응? 해인아."

조심스럽게 어깨를 흔드는 손길에 해인은 떨어지지 않는 눈을 억지로 떴다. 눈꺼풀이 풀로 딱 붙여 놓은 것처럼 좀체 떨어지지 않아 몇 번을 힘을 주고 깜박여야 했다. 뜨고 나서도 눈두덩에 뭐가 매달린 듯 무거웠다. 그렇게 겨우 초점을 맞추자 시야 가득 서진의 얼굴이 들어왔다.

왜 저런 표정을 하고 있지?

왠지 걱정스럽기도 하고 불안한 듯도 한 얼굴이 의아해서 영문은 모르겠지만 해인은 일단 한번 웃어 보였다.

"……잘 잤어?"

무심코 입을 떼자마자 해인이 놀란 눈을 하고 손을 제 목에 가져갔다. 목소리가 제 것 같지 않게 낯설었다. 당황한 해인이 아아,

하고 소리를 내 보았다. 지독한 감기에 걸렸을 때처럼 잔뜩 갈라진 소리가 나왔다.

곧바로 옆자리가 흔들리고 침대에 앉은 서진이 해인의 상체를 받쳐 들고 입술 위에 뭔가를 갖다 댔다. 부지불식간에 해인이 입을 벌리자 미지근한 물이 안으로 들어왔다. 깔깔하게 말라 있던 입 안과 목구멍뿐만 아니라 온몸의 세포가 두 팔 벌려 수분을 환영하는 게 느껴졌다.

해인은 환자처럼 서진의 품에 안긴 채 물 한 병을 다 받아 마셨다. 그제야 정신도 좀 맑아지는 것 같았다. 그랬더니 온몸의 통증이 더 확실하게 느껴졌다. 마디 하나하나마다 빠짐없이 꼼꼼히 쑤시는데, 이렇게 아픈 건 10년 전 아이돌로 활동할 당시 연달아 행사 스케줄 몇 개를 소화하고 너무 졸려 회사 계단에서 굴러떨어진 이후로 처음이었다.

"너, 너, 날 죽일 셈이었어……?"

해인이 묻자 서진이 스윽 눈을 피하며 뉘우치듯 고개를 수그렸다. 자기 죄를 안다는 듯 풀이 죽어 눈치만 보는 얼굴은 어제와 비교하면 같은 사람인가 싶을 정도라 일견 가증스럽기까지 했지만 어쨌거나 해인에게는 먹혀서 더는 따지고 들지도 못하고 도로 끙 소리를 내며 몸을 눕혔다.

"됐고, 몇 시야?"

"아직, 얼마 안 됐어……."

"몇 신데?"

묻는 말에 서진이 7시라고 했다. 정말 얼마 안 됐다. 어제 그 난리를 치고 틀림없이 늦잠을 잘 줄 알았는데.

"그럼 나 더 잘래."

눈을 감는 해인을 서진이 다시 흔들었다.

"밥은 먹고 자야지."

"됐어. 졸려……."

"배 안 고파?"

모르겠다. 위장이 아예 없어진 듯 아무 감각이 없었다. 설령 배가 좀 고프다고 해도 해인은 지금 밥보다 잠이 더 고팠다.

"조금만 먹자. 조금만 먹고 다시 자."

"배 안 고프다니까……."

"그래도, 이렇게 오래 굶으면 안 돼."

이렇게 오래라니, 한 끼쯤 굶는다고 안 죽는다. 원래도 난 아침은 안 먹었다. 그렇게 말하려 했지만 서진이 막무가내로 번쩍 해인의 몸을 들어 올렸다. 해인은 반사적으로 서진의 목을 끌어안고 바짝 몸을 붙였다. 그대로 가운만 입은 채 아기처럼 안겨 거실로 이동했다. 가만 보면 말로 안 된다 싶을 땐 꼭 이렇게 사람을 들었다 놨다 한다.

조식을 먹으러 가려나 했는데 거실 테이블 가득 음식이 차려져 있었다. 서진은 커다란 유기그릇에 담긴 전복죽이 놓인 자리에 해인을 앉혀 주었다. 해인이 황당하다는 눈으로 진수성찬이 차려진 테이블을 훑었다. 설마 이거 룸서비스인 건가? 룸서비스가 얼마나 비싼지도 모르고.

뜬금없이 어디서 주워들은 속설이 떠올랐다. 밤이 만족스러우면 다음 날 아침 반찬이 달라진다던데. 그렇다면 서진은 해인이 이 사치스러운 룸서비스 정도는 받을 자격이 있다고 생각한 모양이었다. 두들겨 맞은 것처럼 몸이 쑤신 보람이 있다.

"이거 네가 한 거야?"

엉망진창일 줄 알았던 몸은 의외로 깨끗해서 개운했다. 해인은 그런 기억이 없었으니 서진이 닦였거나 씻겼을 것이다. 예상대로 서진이 고개를 끄덕였다. 그러면서 자꾸 해인을 쳐다보다 막상 눈이 마주치면 슬그머니 시선을 피한다. 왜 저러지?

"와."

수저를 집어 든 해인이 뒷면에 비친 제 얼굴을 보고 감탄을 했다. 서진이 왜 저러는지 알 것 같았다. 얼굴이 어찌나 퉁퉁 부었는지 찐빵 같았다. 특히 입술과 눈두덩이 빨갛게 달아올라 모기에 몇 방은 물린 꼴이었다.

"나 이 꼴로 어떻게 출근하지?"

해인이 탄식하자 서진이 얼른 고개를 저었다.

"아냐, 귀여워."

"귀엽기는."

"진짠데. 정말 귀여워."

"됐어."

해인이 정색하는 척 전복죽으로 고개를 숙였다. 너무 진심이 담겨 있어 더 듣기 힘들었다. 해인이 전복죽을 한 술 떴다. 배가 안 고프다고 생각했는데 적당히 간간하고 고소한 찹쌀 맛이 느껴지자 어서 더 내놓으라고 위장이 아우성을 쳐 댔다.

해인이 정신없이 수저를 놀렸다. 서진은 옆에서 해인의 숟가락이 잠깐씩 정지할 때마다 타이밍에 맞춰 소고기 장조림이며, 백김치를 열심히 올려 주었다. 그릇이 반 넘게 비자 약간 여유가 생겼다.

"넌 안 먹어?"

"나는 괜찮아."

"뭐가 괜찮아?"

"안 먹어도 배불러."

그 말을 또 얼마나 수줍게 하는지 해인은 얼굴이 또 빨개지는 것 같았다. 아무래도 서진의 수치심은 어딘가 잘못된 게 분명하다. 어제는 그렇게 막, 딴사람처럼 해 놓고 고작 이런 말 정도에 저렇게 부끄러워하다니.

그런데 해인은 또 그 갭이 더 좋은 게 문제였다. 전복죽 한 그릇을 뚝딱 비우고 해인이 수저를 내려놓았다. 더 안 먹어도 되겠냐는 물음에 괜찮다고 했더니 서진이 해인을 덥석 들어다 욕실로 데려갔다. 양치를 하는 것을 돕고 다시 덥석 들어다 침대에 눕혀 주었다. 말 그대로 애지중지 발도 땅에 안 닿게 할 기세였다. 호사다. 살면서 이렇게 대접받은 적이 있었던가.

몸이 편해지자 금세 다시 잠이 쏟아지려 해 해인은 정신을 차리려 노력했다.

"내 휴대폰 못 봤어?"

"어?"

"휴대폰."

"휴대폰은 왜?"

왜냐니. 너무 진지하게 물어서 잠깐 말문이 막혔다. 제가 달라고 한 게 화염 방사기도 아니고, 제 휴대폰을 제가 찾는 게 뭐가 이상한 일인가.

"소민이한테 전화하려고."

"……."

"오늘 출근 조금 늦을 것 같다고."

서진을 설득해 체크아웃을 하게 하고 출근까지 하려면 시간이 좀 걸릴 것 같았다. 서진이 묘한 표정으로 해인을 물끄러미 보았다. 해인도 영문을 모르고 그 얼굴을 멀뚱멀뚱 마주 쳐다보는데 자리에서 일어난 서진이 거실로 나가더니 어젯밤부터 내내 어디엔가 팽개쳐져 있던 휴대폰을 찾아다 건네주었다.

"어, 꺼졌네."

배터리가 없나 보다. 해인이 충전기를 찾자 서진이 그것도 얼른 갖다주었다. 꼭 전용 집사 같았다. 휴대폰을 충전기에 꽂고 잠시 전원이 들어오기를 기다리는데 서진이 초연히 입을 열었다.

"근데 전화 안 해도 돼."

"왜?"

"내가 했어."

"네가?"

해인이 동그래진 눈으로 그를 보았다.

"오늘 출근 못 한다고, 내가 아침에 전화했어."

"어? 왜? 내가 출근은 왜 못 해?"

되묻는 해인에게 서진이 또 묘한 표정을 지었다. 해인 역시 영문을 모르겠다는 얼굴로 그를 마주했다. 근데 방금 그가 뭐라고 했지? 아침에? 해인이 입을 열려는데 마침 낭랑한 시작음과 함께 휴대폰이 켜졌다. 액정에 뜬 시간을 본 해인이 소리를 쳤다.

"7시라며?!"

"맞잖아…… 7시."

그랬다. 다만 서진은 오후 7시라는 말을 안 했을 뿐이었다. 해인은 어처구니가 없어 앓는 소리를 내는 것도 잊었다.

그러니까 지금 이 호텔에 들어온 지 만 24시간이 지났다는 건가? 어제저녁에 들어와서 오늘 저녁에 깬 거야? 내가 그렇게 오래 잤다고? 단 한 번 깨지도 않고?

"따지고 보면 그렇게 오래 잔 건 아니야. 오늘 새벽에 잤으니까……."

"그걸 지금 위로라고……. 아니, 그럼 체크아웃은? 출근, 내 출근은?"

"내가 모레까지 못 간다고 해 뒀어. 몸이 아프다고 했더니 알겠다고 하던데."

"무슨 소리야, 그게?"

"체크아웃은 왜?"

"아니, 체크, 결근이⋯⋯."

해인이 중언부언하다 아아, 앓는 소리를 내며 어깨를 늘어트렸다. 그 기회를 놓치지 않고 서진이 얼른 해인을 눕히고 몸 위로 꼼꼼히 이불을 덮어 주었다. 딴생각하지 말고 그냥 푹 쉬라는 듯 가슴을 토닥이는 것에 해인도 수긍하고 몸에서 힘을 뺐다. 어차피 이렇게 된 거 이제 와 시간을 돌이킬 수도 없고.

어이없이 하루가 날아가 버렸지만 곰곰이 생각해 보면 그럴 만도 했다. 선무당이 사람 잡고, 늦게 배운 도둑질에 날 새는 줄 모른다더니. 서진이 좀 저를 괴롭혔나. 물론 해인도 괴롭기만 했다면 거짓말이지만.

"근데 왜 모레까지 못 간다고 했어? 나 내일은 출근할 거야."

체크아웃도 할 거고. 이로써 자동으로 1박이 연장되었다. 최소 백 단위는 족히 되는 요금이 나오겠지만 이걸로 여름 휴가비 썼다고 치자. 해인은 낭비를 하는 편은 아니지만 이미 나간 돈엔 미련을 두지 않는 경향이 있었다.

서진이 가만히 해인을 응시하다가 웃는 듯 마는 듯 오묘한 표정을 지으며 손가락으로 입술을 쓸었다.

"못 갈 텐데⋯⋯."

"어?"

왜? 하고 묻고 싶었지만 꾹 참았다. 왠지 대답을 들을 자신이 없었다. 본능적으로 대답을 알 것 같기도 했다. 그런 해인을 빤히 내려다

보던 서진이 피식 웃으며 왜 갑자기 굳었어? 하고 해인의 볼을 살짝 쓸었다.

"무서워?"

"어? 아니? 무섭긴 뭐가."

"그럼 더 해도 되겠네."

"어, 뭘?"

바보 같은 질문에 답은 행동으로 돌아왔다. 어어 하는 사이 서진의 몸이 해인의 몸을 덮쳤다. 무어라 항의의 소리를 내던 입술이 틀어 막히고 곧 가쁜 숨소리와 피부와 피부가 닿아 마찰하는 소리만 들렸다.

다음 날 눈을 떴을 땐 오후 3시였다. 그것도 충분히 놀라운 일이지만 어제의 경험이 있어선지 그렇게 충격적이지 않았다. 그나마 오늘은 해 뜰 때 일어났으니 선방했구나, 하는 태평한 생각만 들었다. 사람은 역시 적응의 동물이다. 처음만 어렵지 두 번 세 번은 쉬운 것이다.

혼자 컴컴한 침대에 누워 눈을 깜박이던 해인이 몸을 일으켰다. 서진은 어디 갔는지 보이지 않았다. 아무런 메모도 남기지 않고 일부러 깨워 말도 하지 않은 걸 보면 근처에 잠깐 나간 모양이었다.

창가로 걸어간 해인이 장막처럼 길게 드리워진 커튼을 걷었다. 차르르 소리와 함께 오후의 온화한 햇살이 해인의 몸 위로 쏟아졌다.

얼마 만에 보는 햇빛이고 바깥 풍경인지 몰랐다. 30층의 고층에서 내려다보는 아래는 한없이 작고 평화롭고 한가롭기만 했다. 아마도 해인의 지금 심정이 반영된 것이겠지만 상상 속 이상향을 보는 것 같았다.

호텔비도, 집도, 가게도, 그 사람도, 아무것도 신경 쓰이지 않고 걱정이 되지 않았다. 그저 모든 게 멀게만 느껴졌다. 중요한 건 아무것도 없는 것 같았다.

윤서진 외에는.

"처음부터, 나는 너만 좋아했어."

그 말을 믿지 않는 건 아니지만 그럼 마리아는 뭐지? 하는 생각이 들지 않을 수 없었다. 집착하지 않으려 했는데 오히려 이렇게 되니 집착이 생겼다. 직접적으로 서진의 입으로 고백을 듣고 나니 불현듯 욕심이 생겼다.

아니, 어쩌면 해인은 지금까지 욕심을 누르고 있었는지도 몰랐다. 자신이 더 좋아하니까, 먼저 좋아했으니까 부담 주지 말자고 다짐했는지도 몰랐다.

어차피 갈 사람이니까 아무 갈등도 그늘도 없이, 이 여행의 끝까지 좋은 추억만 가지고 떠나게 하자. 그렇게 좋기만 하다 안녕을 고할 때도 기분 좋게 웃는 얼굴로, 그에게 어떤 부담도 짐도 되지 않고 그저 한여름의 예쁜 추억 한 자락쯤으로 기억되게.

그러려고 했다. 그런데 이젠 자신이 없었다. 서진의 미소, 눈빛, 손길, 체온, 무엇 하나 잃고 싶지 않고 놓치고 싶지 않았다. 이미 제 몸속 깊이 각인된 그것들이 혹시나 다른 사람에게로 향한다고 생각하면 참을 수 없을 것 같았다.

한 번 잔 거로 미련을 갖고 매달리는 그런 타입은 아니라고 생각했는데.

알에서 깬 것처럼, 묵은 껍질을 벗고 탈피한 것처럼 해인은 제 안의 무언가가 변형되고 재조립되는 것을 느꼈다. 하지만 이건 해인이 변한 게 아니라 서진이 변한 거였다. 서진의 집착이 해인에게도 집착을 만든 것이다.

"어딜 갔지?"

며칠 만에 제대로 된 옷을 걸치고 테이블 앞에 앉은 해인은 당장 그가 보고 싶어졌다. 일분일초라도 빨리 그에게 하고 싶은 말이 있었다.

전화라도 해 보려고 휴대폰을 찾았는데 어디 두었는지 좀체 보이지 않았다. 분명히 어제 침실에서 충전을 했던 것 같은데 거기도 없었다. 한참을 호텔 룸을 뒤지다 서랍 속에 넣어 둔 걸 겨우 발견했다.

"아니, 이걸 왜 여기 넣어 놔."

그 와중에 휴대폰은 전원이 나가 있었다. 쓴 적도 없는데 또 꺼져 있다. 충전이 제대로 안 됐나? 해인이 길게 전원 버튼을 누르려는데 어딘가에서 희미한 전자음 같은 게 들렸다. 해인이 주위를 두리번거렸다. 소리는 서진의 가방에서 나고 있었다.

"이게 뭐지?"

꺼내 보니 모르는 휴대폰이었다. 평소 서진이 쓰던 건 아니었는데 아무튼 알 수 없는 폰 액정에 긴 번호가 계속해서 반짝이며 떠올랐다. 처음엔 멀거니 보고만 있던 해인의 눈에 점차 이채가 떠오르기 시작했다.

눈에 익은 번호다.

평상시 보기 힘든 긴 번호로 이루어진 발신자 표시.

해인의 손이 저도 모르게 초면의 휴대폰으로 향했다. 알 수 없는 예감에 액정을 미는 손끝이 떨리고 이상하게 가슴이 뛰었다. 숨죽인 채 여보세요, 하고 속삭이니 반대편에서 곧바로 귀에 익은 목소리가 들려왔다.

—나야.

"……."

—이제 통화가 되네.

여느 때와 다름없이 덤덤한 음성이었다. 한 달 넘게 연락이 두절된 일은 있지도 않았다는 듯이.

"……태희야?"

—어.

"너 태희 맞아?"

—그럼 나지. 누구야.

평상시와 다를 바 없는 목소리다. 태희는 여전한가 보았다. 별 탈 없이 잘 있다는 걸 그 짧은 한마디로도 바로 알 수 있었다.

그런데 해인의 등은 순식간에 땀으로 축축해졌다.

—별일 없지?

"으응……."

—거기 지금 많이 덥지? 아픈 덴 없고?

"어……."

—왜 그래, 너?

뭔가 이상한 걸 알아챘는지 태희의 어조가 약간 달라졌다. 무슨 일 있는 거 아냐? 더위라도 먹었어? 묻는 말투는 여전히 쌀쌀맞았지만 걱정이 담겨 있었다.

"아니, 무슨 일이 있는 건 아닌데……."

태희야, 너 지금 어디다 전화 걸었어?

물을 수가 없었다.

—그래, 그럴 줄 알았어.

"……."

—몇 번 연락했는데 안 받길래, 난 또 네가 열받아서 국제 전화 차단이라도 한 줄 알았지.

"……몇 번 전화를 했다고?"

—어, 몰랐어?

몰랐다. 왜 몰랐을까.

해인의 숨이 점차 가빠졌다.

—다니엘 일로 아직도 삐져 있나 했어.

"……다니엘? 다니엘이 왜?"

——……삐진 거 맞는구나, 너.

이미 지난 일로 그러지 말라는데, 이게 무슨 소리인지 해인은 도무지 알아들을 수가 없었다.

―나도 뒤늦게 알았어. 다니엘이 한국으로 안 가고 중간에 두바이에 눌러앉은 줄은.

"……."

　―자기가 이메일을 보냈는데 네가 답장이 안 와서 그냥 마음이 상해서 그런 줄 알았다고 하더라고.

　그러면서 태희가 다니엘의 무책임한 행동에 대해 몇 마디 욕설을 흘렸다.

　"……다니엘이 한국에 안 왔다고?"

　겨우 한마디 되물었다. 그 뒤로는 무슨 대화가 오갔는지 알 수가 없었다. 뭐 해? 하는 소리가 끼어들어 정신을 차리니 자신은 이미 끊어진 휴대폰을 들고 멍하니 앉아 있었다. 뭐 했지? 내가 뭘 하고 있었더라?

　소리가 들려온 쪽으로 천천히 고개를 돌리자 우뚝 선 서진이 저를 보고 있는 게 보였다. 해인을 빤히 내려다보던 검은 눈동자가 천천히 해인의 손에 들려 있던 휴대폰으로 움직였다.

　"서진아."

　해인이 입을 열었다.

　"너 누구야?"

〈다음 권에 계속〉